LA ROCHELLE, SEPTEMBRE 1944-MAI 1945
MEYER ET SCHIRLITZ
Les meilleurs ennemis

www.gesteditions.com

Robert Kalbach
Olivier Lebleu

LA ROCHELLE, SEPTEMBRE 1944-MAI 1945
MEYER ET SCHIRLITZ
Les meilleurs ennemis

Geste éditions

ISBN : 978-2-84561-339-3 – LUP 511

Robert Kalbach a été maître de conférences au département d'études anglaises (faculté des lettres de Poitiers). En 1977, il a exercé la fonction d'adjoint au maire de La Rochelle, chargé des affaires culturelles et des relations internationales. En 1982, il est conseiller culturel près de l'ambassade de France en Autriche. Il a rempli les mêmes fonctions à Berlin de 1988 à 1992.

Olivier Lebleu a travaillé comme directeur de production dans l'audiovisuel avant de se consacrer à l'écriture : romans, dessins animés, comédie musicale, chansons, théâtre. Scénariste, il a écrit un scénario de fiction, inspiré de l'histoire des négociations Meyer-Schirlitz (pour Philippe Maynial de la société Babylone Productions).

Pour les arrière-petits-fils,
Tom Gerberding et Hubert Meyer

Tout homme porte en soi la forme pleine et entière de l'humaine condition.
MONTAIGNE, *Les Essais.*

Je suis très satisfait d'apprendre du nouveau sur l'affaire de la reddition des Allemands de la Rochelle, grâce à l'enquête minutieuse des auteurs, particulièrement d'Olivier Lebleu, mon ancien élève à la Sorbonne.

Par ces travaux patients, recourant au témoignage, l'Histoire toujours avance, et sur des points parfois obscurs.

Picrre MIQUEL
Le 10 mars 2005,
professeur émérite à la Sorbonne.

PROLOGUE

Le 8 mai 2005, La Rochelle célébrera le soixantième anniversaire de sa libération de l'occupation allemande, à l'issue de la Seconde Guerre mondiale.

Si elle est en mesure de s'en préoccuper aujourd'hui, c'est parce que La Rochelle a pu échapper à la destruction totale, pourtant décidée et ordonnée par l'état-major général d'Adolf Hitler. En effet, de février à avril 1945, Berlin ne cesse de réclamer, au commandant de la garnison allemande de La Rochelle, l'annihilation totale, tant du port de commerce de La Rochelle-La Pallice que de l'ancienne cité protestante elle-même et de son vieux port aux deux célèbres tours.

La Rochelle a cependant survécu.

Aujourd'hui, on ne peut pas ne pas se poser la question de savoir pourquoi et comment cette destruction programmée a échoué. Dernière préfecture de France à être libérée, encerclée dans la dernière poche de l'Atlantique, encore occupée par une garnison allemande de dix-huit mille hommes bien armés et bien entraînés, il est malaisé à l'observateur d'aujourd'hui de saisir les raisons qui aboutirent à l'heureuse issue du cinquième siège de La Rochelle.

C'est pour comprendre cet enchaînement, inespéré et constamment surprenant, de faits et de circonstances authentiques, que ce livre a été rédigé. Il s'agissait d'explorer et de comprendre quelles secrètes et périlleuses négociations se sont jouées entre le médiateur français, le capitaine de frégate Hubert Meyer et l'officier allemand en charge de la forteresse de La Rochelle, le vice-amiral Ernst Schirlitz.

Puisant non seulement dans les archives locales et régionales, aussi bien que dans les fonds historiques de la Marine et de l'armée de terre du château de Vincennes, mais encore dans les dossiers des départements militaires allemands de la *Wehrmacht* et de la *Kriegsmarine*, nous avons, en outre, eu la chance d'accéder aux archives familiales privées tant de Meyer que de Schirlitz, ces deux officiers de marine de tradition que le hasard, ou la providence, sut réunir, en leur temps et en ce lieu, pour décider du sort de la cité belle et rebelle.

Soixante ans après ces événements hors du commun, on reste fasciné par le parcours parallèle de ces deux hommes, que tout semblait opposer *a priori*. C'est l'histoire vraie d'une rencontre impossible et d'un dialogue improbable. Le miracle, parfois, est humain.

Robert Kalbach et Olivier Lebleu

CHAPITRE I

Ernst SCHIRLITZ : de 1893 à 1944

Enfance et adolescence

Comme à chaque veille de Noël à Christsburg, ce 24 décembre 1904, la neige, à cette époque, a recouvert l'ensemble des rues de ce grand village de Prusse-Occidentale. Dans la modeste maison du pasteur, face à la place centrale bordée de chênes, un garçonnet de onze ans, assis à une longue table de bois sombre recouverte d'une couverture brune pour éviter les taches, met tout son cœur à faire briller l'argenterie qui illuminera ce soir, comme chaque année, la table du pasteur Schirlitz. C'est la mission que lui a assignée Mme Müller, la gouvernante, ou plutôt la marâtre comme la désigne Ernst en secret. En effet, veuf depuis la naissance de son fils unique, le pasteur Schirlitz a dû se résigner à engager une gouvernante tenant lieu de cuisinière, de servante, de dame de compagnie, de nourrice, voire de substitut maternel à son fils Ernst. En cette fin d'après-midi, un jour triste et sale éclaire à peine le gamin qui continue de remplir machinalement sa mission, son devoir, maître mot en Prusse, sans cesser de laisser son esprit vagabonder. Il pense à un ami de classe avec lequel, la veille, il est allé visiter le *Weihnachtsmarkt*[1], ce marché où l'on voit mille choses, toutes plus séduisantes les unes que les autres. À un étal, l'ami a acheté deux toupies de Nuremberg pour ses sœurs. Ernst s'interroge : si son ami est toujours joyeux, toujours vif, est-ce parce qu'il a un papa, des sœurs, et une maman – pas une marâtre –, une maman qui rit et joue avec ses enfants, et les prend dans ses bras quand l'un ou l'autre a le cœur gros ? La sienne est morte deux semaines après sa naissance. Son anniversaire, chaque 7 septembre, est à jamais gâté par ce deuil.

Ernst soupire, en continuant de frotter le lourd chandelier d'argent. Que ne donnerait-il pas pour être le frère de son ami ? Même si ce dernier, sportif enthousiaste à l'école, ne cesse de se moquer de lui quand l'instituteur les emmène dans la cour pour les leçons de gymnastique. Ernst n'aime pas le sport. Il est petit, quelque peu malingre, et le déploiement de vitalité qu'on exige de lui à ces moments-là ne lui plaît guère. La sensualité, la connexion au corps, faute du contact charnel souvent apporté par la mère à son enfant par ses caresses et ses baisers, sont des domaines qui resteront à Ernst étrangers ou malaisés. Certes, il n'est ni malheureux ni martyr. Mais son jeune papa, d'une trentaine d'années, est toujours si sévère, si sérieux, si austère. Bien sûr, on n'imagine pas un pasteur, surtout prussien, éclater de rire à tout bout de champ, mais quand même ! On ne rit presque jamais dans cette maison.

Ernst a fini de polir l'argenterie. Il lui faut à présent aller faire sa toilette avant de passer le costume noir des grandes occasions. Son père lui a demandé d'aller le rejoindre au temple luthérien, en fin d'après-midi, selon la coutume qu'ils ont établie tous deux pour ces veilles de Noël, afin de l'aider à disposer les livres de cantiques sur les bancs, et mettre en place les objets du culte, les cierges… Bien que le service de Noël ne commence qu'une heure avant minuit, tout doit être, bien à l'avance, *in Ordnung*, comme il sied à toute maison particulière ou à tout édifice prussien.

Sa toilette achevée, Ernst, en costume noir, descend l'escalier. Il s'enroule dans sa cape et coiffe sa chapka. Dehors, un froid polaire le saisit. Il fait environ vingt degrés sous zéro, température de saison en Prusse-Occidentale. Bien emmitouflé, Ernst s'élance bravement vers la place qui s'étend devant le temple et la mairie. Pas un chat ! La vaste étendue blanche, avec ses arbres en sentinelles, elle aussi est bien rangée : pas une feuille morte, pas une brindille ne vient salir le grand tapis de neige. Ces quelque deux cents mètres à parcourir vous instillent un froid mortel dans tout le corps. Heureusement, en marchant vite, Ernst atteint bientôt le perron du temple où se déroulera le culte de Noël, quelques heures plus tard. Il gravit les trois marches, pousse l'énorme battant de la porte d'entrée, et traverse le sas en quelques enjambées. Passé la porte capitonnée, il pénètre dans le temple où une douce tiédeur le saisit. Son père a mis en marche, dès le début de l'après-midi, le gros poêle à carreaux de faïence verte, énorme cube de deux mètres d'arête. Les fidèles n'auront pas froid pendant le service.

Ernst avance dans l'allée centrale, à la rencontre d'un homme qui s'affaire au fond du temple. Son père le salue sans effusion et le questionne sans égard. Oui, il a rempli les consignes de Mme Müller. Oui, il va aider son père à distribuer les recueils de cantiques sur la partie haute des sièges des vingt-cinq travées du temple. Père et fils œuvrent en silence, jusqu'à épuisement des deux cent cinquante volumes. Derrière eux, à gauche du chœur où, tout à l'heure, va officier le pasteur, un grand tableau noir annonce en lettres gothiques blanches les numéros des psaumes et autres chants de Noël que la congrégation sera invitée à entonner, aux différents moments de l'office. À l'orgue, M. l'instituteur donnera, comme à l'accoutumée, les notes de départ de chacune des parties vocales.

Leur tâche achevée, le pasteur vérifie l'alimentation du poêle et, précédé de son fils, quitte le temple après l'avoir soigneusement fermé à clé. À la maison, ils sont accueillis par l'odeur de l'oie que Mme Müller commence à faire rôtir dans la cuisine. Dans un angle de la salle à manger, se dresse le sapin de Noël, déjà décoré. Il ne reste qu'à dresser la table de fête où ils réveillonneront après l'office. Ce réveillon sera cependant bien particulier. Ce sera, en effet, le dernier qu'Ernst passera à Christburg avant son entrée au lycée royal d'Elbing.

Ernst ne sait que penser de sa future vie de lycéen. D'un côté, il se réjouit de fréquenter de nouveaux camarades. Au moins, à l'internat, il ne sera plus jamais seul. D'un autre côté, il s'inquiète de l'importance, à son sens démesurée, que l'on semble attacher aux exercices physiques, sportifs et paramilitaires dans ce lycée. Dans sa rêverie, Ernst entrechoque deux assiettes du service à motifs dorés. Son père fait claquer sa langue d'agacement. Il faut encore se dépêcher, il est déjà l'heure de retourner au temple.

Très vite, le lieu de culte s'est rempli de la communauté protestante de Christburg, c'est-à-dire d'à peu près toute la population du village. Chacun a revêtu ses habits de fête, raides, solennels, et la vue sur la nef offre au regard un bel ensemble noir et blanc, car les couleurs vives n'ont guère leur place en cet endroit. Les visages sérieux des fidèles, encore rougis par le froid du dehors, sont tournés vers le chœur où le pasteur Schirlitz s'apprête à célébrer le culte.

C'est une bien belle cérémonie. La voix grave du pasteur résonne agréablement sous les voûtes, et les traditionnels chants de Noël que l'assistance connaît par cœur, depuis l'école du dimanche ou l'école communale (car on les y enseigne aussi bien chez M. le pasteur que chez M. l'instituteur), se développent en une magnifique vague d'harmonie qui déferle à l'intérieur du temple avec la force d'un raz-de-marée. Cette communion dans la musique se manifeste dans le langage corporel de tous les assistants. Les visages perdent un peu de leur sérieux initial, les silhouettes de leur raideur ; une sorte de bienveillance générale semble se manifester physiquement, tant parmi les fidèles que chez le pasteur dont l'homélie se trouve empreinte d'une vivacité et d'une chaleur inhabituelles. À son banc, Ernst se laisse insensiblement gagner par ce sentiment de bien-être et cesse de penser au lycée royal d'Elbing.

Mme Müller, qui s'est hâtée après l'office, pénètre dans la salle à manger, emballée dans une robe de soie noire empesée, un collier de trois rangs de perles de jais tressautant sur sa poitrine volumineuse. Elle offre à M. l'instituteur, que l'on a invité comme chaque année pour le réveillon, et à M. le pasteur deux verres emplis de *Doppelkorn,* cet alcool blanc si populaire dans les pays de la Baltique. En raison de son jeune âge, Ernst a droit, lui, à un verre de sirop d'orgeat. Se saisissant alors d'un troisième verre de *Doppelkorn,* Mme Müller invite du regard le pasteur Schirlitz à prononcer quelques mots de bienvenue en l'honneur de son hôte. Le veuf s'exécute en mêlant, à l'intention du célibataire, quelques paroles exaltant le patriotisme prussien et deux ou trois versets de la Bible, comme il convient à son état.

Le repas achevé, la gouvernante s'est retirée. Le pasteur et l'instituteur se sont enfoncés dans leur fauteuil, la pipe à la main et une bouteille de *Doppelkorn* posée avec deux verres sur une table basse. Ernst reçoit alors de son père l'autorisation d'aller sous le sapin retirer ses cadeaux. Même s'il les avait vaguement entrevus, dans le coin assez sombre où est dressé le sapin de Noël, Ernst est toutefois surpris par le volume inhabituel des deux paquets qui lui sont destinés, ainsi que par leur poids. Le premier affecte la forme d'une valise rectangulaire assez pesante. Le second, bien plus étroit, même s'il est rectangulaire, est très long.

Ernst a commencé par le second cadeau. C'est un étui de bois rouge, d'environ un mètre trente de long, sur quinze centimètres de large et une dizaine de centimètres de hauteur. La boîte comporte deux fermoirs de métal chromé qu'il s'empresse d'ouvrir. Sur un lit de velours cramoisi, s'offre à son regard une magnifique carabine *Männlicher* dont l'acier et la crosse de bois poli reflètent en tous sens la lumière de la pièce. Se redressant, quelque peu interrogatif, Ernst se tourne vers les deux hommes amusés. L'instituteur lui explique que la patrie prussienne a besoin de fils bien entraînés. Rouge de plaisir, Ernst hoche la tête pour remercier.

L'autre paquet lui fait penser à une valise. Et, de fait, c'en est une. Elle est en cuir noir, équipée de deux minuscules serrures avec les clés assorties. Son poids, toutefois, continue de l'intriguer. Il l'ouvre avec précipitation et découvre les pièces d'un uniforme complet de lycéen. Uniforme noir à boutons dorés, plusieurs chemises blanches, la casquette de lycéen et la cravate noire ornée d'un motif doré. La regardant de plus près, Ernst constate qu'il s'agit du blason du lycée d'Elbing ! Ému, Ernst se précipite dans les bras de son père pour l'embrasser. Tout en appréciant secrètement l'élan de son fils, le pasteur abrège ces effusions qu'il juge déplacées.

Au lycée royal d'Elbing

Ernst a le cœur qui bat très fort lorsque, en début d'après-midi, après un long voyage en chemin de fer, il franchit l'impressionnant portail surmonté des grandes armes du royaume de Prusse gravées dans le blason de pierre qui surmonte l'entrée du lycée. Au-dessus, une inscription en gigantesques lettres gothiques noires *Königliches Gymnasium Elbing* ajoute encore à la solennité de l'ensemble. Confusément, Ernst comprend que son entrée en ces lieux va marquer une étape décisive dans le déroulement de sa jeune existence. Il se présente au portier revêche, et lui tend la lettre que le proviseur a adressée à son père. Sans même le gratifier d'un regard, le portier se saisit sans effort de la valise noire qu'Ernst a eu tant de peine à traîner et lui fait signe de le suivre jusqu'au dortoir des sixièmes. Le nouveau lycéen découvre le décor qui sera le sien pour les six années à venir.

On traverse en diagonale la cour plantée d'arbres qui perdent déjà leurs feuilles, on pénètre sous un porche donnant sur un escalier menant au premier étage. Arrivé sur un palier de brique à coins de pierre, Ernst repère immédiatement une énorme porte de chêne brun portant l'inscription, toujours en lettres gothiques noires *Schlafsaal VI*[2]. Des cris et des rires, étouffés par l'épaisseur de la porte, filtrent néanmoins jusque sur le palier pour s'interrompre brusquement dès que le portier, s'aidant de sa canne, a poussé la porte. Empruntant l'allée centrale se déroulant au milieu de deux très longues rangées de lits, il conduit Ernst vers l'un de ceux encore libres, situé tout au bout de l'immense salle. Il pose la valise sur le lit, près d'un paquet carré de draps et de couvertures, et donne à Ernst la consigne de glisser sa valise sous le lit après en avoir rangé le contenu dans la petite armoire. Le départ du concierge relance l'atmosphère animée qui régnait jusqu'à l'arrivée du nouveau qui se trouve très vite entouré de quelques garçons de son âge, curieux de savoir à quoi ressemble le dernier arrivé.

Ernst est un peu rassuré de se voir ainsi accueilli. Il avait redouté quelque chose de plus intimidant. D'autant plus que trois ou quatre gamins, qui se sont rassemblés sur le lit d'à côté, sont visiblement tout aussi anxieux et intimidés que lui dans ce vaste dortoir aux murs blancs. Ils doivent déjà, du fond du cœur, regretter la chaleur de la maison familiale. Paradoxalement, déjà habitué, lui, à la sobriété quasi monacale de ce nouvel environnement qui ne le change guère de celui qui l'a vu grandir, c'est Ernst qui paraît le moins impressionné par le décor. Il se familiarise avec ses nouveaux compagnons qui vont devenir ses condisciples au cours des six années à venir.

Pendant cette première prise de contact, le dortoir s'est peu à peu rempli d'autres S*extaner*[3]. Là-bas, près de la porte d'entrée, un groupe d'une dizaine d'élèves paraît plus sûr de lui, moins incertain que les autres arrivants. Ils ont déjà constitué une sorte de carré réservé, d'une dizaine de lits près de l'entrée, éliminant sans douceur un nouveau venu naïf qui croyait pouvoir déposer ses affaires sur un lit de son choix. Ernst le comprend vite, c'est le groupe des redoublants, qui entendent bien faire régner leur loi. Dans le même temps, Ernst comprend qu'il devra lutter contre leur volonté de pouvoir, se battre peut-être.

Ernst et ses nouveaux amis se sont spontanément regroupés sur les cinq derniers lits du dortoir. Ils ont déballé et rangé leurs affaires dans les coffres mis à leur disposition, fait leurs lits et s'efforcent à présent de nouer leurs cravates au cas où. Le résultat n'est pas toujours convaincant, mais l'intention y est. Soudain, venu de deux étages plus haut, retentit un coup de sifflet que répercute la cage d'escalier. C'est le début de l'inspection des *quartaner*[4], deux étages plus haut. Au deuxième coup de sifflet, c'est l'étage des *Quintaner*[5] qui, à son tour, sera inspecté. Le troisième sera pour eux, c'est là qu'ils feront la connaissance du *Spieß*, surveillant en chef du bâtiment, chargé de la discipline.

De taille moyenne, mais d'une carrure impressionnante, le *Spieß*, au visage rutilant, le crâne semé d'un crin blond coupé très ras, fait son entrée et s'arrête environ deux mètres plus loin. De cette position, il bouge lentement la tête de droite à gauche, enregistrant les emplacements des uns et des autres, notant l'état des lits, le rangement des valises et des sacs, et les visages des présents qui – devant son silence prolongé, et sans raison valable – se sentent soudain comme s'ils avaient commis quelque faute grave inconnue d'eux-mêmes, dont ils vont devoir répondre d'ici à quelques instants. Après s'être bruyamment raclé la gorge, le *Spieß* prend la parole, d'une voix étonnamment claire pour son apparence, et explique que le lycée royal d'Elbing ne tolère chez ses pensionnaires aucun laisser-aller dans la tenue, ni aucune négligence dans le comportement. L'indiscipline et l'incorrection, on laisse cela aux *Welches*[6] ! Discipline et obéissance sont les mots d'ordre, ainsi qu'hygiène et correction. Les horaires sont stricts et précis. Tout retard est inexcusable et sera évidemment sanctionné. Là-dessus, le *Spieß* effectuant un admirable demi-tour réglementaire, en trois pas, regagne le palier, tirant après lui le lourd battant de porte qui se ferme dans un bruit de tonnerre.

À la fin du mois d'octobre, tous les élèves de sixième se sont conformés au nouveau style de vie qui est désormais leur lot. Ernst n'a eu aucun mal à s'adapter à la discipline. Au contraire, il y trouve un certain confort, une chaleur qui n'existe pas à la maison. La vie en communauté est supportable, à condition de ne se pas se trouver dans le camp des dominés... Même les inquiétudes qu'il entretenait quant aux séances de gymnastique diminuèrent considérablement dès qu'il s'avéra être un excellent tireur. Tous les après-midi, en effet, les séances de préparation militaire précèdent les exercices de gymnastique. Un stand de tir à moitié enterré sert aux lycéens à s'entraîner. Dès le lendemain de leur arrivée, chacun de ceux qui en possèdent a remis son arme à l'administration du lycée. C'est ainsi que la carabine *Männlicher* d'Ernst se trouve désormais entreposée à l'armurerie du stand. Comme toutes les autres, elle est soigneusement entretenue par l'armurier du lycée, ancien sous-officier responsable du stand de tir et de l'entraînement des lycéens. Dès les premiers essais, Ernst s'est distingué par la maîtrise de son souffle et de ses gestes.

Cette maîtrise n'est pas sa seule qualité : très vite, ses condisciples l'ont accepté comme un meneur né. Doté d'un incontestable talent d'observateur et d'organisateur, Ernst Schirlitz, grâce aussi à un sang-froid naturel, est celui qui permet à de nombreux lycéens de ses amis de se sortir de situations difficiles. Il sait tout simplement discerner les points forts et faibles chez ses camarades, son rôle se limite à les aider à les mettre en valeur. C'est déjà l'attitude d'un chef qui sait cumuler la connaissance des hommes et l'aptitude à juger rapidement toute situation. Assez impassible, il donne l'impression d'être maître de lui et de l'univers qui l'entoure.

Une seule chose va résister à son besoin de maîtrise absolue : la cigarette. C'est peut-être au lycée qu'il commence, en cachette, à fumer.

Cette addiction le poursuivra sa vie durant. Sa marque préférée sera les cigarettes Mercedes, qu'il fume sans filtre. En période de restriction, il prendra l'habitude de garder ses mégots et de les faire sécher, et cette manie le poursuivra jusqu'à la fin de ses jours. Son contemporain Sigmund Freud aurait pu dire que la cigarette est pour Ernst un substitut affectif, quelque chose comme le sein maternel pour un orphelin.

Formation militaire

La carrière militaire apparaît à Ernst comme une évidence. Mais c'est la Marine qu'il choisit, par soif de découverte, pour fuir une enfance morose et son décor monotone. La formation qu'il reçoit alors à l'école des cadets de la Marine a pour objectif essentiel de former d'abord des soldats et, seulement après, des marins de la *Kaiserliche Marine.* Avec tous ceux de sa promotion, il commence par être soumis à six semaines d'exercices militaires intensifs.

À la fin de cette période, toute la promotion est embarquée, pour une durée de deux cent sept jours, à bord de SMS Hertha. Le but de cet embarquement est d'inculquer aux cadets de Marine les pratiques de base du matelot et de les familiariser avec la vie en mer, sur un navire de guerre. La traditionnelle répartition de l'équipage entre *bâbordais* et *tribordais* a pour conséquence que, dès les premiers jours à bord, le cadet Schirlitz s'affirme de facto comme l'inspirateur et l'animateur de l'équipe des tribordais dans laquelle l'ordre alphabétique l'a versé. Ce sont, en priorité, ses qualités d'organisateur qui lui confèrent cette position. Appliquant la méthode qui lui a si bien réussi au lycée, et qu'il ne cessera de mettre en œuvre tout au long de sa carrière, il est arrivé à repérer en quelques heures les goûts et les qualifications spécifiques de chacun des hommes constituant son équipe. Par ce talent psychologique, il réussit à convaincre ses camarades de se spécialiser dans l'accomplissement de certaines des mille et une tâches ou corvées qui leur incombent chaque jour.

Ernst sait attribuer à chacun la tâche qu'il est capable d'exécuter au mieux et dans les délais les plus brefs en raison de ses connaissances et de son expérience. En revanche, ce même spécialiste se trouve alors dégagé de l'exécution d'autres tâches ou missions pour lesquelles il ne se sent ni inclination ni aptitude particulières. Grâce à cette judicieuse répartition, le cadet Schirlitz parvient à hisser la qualité des prestations de service des tribordais à un niveau rarement atteint à bord du navire, tout en ayant formellement respecté la discipline générale et les différents degrés de la hiérarchie. Schirlitz, lui-même, ayant soin de rester à sa place, tout le monde à bord de *SMS Hertha* ne peut que se féliciter de la situation.

Le 12 avril 1913, après avoir été promu *Fähnrich zur See* (aspirant) comme la plupart des cadets de sa promotion, Ernst Schirlitz est affecté à l'école des élèves officiers de Mürwick où il doit suivre un an de cours théoriques en matière de manœuvres et de règlements nautiques. Le 12 avril 1914, il passe avec succès l'examen de sortie sanctionnant cette année de formation. Au début du mois d'août 1914, le jeune aspirant est affecté au croiseur *Freya,* dans le service des transmissions. À cette affectation, succèdent deux embarquements successifs sur le *Friedrich-Carl,* puis sur le *Fürst-Bismarck,* qui s'achèvent en janvier 1915. On est à l'époque des balbutiements de l'aviation. L'Allemagne, désormais en guerre depuis août 1914, s'efforce de tirer profit de l'arme aérienne naissante. L'industrie allemande s'étant déjà distinguée dans la fabrication des dirigeables, l'état-major impérial prend la décision d'utiliser ces engins à des fins militaires.

C'est à la Marine impériale que se voit confier la formation des équipages nécessaires, en faisant appel à des volontaires issus de ses rangs. Ernst Schirlitz est l'un d'eux. À l'issue de son embarquement sur le *Fürst-Bismarck,* on l'envoie donc suivre un stage de six mois prévu pour familiariser les volontaires avec cette nouvelle arme, ainsi qu'avec les diverses utilisations militaires qui peuvent en être faites. Promu *Leutnant zur See* (enseigne de vaisseau de seconde classe) le 22 mars 1915, à l'issue de son stage, il se voit affecté, en qualité d'officier de veille, à bord du dirigeable *L-7,* chargé de missions de surveillance au-dessus de la mer Baltique. Un peu plus tard, changeant d'unité, il est nommé second à bord d'un autre engin, le *L-30,* chargé à peu près des mêmes missions.

Encouragé par le résultat de deux années d'utilisation des dirigeables, l'état-major impérial décide, fin 1915, de charger ceux-ci d'opérations offensives, et, en particulier, de missions de bombardements. C'est ainsi qu'à la suite des nouvelles directives, l'enseigne Schirlitz est affecté à un troisième appareil, comme officier de veille, le *L-33*. Outre ses missions de reconnaissance, le *L-33* est désormais chargé de bombarder un certain nombre d'objectifs en Angleterre. L'action des forces britanniques sur le front de terre, en France, a conduit l'état-major à penser que l'intervention d'attaques aériennes sur leur île constituera un élément de dissuasion suffisant pour porter atteinte au moral des combattants de l'armée anglaise engagée sur le front français.

C'est ainsi que le *L-33*, commandé par le lieutenant de vaisseau Aloïs Böcker, prend l'air pour sa première mission de combat, le 24 septembre 1916, avec l'enseigne Schirlitz à son bord comme officier de veille. La mission est double : photographier les regroupements des unités navales britanniques dans les ports du sud de l'Angleterre, et larguer quarante-huit bombes incendiaires, à l'est de Londres, sur une usine d'armement.

La première tâche du dirigeable se déroule sans incident. D'excellentes prises de vues sont effectuées, susceptibles de fournir de précieuses informations au renseignement de la Marine. Le début du bombardement s'effectue également sans anicroche, les bombes larguées sur les objectifs situés au nord de Londres ayant atteint leurs cibles. C'est au moment où le commandant du dirigeable reprend la route du retour que les choses se compliquent. Non seulement le *L-33* est sévèrement atteint par les batteries antiaériennes anglaises qui endommagent plusieurs de ses réserves de gaz, mais il est, de surcroît, très rapidement pris en chasse et attaqué à la mitrailleuse par un chasseur britannique, piloté par le sous-lieutenant Alfred de Bath Brandon. Ce dernier, après avoir détruit les autres réserves de gaz du *L-33,* finit par toucher son réservoir de carburant et le contraint à se poser en catastrophe non loin de Little Wigborough, dans le comté d'Essex. Ce n'est que par miracle que les vingt-deux hommes de l'équipage survivent à l'atterrissage forcé.

Après avoir détruit son appareil au moyen de fusées de signalisation, l'équipage se dirige vers la côte, sous la conduite du lieutenant Böcker et de l'enseigne Schirlitz. Leur intention est de s'emparer d'une embarcation, afin de traverser la mer du Nord. Mais ils sont repérés et capturés en chemin. Fait prisonnier avec le reste de l'équipage, Ernst est emprisonné. Il a vingt-trois ans. Il ignore qu'il devra rester en captivité en Angleterre jusqu'au 3 décembre 1919. Une éternité, à son âge. Cela vous forme un caractère, ou le déforme. Il connaissait déjà la solitude et l'endurance, il apprend l'humiliation et le goût de la revanche. Trois longues années de détention, dont il ne parlera jamais, mais dont il ne peut être sorti indemne.

Maigre compensation à cette longue période d'internement, Schirlitz, à son retour, apprend qu'il a été promu, le 25 décembre 1917, au grade d'*Oberleutnant zur See* (enseigne de vaisseau de première classe).

Entre deux guerres mondiales

De retour en Allemagne, le service reprend. Muté au régiment de défense côtière de la mer du Nord, l'enseigne Schirlitz est envoyé à Cuxhaven. Relativement préservé de l'agitation et des violentes réactions politiques de tout ordre qu'ont entraînées l'abdication de l'empereur et le désordre intérieur en Allemagne, Cuxhaven constitue, à cette époque, une sorte de havre de tranquillité.

Pendant cet immédiat après-guerre, il faut avouer que les missions de défense côtière ne requièrent pas un engagement de chaque instant. L'enseigne Schirlitz profite donc des loisirs que lui procure sa nouvelle affectation pour faire plus ample connaissance avec la côte balte et surtout avec la remarquable architecture de ses merveilleuses villes hanséatiques de Lübeck et de Brême. Il visite également Hambourg et Kiel, villes de vocation maritime, la seconde concentrant l'essentiel des organismes directeurs de la Marine impériale dont on ne sait encore quelle va être la nouvelle appellation.

En ce temps-là, Ernst passe au mess, où il occupe une chambre d'officier célibataire, la plupart de ses fins de semaine. Un samedi soir sur deux, le gérant organise une soirée dansante à laquelle assistent, outre les couples d'officiers mariés, des demoiselles et des dames de la bonne société de la ville. Un orchestre de la marine anime ces bals mondains. C'est dans ce cadre que l'enseigne Schirlitz fait la connaissance de Frieda Klempnauer, veuve de guerre.

Erich, le mari de Frieda, propriétaire terrien, est mort au champ d'honneur au tout début de la Première Guerre mondiale. Depuis lors, Frieda élève seule ses deux filles, Charlotte et Erika, âgées respectivement de huit et six ans. Ernst tombe rapidement amoureux d'elle : calme, douce, réservée, Frieda, son exacte contemporaine, est l'épouse idéale dont il a rêvé. La présence des deux enfants ne gêne aucunement le jeune homme, qui, d'ailleurs, pense qu'elles lui seront reconnaissantes de trouver en lui un second père. Il est décidé à les considérer comme ses propres enfants et à leur redonner un cadre de vie équilibré, avec deux parents attentifs et aimants.

Le 16 septembre 1920, Ernst Schirlitz épouse Frieda Broeske, veuve Klempnauer. Délaissant le mess d'officiers, il rejoint alors sa femme et ses filles dans la maison que Frieda possède, un peu en dehors de Cuxhaven. Le nouveau foyer y passe deux années de bonheur paisible. Ernst y fait son apprentissage de père avec Charlotte et Erika avec tant d'amour et d'application que les deux filles ne jurent bientôt plus que par lui. Palliant un manque personnel, il s'attache à remplir avec soin sa mission de parent. Son service, toujours aussi monotone dans son régiment de défense côtière, lui laisse justement bien des loisirs, ce dont, en cette période heureuse, il ne va sûrement pas se plaindre.

Quelques mois après la naissance de leur fille commune, Christa, le 29 octobre 1922, Ernst est informé de sa promotion au grade de *Kapitän Leutnant* (lieutenant de vaisseau), à la date du 1er avril 1923, ce qui laisse, de toute évidence, présager d'une nouvelle affectation. Celle-ci se fera toutefois encore attendre plus d'une année, dont il consacre l'essentiel à s'occuper de sa famille élargie.

Fin juin 1924, Ernst est averti de sa mutation pour un stage d'information à bord du vaisseau de ligne *Braunschweig*, préalable à un embarquement plus long sur le même navire. Son stage de dix-sept jours achevé, il a le loisir de passer la seconde quinzaine de juillet et tout le mois d'août en famille. Il ne doit, en effet, être affecté comme officier de veille sur le *Braunschweig* qu'à compter du 22 septembre suivant. Les six mois de campagne de son bâtiment sont consacrés à l'essai de moteurs Diesel, ainsi qu'à des essais de tir des nouveaux canons de marine dont l'amirauté compte doter la flotte.

Ernst met sac à terre, à Brême, le 16 mars 1925. Frieda et les filles ont fait le voyage depuis Cuxhaven pour fêter son arrivée et l'amener à l'hôtel où elles sont descendues. Toute la famille réunie compte bien profiter de ces quelques jours ensemble. Mais dans le courrier que Frieda lui a rapporté de Cuxhaven, Ernst découvre sa prochaine affectation : il est nommé, à la date du 17 mars, premier adjoint au commandant du port de Wilhelmshaven, auquel il doit se présenter à 8 heures du matin. Les retrouvailles se bornent donc à un excellent dîner au mess de la garnison, qu'Ernst doit abréger, pour ne pas rater le train de nuit qui l'emmènera à son nouveau poste.

En dépit de cette précipitation, Ernst Schirlitz est, d'emblée, conquis par sa nouvelle affectation. Le commandant du port, ancien capitaine de vaisseau de la Marine impériale, est un homme d'expérience, parfaitement averti des procédures tant civiles que militaires, et Ernst trouve en lui un mentor dévoué, d'une compétence hors pair, et particulièrement humain. Il lui présente son assistant, Hans Balzer. Ce dernier effectue un ultime stage de formation à la capitainerie du port de Wilhelmshaven, avant d'être nommé commandant du port de Kiel. Les deux jeunes hommes ne tardent pas à se lier d'amitié. Hébergés tous deux au mess de la Marine, ils passent bientôt ensemble l'essentiel de leur temps libre. Professionnellement, chacun profite considérablement de cette formation, et tous deux ne tarissent pas d'éloges sur leur instructeur.

Ce stage dure sept mois, bien employés. Le 1er novembre, Ernst Schirlitz est affecté, en qualité de commandant adjoint, à la *Kommandantur Wilhelmshaven* où il est nommé directeur-adjoint de l'organisation de l'instruction et de la formation maritimes. Il va rester deux ans à ce poste, dont il prend la direction effective le 1er novembre 1927. Le nouveau directeur s'applique, pour l'essentiel, à ce qu'officiers, sous-officiers et matelots soient initiés sans délai aux techniques de la guerre moderne et technique. Et tant pis si, pour ce faire, on doit quelque peu restreindre le temps consacré à l'étude de règlements maritimes, souvent dépassés, en matière de discipline.

Très bien noté par ses supérieurs, apprécié par ses pairs, il va de soi que les mérites d'Ernst sont reconnus en haut lieu. Ce qui se manifeste, à l'occasion de sa prochaine affectation. Ayant achevé sa mission à Wilhelmshaven, le 30 septembre 1930, le lieutenant de vaisseau Schirlitz est nommé, à compter du 1er octobre suivant, chef de service, au ministère de la Guerre, à Berlin, chargé de la formation. Ce nouveau poste entraîne, à brève échéance, une nouvelle distinction. Et de fait, Ernst Schirlitz est promu *Korvetten Kapitän* (capitaine de corvette) dès le 1er décembre 1930.

Ayant appris auprès du service du personnel que la durée probable de sa présente affectation sera de l'ordre de quatre ans, le nouveau promu n'hésite pas une seconde à faire venir sa famille à Berlin. Il loue un très agréable appartement dans une rue donnant sur la Friedrichstraße, et inscrit Christa, âgée de huit ans, à l'école élémentaire de son quartier, et les deux aînées, Charlotte et Erika, au lycée de Prenzlauerberg. Charlotte, à dix-huit ans, doit passer son baccalauréat à la fin de l'année. Le nouvel environnement berlinois assure encore une période de stabilité et de joies familiales à la famille Schirlitz. Son statut d'officier de marine, ainsi que le fait que Charlotte entre dans son année de préparation au baccalauréat, préservent cette dernière de devoir répondre aux instantes sollicitations que les organisations de jeunesse nazies, le BDM, font peser sur tous les jeunes d'âge scolaire. Ernst, en officier de tradition, estime que toutes les manifestations nazies, quelles qu'elles soient, sont des agitations anarchiques et populacières qu'on ne devrait jamais tolérer dans un pays *ordonné*. Charlotte, pour sa part, les considère comme d'inutiles pertes de temps, et se trouve fort heureuse de pouvoir ainsi y échapper.

À seize ans, partageant la répugnance de sa sœur à l'endoctrinement de la BDM, Erika n'a pas l'excuse de la préparation au baccalauréat. Elle trouve néanmoins la parade. L'une de ses cousines, Vera Klempnauer, est *Schwester* au célèbre hôpital de la Charité à Berlin. Elle consent à recruter Erika dans son service comme aide-soignante pendant les heures de liberté que lui laissent les cours suivis au lycée. Erika y gagne d'utiles enseignements.

La mission du nouveau capitaine de corvette touche cependant à sa fin. À la mi-août 1934, le capitaine Schirlitz reçoit l'ordre de se préparer à une nouvelle mission : il est nommé, à compter du 1er octobre, commandant en second du *Deutschland* cuirassé de la nouvelle *Kriegsmarine* qui doit effectuer une croisière dans les eaux de l'Amérique du Sud.

Voyage au long cours

Considérant son départ proche, le climat de plus en plus passionné, voire fanatique, de la population berlinoise, et ayant bien géré, avec Frieda, leur budget familial depuis le début de leur mariage, Ernst décide qu'il est temps de donner une base permanente à sa famille. Il charge donc Frieda de trouver un logement au port de Kiel, où sa profession le ramènera toujours, d'une façon ou d'une autre. Il établit les autorisations nécessaires pour que Frieda soit en mesure de conclure les accords et de passer les écritures nécessaires à l'achat du logement qu'elle considérera comme adéquat à leurs besoins. À cette époque, faut-il le rappeler, les épouses généralement ne sont pas encore considérées comme légalement majeures, *a fortiori* sous le IIIe Reich ! Ces démarches administratives accomplies, Frieda se rend à Kiel et fait l'acquisition d'une maisonnette toute simple qui correspond tout à fait aux vœux des cinq membres de la famille. Cependant, Charlotte, désormais bachelière et ayant commencé à travailler, fait la connaissance de Walter Hertel, qu'elle ne va pas tarder à épouser; elle ne connaîtra qu'épisodiquement les charmes de la nouvelle maison. Ernst, quant à lui, n'a que quelques heures à lui consacrer en rejoignant Bremerhaven pour prendre son commandement sur le *Deutschland.*

Tandis que Frieda, aidée d'Erika et de Christa, en l'absence de Charlotte en stage de formation, s'occupe du déménagement de Berlin et des travaux préalables à leur emménagement dans la maison de Kiel, Ernst se familiarise avec la gestion et la direction de cette véritable ville flottante qu'est, de fait, le cuirassé *Deutschland.* Équipé des derniers perfectionnements à tous égards, ce navire, en dehors des essais techniques auxquels il est soumis sur son chemin, assume également le rôle de vitrine des réalisations industrielles et techniques du IIIe Reich. Ce rôle se manifeste de la manière la plus évidente lors des réceptions offertes à son bord à l'intention des personnalités politiques, économiques et culturelles les plus en vue dans les plus grands ports d'Amérique du Sud, choisis à cet effet pour figurer sur l'itinéraire du cuirassé.

C'est au cours de cette croisière prévue pour durer presque deux ans, du 1er octobre 1934 au 22 septembre 1936, qu'Ernst Schirlitz a le plaisir de recevoir sa nouvelle promotion au grade de *Kapitän zur See* (capitaine de vaisseau) le 1er avril 1936.

Débarquant du *Deutschland* à Bremerhaven le 22 septembre 1936, Ernst n'a de cesse que de retrouver sa famille dans la nouvelle maison de Kiel. Il y est conduit par un chauffeur de la Marine qui doit repasser le prendre deux jours plus tard pour le conduire à son nouveau poste. Pour l'instant, au milieu des rires et des remarques d'Erika et de Christa, Ernst ne se lasse pas de découvrir tous les détails de sa nouvelle demeure, et l'ingéniosité et l'amour que Frieda et les filles ont apportés dans la moindre finition. Il apprend aussi que Charlotte a retardé au mois suivant la date de son mariage, en raison de celle de sa fin de croisière. Cette attention le comble.

Sur la table du salon repose le courrier que Frieda a classé par ordre d'arrivée. Ernst ne sort que deux plis de cet amoncellement de lettres. Le premier, assez récent, émane du ministère de la Guerre l'informant de sa nouvelle affectation en qualité de chef d'état-major au ministère. Il va donc retrouver Berlin et Willhelmstraße. Le second, dont l'adresse de l'expéditeur est celle de la capitainerie du port de Kiel, provient de son vieil ami Hans Balzer qui le félicite de sa récente promotion. Ernst aimerait bien revoir l'ancien stagiaire de Wilhelmshaven, mais, comme d'habitude, le temps est strictement compté entre deux affectations. Il prendra toutefois soin de lui répondre pour le remercier de son courrier.

Ernst doit se présenter au ministère dès le lendemain. La soirée se passe à défaire son sac et à préparer sa valise. Tandis que Frieda et les filles s'en occupent, il dépouille le reste du courrier, emportant avec lui ce qui nécessite une réponse de sa part, et laissant le reste aux bons soins de Frieda. Le départ de son train étant fixé à 5 heures du matin, il appelle le dépôt de la Marine pour prévenir le chauffeur, puis rejoint Frieda dans leur chambre.

Levé à quatre heures, il a tout juste le temps d'embrasser Frieda et les filles dans leurs lits. Après avoir avalé un petit-déjeuner rapide, il prend sa valise et rejoint le chauffeur déjà arrivé depuis dix minutes. Dans le train, il s'efforce de rattraper un peu de sommeil. En bon Prussien, il est au ministère à 7 heures 50.

Il n'attend pas longtemps. À 8 heures tapantes, un planton le prie de le suivre et le pilote au travers du dédale des couloirs du ministère jusqu'au bureau du responsable des programmes de formation et d'instruction de la *Kriegsmarine.* Son interlocuteur, un contre-amiral, lui fait part des décisions de l'amirauté. Il va d'abord suivre un stage de huit à neuf mois en qualité de chef d'état-major où, après avoir tiré enseignement de l'ensemble des plans qui s'élaborent en ce saint des saints de la Marine, il sera ultérieurement chargé de rédiger de nouvelles directives relatives à la formation accélérée des dernières recrues, en privilégiant toutefois l'instruction destinée à toutes les spécialités de l'arme sous-marine.

À la suite de ce premier stage, on l'affectera à l'inspection générale de la formation, afin de mettre en œuvre le plus efficacement possible les nouveaux programmes de formation qu'il aura conçus. Toutefois, eu égard aux sacro-saintes règles d'alternance entre service actif et service administratif, et l'on sent bien combien ces dernières peuvent agacer le contre-amiral, il sera réaffecté pour un temps au service actif. Cependant, l'importance de la mission de formation qu'on lui confie est telle, que le contre-amiral a d'ores et déjà obtenu qu'à l'issue de cette période de commandement actif, le capitaine de vaisseau Schirlitz soit remis à la disposition de l'inspection générale de la formation.

Flatté à part lui de la confiance que l'amirauté place en ses compétences, le capitaine Schirlitz se fait préciser un certain nombre de points relatifs à l'ambitieux contenu de ses nouvelles missions, de l'étendue des moyens matériels et budgétaires dont il disposera, des collaborateurs placés sous ses ordres... Enfin satisfait des informations fournies, il prend congé du contre-amiral et se rend immédiatement au troisième étage, dans les locaux qui lui sont assignés.

Ce premier stage dure, en fait, vingt-sept mois, jusqu'au 5 juin 1938. Professionnellement, la tâche est passionnante. Sa nouvelle position, au cœur du centre de décision, ne lui cache rien des moindres détails de la stratégie qu'élaborent conjointement les trois états-majors de la *Kriegsmarine*, de la *Luftwaffe* et de la *Wehrmacht*[7]. Or, cette stratégie, échafaudée à longueur de journée, dans la complexité des plans à court, moyen et long termes ne laisse absolument aucun doute sur les intentions du Haut commandement et du Gouvernement : il s'agit là d'une stratégie de guerre, et cette guerre ne se fera pas longtemps attendre. Dans ce cadre, sa mission personnelle revêt donc une importance de premier plan : l'élaboration et la mise en place de nouveaux programmes de formation accélérée relèvent d'une urgence absolue.

Il est fin prêt lorsque son stage à l'état-major prend fin. Immédiatement muté à l'inspection générale de la formation, le trajet n'est pas long : il n'a qu'un étage à descendre. Ernst Schirlitz se met au travail. Désormais, il ne reste plus qu'à communiquer aux responsables les plans qu'il a d'ores et déjà minutieusement élaborés, attendre que les équipes d'instruction dans les diverses écoles de la Marine s'en soient pénétrées, dans l'esprit et dans le détail, puis à convoquer l'ensemble des directeurs des divers instituts et écoles d'instruction pour une série de réunions destinées à parachever leur mise en place. La phase finale consistera en une longue suite d'inspections de ces établissements afin de constater les résultats et l'efficacité de la mise en œuvre des dernières instructions. Schirlitz aborde, à ce moment-là, la dernière phase de son séjour à l'inspection générale.

Le 24 août 1939, comme le lui avait précisé le contre-amiral, le capitaine Schirlitz se voit affecter au commandement en chef des défenses côtières de la Baltique. Sa mission est de reprendre en main la discipline des troupes, les entraîner à la veille sur mer, et améliorer leurs performances en matière d'artillerie côtière. Toutefois, à la fin du mois de septembre, Schirlitz reçoit, de Berlin, un pli confidentiel-défense. Une nouvelle mission prioritaire est assignée à son commandement : il lui faut entraîner l'ensemble de ses troupes à rassembler dans son secteur les énormes moyens logistiques qui vont s'avérer nécessaires aux considérables regroupements de troupes prévus pour l'opération *Seelöwe*[8], c'est-à-dire pour l'invasion de l'Angleterre.

Tout en veillant à la parfaite exécution de ses missions antérieures, Schirlitz, en officier scrupuleux, commence donc à préparer la nouvelle.

L'importance de celle-ci est telle, toutefois, qu'il n'en est qu'à la fin de la première phase lorsqu'il reçoit sa seconde affectation à l'inspection générale de la formation, à Berlin.

La Seconde Guerre mondiale

Schirlitz rejoint donc la capitale le 29 octobre 1939. Entre temps a éclaté la Seconde Guerre mondiale, ce qui ne le surprend guère. Il commence dès lors ses tournées d'inspection qui, lorsqu'il se trouve au nord de l'Allemagne, lui permettent de passer occasionnellement quelques jours à Kiel, auprès de Frieda et des filles. Lors d'une inspection de son ancienne école des cadets de Flensburg, début décembre, il peut ainsi bénéficier d'un long week-end à la maison, dans un environnement familial des plus épanouis. À sa surprise, Ernst trouve la petite maison bien pleine. En dehors de Frieda et Christa, se trouvent rassemblés l'aînée de leurs filles, Charlotte et son mari Walter Hertel qui a pu bénéficier d'une courte permission, leur fils Lutz, un bambin de deux ans, ainsi que leur seconde fille, Erika, enceinte pour le début janvier. Son mari, le capitaine Wiesand, engagé en France, n'a malheureusement pas pu se libérer pour l'occasion. Pour la première fois, Ernst a ainsi l'occasion de s'exercer à l'art d'être grand-père.

Malheureusement, les meilleures choses ne durent guère et ce bonheur familial est bientôt gâché par la guerre. Le capitaine Wiesand, le mari d'Erika, tombera en Norvège, le 8 avril 1940. Un an plus tard, ce sera le tour de Walter Hertel, le mari de Charlotte, d'être tué en Russie, le 31 décembre 1941.

De retour à Berlin, Ernst Schirlitz poursuit ses inspections. Les programmes qu'il a élaborés donnent à présent les meilleurs résultats et lui attirent de nombreux compliments. La guerre toutefois continue. Ses missions d'inspection se réduisant désormais à des constats *pro forma,* Schirlitz commence à penser à tout autre chose. Il demeure cependant à l'inspection générale jusqu'au 16 avril 1942.

Outre ses qualités d'instructeur, Schirlitz est connu de l'amirauté comme un excellent spécialiste de la défense côtière. Or, à cette époque précisément, le grand amiral Doenitz, expert de la guerre sous-marine, remporte, contre les Alliés, les succès les plus flatteurs avec ses sous-marins, les célèbres *Loups gris* de l'Atlantique. Il n'enrage pas moins de voir ses meutes privées d'un soutien logistique efficace par le biais de bases sous-marines sur la côte atlantique. L'état-major de la marine, d'autant plus désireux de le satisfaire que le Führer le soutient ouvertement, décide de mobiliser les moyens capables de lui donner satisfaction.

C'est à la combinaison de ces divers facteurs que Schirlitz doit sa nouvelle affectation. Reconnaissant en lui un chef énergique, spécialiste des côtes, et familier, en raison de son long passage à l'état-major, de la stratégie globale des forces allemandes, le 1er mars 1942, après l'avoir promu au grade de contre-amiral, l'amirauté lui confie le commandement et la responsabilité du secteur Bretagne (*Seekommando*). Un an plus tard, le 1er mars 1943, on étend le champ de ses responsabilités à l'ensemble de la côte atlantique française. Depuis son PC, soucieux de satisfaire les demandes urgentes et répétées de l'amiral Doenitz, le contre-amiral Schirlitz fait presser les travaux d'achèvement de la base sous-marine de La Pallice à La Rochelle, tout en ayant l'œil au perfectionnement constant des bases sous-marines de Brest, Lorient et Saint-Nazaire.

Sa promotion au grade de contre-amiral a permis à Schirlitz de s'échapper pour une permission de quelques jours à Kiel. Il y retrouve une Frieda minée par la mort de ses deux gendres et par les difficultés grandissantes qu'elle éprouve déjà à nourrir convenablement l'ensemble de sa nichée. Outre Lutz, Charlotte a, depuis leur dernière rencontre, mis deux autres enfants au monde : Gudrun et Klaus. De son côté, Erika a donné une petite sœur, Ruth à son aîné, Nis. Avec Christa, c'est donc aux besoins de huit personnes que Frieda doit quotidiennement pourvoir. On est donc moins joyeux que la dernière fois dans la petite maison de la Ersmachstraße, mais Ernst y puise toutefois soutien et réconfort. Il s'arrange pour acquérir et faire livrer de copieuses réserves alimentaires pour préserver sa tribu de la faim, au moins pour un certain temps. Avant de partir, il appelle Hans Balzer au téléphone pour échanger les dernières nouvelles.

Après quoi, son chauffeur le conduit à l'aéroport militaire de Cologne, d'où un avion spécial doit l'amener à Brest.

Promu vice-amiral le 1er avril 1943, Schirlitz continue de remplir sa mission qui consiste à mettre sur pied de guerre les garnisons de terre et de mer implantées tout au long de la côte atlantique française. En cette qualité, il assiste à de nombreuses réunions interarmes au quartier général du maréchal Rommel à La Roche-sur-Yon, où c'est toujours un plaisir pour lui de retrouver son vieil ami, Hans Speidel, désormais chef d'état-major de Rommel. Il l'a très bien connu à l'état-major général au cours de ses successives affectations berlinoises.

Quelques mois plus tard, l'OKW[9], peu satisfait de ce qu'il considère être le manque d'énergie, du colonel Preusser, commandant des forces allemandes de La Rochelle, décide son rapatriement. Il n'hésite pas un seul instant à le remplacer par le vice-amiral Schirlitz qui, tout en conservant ses attributions d'amiral de la côte atlantique, s'y voit ajouter la responsabilité de commandant en chef de la forteresse de La Rochelle, où il arrive le 20 août 1944, dans la soirée.

---

1 - Marché de Noël, vieille coutume des pays germaniques. Il se tient entre la Saint- Nicolas et Noël.

2 - Dortoir des sixièmes.

3 - Élèves de sixième.

4 - Élèves de quatrième.

5 - Élèves de cinquième.

6 - Les Français (les étrangers).

7 - *Kriegsmarine:* marine de guerre; *Luftwaffe:* armée de l'air; *Wehrmacht:* armée de terre.

8 - Lion de mer.

9 - *Oberkommando der Wehrmacht* (Commandement suprême de l'armée), mené par Keitel et situé dans la chancellerie, à Berlin.

CHAPITRE II

Hubert MEYER : de 1899 à 1944

Enfance et adolescence

En ce matin d'août 1914, Hubert cavale de toutes ses jambes en direction de la gare de Nancy. La guerre, à quinze ans, est la plus excitante des aventures. La sueur qui ruisselle sur son front est autant le résultat de sa course folle que l'angoisse d'arriver trop tard sur le quai. Grâce à sa petite taille, il se faufile entre les piétons, les voitures à cheval et les rares automobiles. Ma parole, on dirait que toute la ville est descendue pour accompagner qui un parent, qui un ami, qui un fiancé ! Sourire aux lèvres, fleur au fusil, les hommes en gris-bleu sont tous persuadés qu'ils tiennent un ticket aller-retour. Il faut bien de l'arrogance, ou de l'inconscience, pour oser s'aventurer en enfer. Ils n'ont que le choix de proclamer haut et fort que cette promenade sera de santé.

Hubert court parce qu'il ne veut pas manquer le départ de son aîné. Plus qu'un frère, Michel est celui qui l'a élevé, leur père étant mort, à quarante-trois ans, huit mois avant la naissance du benjamin de la famille. Michel Meyer, leur père, était né le 27 mars 1856 à Metz. Il serait le fils d'un brillant officier d'artillerie de la cour impériale d'Autriche, émigré à Metz pour suivre les cours de l'école d'artillerie fondée par Napoléon 1er. Il était en tout cas le filleul du célèbre archevêque Dupont des Loges, député au Reichstag de 1874 à 1877, qui défendit farouchement la cause française. Son parrain le plaça chez les jésuites, au collège Saint-Clément de Metz. Meyer se fixa à Nancy en 1872, entra dans la maison Grillon – fabrique de couleurs et de vernis – et en épousa la fille Mathilde, de onze ans sa benjamine. Après avoir consulté diverses sources, Hubert écrira de ce père inconnu qu'il était « *très grand (1 mètre 93), carré et fort, de type nordique, les yeux clairs, les cheveux blond cendré, fin et distingué, travailleur, ambitieux, dominateur, fier et orgueilleux, défiant, susceptible, rancunier, mais d'un cœur affectueux, généreux, droit et loyal, avec une sûreté de jugement* »[1]. Très robuste, sa première et dernière maladie fut la fièvre typhoïde.

Née le 17 janvier 1867, Mathilde, la mère d'Hubert, est la fille d'une pianiste virtuose et petite-fille de Prosper Moulins qui fut, entre autres occupations musicales, maître de chapelle à la cour de Hollande en 1841 et chef d'orchestre à l'Opéra-Comique de Paris. Lorsque sa mère, Amélie Moulins, épousa le célèbre avocat Léon Grillon, le barreau de Nancy, lui reconnaissant un indéniable talent, autorisa que cette femme d'avocat eût une profession. À l'époque, ce privilège était soit scandaleusement adopté par la gent féminine, soit exceptionnellement attribué par la caste masculine. Amélie enseigna donc la musique et put accueillir, à ses concerts privés, les compositeurs César Franck et Camille Saint-Saëns. Sa fille transmettra cette mélomanie atavique.

Sous le patronage de son parrain religieux, le père d'Hubert était devenu un fervent catholique, au point de se faire oblat, c'est-à-dire un laïc attaché à un monastère sans prononcer de vœux. Cette ferveur ne l'empêcha pas d'épouser une protestante, mais la différence de culte causera de nombreux remous dans le ménage. Pour les six enfants qui précédèrent l'arrivée d'Hubert, le père avait imposé le baptême catholique. Or, épuisé par la fièvre typhoïde et sentant la mort venir, il dit à sa femme qu'il n'est plus tenu par sa promesse d'oblat et qu'en conséquence elle peut décider de la religion de l'enfant à naître. C'est ainsi que (Jules) Hubert Meyer, cas unique dans la fratrie, naquit et grandit dans le culte protestant.

Veuve à trente-deux ans, Mathilde se consacre à l'éducation de ses sept enfants, sans trop de difficulté matérielle ni de souci pour l'établissement des uns et des autres. Elle sera bien épaulée par Michel qui, à onze, ans endosse le rôle du chef de famille. Viennent ensuite Antoine, dix ans ; la sœur aînée Catherine, huit ans ; Amélie, six ans ; Léon, quatre ans et Françoise, deux ans. Né le 10 septembre 1899 à Flavigny-sur-Moselle, le petit dernier est un gros bébé blond, aux yeux bleus, de bonne constitution. Voyant le jour trois mois avant l'an 1900, grandissant bientôt dans une ville – depuis peu et plus pour longtemps – devenue frontière, Hubert se trouvera, sa vie durant, placé au carrefour de deux mondes, de deux périodes de l'Histoire.

Enfant sympathique, actif, gai et bon camarade, cet orphelin de père est cependant enclin, non à la mélancolie, mais à une certaine sentimentalité. Élève séduit par sa jeune institutrice, il s'empresse de répondre à chaque question pour attirer le regard et l'attention de la chère personne. Lors d'une leçon de choses, à la question : « *Qu'est-ce que la tubercule ?* », Hubert répond aussitôt : « *C'est un vilain petit insecte qui entre dans les pommes de terre et donne la tuberculose.* » Fou rire de la classe, honte et confusion du petit Hubert, que seul le sourire attendri de l'enseignante parvient à consoler… Mais le cœur du petit garçon est un jour malmené lorsque l'institutrice apparaît « *plus jolie et élégante que jamais, flanquée d'un monsieur tiré à quatre épingles, aux cheveux calamistrés et au cou engoncé dans un col de dix centimètres, fleuri d'une cravate à pois* ». Rentré chez lui, le jeune Hubert s'effondre en sanglots sur son lit. Pressé de questions par sa mère angoissée, il répond que son institutrice est morte. Mathilde vérifie l'information. L'enfant n'admettra jamais le démenti.

Ce matin d'été 1914, Hubert court parce qu'il sent qu'on va lui voler, une nouvelle fois, un être cher. Après son père, la même maladie lui a enlevé sa sœur aînée, emportée par la fièvre typhoïde à douze ans, quand il en avait seulement quatre. Son frère Antoine, lui aussi touché par la maladie, s'en est sorti, mais non sans en conserver un lourd handicap. Michel, c'est celui qui s'est occupé de l'éducation d'Hubert, l'aîné a toujours fait l'admiration de son benjamin. Sportif passionné à la suite de séjours en Angleterre, le jeune homme a fondé à Nancy un club de football minime et s'est mis en tête de former son petit frère selon les règles britanniques d'un corps sain pour promouvoir un esprit sain, et réciproquement. Il enseigne donc à Hubert, au fil de sa croissance, la pratique de la lutte, de la boxe, du jiu-jitsu, puis de sports d'agrément comme le criquet, le tennis, l'aviron et la natation. Courantes en Angleterre, ces pratiques sportives étaient nouvelles, et parfois inédites, en France. Elles aideront Hubert à se forger un corps et un caractère solides. Ce qui ne l'empêchera pas de cultiver parallèlement une sensibilité aiguë.

Située sur la route nationale, à quelques centaines de mètres de l'entrée du village, la grande maison de Flavigny, où grandit Hubert jusqu'à l'âge de huit ans, se trouve non loin de la demeure des parents de Frédéric Chopin. C'est le nouveau signe d'un destin marqué par la musique. Descendant d'une lignée de musiciens, l'enfant n'échappe pas à cet héritage culturel et s'adonne bientôt à l'apprentissage du violoncelle – instrument alors aussi grand que lui. Pour ses autres loisirs, Hubert profite de la nature toute proche. Le parc de la maison familiale descend en pente douce jusqu'à la Moselle. Large et peu profonde à cet endroit, d'une eau claire sur fond de sable, la rivière offre un attrait irrésistible, d'autant qu'elle se divise en plusieurs bras formant des îlots boisés où l'on peut jouer à Robinson ou à l'explorateur. Est-ce ainsi qu'Hubert se passionne pour la Marine ? L'exemple de son frère, première figure paternelle, va bien plus sûrement imposer ce choix.

Après des études au lycée de Nancy, Michel prépare à dix-huit ans l'École navale à Paris. D'où lui vient ce désir de mer ? De cette légende familiale, jamais vérifiée, d'un arrière-grand-oncle si mauvais sujet que ses parents en furent réduits à l'embarquer comme mousse sous les ordres de Surcouf ? Le seul fait avéré est qu'avant son mariage, sa mère passait souvent des vacances dans une résidence anglaise près de Portsmouth. La jeune fille y rencontrait de fringants officiers de la *Home Fleet*, dont l'élégance et le charme ne la laissaient pas insensible. Elle épousa finalement un industriel, mais aurait ainsi transmis son goût pour la Marine à son fils aîné. Cependant, des années plus tard, l'actualité internationale vient contrarier la vocation de Michel. En ce début du vingtième siècle, l'opinion publique est en effet traumatisée par une série de catastrophes maritimes. C'est d'abord, en 1904, la bataille de Tsushima où la flotte russe, après un périple de trois ans autour de l'Afrique, est coulée par le la flotte japonaise en trois heures de temps. La même année, la Marine française est endeuillée par le naufrage du cuirassé *Iéna*, puis celui du *Liberté* et enfin, par la perte, corps et biens et dans des conditions dramatiques, de quatre des premiers sous-marins français. Ces désastres bouleversent à ce point Mathilde qu'à l'instar de plusieurs parents, elle retire son fils de l'École navale. Michel accepte de renoncer à son projet et bifurque vers des études de droit, reprenant ainsi le flambeau de son grand-père maternel.

À cette même époque, Mathilde se remarie. Le 17 janvier 1907 – jour anniversaire de ses quarante ans –, la mère d'Hubert épouse, en secondes noces, Fernand Pollain, un violoncelliste de renommée internationale, qui reçut à l'unanimité le 1er prix du Conservatoire de Paris ! La famille quitte Flavigny pour s'installer à Nancy, dans une vaste maison neuve. Située sur le cours Léopold, large esplanade à deux voies, la demeure bourgeoise est dotée d'un parc et, surtout, de larges pièces destinées à des réceptions musicales. Mathilde renoue ainsi avec sa passion héréditaire. Hubert, semble-t-il, se trouve quelque peu perturbé par ce changement dans la vie familiale – un beau-père, un nouvel environnement. Ses études s'en ressentent. Mais si l'adolescent éprouve une certaine défiance pour ce nouveau personnage, jamais il ne développera de ressentiment envers lui. Bien au contraire, devenu jeune homme et appelé vers de lointains rivages, il témoignera dans ses courriers d'une profonde tendresse, et même de reconnaissance, pour cet homme qui le combla de son affection avec d'autant plus de mérite qu'Hubert n'était pas son fils de sang. Toutefois, « papa Fernand » s'occupera davantage de sa carrière de virtuose que de l'éducation véritable de ses beaux-enfants. En la matière, il ne remplacera pas, dans le cœur d'Hubert, le rôle essentiel tenu par son frère aîné, Michel.

Depuis 1913, Michel Meyer est avocat à la cour d'appel de Nancy. Aujourd'hui, il est sous-lieutenant au 128e régiment d'infanterie, en instance de départ pour une guerre mondiale. Voilà pourquoi Hubert court. « *Dès mon arrivée sur les quais de la gare, je le reconnus aussitôt au milieu d'un groupe d'officiers qui attendait le départ devant les wagons qui leur étaient réservés. Il m'aperçut. Il fronça un peu les sourcils et me fit signe de monter dans un compartiment vide, où je l'attendis un long moment, sans le quitter des yeux. Il avait si fière allure et il émanait tant d'énergie et de force que je pensais qu'il passerait à travers tous les dangers et qu'il ne pourrait rentrer de la guerre que vainqueur. M'ayant rejoint, il me parla d'une voix calme et grave que je ne lui connaissais pas :*

"Tu dois maintenant te comporter comme un homme et t'occuper de ta mère et de tes sœurs, même dans les pires situations". »

Pourquoi Michel parle-t-il du pire ? De retour de la gare, Hubert découvre la maison familiale transformée en hôpital de campagne d'une trentaine de lits. Sa mère lui demande de rejoindre ses cousins qui disposent d'une voiture, utile en cas d'exode. Heureux et fier de cette première mission, l'adolescent revêt son uniforme de boy-scout, sans oublier la médaille que lui a récemment épinglée son chef suprême, le colonel anglais Baden-Powell *himself.* À huit ans déjà, Hubert dessinait des champs de bataille, des bonshommes rouges ou verts, selon le camp, grimpant à l'assaut d'une colline ennemie, déjouant les embuscades, fusillant à la cantonade, saignant généreusement et mourant héroïquement. Depuis la guerre de 1870 et le pacte d'annexion, Nancy est devenue ville-frontière avec l'ennemi, et la jeunesse française est élevée dans l'idée de la reconquête. « Vous n'aurez pas l'Alsace et Lorraine/Et malgré vous, nous resterons français/Vous avez pu germaniser la plaine/Mais notre cœur vous ne l'aurez jamais ! » Créé dès 1871, ce chant revanchard résonne plus que jamais, dans l'est de la France comme ailleurs. La discipline scolaire revêt un caractère nettement militaire. Les valeurs à inculquer sont le patriotisme, l'abnégation. L'esprit de sacrifice est considéré comme la clef de toutes les vertus.

Les cousins ont déjà tout prévu dans la perspective d'un départ précipité. Soudain, une sirène retentit, annonçant que des avions ennemis, de type Taube, déferlent sur la ville. « *Ce fut pour mes cousins une course éperdue vers les caves. Quant à moi, je m'avançai prudemment sur un balcon, d'où j'aperçus un groupe de trois monoplans volant très haut, entouré de petits flocons blancs, issus de la DCA très puissante. Je constatai que la bataille avait commencé et je me ruai vers ma bicyclette, très fier de constater que j'étais le premier et le seul à me risquer dehors.* » Hubert connaît, en même temps que Nancy, son baptême du feu.

Les bombardements causeront plusieurs morts et de nombreux dégâts avant que des avions tricolores ne chassent l'ennemi vers la frontière. Les cousins appellent à la maison : il faut partir, tout de suite. Hubert regrette de quitter un endroit où se déroulent des événements si excitants pour un adolescent rêvant de bravoure et d'épopée, mais il se console avec la perspective d'un long voyage dans cette belle automobile, assis au côté de son grand cousin de chauffeur. Le hasard de la grande et de la petite histoire fait que la famille Meyer en exode logera, à Bar-sur-Aube, dans le même hôtel (du Commerce) que le général Joffre et son état-major – un signe du destin qui ne manquera pas d'impressionner le jeune Hubert.

L'aventure ne finira pas bien pour tous. Antoine en rapportera une croix de guerre. Léon engagé à dix-neuf ans, sera nommé sous-lieutenant en 1916, lieutenant en 17 et reviendra sain et sauf. Leur beau-père, Fernand Pollain, y gagnera une blessure à la jambe. Malheureusement, Michel est tué à l'ennemi à Fontenoy dans les Ardennes, seulement quelques jours après son arrivée sur le front, le 31 août 1914, à l'âge de vingt-six ans.

Dans la marine

Le 11 janvier 1917, Hubert Meyer est reçu bachelier au lycée de Nancy dans les matières latines, langues vivantes et mathématiques. Nul doute que son destin ait été aiguillé par le souvenir de son cher frère tué au combat. Sans attendre de connaître l'issue de la guerre, il s'engage en mars dans le corps de la Marine. Dès avril, il est affecté à la direction du port de Lorient. En septembre, il navigue sur le torpilleur *Carabinier*, qui organise des convois entre Milo et Salonique, exceptionnellement à Malte ou au Pirée. Le jeune marin assume huit heures de quart par jour, travaille en plus pour son examen, et apprécie de manger avec les sous-officiers dont l'ordinaire fait une « *fameuse différence avec les ratas infects* » qu'on sert aux matelots. Il participe aux derniers combats avant l'armistice de 1918.

Le lendemain de l'Armistice, Hubert expérimente la plus violente émotion pour un marin. Il a dix-neuf ans et ce souvenir le marquera d'une manière indélébile. Cette nuit-là, le *Carabinier* escorte deux croiseurs le long de la côte syrienne en direction d'Alexandrette, avec un détachement de troupes à bord. « *J'avais pris le quart à onze heures du soir avec le lieutenant. La mer était dure et le vent avait tendance à augmenter de violence. Tout marchait bien cependant et notre quart s'écoulait très tranquillement.*

Vers une heure, j'avais fait la réflexion que nous passions trop près de la côte. Le lieutenant avait des craintes aussi, mais il n'y avait rien à faire puisque les croiseurs étaient maîtres de la route et que nous devions maintenir notre poste.

Tout à coup je vois une masse sombre surgir de l'obscurité et je crie au lieutenant: "La terre, lieutenant, nous allons droit au sec!" Au même instant nous distinguions l'écume des brisants. Le lieutenant hurle: "À gauche toute, en arrière toute!". Mais je t'en fiche, le Carabinier lancé à douze nœuds continue impitoyablement sa course sur les rochers. Pour comble de malheur, les machines ne partent pas en arrière et nous avançons toujours à toute allure. Une secousse qui me projette brutalement en avant, un craquement terrible, l'avant vient de se déchirer sur un caillou. Nous ne coulons heureusement pas. »

Tout l'équipage est évacué sain et sauf, mais Hubert devra se pendre au-dessus des flots rugissants au bout d'un filin d'acier qui lui scie les mains. Enfin, les hommes doivent supplier leur commandant de quitter l'épave, « *mais le brave homme hochait la tête et nous criait: "Allez vous-en mes enfants, je n'ai pas le droit de m'en aller. Allons, laissez-moi!" On trépignait sur le bord. C'était déchirant. Il fallut que des hommes menacent de se ficher à l'eau pour le décider à nous rejoindre. Quand il arriva à terre, il pleurait à chaudes larmes et s'arrachait les cheveux de désespoir. C'était navrant. Mon cœur se serre chaque fois que je vois le pauvre homme regarder tristement son pauvre bateau* »[2].

La guerre terminée, Hubert continue sur sa lancée, ayant pris goût à l'apprentissage du commandement et aux voyages au long cours. En janvier 1919, il vogue sur la canonnière *La Capricieuse* en rade de Corfou. Conçu en 1916 pour la protection des convois contre les sous-marins, ce bâtiment est désormais transformé en dragueur de mines après la guerre de 14-18. En mars, Hubert entre à l'École navale de Brest, directement au grade de second maître eu égard à ses premiers états de service. De Toulon, le 19 août 1919, il écrit qu'il s'ennuie ferme et souhaite passer rapidement à l'action.

En octobre 1920, Hubert est nommé enseigne de vaisseau de seconde classe sur la *Jeanne-d'Arc*. Depuis 1912, ce croiseur-cuirassé est célèbre en tant que bâtiment-école. Par ailleurs, il s'est illustré militairement, en 1915, pendant la guerre des Dardanelles, suspendant, durant le conflit, son rôle d'école. Sa silhouette est caractéristique des croiseurs de la fin du XIXe siècle : six cheminées, une artillerie répartie en tourelles et casemates, deux mâts à huniers. Ses trois machines à vapeur de vingt-huit mille cinq cents chevaux, alimentées au charbon, et à quarante-huit chaudières lui permettent de filer vingt-trois nœuds. Après l'école, finis les cours théoriques et le bachotage caractéristiques d'une grande école d'ingénieurs. En près d'un an de campagne, le *midship* Hubert va s'amariner, c'est-à-dire apprendre la pratique du métier des armes, du commandement et de la navigation. C'est le passage de l'étude au stage d'entreprise, avant de recevoir sa première affectation et son premier poste de responsabilité sur un bâtiment de la flotte.

Heureux de se libérer d'une vie sédentaire, malgré le sport, les régates et les exercices divers auxquels il a été entraîné, Hubert, revêtu de son premier uniforme flambant neuf et les cheveux taillés selon la coupe la plus réglementaire, se retrouve avec les officiers des autres corps qui embarquent avec lui pour la première fois : les médecins reconnaissables au velours cramoisi, les commissaires en brun, les ingénieurs du génie maritime avec des parements noirs, les administrateurs des affaires maritimes en gris clair. Comme les autres élèves, il tourne successivement dans tous les postes. Sous l'œil des officiers-instructeurs, les élèves doivent assimiler toutes ces connaissances pratiques par une observation active des diverses activités du bord. La formation est à la fois continue et générale. Du premier au dernier jour de campagne, aucun temps mort n'est prévu, même les loisirs sont programmés. La vie est rythmée par l'exercice pratique de la navigation, la sécurité, les opérations de détection, les services de transmission, le sport, des cours d'anglais, le quart à la mer, le service d'officier de garde, etc. On leur dispense une culture générale, en insistant sur l'Histoire. Les *midships* sont notés par les instructeurs sur leurs aptitudes en opération et en navigation, sur leur comportement et l'étendue de leurs connaissances. Les notes remontent au commandant qui a eu le temps de connaître et d'apprécier chaque élève, notamment sur la passerelle où il se tient le plus souvent.

Au bout des deux ans de formation, le retour à Brest, au milieu des remorqueurs embarquant famille et amis, salué par tous les bâtiments sur rade, donne lieu à une réception officielle et chaleureuse des autorités, tant militaires (préfet maritime, amiral commandant l'escadre, major général) que civiles (député, maire, élus locaux, préfet). Brest, ce jour-là, est en liesse. Aussitôt, le

1er octobre 1922, Hubert est nommé enseigne de vaisseau de 1re classe, sur le *Colmar*. Ce bâtiment est l'un des premiers bateaux à toucher le port japonais de Nagasaki depuis la guerre. Sachant que le Japon fut indirectement l'allié de la France, par le prêt d'armes et d'unités navales, l'accueil réservé au croiseur est de ceux qu'un jeune marin n'oublie pas. Dans une lettre à sa mère, Hubert en fait un récit détaillé, avec une application digne d'un grand reporter :

« *L'entrée du Colmar dans la rade de Nagasaki, port bien connu de tous les navigateurs du monde pour la ville japonaise la plus belle et la plus accueillante de l'Extrême-Orient, était pour l'état-major et les marins d'un vaillant français, ex-allemand, une juste compensation aux lourdes épreuves subies par ce bâtiment depuis son départ de Brest deux mois et demi auparavant. Dès que le fier bateau eut, suivant l'usage commun à toutes les marines du monde, échangé avec la terre et le pavillon japonais une salve de vingt et un coups de canon, puis fut entré dans la rade afin de s'amarrer sur les ancrages ou au quai désigné par les autorités du port, les rives de l'arrière-port, noires de monde, s'étaient bientôt garnies d'une meute d'embarcations qui, les unes après les autres, et parfois ensemble, mettaient le cap sur le croiseur, afin d'en faire le tour et de fournir à ce bateau tous les concours prescrits par l'usage ou les autorités navales, et de tenter de monter à bord pour faire connaissance avec des officiers ou l'équipage susceptible ou désireux de connaître les charmes de l'accueillante ville maritime. La plupart de ces embarcations apportaient des présents tels que fleurs, fruits et objets de pacotille, estampes, kimonos et éventails, voués au souvenir de la visite du croiseur français et au grand profit des camelots. Plusieurs de ces petites embarcations étaient montées et pilotées par de charmantes japonaises revêtues de leurs plus beaux atours, agitant leurs éventails avec infiniment de grâce et d'habileté, non sans provocation pour de fringants marins qui de loin les dévoraient des yeux. En bref, un accueil si aimable qu'il promettait aux marins du Colmar une escale heureuse et d'émouvants souvenirs*[3]. »

Pour Hubert, la porte de l'Orient s'est ouverte et il va passer de longs mois à en découvrir toutes les surprises, allant de stupeur en ravissement. Après un bref passage à Paris, au service central hydrographique, il repart et découvre la fameuse baie d'Along. Pour l'occasion, son style se fait lyrique, avec des envolées primesautières, mais sincères, qui dénotent déjà une culture étonnante chez un si jeune homme : « *Sur la nappe immobile d'une mer morte, où le soleil torride projette des reflets de métal, se dressent de toutes parts d'énormes blocs de rocher aux formes fantasmagoriques, décor magique aux horizons changeants qui évoque un monde de préhistoire, pétrifié par quelque cataclysme effroyable. Des êtres et des choses aux profils formidables semblent les vestiges d'une ère fabuleuse que le Déluge n'a pu faire disparaître. Ici, ce sont des monstres aux cuirasses épineuses accroupies parmi les ruines de leurs cavernes gigantesques ; là-bas, se dressent les donjons isolés et les créneaux menaçants de quelque château de légende, tandis qu'au loin, sous le soleil étincelant, se profilent les tours d'une cathédrale engloutie. À mesure que l'on avance parmi ce monde de fantômes, les uns semblent s'animer, les autres changent brusquement d'approche comme par quelque prodigieuse magie. Tel dragon hérissé semble secouer sa torpeur et faire mouvoir de terrifiantes défenses. Au loin, une immense caravelle semble fuir à toute voile vers les lointaines brumes, tandis qu'une masse informe prend soudain les traits d'un cyclope grimaçant qui nous regarde passer. Aux lueurs du couchant, le spectacle devient plus grandiose encore. Les flancs de ces apparitions jettent des reflets de feu et, tandis que le ciel s'embrase et se dore d'un prodigieux coucher de soleil, il semble que ces ruines couvertes de sang agonisent encore. Spectacle ahurissant, vision de cauchemar auquel ne peuvent atteindre les imaginations d'un Gustave Doré ou les harmonies décevantes d'un Debussy.*[4] »

Une excursion vers Angkor, qu'il finance sur sa propre solde, le porte à de nouvelles extases. On peut remarquer que chez Hubert Meyer, les notions d'esthétique et de mort sont souvent liées. « *Dans une trouée de la débordante forêt qui déferle sur tout le pays en des vagues de verdure gigantesques, apparaissent les cinq tours du temple d'Angkor, le plus beau monument que nous ait laissé la merveilleuse civilisation khmère, mystérieusement disparue. On reste confondu devant ce monument parfait du genre humain et d'un peuple ancien qui est sans conteste notre maître dans l'architecture décorative. Le grand temple est conservé dans toute sa splendeur apparente et il faut s'approcher de bien près pour voir l'effet du temps, du climat et de la bêtise humaine. Angkor Vat change d'aspect à chaque heure du jour et les émerveillements se succèdent du sublime au grandiose tout au long de la journée. C'est d'abord le lever du soleil sur les ruines dans la fraîcheur brumeuse du matin, les teintes pâles, azurées et rosées; puis, vient l'étincelante lumière du midi, qui noie les détails et confond tout dans un ruissellement de feu qui éblouit; enfin, l'heure des ombres arrive lorsque le soleil s'affaisse pour finir dans une féerie inimaginable lorsque la pierre prend une teinte rouge, brillante, comparable à celle d'un beau soir de Porto (excuse la comparaison, elle est très exacte) et que les détails de l'architecture se détachent sur des ombres d'un noir d'encre démesurément agrandies. Enfin, c'est le lever de la lune, la lumière pâle et froide qui coupe des ombres indéfinies, et alors règne sur les ruines grandioses une impression de mort, de désespérance qui fait songer plus vivement que dans le jour à l'effroyable engloutissement d'un peuple de légende.* »

Le 1er février 1923, Hubert embarque sur la canonnière *Altaïr* et croise à nouveau vers l'Extrême-Orient. Il semble désormais que le jeune homme soit tout aussi sensible au charme exotique des paysages que de ses autochtones: « *J'ai devant moi la plus jolie geisha. Un pur type de beauté classique aristocratique, comme en a peint si délicieusement Utamaro. Je l'ai priée de rester longtemps devant moi. Elle s'appelle Kutsuru San, soit "mademoiselle petite grue", charmant petit nom très poétique au Japon. Kutsuru a un beau kimono, une obi étincelante avec un brillant comme fermeture. Sa coiffure est ornée de perles scintillantes. Sur tout cela, il est fait compliments. Je me risque même à quelques compliments plus personnels, appréciés avec une farouche modestie et une incrédulité bien jouée. Ce sont des rires chez les compagnes qui s'intéressent de loin au jeune barbare à cheveux rouges qui parle un peu japonais.*

Les conversations s'animent, et, derrière le paravent en entrant le claquement sec des shianitzus que l'on accorde, les danses vont commencer[5]. »

À la même époque, le jeune Meyer côtoie les filles de l'ambassadeur français au Japon, le poète Paul Claudel. Sa fille aînée, en particulier, bénéficie de sa préférence : « *Elle n'est pas d'une extrême beauté, mais elle a un charme saisissant, fait de distinction et d'élégance. Cette petite qui n'a que dix-sept ans a déjà toutes les qualités d'une parfaite petite femme du monde, cela avec une grande simplicité et la plus réelle spontanéité. On se plaît à dire à Tokyo que c'est elle l'ambassadrice. La mère s'occupe assez peu, en effet, de sa maison et se repose entièrement sur sa fille pour cela. Et c'est merveille de voir comme tout est chic, de bonne tenue et élégant sous la direction de cette petite. Voilà encore une de ces petites femmes comme j'aimerais en avoir une plus tard. Je ne fais pas de projet, rassure-toi, petite mère, car je sais qu'une jeune fille peut changer singulièrement en quelque temps et que telle qui me semblait parfaite, il y a quelque temps, peut me faire une tout autre impression quelque temps après*[6]. »

Il ne faudrait pas croire que Meyer se contente de prendre la Marine comme une formidable agence de voyages. Il s'intéresse sincèrement à son métier, tant d'un point de vue historique que stratégique. Ainsi parle-t-il de ses lectures, notamment celle d'un ouvrage d'Alfred von Tirpitz. En 1914, ce grand amiral de la flotte allemande hissa cette dernière au deuxième rang mondial, après l'Angleterre. Il est intéressant de noter que Meyer développe très tôt – il n'a encore que vingt-quatre ans – un esprit critique lui permettant de juger avec lucidité des qualités d'un combattant, fût-il ennemi : « *C'est un ouvrage remarquable, fait par un homme de génie. J'ai l'impression après ce livre, comme après les différents ouvrages publiés sur la bataille du Jütland et en particulier les admirables exposés de l'amiral von Hase et du capitaine de corvette de Parceval, que les Allemands étaient de taille à battre les Anglais sur mer. C'est une opinion qui a cours dans la marine depuis cinq ans et que je partage entièrement. Le livre de Tirpitz est du plus haut intérêt car il montre comment en vingt ans la Marine allemande, créée de toutes pièces, est devenue un outil admirable. Le marasme naval qui sévit en Allemagne de 1877 à 1890 ressemble étrangement à celui qui règne en ce moment en France. Hélas, loin de profiter de l'expérience de nos ennemis, il semble que nous devions passer par les mêmes erreurs, les mêmes tâtonnements. Il y a dans ce livre d'un amiral qui a fait la Marine allemande, une étoffe dont nous devrions user. Il faut lire les avis de ce marin concernant l'exclusivité des armes comme le torpilleur, le sous-marin, l'avion. Tous ces moyens, dit-il, ne sont que des expédients, et non des moyens s'ils sont seuls. Ils deviennent au contraire, avec une flotte de bataille, d'une utilité aussi grande que les membres du corps*[7]. »

En décembre 1923, Hubert est affecté à terre, au dépôt des rapatriés à Toulon. Au 1er janvier 1924, il prend ses trois premiers mois de congés. Dans les années qui suivent, il poursuit sa carrière de bâtiment en bâtiment, sillonnant une grande partie du globe. Le 1er avril, il embarque sur l'aviso *Ville-d'Ys*, en station de Terre-Neuve et d'Islande. Deux semaines plus tard, il rejoint le croiseur *Metz*, dans l'escadre de la Méditerranée. Un an plus tard, il est à terre, à l'état-major de la 3e région maritime de Toulon. En mai 1925, à bord du cuirassé *Strasbourg*. En septembre, retour sur le croiseur *Metz*. En novembre, pour compléter sa formation, il entre à l'école supérieure de radio, à Paris. L'année suivante, il navigue sur le contre-torpilleur *Tigre*. Le 19 mai 1927, il reçoit sa première médaille, en commémoration des opérations effectuées en Syrie-Cilicie. Le 18 août suivant, il est promu lieutenant de vaisseau. Le 5 novembre 1927, il passe sur le cuirassé *Condorcet*. Un an plus tard, sur le croiseur et bateau-école *Edgar-Quinet;* cette fois, Hubert intervient en tant qu'officier-instructeur, choisi pour ses qualités pédagogiques et ses connaissances étendues.

Apprentissage d'un médiateur

Parallèlement à de riches états de service pour son âge, Meyer va de plus en plus se trouver sollicité pour des missions spéciales, à terre ou sur mer, requérant des aptitudes plus larges que celles exigées d'un simple navigant. Rappelons que le jeune homme parle et écrit l'anglais et l'allemand. Il est d'abord affecté, le 13 juillet 1929, au cabinet militaire du ministre de la Marine à Paris. Le 3 août, il reçoit officiellement son brevet d'officier d'état-major avec mention spéciale. Sa première mission est confirmée le 15 janvier

1930 par l'attribution d'un passeport diplomatique pour la Grande-Bretagne, où il se rend « *chargé des plis du Gouvernement* ». Le 12 avril, il est à Londres comme aide de camp de François Piétri, député et ministre des Colonies, qui représente la France, avec d'autres membres du gouvernement, pour la signature d'un traité pour la limitation et la réduction des armements navals, entre les États-Unis, la France, la Grande-Bretagne (Irlande et colonies), l'Italie et le Japon.

Pour ce jeune homme qui, cinq ans plus tôt, s'intéressait déjà aux stratégies internationales, cette conférence est une opportunité exaltante, qui l'introduit dans la cour des grands qui font et défont l'équilibre de la paix ici-bas. Et, visiblement, il se tire à merveille de sa mission : le 19 avril, le lieutenant de vaisseau Meyer se voit attribuer un témoignage officiel de satisfaction pour « *services exceptionnels au cours de la Conférence navale de Londres* ». On retrouve même sa signature au bas du fameux traité en date du 22 avril.

Alors qu'il assume la direction du port de Brest depuis le 1er mai, Hubert a l'occasion de faire une apparition devant des caméras de cinéma. En effet, à l'été 1930, le réalisateur Jean Arroy tourne un documentaire intitulé « SOS Foch » et consacré au tout nouveau croiseur. Issu d'un programme de construction militaire navale de 1927, mis sur cale en juin 1928 à l'arsenal de Brest, le *Foch* est lancé le 24 avril 1929. C'est le cinquième croiseur de 10 000 mille tonnes français. Ce bâtiment de 195 mètres de long, déplace

12 780 tonnes en pleine charge. Particularité rare dans la Marine française, il est doté de trois lignes d'arbres et atteint, lors des essais, 32 nœuds. L'autre élément qui le distingue de ses prédécesseurs, ce sont certaines améliorations, dont la protection qui représente 1 374 tonnes. Son armement reste classique : 8 canons de 203 mm, 8 canons de 90 mm et 8 canons de 37 mm contre avions, 12 mitrailleuses de 13,2 mm, 6 tubes lance-torpilles de 550 mm et 2 catapultes pour des hydravions embarqués.

A-t-on voulu récompenser Meyer pour avoir, entre autres, contribué personnellement à la médiatisation du nouveau fleuron de la Marine française ? Toujours est-il qu'il est fait chevalier de la Légion d'honneur le 20 janvier 1931.

Vie de famille

Au 1er mars 1931, Hubert Meyer est de retour au cabinet militaire du ministre de la Marine à Paris. Parallèlement, il prépare un événement majeur, dans la confidentialité de sa vie privée. Quelques mois plus tôt, il a en effet rencontré à Paris, par l'entremise d'une amie de sa mère, une jeune femme qui va devenir son épouse. Dynamique et spirituelle, Hélène est issue de la grande bourgeoisie royannaise. Son père, Paul Gros, dirige l'exploitation et la commercialisation du procédé mis au point par son beau-père, M. Carrière, ingénieur des Eaux et Forêts, concernant la greffe de pieds de vigne français sur des plants américains résistants au phylloxéra. Quand on songe que vers 1865, ce parasite ravagea plus de la moitié du vignoble français, on comprend la manne que représenta l'invention de cette greffe miraculeuse. Avec ses bénéfices, M. Gros put acquérir quatre propriétés prestigieuses, et surtout entourées de pépinières : le domaine d'Orignac, celui de Belmont, le château de Mons et une propriété en Kabylie.

L'aînée de six filles, Hélène a grandi dans le splendide décor du château de Mons, à Royan, un logis Louis XIII avec parc et jardin à la française. Très courtisée mais exigeante, elle a déjà trente ans lorsqu'elle épouse Hubert, seulement quelques semaines après leur rencontre. Comme celle d'Hubert, sa famille a été éprouvée par les deuils, là aussi provoqués par ce maudit typhus : en 1927, elle a perdu une sœur de vingt-trois ans, morte dans les bras de son fiancé, Jacques de Luze, et, l'année suivante, une autre sœur de quatorze ans qui mourut sur la table d'opération suite à une erreur de diagnostic (son accès de fièvre typhoïde avait été pris pour une appendicite). « *Optimiste au tempérament anxieux*[8] » aussi expressive que son mari, mais d'une présence plus discrète, elle sera pour lui un point d'ancrage essentiel, partageant avec admiration les succès de son mari et lui apportant compréhension et réconfort dans les épreuves.

Le mariage a lieu le 18 avril 1931. Un premier enfant voit le jour le 20 mars 1932. Jean-Paul est un joyeux nourrisson, dont Hubert suit avec fierté l'évolution de la courbe de poids, pour en rendre compte dans le détail de sa correspondance familiale. Si heureux d'avoir un fils, sans doute a-t-il songé à la chance de celui-là de connaître son père... Un bonheur n'arrivant pas seul, cet été-là Meyer reçoit le commandement du groupe des garde-pêche d'Algérie. En devenant, à trente-trois ans, père et commandant, il vit une double consécration, privée et professionnelle.

La vie, Hubert le sait déjà, peut être reprise aussi vite qu'elle a été donnée. Mais veut-on jamais s'attendre au pire? Après seulement dix-huit mois de ce bonheur familial, Meyer est frappé par un drame aussi cruel qu'imprévu. Parti en voiture avec femme, nourrice et enfant, Hubert s'arrête quelques minutes pour faire de menus achats. En l'attendant, son épouse, assise à l'avant, demande à Nanée[9] de lui passer son petit garçon pour en profiter quelques instants sur ses genoux. Soudain, l'arrière de leur voiture à l'arrêt est embouti par un camion dont les freins ont lâché. Sous le choc, la tête de Jean-Paul cogne contre le tableau de bord... L'enfant décèdera au bout d'une semaine de souffrances, causées par une fracture du crâne.

Hubert et sa femme sont anéantis par ce deuil. Heureusement qu'Hélène, enceinte de cinq mois au moment de l'accident, n'a pas à subir de mauvaises conséquences pour sa nouvelle grossesse. La naissance de leur première fille, Florence, le 5 janvier 1934, apporte un bonheur nouveau, mais certainement pas la consolation du drame récent. Comme à la génération précédente, un deuil a précédé une naissance… Cette année 1934, Hubert sort premier de l'École de guerre navale, à Paris. Odile, sa seconde fille, vient au monde le 8 avril 1935. Deux ans et demi plus tard, un garçon voit le jour, Hervé, qui ferme le ban de la fratrie le 25 septembre 1937.

L'entrée en guerre

Soumise aux remous de l'actualité, la carrière de Meyer se poursuit entre terre et mer, France et reste du monde. En 1933, année de l'élection d'Hitler et de l'incendie du Reichstag, Hubert est à l'École de guerre navale de Paris. En avril-mai 1935, il voyage à Londres en tant qu'officier d'ordonnance du ministère de la Marine, tandis que la France, l'Angleterre et l'Italie signent les accords de Stresa[10]. Quand débute la guerre d'Espagne, en juillet 1936, Meyer prend la direction du port de Lorient ; en août, il est fait chevalier de l'ordre du Mérite maritime. Le 29 octobre 1936, veille de la proclamation de l'axe Rome-Berlin, il prend le commandement de l'escorteur *La Bayonnaise* et se voit promu sur ce vaisseau capitaine de corvette le 7 janvier 1937.

De février à septembre 1939, Meyer intègre l'état-major du général inspecteur des forces en Afrique du Nord, basé au Maroc. Hélène et les trois enfants le rejoignent à Rabat. Le soleil est généreux, les enfants sont rieurs, le père est joueur, la mère les photographie avec amour.

C'est à ce moment que tombe la déclaration de guerre de la France et de l'Angleterre contre l'Allemagne.

Au 1er août 1940, après la signature du pacte tripartite (Allemagne, Japon, Italie) et à l'aube de la bataille aérienne d'Angleterre, Meyer est nommé à l'état-major de la Marine en Algérie. Il est promu capitaine de frégate, sous les ordres de l'amiral Darlan. Le 21 février 1941, Darlan est nommé vice-président du Conseil et accapare presque tous les pouvoirs, jusqu'au poste de ministre de la Guerre. Que pense Meyer de son amiral, collaborationniste convaincu, successeur désigné de Pétain ? Il semble en tout cas satisfait de prendre de la distance. En mai 1941, il est commandant en second sur le croiseur *Jean de-Vienne*, des forces de haute mer. Début novembre 1942, il est à terre à l'état-major de la 3e légion maritime à Toulon. Le 8 novembre 1942, au moment même où débutent les débarquements en Afrique du Nord, il prend le commandement du contre-torpilleur *Lynx*. Le sabordage de la flotte française à Toulon sera un véritable traumatisme, professionnel et humain, pour le marin Meyer.

Le 27 novembre 1942, en deux heures, près de quatre-vingt-dix bâtiments se sabordent pour ne pas tomber aux mains de l'ennemi, dont la totalité des forces de haute mer. Déclenchée quelques jours après l'invasion militaire de la zone libre, l'opération *Lilas* ordonnée par Hitler est en complète violation des termes de l'armistice de 1940, selon lesquels Toulon devait demeurer un camp retranché tenu par des troupes françaises de l'armée d'armistice. L'opération se solde par un échec, dû au retard du second groupe allemand venant de l'ouest, à la qualité des liaisons marines françaises et à leur parfaite mise au point des consignes de sabordage. Au soir, tous les grands bâtiments de combat sont coulés et irrécupérables. Certains seront par la suite renfloués, mais ne feront jamais que de la ferraille. Seuls trente-neuf bâtiments seront capturés, tous de petit tonnage, sans grande valeur militaire car sabotés, endommagés, ou pour certains, désarmés. Le fameux croiseur *Foch* du film de 1931 finit par le fond comme tous les bâtiments présents sur rade, lui dans la darse Castigneau. Meyer a sabordé *Le Lynx*. Bouleversé comme tous les marins français, il gardera en relique une photographie des bateaux *Condorcet* et *Provence* en flammes, vus depuis le quai Maréchal-Pétain.

Il est certain que ce désastre agit sur Meyer comme un électrochoc. Le temps n'est plus à la simple vigilance, l'heure du véritable engagement a sonné. En décembre 1942, Meyer est en congé d'armistice. Suite au débarquement en Afrique du Nord, l'amiral Darlan prend le pouvoir avec le soutien des Américains. Sacré retournement d'uniforme ! Mais, la veille de Noël, Darlan est assassiné à Alger sur l'ordre personnel et secret de François d'Astier de la Vigerie, alors commandant en chef des Forces françaises libres. Dans un télégramme adressé aux généraux de Larminat et Kœnig, le général de Gaulle écrivait : « *Le général d'Astier de la Vigerie déclare que tout le monde en France est unanime sur les deux points suivants: Darlan est un traître qui doit être liquidé. Giraud a le devoir de se rallier à la France combattante.*[11] »

À l'été 1943, Meyer est nommé chef du service local des œuvres de la Marine. C'est une couverture idéale pour rendre service à certains marins décidés à poursuivre le combat, soit dans la clandestinité, soit en Angleterre. Ces bonnes œuvres dissimulent une filière d'exfiltration pour les officiers rebelles au régime de Vichy. Mais bientôt, un ami bien placé[12] informe Meyer que ses véritables activités sont connues et qu'il est temps de se mettre au vert, pour poursuivre l'action ailleurs et autrement.

La logique veut qu'il reparte sur la région de sa belle-famille, les Charentes. On lui octroie alors la mission de sa vie: négocier la libération des poches de Royan et La Rochelle. Il va ainsi avoir la chance unique de donner la pleine mesure de son exceptionnelle personnalité et de tenter de s'affranchir de toute vassalité pour défendre ses convictions morales. La vraie guerre de Meyer commence.

---

1 - Ces citations proviennent de notes prises par Meyer lui-même à la fin de sa vie, en vue d'une autobiographie qui restera au stade de brouillon et que, par pudeur ou pour toute autre raison, Meyer prévoyait de rédiger sous la forme d'un roman mettant en scène un alter ego baptisé Jean Wiener.

2 - Lettre à sa mère, du 18 novembre 1918, depuis le phare du Raz Ibn Hazim, près de Lakatié (Syrie).

3 - Lettre du 1er octobre 1922.

4 - Lettre du 15 janvier 1923, depuis Saïgon (Viêt Nam).

5 - Lettre du 28 juin 1923 depuis Otaru (Japon).

6 - Lettre de 1923.

7 - Lettre du 22 mars 1923, depuis Haïphong (Viêt Nam).

8 - Témoignage de sa fille aînée, Florence Arnaud.

9 - La nourrice était issue d'une famille de commerçants français installés à Smyrne et qui en furent chassés en 1923.

10 - Accords que Mussolini dénoncera huit mois plus tard.

11 - Charles de GAULLE, *Lettres, notes et carnets*, ed. Plon, Paris 1982.

12 - Il s'agit du vice-amiral Barnaud, sous-chef de l'état-major général à Vichy.

CHAPITRE III

Situation générale dans le monde, en France, sur l'Atlantique et à La Rochelle après le Débarquement du 6 juin 1944

Situation géopolitique mondiale à partir de 1943-1944

Dès l'entrée des États-Unis dans le conflit, Anglais et Américains ont constitué, en 1943, un état-major commun siégeant à Washington. Leurs forces respectives sont placées, sur les divers théâtres d'opérations, sous le commandement unique de Dwight D. Eisenhower, en Afrique du Nord. Certes, les divergences de vues entre partenaires sont nombreuses, et parfois profondes. Les Anglais préconisent une stratégie périphérique, moins coûteuse en hommes, et – ce qui va sans dire – de nature à protéger les intérêts de l'Empire. De leur côté, les Américains s'attachent, au contraire, à porter le fer directement au cœur de la citadelle ennemie. Un accord se fait néanmoins. Par conversations téléphoniques directes, des conférences permettent à Roosevelt et à Churchill d'élaborer une politique et une stratégie communes. La première décision capitale est de concentrer l'effort principal contre l'Allemagne nazie, et non contre le Japon, comme le désirait l'opinion publique américaine.

En janvier 1943, à Casablanca, est adoptée la formule de capitulation sans conditions, destinée à rassurer l'URSS, mais qui peut décourager l'opposition allemande à Hitler. En mai 1943, à Washington, sont décidées l'offensive contre l'Italie, l'extension du *tapis de bombes*, dont les effets sont psychologiques, économiques et militaires, et le principe d'un débarquement sur la côte française de la Manche à partir de la Grande-Bretagne.

Dans ces conditions, la guerre contre le Japon se limite, pour l'instant, au ravitaillement des troupes de Tchang Kaï-Chek par la Birmanie, à l'extension de la guerre sous-marine, à la conquête de la Nouvelle-Guinée et des îles Salomon. Un autre objectif consiste en la création de bases en Australie du Nord et en Nouvelle-Calédonie pour de futures opérations combinées. Aux États-Unis, la formation d'armadas aéronavales et d'unités de débarquement, les *marines*, bat son plein. Si, sur ce front spécifique, les Alliés sont encore sur la défensive, ils peuvent passer à l'offensive sur tous les autres à la fois. En Europe, les territoires occupés par l'Allemagne, attaquée à l'est, au sud et à l'ouest, se réduisent désormais de manière impressionnante.

Au sud, c'est l'Italie qui met bas les armes la première. Le 10 juillet 1943, la Sicile est attaquée. La supériorité alliée est si écrasante que les aérodromes et fortifications ont pu être totalement détruits avant le débarquement. La campagne de Sicile dure trente-neuf jours. La résistance italienne est quasiment nulle. Cette écrasante défaite entraîne la chute de Mussolini. Le Duce est arrêté, puis interné. Successeur de Mussolini, le maréchal Badoglio, tout en assurant officiellement Hitler qu'il poursuit la lutte, négocie secrètement avec les Alliés un armistice qui n'est dévoilé que le 8 septembre. Dès les 3, les Anglo-Américains avaient débarqué en Calabre, puis à Salerne. La réaction allemande est très violente. Trente divisions sont envoyées en Italie, où une lutte sans merci s'engage contre les envahisseurs. Mais la supériorité alliée est telle que la *Wehrmacht* est contrainte de se replier lentement sur les lignes du Veturno, puis du Garigliano-Sangro, où le front s'immobilise pendant l'hiver 1943-1944.

L'Italie est en pleine anarchie. Le roi et Badoglio, rejoints, par tactique, par le Comité antifasciste de libération nationale, sont reconnus par les Alliés. Dans le centre et au nord, les Allemands font régner la terreur. Libéré par les *SS*, à la suite d'une audacieuse opération aéroportée de Skorzeny, Mussolini a installé à Salo, dans le nord, une république néo-fasciste qui limite son action à des représailles. Mussolini y fait exécuter, entre autres, son gendre Ciano, ex-ministre des Affaires étrangères, auquel il reproche sa trahison.

Le corps expéditionnaire français, commandé par le général Juin, exécute une manœuvre qui permet l'entrée des Alliés dans Rome, le 4 juin 1944. Puis, appliquant la stratégie alliée désireuse de rassembler des effectifs considérables pour le débarquement à l'ouest[1], le front italien s'immobilise à nouveau sur la *ligne gothique* entre Pise et Rimini.

À l'est, au printemps 1943, l'*armée Rouge* compte trois cent quatre vingt et une divisions, dont cinquante et une blindées. Elle possède l'avantage en hommes, en chars et surtout en artillerie. Par ailleurs, son aviation est désormais à égalité avec la *Luftwaffe*. Pour la première fois, à cette date, l'armée russe prend l'offensive en été, après avoir arrêté net l'attaque allemande sur Koursk. Elle force la *Wehrmacht* à opérer un retrait élastique de plusieurs centaines de kilomètres, qui l'amène jusqu'au Dniepr. Début septembre, tout le bassin du Donetz est réoccupé et Smolensk est repris le 25 septembre. En novembre, Kiev est libérée. Il n'y a plus désormais de réelle réaction allemande, et la quatrième offensive générale, programmée pour le printemps 1944 n'aura pas lieu. Dans la foulée, les Russes libèrent Odessa, Sébastopol et dégagent Leningrad. Afin de reconstituer ses forces et ses approvision-nements, l'armée Rouge stabilise le front en mai 1944, mais son mouvement d'attaque au sud, sur un front de six cents kilomètres de large, a progressé de cinq cents kilomètres, pénétrant jusqu'en Pologne et en Roumanie.

En Extrême-Orient, les Américains lancent, dans le Pacifique, deux offensives qui vont au but, par approches successives, négligeant, puis isolant des points d'appui japonais secondaires, selon la tactique dite du « saut-de-mouton ». La seconde offensive, conduite par l'amiral Nimitz, consiste à mener une guerre aéronavale en direction de l'archipel japonais, en passant d'atoll en atoll. Il dispose d'étonnantes escadres autonomes ou associant cuirassés, porte-avions (mille avions pour la seule *Task-Force 58*), navires et troupes de débarquement, les fameux marines, navires de ravitaillement, navires-ateliers et jusqu'à des bassins de radoub flottants. Ainsi puissamment équipé, Nimitz attaque et conquiert les îles Gilbert en novembre 1943, puis les îles Marshall en janvier 1944, en dépit d'une défense japonaise acharnée. Le 19 juin, aux îles Mariannes, il livre la plus importante bataille aéronavale depuis celle des îles Midway. Et les forces américaines l'emportent, dans les airs d'abord, sur mer ensuite.

De son côté, le général Mac Arthur avance vers les Philippines, par les nombreux archipels du sud du Pacifique. Là encore, procédant par enveloppements successifs, il occupe d'abord les points faibles, laissant les points forts bloqués, qu'il réduira par la suite. Dès qu'ils prennent pied sur une position, les Américains bâtissent des aérodromes, qui seront autant de bases de départ de bombardements stratégiques, aux objectifs de plus en plus lointains.

En juin 1943, Américains et Australiens débarquent en Nouvelle-Guinée. En juin 1944, cent trente-neuf mille Japonais, totalement isolés, seront pris au piège sur un territoire conquis qui est devenu leur prison. Parallèlement, les Anglais se battent avec acharnement en Birmanie, pour protéger l'Inde, enrayer l'avance japonaise d'abord, puis reconquérir et aménager la route birmane permettant de ravitailler les forces de Tchang Kaï-Tchek, avec lesquelles ils font leur liaison en août 1944.

La France après le débarquement du 6 juin 1944

À l'ouest, les préparatifs du débarquement en Normandie ont commencé dès la fin de 1943, par la construction, aux États-Unis et en Grande-Bretagne, de péniches de débarquement et d'éléments de ports préfabriqués, ainsi que par l'étude des problèmes de logistique posés par une opération de telle envergure, comme le ravitaillement ou la pose d'un oléoduc. Ces diverses raisons expliquent pourquoi le Débarquement ne pouvait se dérouler avant 1944. Il fallait, en outre, aux Alliés disposer du temps nécessaire pour réunir préalablement les contingents suffisants pour un projet aussi titanesque. L'énorme concentration de troupes qui en résultait devait simultanément être gérée et entraînée dans des conditions optimales. En même temps, les États-Unis s'évertuaient à lancer une lourde machine militaro-industrielle, dont la mise en œuvre allait permettre d'assurer l'énorme effort économique nécessaire aux besoins de l'entreprise. Il faut s'en souvenir : *Overlord* était comme une gigantesque opération combinée, rassemblant – dans une même unité d'action – les armes de la marine, de l'aviation et des parachutistes, et qui devait transporter sur le continent cinq divisions par mer et en larguer trois par la voie des airs. Certes, sa préparation était rendue plus aisée car, depuis le printemps 1943, les Alliés détenaient le contrôle quasi absolu de l'Atlantique Nord grâce au décryptage des codes de transmissions allemands. Ils étaient ainsi en mesure de protéger les convois navals acheminant la logistique par une gigantesque couverture aérienne. Une course technologique est engagée car, dès 1945, une telle opération deviendra impossible, avec l'apparition de l'arme atomique, le champ de bataille étant alors entièrement contaminé.

À un autre échelon, l'état-major combiné devait mettre au point un plan des opérations, extrêmement complexe, capable d'intégrer des variantes de dernière heure. Au préalable, à compter de 1942, les forces aériennes alliées se sont réparti les frappes aériennes à effectuer sur des objectifs tant militaires (bases, aéroports) que civils (usines, voies ferrées, centres de communication). Les populations ne seront, hélas, pas épargnées. Le général britannique Harris, dit *Bomber Harris,* acquiert une certaine notoriété par ses frappes nocturnes des villes. Quant aux Américains, ils bombardent de jour et se targuent de pouvoir frapper des objectifs précis grâce à des techniques de ciblage, qu'ils refusent même de dévoiler aux Anglais. Toutefois, ces bombardements ne sont pas toujours si performants qu'on le souhaiterait et se soldent par de trop nombreuses victimes civiles.

Que les cibles soient civiles ou militaires, les destructions opérées par l'aviation alliée sont complétées par les nombreuses actions de sabotage mises en œuvre par les hommes de la Résistance intérieure française. Cette dernière, encore faible en 1942, avait toutefois acquis une force réelle au printemps 1944. Dès le mois de mai 1943, Jean Moulin était parvenu à unifier, au sein du Conseil national de la résistance (CNR), les mouvements existants qui fonctionnaient jusqu'alors isolément et dans des conditions plus ou moins anarchiques.

Le premier de ceux-ci, l'Armée secrète (AS), était né en septembre 1942, de la laborieuse fusion de trois autres groupes : Combat, Franc-tireur et Libération. Le général Delestraint prend alors le commandement de l'Armée secrète unifiée, dont les membres se répartissent en plusieurs régions. Impulsée par le chef de la France libre, depuis Londres, cette unification ne s'opère pas sans difficulté, chacun des groupes renâclant à la perte de son autonomie, et les rivalités entre chefs ne sont pas minces.

Le second mouvement est constitué par les Francs-tireurs et partisans (FTP) d'inspiration communiste. La direction des FTP est assurée par Charles Tillon, résistant de la première heure. Il est secondé par Marcel Prenant. Tous deux assument la formation militaire des cadres. À partir de 1941, ce sont ces FTP communistes qui prendront l'initiative d'opérations armées contre les forces occupantes. Ces opérations divisent les esprits des résistants, au sein des FTP mêmes. Les communistes, parmi eux, sont partisans d'une « action immédiate à tout prix » (attentats contre des Allemands isolés, actions de guérilla). Les résistants non-communistes, eux, s'opposent à ce qu'ils considèrent comme une orientation aventuriste, les attentats isolés et aveugles n'ayant, à leurs yeux, d'autre conséquence que des représailles terribles contre la population civile, pour un bénéfice tactique et stratégique discutable.

Le troisième élément, l'Organisation de résistance de l'armée (ORA), qui a été fondée en décembre 1942, découle de la réflexion des militaires de l'Armée d'armistice, dissoute dans courant de décembre 1942. Leur action consiste à camoufler du matériel, à organiser la mobilisation secrète, à constituer des dépôts d'armes clandestins en zone libre… L'ORA va fortement contribuer au passage vers l'Afrique du Nord, via l'Espagne, des cadres et spécialistes dont la nouvelle armée française a un besoin urgent afin de poursuivre sa lutte contre le IIIe Reich. Ajoutons à cela que la création du Service du travail obligatoire (en Allemagne), le STO, va constituer pour les résistants des maquis une aubaine inattendue en matière de recrutement de jeunes gens réfractaires à ce genre de tourisme.

Les Forces françaises de l'intérieur (FFI) sont créées officiellement le 1er février 1944 et regroupent les formations militaires des organismes de Résistance précédemment décrits. Le général de Gaulle en confie le commandement à un chef prestigieux, le général Pierre Kœnig. D'avril à juin 1944, secondé par le général Cochet, Kœnig abat une tâche quasi surhumaine. Organisant l'état-major des FFI, il coordonne leur action avec celles du commandement des FFL et persuade les Alliés de la puissance des maquis, obtenant de ce fait des parachutages d'armes et de matériel, dont la fréquence et le nombre vont régulièrement s'intensifier.

Le rôle imparti aux maquis de la Résistance, par l'état-major allié, a été défini au terme de trois plans successifs. Le *plan Vert* doit paralyser le maximum de transports ennemis pendant une période d'une quinzaine de jours, nécessaire à l'établissement d'une tête de pont en Normandie. Il consiste à faire obstacle au ravitaillement ennemi (en vivres, carburant et munitions), à ses déplacements stratégiques et, par suite, au renforcement de ses troupes, en détruisant les moyens de transport conduisant au futur front: réseau routier et voies ferrées, ponts, canaux. Le *plan Bleu* confie aux FFI le soin de saboter le réseau électrique. Le *plan Tortue*, enfin, assigne aux résistants français la mission de retarder au maximum les colonnes ennemies par des actions de guérilla. Étaient également programmés des plans d'attaque de dépôts de munitions et de carburant. Par ailleurs, en France occupée, des équipes d'officiers spécialisés dites *Jedburgh* encadrent et forment les résistants, tout en développant à l'extrême toutes opérations de collecte du renseignement pour évaluer et estimer, au jour le jour, la mesure des défenses allemandes, et en communiquer la teneur à l'état-major allié.

Outre son caractère opérationnel, l'action des maquis de la Résistance revêt un aspect politique. On le sait, l'un des axes essentiels, sinon majeur, de la politique conduite à Londres par le général de Gaulle, consiste à se faire accepter, *volens nolens*, par les Alliés comme un partenaire à part entière dans le conflit mondial. Intransigeant sur le thème de la souveraineté française, de Gaulle s'est fondamentalement et violemment opposé au plan AMGOT (Gouvernement militaire allié des territoires occupés) visant à imposer une administration américaine à la France libérée (comme ce fut le cas en Italie). Des officiers américains ont été spécialement formés à l'université de Virginie, dans ce but. De Gaulle, au nom d'un certain idéal politique, ne pouvait se laisser imposer un tel état de fait. Envers Churchill et Roosevelt, il use d'abord de pressions psychologiques.

Le 3 juin, alors qu'il ignore encore la date du *D-Day*, de Gaulle se rend à Londres, pressentant l'imminence du Débarquement. Il n'est officiellement informé de ce dernier que le 5 juin, soit la veille. Furieux, il refuse de se rendre à Washington pour approuver le plan américano-britannique. Churchill ne se prive pas alors d'énoncer un principe premier de la politique étrangère britannique : *« Sachez-le, chaque fois qu'il faudra choisir entre l'Europe et le grand large, nous serons toujours pour le grand large ! »* Alors qu'Eisenhower envisage de prononcer un discours destiné aux peuples de l'Europe de l'Ouest, et notamment aux Français, en leur demandant *« d'obéir aux ordres qu'il serait appelé à donner »*, de Gaulle s'insurge : *« Vous, une proclamation au peuple français ? De quel droit ? »* Il refuse alors de parler à la radio à la suite du général américain, ne voulant pas donner l'impression de le cautionner. *« Qu'il aille au diable ! »*, s'énerve Ike. Le chef de la France libre exigera vainement des autorités américaines que soient apportées des modifications au discours d'Eisenhower. On lui répond qu'il est trop tard pour y procéder. Soit. Le général de Gaulle fera quand même son discours à la BBC… Il n'a pas, pour autant, dit son dernier mot.

Retardée une première fois en raison de mauvaises conditions météorologiques, *Overlord,* l'opération du débarquement, est fixée au 6 juin. À 6 heures 30, les premières troupes d'assaut et les chars prennent appui sur les plages. Le soir du premier jour, dix divisions ont débarqué avec armes et bagages. Du 6 au 12 juin, la tête de pont s'affermit. Bayeux, Isigny et Carentan sont libérés. Ayant adopté un système de défense frontal, les Allemands au contact n'ont pas de réserves en profondeur. L'essentiel de leurs troupes et de leurs matériels a, en effet, été massé dans le Pas-de-Calais, suite à une remarquable manœuvre d'intoxication alliée. L'opération *Fortitude* consistait en une gigantesque campagne de manipulation : concentration dans le sud de l'Angleterre de chars, de camions et d'avions en plastique ou en contreplaqué ; simulation, pendant des mois, d'un faux trafic radiophonique entre les divisions sensées être massées dans cette région. Le leurre allié ayant parfaitement réussi, le Haut commandement allemand s'empresse de ramener, au plus vite, troupes et matériels sur le front réel. C'est alors qu'entre en action la puissante aviation de bombardement alliée, appuyé par les opérations de sabotage de la Résistance française.

Il est vital, pour de Gaulle et pour l'avenir de la France, que cette dernière puisse faire preuve d'indéniables succès sur le champ de bataille et mettre en évidence l'efficacité de son action militaire. Question d'honneur, mais aussi de stratégie politique. C'est ce pourquoi les troupes du maréchal Juin se sont battues lors de la campagne d'Italie, en 1943-1944. Certes, lors du Débarquement de Normandie, les cent-soixante dix-sept hommes du fameux commando Kieffer ne sont pas placés sous l'autorité du général de Gaulle. Et les quelques Français embarqués dans les forces navales ou l'aviation n'appartiennent même pas aux Forces françaises libres. Mais l'AMGOT ne passera pas !

Avec l'aide de Michel Debré, de Gaulle nomme des commissaires de la République destinés à remplacer les préfets de Vichy dans les départements libérés. Passant outre les hésitations de Churchill, il débarque en Normandie le 14 juin, rend visite à Montgomery (auquel Ike a délégué les affaires civiles), et défile dans les rues de Bayeux, première ville libérée, prononçant un bref discours devant des citoyens ébahis. Il y proclame que le gouvernement provisoire de la République est désormais le gouvernement de la France. Et il intronise, comme commissaire en Normandie, François Coulet, diplomate qui avait commandé une unité d'infanterie parachutiste. Ce dernier informe Monty[2] et le général américain Bradley qu'il représente désormais la souveraineté française. Les Américains et les Britanniques laissent faire, leur premier souci restant la mise hors d'état de nuire des Allemands.

La stratégie est payante, car les Alliés finissent par accepter de fait l'autorité de de Gaulle, qui se rend à Washington en juillet 1944. Son style, à la fois autoritaire et théâtral, déplaît fort à Roosevelt mais, sous la pression d'Eisenhower, les États-Unis vont reconnaître le gouvernement provisoire de la République française. La 2e DB de Leclerc descendra la première les Champs-Élysées, après avoir arraché l'accord du général Bradley. À la préfecture de police, le 25 août, de Gaulle laissera libre cours à son emphase : « *Paris, Paris outragé, Paris brisé, Paris martyrisé, mais Paris libéré. Libéré par lui-même.* » Le lendemain, il connaîtra l'un de ses premiers bains de foule, en l'absence de tout chef américain de premier rang. C'est son véritable baptême national et une grande victoire politique. Dans le droit-fil de cette stratégie, la participation française sera beaucoup plus forte lors du débarquement suivant, au cours de l'opération *Anvil* en Provence, en août 1944.

Infléchissant sa route vers l'ouest, l'armée américaine prend Cherbourg le 27 juin. C'est une prise de première importance qui va permettre, grâce au port, de gonfler considérablement le volume des approvisionnements logistiques. De leur côté, les Anglais se heurtent à une défense acharnée des Allemands devant Caen, qui tombe toutefois le 7 juillet. Enfin, la percée des lignes allemandes s'effectue à Avranches le 31 juillet. À ce stade, tout l'ouest de la France est évacué par les troupes allemandes qui, désormais, se replient vers l'est. Ne restent plus, sur la côte, que quelques *poches*, essentiellement constituées de ports ou de bases sous-marines, entre Lorient et la pointe de Grave.

Les troupes allemandes sont isolées, coupées le plus souvent de leurs sources d'approvisionnement et, parfois, de leurs états-majors. Leur situation devient chaque jour plus critique, bien qu'elle ne suscite plus guère l'intérêt de l'état-major combiné anglo-américain, entièrement orienté vers la poursuite de l'offensive à l'Est. C'est donc aux troupes françaises qu'il incombera de réduire ces poches par leurs propres moyens, donnant ainsi aux Français libres l'occasion de s'affirmer en partenaire majeur de la libération du territoire national.

Situation des « poches » de l'Atlantique en août 1944

Lorsque l'avancée des Alliés se confirme et que le front allemand en Normandie s'effondre, en août 1944, les forces terrestres de la *Wehrmacht* se replient, aussi rapidement que possible, vers la frontière allemande. Il en va différemment des forces navales de la *Kriegsmarine* réparties sur tout le littoral atlantique qui, elles, reçoivent l'ordre de se maintenir sur place, de s'accrocher jusqu'au bout et, le cas échéant, de détruire totalement les ports et bases qu'elles occupent.

Pour l'OKW, il est désormais vital de continuer à s'assurer la maîtrise de la majorité des ports français, afin de ralentir au maximum le ravitaillement logistique des troupes alliées. D'une certaine manière, l'objectif sera atteint. Lorsque les Anglo-Américains finissent, après de durs combats, par s'approprier des ports tels que Brest, Saint-Malo ou Le Havre, ils ne récupèrent que des installations hors d'usage. En certains endroits, comme à La Rochelle, la résistance allemande se maintiendra jusqu'en mai 1945. Cette situation ne manquera pas, de leur propre aveu, de gêner la progression des Alliés de manière considérable, jusqu'à la reconquête du port d'Anvers en novembre 1944. On comprend mieux ainsi la détermination du Haut commandement allemand à conserver, jusqu'à la dernière limite, des ports tels que Lorient, Saint-Nazaire, La Rochelle-La Pallice, jusqu'à l'embouchure de la Gironde, ainsi que les ports de la Manche. Il en allait de la survie du Reich.

Dès lors que l'Allemagne a attaqué la Russie, elle se doit, parallèlement, d'adopter une position défensive à l'Ouest. D'où l'idée de fortifier les ports français de la côte atlantique. Bien leur en prit car, en 1942, les Britanniques inauguraient une série de raids sur les côtes françaises. Le commandement allemand s'avise alors de repousser encore plus loin les limites défensives des ports. Ces dispositions font ainsi échec au raid désastreux mené à Dieppe, par les forces canadiennes, en août 1942. Certains documents, tombés aux mains des Allemands lors de cette malheureuse opération, montrent en effet qu'à côté de l'attaque frontale prévue, des assauts secondaires sur les ailes devaient prendre l'ennemi à revers.

Cette révélation convainc alors l'OKW que les ports français doivent se prémunir non seulement d'une attaque frontale par voie maritime, mais également contre tout assaut terrestre ou aérien. Une telle constatation entraîne la mise en œuvre des travaux du mur de l'Atlantique qui débute, à grande échelle, à partir de la fin de l'année 1942. Un an plus tard, sous l'impulsion de Rommel qui vient d'être nommé à la tête du *Heeres-Gruppe B* (groupe de l'armée B) dont la zone d'intervention se situe entre les bouches de l'Escaut et la Loire, les travaux du mur s'intensifient. Dans son ordre du 19 janvier 1944, le maréchal Rommel dresse, une liste de ports – quasiment tous les grands ports français de l'Atlantique –

devant être transformés en forteresses et défendus à tout prix en cas de débarquement.

De leur côté, les Alliés ne peuvent, ni ne souhaitent, libérer d'entrée de jeu l'ensemble de la côte atlantique française. Certes, au mois de septembre 1944, la destruction, par une énorme tempête, du port artificiel d'Arromanches, contraint les Alliés à ne dépendre que des ports français, mais ces zones ne représentent pour le moment qu'un objectif secondaire. Éloignés de l'avant-scène des combats, et plus ou moins isolés, ces ports ou ces bases vont graduellement voir leur encerclement se resserrer sous l'action de plus en plus efficace des FFI et autres unités combattantes issues de la Résistance. Ces diverses formations ont d'ailleurs déjà opéré leur jonction avec des troupes régulières détachées par le Gouvernement provisoire, qui pourvoient à leur instruction, leur équipement et leur intégration au sein d'une armée française régulière.

La formation des fameuses poches de l'Atlantique ne résulte donc pas du hasard, mais d'une décision mûrement réfléchie. Dans cette optique, le général Hans Speidel, chef d'état-major du maréchal Rommel, prescrit de tenir des zones fortifiées : celle de la Gironde Nord et Sud et celle de La Rochelle. Le débarquement allié et ses conséquences ne manquent pas de créer un certain flou dans les états-majors locaux, cependant l'organisation des poches et leur restructuration sont remarquablement menées à bien, par le général Fahrmbacher pour Lorient et les îles avoisinantes, par le général d'aviation

Junck pour Saint-Nazaire, par l'amiral Schirlitz pour La Rochelle et l'île de Ré, et par l'amiral Michahelles pour l'île d'Oléron, Royan et la pointe de Grave [3].

Les poches du Verdon et de Royan, dont la mission permanente est d'interdire l'accès au port de Bordeaux, ont été aménagées en deux forteresses par l'occupant : la *Festung* Gironde Sud au Verdon et la *Festung* Gironde Nord à Royan. En mars 1945, l'effectif des troupes d'occupation sera estimé à huit mille cinq cents hommes dont six mille cinq cents combattants. Les fantassins, ou marins transférés dans l'infanterie, sont approximativement trois mille cinq cents, les artilleurs représentent deux mille hommes et les divers, environ mille. Une synthèse de renseignements émanant du Détachement de l'armée d'Atlantique (appellation ayant été substituée à celle des Forces françaises de l'ouest) évalue leur valeur militaire de la façon suivante [4] :

« *Dans l'ensemble, les Allemands ont une bonne valeur militaire. Ils font confiance à la forteresse qu'ils ont construite eux-mêmes et qu'ils perfectionnent chaque jour. Ils connaissent parfaitement le terrain sur lequel ils auront à se battre et le genre de combat qu'ils auront à y livrer. Les intelligences qu'ils ont dans la région les mettent à l'abri de la surprise. Des techniciens, venus d'Allemagne par avion, ont été chargés de l'entraînement des unités. Le temps a été certainement fructueusement employé à l'instruction des hommes. [...] Dans l'ensemble, les unités sont bien dotées en armes automatiques et engins à tir courbe... Les grenades sont en quantité suffisante, chaque homme en possède trois...* ».

La Rochelle et ses environs à partir d'août 1944

En juin 1944, au nord de La Rochelle, un comité départemental de libération s'est constitué à La Roche-sur-Yon. Depuis le Débarquement, la Résistance vendéenne s'est, en effet, beaucoup renforcée. Au cours du mois d'août, les maquis, pour peu nombreux qu'ils soient, n'en ont pas moins été actifs. Suivant les instructions fournies par Londres et les FFL, ils enchaînent sabotage sur sabotage, contre les lignes téléphoniques, les câbles électriques, le matériel et les voies ferroviaires. L'objectif est de susciter un climat d'insécurité permanent chez l'ennemi et de paralyser toute mise au point d'un système fiable et permanent d'approvisionnement. Ces maquis reçoivent l'appui du 3e escadron du 3e régiment français SAS, composé de parachutistes français sous les ordres du capitaine Fournier. Ils ont pour mission d'encadrer et d'instruire les maquisards. En outre, à compter du 22 août 1944, une aide supplémentaire leur est accordée grâce au groupe *Tony*, d'une équipe *Jedburgh*, chargée de les équiper en armes.

Depuis le 15 août, les progrès des Alliés en Normandie ont poussé d'importants détachements de la première armée allemande à se replier vers l'est en traversant la Vendée. Progressivement, le département est évacué par les Allemands qui abandonnent la zone, au fil des jours, en réquisitionnant matériel roulant et chevaux, et en commettant de nombreuses exactions. Cela n'enraye pas l'inexorable avancée des forces de libération. Ainsi, le 26 août, la commune de La Barre-de-Monts est libérée, le 27, c'est le tour de Fromentine et Saint-Gilles-Croix-de-Vie et le 28, des Sables-d'Olonne. Avec jubilation, la population célèbre ces victoires successives. Mais des convois allemands très agressifs traversent entre Saint-Nazaire et La Rochelle. Le 30 août, une colonne ennemie arrive aux portes du Château-d'Olonne et se heurte au groupe *Hélias*, qui la repousse après un combat acharné. Le 7 septembre, c'est un autre convoi allemand qui entre dans La Roche-sur-Yon pour y charger du blé et part s'enfermer dans la poche de La Rochelle. Le 17 septembre 1944, toutefois, la Vendée est totalement libérée.

La constitution de la poche de La Rochelle

En août-septembre 1944, en raison du développement de l'offensive alliée consécutive au Débarquement allié, l'OKW décide d'évacuer l'essentiel de ses troupes stationnées sur la côte atlantique et d'y laisser subsister des forteresses. Entre celle de La Rochelle et celle de la Gironde Nord comprenant Royan, les communications sont malaisées : le fleuve Charente est un obstacle difficile, propice à toutes sortes d'embuscades, et le marais entre Brouage et Marennes complique les manœuvres. Quant à la maigre garnison allemande stationnée à Rochefort, sa position devient de moins en moins tenable, à l'est surtout, en raison de son manque d'effectifs.

Bien protégée au nord par la zone marécageuse de la Sèvre niortaise, la poche de La Rochelle couvre environ quatre cents kilomètres carrés. Elle est également abritée, au sud, par les marais de Fouras, et à l'est, par la zone non moins marécageuse que constituent les lits du ruisseau du Curé et de son affluent, le ruisseau d'Aigrefeuille. Bastion de protection en mer, l'île de Ré, à l'ouest, couvre de ses feux l'accès au port de La Pallice et de sa base sous-marine. Ces mêmes port et base sont également défendus et protégés par l'île d'Oléron, qui dépend du secteur de Royan. La seule zone susceptible d'être soumise aux assauts des Français est constituée par un front de terrain ferme situé entre la Sèvre Niortaise et le secteur La Jarrie-Aigrefeuille.

Dès le 20 octobre 1942, Eisenhower avait donné l'ordre de frapper prioritairement les bases sous-marines. Ces opérations permettront souvent de retarder les travaux de fortification. Entré en Résistance, le lieutenant de vaisseau Philippon remarque, dès 1943, que, durant les alertes, le béton à prise rapide sèche dans les conduits, ce qui met hors d'usage pour plusieurs jours les canons utilisés pour propulser le ciment sur les toits. De Brest via le réseau Rémy, il fait donc valoir cet argument auprès de Londres, mais on lui répond que les bases seront attaquées une fois achevées! La RAF préfère tenter d'atteindre les *U-Boote* sur leurs cales de lancement de Brême, Hambourg et Kiel. Ce fut là une lourde erreur stratégique.

Entre le début de 1941 et août 1944, La Rochelle n'est pas épargnée par l'aviation alliée. Elle subit dix-sept bombardements importants sur le port de La Pallice, avec des alertes quotidiennes à la fin de l'année 1943. Les Alliés ne lésinent pas sur les moyens: c'est sur La Pallice que sont employées les premières bombes de cinq et dix tonnes, baptisées *Tallboys* (grands gaillards). Leur impact s'étend à trente kilomètres à la ronde, et il faut parfois des heures pour décoincer les portes d'acier de la base, déformées par le souffle. Mais l'organisation Todt a prévu une large épaisseur de béton et l'action de leur défense antiaérienne oblige les bombardiers à rester en altitude. En fait, un seul abri d'*U-Boote* eut à souffrir et ce, uniquement parce qu'une bombe tomba exactement dans le cratère d'une précédente, parvenant ainsi à ébranler la voûte. Et encore, les sous-marins présents ne furent que légèrement endommagés.

Même si elles visent le port de commerce, et surtout la base sous-marine qui s'y est installée, certaines de ces attaques touchent les quartiers proches de Laleu ou La Genette. Cinq cent dix immeubles sont entièrement détruits et mille deux cent soixante-cinq endommagés, ce qui vaudra à la ville d'être déclarée sinistrée par arrêté ministériel du 29 décembre 1945. Le nombre des victimes est relativement faible, parce que le peu de civils résidant sur La Pallice ont entièrement été évacués au début du siège.

Heureusement, à compter d'août 1944, La Pallice sera épargnée, et cela pour deux raisons essentielles. D'abord, les Alliés ont compris qu'il est primordial de conserver ce port intact pour que l'économie de reconstruction puisse bénéficier non seulement de ses structures, mais aussi de la flotte de pêche regroupée à l'époque à La Rochelle. D'autre part, les bombardements de Lorient et Saint-Nazaire se sont révélés terriblement inefficaces. Doenitz déclarait le 4 mai 1943 avec cynisme : « *Pas un chat, pas un chien ne subsiste à Saint-Nazaire ou à Lorient, il n'y reste rien – sauf les abris des U-Boote.* »

Le dispositif allemand à La Rochelle en août 1944

En effectif, la forteresse de La Rochelle-La Pallice constitue, après Lorient, le plus important îlot de résistance allemande. Elle se compose d'environ dix-sept mille hommes de troupe[5]. Le secteur dispose de moyens considérables : cent cinquante pièces d'artillerie, une puissante défense anti-aérienne (la Flak) et deux cent soixante-cinq ouvrages bétonnés. La garnison est toutefois dépourvue de moyens aériens et de blindés.

L'OKW souhaitait que La Rochelle, à l'instar de Lorient, fût placée sous le commandement d'un général de la *Wehrmacht* et non d'un officier supérieur de la Marine. Toutefois, après l'évacuation des forces terrestres, les marins et leur encadrement demeurant plus nombreux, il était logique que le commandement de La Rochelle revînt à l'amiral Schirlitz, jusqu'alors chef de toutes les formations navales allemandes de la Loire à la côte atlantique, en sa qualité d'amiral de l'Atlantique.

Le Haut commandement allemand a ordonné aux forces terrestres de la côte atlantique d'engager le mouvement vers le sud-est de Paris. C'est le général Albin Nake, commandant la 159e division de réserve, qui, le 28 août, donne le signal du départ, en déclenchant l'opération baptisée *Herbstzeitlose*, (dispersion d'automne). Celle-ci va consister, en un premier temps, à rassembler toutes les unités allemandes disponibles, jusqu'alors éparpillées sur la France du sud-ouest, à les ramener ensuite en Allemagne, en bon ordre de combat, afin de faire corps face une armée Rouge de plus en plus pressante. Cet ordre d'évacuation et de repli a pour principal effet de dégarnir considérablement les défenses externes de La Rochelle.

La Rochelle est désormais isolée des principales zones d'affrontements qui s'éloignent chaque jour un peu plus vers l'est. Elle doit cependant établir un front de contention à l'égard des FFI que l'évolution de la situation générale encourage à se montrer de plus en plus agressives. L'évaporation des effectifs met à jour le squelette d'un organigramme désormais obsolète et inefficace. Il convient donc – ce sera là la tâche du nouveau commandant – de redéployer et de restructurer les effectifs réellement existants, de leur assigner de nouvelles directives et de nouveaux objectifs.

Ne pouvant guère espérer l'arrivée de quelque renfort que ce soit dans l'état actuel des choses, l'amiral fera avec les moyens du bord. Il va, sans se soucier de leurs corps d'origine, rassembler marins, grenadiers, artilleurs, pionniers, troupes des services, et les réorganiser en une structure nouvelle, plus équilibrée, et surtout plus apte à gérer la situation.

Le contexte général en France en août-septembre 1944 et la nature singulière de la poche de La Rochelle ne pouvaient inspirer à l'état-major allemand que l'adoption d'une position défensive. D'est en ouest, la poche de La Rochelle se compose de cinq éléments: une zone d'avant-postes, une position de résistance continue, une zone intérieure de points d'appui échelonnés en profondeur, le réduit de La Pallice, les défenses côtières. Elle est solidement organisée en deux fronts imposants: celui de terre et celui de mer.

Le front de terre se caractérise par un dispositif défensif remarquablement déployé. Il comporte, en premier lieu, une série de positions de résistance extrêmement fortes dont le but est de protéger la ville, à une distance moyenne de neuf kilomètres des limites de l'agglomération. Une cinquantaine de blockhaus bétonnés et de nombreux ouvrages de campagne sont régulièrement répartis sur une ligne géographique balisée par les agglomérations d'Esnandes, Villedoux,

Saint-Ouen, Dompierre, Saint-Rogatien, La Jarne et Angoulins.

Tout au long de cette ligne, la protection immédiate contre tout assaut ennemi a été assurée par la pose de nombreux champs de mines. Ces derniers se trouvent doublés d'un fossé antichar ou de canaux constituant eux-mêmes de redoutables obstacles à la progression de blindés. Ces derniers ouvrages dont la construction a commencé au début de l'année 1943, sont, en septembre 1944, définitivement achevés. Le même dispositif est plus spécifiquement destiné à la protection directe des installations maritimes de La Pallice. La main-d'œuvre requise dénombre près de deux mille travailleurs, dont la moitié de nationalité française, encadrés par cinq cents cadres moyens et subalternes de l'organisation Todt.

Dès sa prise de commandement, l'amiral Schirlitz va décider, toutefois, de doubler ces positions de résistance, par un étroit maillage d'avant-postes installés sur une ligne balisée par le canal d'Andilly et les villages de Sérigny, Nuaillé, Vérines, Saint-Médard, La Gravelle, Thairé et Yves. Ces postes sont non seulement protégés par de nombreux champs de mines, mais aussi couverts, plus en avant, par les marécages au sud de Marans, le canal de Nuaillé, le canal de Curé et les marais de Fouras.

Le front de mer a pour mission d'assurer la protection de la forteresse en direction du large. Cette défense comprend de nombreuses batteries côtières sous casemates. Elle est puissamment renforcée par la présence des îles de Ré et d'Oléron, dont l'implantation leur confère le rôle de deux grands cuirassés surveillant simultanément l'entrée du port et l'estuaire de la Gironde. Vingt kilomètres de plages se trouvent couverts d'obstacles de toutes sortes, en particulier des célèbres *asperges* de Rommel. Entreprise dès 1941 et 1942, la construction de ces ouvrages défensifs est achevée en 1944.

Second élément de taille de la défense du front de mer, la base sous-marine de La Pallice, construite à partir de 1941 et achevée en 1943, offre à la flotte sous-marine du Reich dix grandes alvéoles pour sous-marins. Chacune d'entre elles mesure cent mètres de long sur dix-sept de large et sept de profondeur. L'ensemble de cette base affecte la forme d'un parallélépipède de béton de deux cents mètres de large sur deux cents mètres de long et dix-neuf mètres de hauteur. Complétant ce redoutable ensemble, une écluse, également sous béton, donne accès à la base, qui présente sur sa partie arrière de vastes ateliers remarquablement équipés pour l'entretien et la réparation des moteurs, le stockage de pièces détachées de toutes sortes en matière d'électricité, de matériel de transmissions, d'optique et d'armement. L'énergie est fournie par une centrale électrique et la base contient également les logements nécessaires aux militaires allemands.

Ce double front défensif s'articule autour de trois lignes concentriques : la ligne des avant-postes, relativement mouvante ; la ligne de résistance principale, nettement plus fixe ; enfin, les défenses du réduit de La Pallice. La notice du 2e bureau des FFO résume bien l'attitude du commandement allemand : « *L'ennemi a adopté, jusqu'ici, une attitude défensive agressive qu'il a manifestée par des coups de mains profonds, mais de courte durée dans notre dispositif. Ses premiers succès pourraient l'inciter à viser des objectifs plus lointains encore. Il est douteux, cependant, qu'il renonce aux avantages de sa très forte défense actuelle pour tenter une sortie à but définitif d'agrandissement, d'évacuation ou de réunion au secteur de Royan. En cas d'attaque, il suivra vraisemblablement l'ordre de se battre à outrance auquel l'exhortent ses chefs.* »

FFI et Résistance interne en septembre 1944

La seule partie de terrain ferme du front, située entre la Sèvre Niortaise et le secteur La Jarrie-Aigrefeuille, est occupée par les éléments français (FFI) suivants : au nord, le groupe *Hélias* (mille hommes) ; au nord-est, le groupe *Chaumette* (mille hommes) ; plus bas, à l'est, le groupe *Foch* (mille deux cents hommes) ; au centre-est, le groupe *Ricco* (mille hommes) ; au sud-est, le groupe *Demorny* (mille cinq cents hommes) ; au sud, le régiment *Bir-Hakeim* (mille huit cents hommes). Les forces adverses ainsi posées sur le terrain, il apparaît évident que l'issue de leur affrontement dépend très largement du seul élément sur lequel aucune des parties n'a prise : le facteur temps.

Dans La Rochelle, les premières manifestations de Résistance ont eu des conséquences tragiques. Pierre Roche en est le premier martyr qui, à 19 ans, est fusillé en septembre 1940 pour avoir coupé le câble militaire entre La Rochelle et Royan. Dès lors, les actions individuelles de sabotage, de propagande anti-nazie ou d'espionnage, vont peu à peu laisser place à une Résistance mieux organisée. Des soldats sortent de l'ombre, dont les motivations diverses et variées sont souvent initiées par le nouvel État français : farouches patriotes refusant la défaite et l'occupation, citoyens récemment naturalisés dont le statut est remis en cause, ressortissants Allemands réfugiés en France pour fuir le nazisme et devenus *persona non grata*, fonctionnaires révoqués pour leurs origines juives ou leur appartenance à une loge maçonnique, militants communistes (suite au décret Daladier). Parmi eux, des personnes vont parvenir à regrouper les volontaires : personnalités connues, notables locaux, militants politiques ou syndicaux, instituteurs ou prêtres.

C'est ainsi que le conseiller général Edmond Grasset, secrétaire de la Ligue des droits de l'homme, entre en contact avec un réseau de renseignements britannique. Chef départemental du mouvement *Libération-nord*, il crée le Comité d'action socialiste clandestin (CASC). Le commandant Pierre-Georges Fillol constitue son propre groupe, spécialisé dans l'évasion de prisonniers de guerre et leur transfert en zone libre, munis de faux papiers et de faux certificats militaires. Les réseaux *Mithridate* ou *Famille* collectent des renseignements sur l'ennemi et le moral des civils, et les transmettent à Londres au Bureau central de renseignements et d'action (BCRA). Des groupes extérieurs mandatent des agents locaux, comme Gaston Gaillard pour le réseau *CND Castille* (Dordogne) du colonel Rémy. Des postes de liaisons radio clandestines s'installent. Les cheminots ne sont pas en reste : des déraillements sont provoqués, le 4 avril 1942 à Aytré, le 1er mai à La Rochelle, le 18 juillet et le 2 août à Angoulins, le 8 août à La Pallice... En fait, de nombreux réseaux travaillent en parallèle : le réseau *Centurie* animé par le lieutenant-colonel Lisiack, *Jade-Amicol* par Garry, *Manipule* par Louis Prunier, et même *Alliance* qui viendra plus tard, suivi de plusieurs autres. En tout, on estime que près d'une trentaine de services de renseignements auront finalement œuvré à La Rochelle.

Pendant la durée de l'Occupation, il s'agira d'aider toute personne recherchée par la police de Vichy ou celles de l'occupant : prisonniers évadés, familles juives, volontaires pour l'Angleterre, pilotes anglais ou américains tombés du ciel, et, plus tard, des réfractaires au Service du travail obligatoire. L'autre mission essentielle consiste à renseigner les Alliés sur les mouvements militaires, notamment sur la base de La Pallice. Les sous-marins ennemis disposant d'une autonomie suffisante pour attaquer des convois alliés au milieu de l'océan, où l'aviation ne peut les défendre, il est essentiel de localiser les fameux *U-Boote* et l'emplacement des puissantes antennes radio. La Royal Air Force sera informée de tout mouvement maritime. Le 28 février 1942, le colonel Rémy réussit à transmettre à Londres, par avion Lysander, les plans de la base.

Évidemment, le contre-espionnage allemand s'est aussitôt organisé en riposte. L'*Abwehr* possède des contacts infiltrés dans la population ou des agents doubles dans les réseaux. Les représentants du *Sicherheitsdienst* (SD) à la Rochelle sont le *Kapitänleutnant* Julius Koethe et son adjoint le *Oberleutnant* Richard Claessens. Les spécialistes du *Funkabwehr* traquent les émetteurs clandestins. La *Geheimestaatspolizei* (Gestapo) s'installe au n° 63 de la rue Jeanne-d'Albret et mène de terribles interrogatoires. Les menaces de représailles sur la population sont à prendre au sérieux, alors que s'organisent les prises d'otages. La prison de La Rochelle étant rapidement saturée, on transforme en centre de détention l'asile psychiatrique départemental de Lafond, ainsi que, plus tard, le couvent des Clarisses.

Les arrestations n'ont pas tardé : vingt et un communistes sont appréhendés avant la fin de l'année 1940. Internés à la citadelle de Saint-Martin ou au camp de Mérignac-Beaudésert, ils seront livrés à l'ennemi et passés par les armes – c'est le cas de Louis Durand, fusillé le 24 octobre 1941 à Châteaubriand avec quarante-neuf compagnons. Imprudences ou dénonciations déciment les premiers réseaux, dont le groupe *Fillol* démantelé le 17 juillet 1941. Les 12 et 13 septembre, les membres du groupe *Tatave* sont presque tous appréhendés, parmi lesquels Gustave Bourreau et Eugène Billon qui seront fusillés à

Chef-de-Baie le 29 novembre. Le 21 septembre, Paul Guérit, jeune communiste venu prendre livraison de tracts, est arrêté à la gare de La Rochelle et sera exécuté le 15 novembre. Le 2 novembre, les cinq agents travaillant à l'entreprise Art et Bois de Châtelaillon et renseignant le réseau *Mithridate*, sont arrêtés et seront fusillés le 16 avril 1943 à Bellebeille, près d'Angers. Des cheminots sont arrêtés et déportés; le couple Louis et Jeanne Berthou y laissera la vie. Parmi les fondateurs de l'Organisation spéciale (OS), Armand Bouffenie est déporté et André Sautel meurt sous la torture.

Après le choc, les rescapés se regroupent pourtant et de nouveaux réseaux voient le jour. Gérant d'un cabinet de contentieux, Léopold Robinet crée le mouvement *Honneur et Patrie* fin 1942. Le lieutenant Louis Dufour crée *Ludo*, qui deviendra ensuite *Ampère*. L'abbé Morice de Fétilly organise les *Scouts routiers*. Les mouvements restants se rallient sous l'égide du commandant Gaston Thibaudeau. En mai 1943, Jean Garnier s'établit à Bordeaux, à l'état-major de l'Organisation civile et militaire (OCM). Les résultats sont encourageants: le raid du 25 septembre 1943 sur La Pallice ou l'attaque du sous-marin *U-212* le 7 juin 1944 à son départ de mission sont élaborés sur la foi de tuyaux rochelais. Le sabotage est inventif: trop de sable ou de bulles d'air dans un béton fragilise les structures ennemies. Pour la réparation des sous-marins, des ouvriers résistants enfoncent des clous plutôt que d'employer des vis : en mer, l'engin ne tarde pas à imploser sous la pression des profondeurs.

Les Alliés soutiennent l'action de cette Résistance intérieure par des largages de tracts de propagande, voire de pièces de monnaie. Certaines pastilles, introduites dans les accumulateurs des sous-marins par des agents de la Résistance, obligent les submersibles à regagner la surface et devenir ainsi des cibles pour l'aviation alliée.

Honneur et Patrie fédère les bonnes volontés et recrute une centaine d'agents selon les expériences et responsabilités de chacun. Parmi eux, Edmond Grasset et le lieutenant-colonel Lisiack ont déjà fait leurs preuves. Instituteur révoqué par Vichy, recyclé au service de La Pallice, Raymond Bouchet copie les plans de la base. Pilote d'essai de la Sama, Victor Péchon transmet des photographies aériennes. Les autres travaillent dans la gendarmerie, la santé, le transport, le ravitaillement, etc. Il faut citer Marcel Deflandre, Michel Boucher, Louis Bouchet, Roger Faraud, Jean Hay, Michel Desoyer, Jean Auger… Le mouvement est structuré comme une véritable entreprise occulte, avec ses différentes succursales et secteurs d'activité : liaison radio avec Londres, réception de parachutages, gestion d'un maquis, fabrication de faux papiers, filière d'évasion. En avril 1943, Jean Moulin a réussi la réunion du Comité national de la résistance (CNR) et le Mouvement doit se rattacher à une organisation nationale. Un état-major départemental de la Résistance est alors créé avec pour chef le général

Bruncher basé à Fouras et pour adjoint le lieutenant-colonel Lisiack à Angoulins, se partageant le département avec le colonel Laudoyer, le commandant Thibaudeau et Roger Faraud. Léopold Robinet est choisi pour être préfet à la libération, Jean Schuhler est nommé commissaire de la République… Mais en septembre et octobre, sur le rapport de deux collaborateurs rochelais, le *SD* procède à un coup de filet qui démantèle entièrement le réseau. Sur 78 personnes arrêtées, 21 dont Robinet et Lisiack seront fusillées, 38 déportées, dont 26 qui ne reviendront pas, 3 condamnées à des peines de prison et 16 relaxées.

Créé à l'instigation du Parti communiste et organisé en dehors de l'état-major, le *Front national*, regroupant hommes et femmes de toute obédience, paie aussi un lourd tribut. Eugène Bobinnec, Albert Martineau et Annette Épaud sont arrêtés et déportés. Envoyée à Birkenau, cette dernière sera gazée avec des déportées juives pour avoir osé leur donner à boire. Ce geste lui vaudra le titre posthume de « Juste parmi les Nations »... Le 30 septembre 1943, un accrochage au 187, avenue Guiton cause la mort de Paul Manouthon, responsable régional des FTPF. Blessé, le chef départemental Émile Texier sera fusillé à Poitiers le 25 novembre. Début novembre, des jeunes du groupe *Liberté*, âgés de 18 à 20 ans, sont arrêtés et jugés par la police française. Guy Gauthier, Jean Matifas, Jean Lagrange et Michel Guilherm écoperont de diverses peines. Suite à une tentative d'évasion, certains d'entre eux seront déportés à Dachau ; Michel Guilherm n'en reviendra pas.

Début 1944, de nouvelles vagues d'arrestations désorganisent l'état-major départemental. La reconstitution de la Résistance est compliquée, non seulement par la disparition de nombre de ses cadres officiels, mais aussi par certaines rivalités dans l'organisation régionale FFI. Edmond Grasset est assassiné à Paris par la Milice le 8 juin. Le 14 août, suite à un faux message des Allemands, des maquisards sont piégés à Château-Gaillard, où Guy Charlatte, le nouveau chef départemental a installé son QG. Treize hommes restés sur place y sont martyrisés.

À La Rochelle, depuis juin 1944, le médecin-colonel Martinaud et le colonel Christiaen ont regroupé les forces de résistance intérieure dans le régiment *Jean-Guiton*, du nom du célèbre maire résistant lors du Grand siège au XVIIe siècle.. Ils recrutent dans tous les corps utiles : gendarmes, policiers, pompiers, douaniers, fonctionnaires des PTT, cheminots, membres de la défense passive, scouts. Le réseau *Lapereau*, branche d'*Alliance*, regroupe les divers réseaux de renseignements : Andalousie, Ampère, Gallia, F2 Nina, UCR Acajou. Leur tâche à tous est loin d'être achevée.

La vie quotidienne à La Rochelle pendant le siège

Après l'investissement de La Rochelle par les troupes allemande, en 1940, les rapports entre occupants et habitants vont désormais se dérouler dans le cadre et dans les termes de la convention d'armistice et, en particulier, selon ceux de la fin du premier paragraphe de son article 3 : « *Dans les régions occupées de la France, le Reich allemand exerce toutes les prérogatives de puissance occupante. Le gouvernement français s'engage à faciliter par tous les moyens les réglementations relatives à l'exercice de ces prérogatives avec le concours de l'administration française. Le gouvernement français invitera immédiatement toutes les autorités et tous les services administratifs du territoire occupé à se conformer aux prescriptions des autorités allemandes et à collaborer avec ces dernières d'une manière correcte.* »

Ces clauses – constituant, bien sûr, le *diktat* imposé aux vaincus – seront à peu près respectées de part et d'autre, jusqu'au moment du Débarquement allié du 6 juin 1944. À partir de cet été 44, les divers éléments de la Résistance française vont reprendre espoir et se livrer à des actions répétées de harcèlement de l'ennemi. Ce qui, peu après l'arrivée à La Rochelle de l'amiral Schirlitz comme commandant de la forteresse, conduira à une controverse juridique prolongée entre les autorités allemandes et le préfet. La reprise des hostilités entraîne-t-elle oui ou non la caducité de l'armistice de 1940 ? Ou faut-il désormais se référer à la convention de La Haye de 1907 pour établir le cadre des relations entre l'occupant et les habitants ?

Au cours de l'occupation de La Rochelle, entre 1940 et 1945, cinq commandants en chef se succèdent à la tête de la garnison allemande. Parallèlement, on assistera à de nombreux changements chez les préfets français. Toutes ces alternances ne facilitent pas une continuité des comportements. Et les exigences des autorités allemands successives se formuleront, selon la période, avec plus ou moins de brutalité. La première mesure prise impose un couvre-feu, fixé à 22 heures. Avec le temps, les heures d'ouvertures des cafés, bars et restaurants se trouveront de plus en plus limitées, sur ordre des hautes autorités militaires allemandes de Bordeaux.

La seconde mesure, beaucoup plus impopulaire, concerne les réquisitions de logements. Entre 1940 et 1945, plusieurs divisions allemandes vont se relayer ou s'ajouter, faisant varier la taille de la garnison entre seize et dix-huit mille hommes. Ce qui pose évidemment des soucis d'hébergement. Les Allemands commencent par s'appuyer sur l'administration française avant de s'organiser. La *Heeresunterkunftsverwaltung* (administration des cantonnements de l'armée) pourvoit à leur implantation et gére les réquisitions. L'occupant s'installe non seulement dans les établissements publics, tels que casernes, écoles et hôpitaux, mais aussi et surtout chez l'habitant. Soldats et officiers changent souvent d'hébergement, dormant rarement sur leur lieu d'exercice. La Rochelle abritant non seulement un port, mais aussi un aéroport à Laleu, elle est contrainte d'héberger les effectifs de la Marine et de l'armée de l'air allemandes. À compter de 1941, en raison de la construction de la base sous-marine, puis des bombardements alliés qui vont le prendre pour cible, le quartier du port de

La Pallice est progressivement vidé de sa population civile et monopolisé par la *Kriegsmarine*.

La troisième mesure sera la mise en place de la garde du câble. Elle sera lourde de conséquences, provoquant d'une part la rancœur des Rochelais, mais aussi, à l'inverse, l'émergence d'un certain esprit de collaboration.

La garde du câble

Comme dans toutes les villes occupées, les Allemands installent, pour leurs différents services militaires, des câbles de communication. Ceux de La Rochelle sont disposés à même le sol et à la vue de tous, dans la ville et jusqu'à Royan, en passant par Rochefort. Évidemment, la tentation est grande… Dans son courrier du 31 juillet 1940, le préfet Malick fait remarquer au maire, Léonce Vieljeux, que le câble a déjà été sectionné à neuf reprises ! Pour les Allemands, le sabotage est évident et la réplique sera machiavélique. La veille, le *Feldkommandant* a informé le même préfet qu'« *à partir du 1er août, à minuit et jusqu'à nouvel ordre, les câbles téléphoniques entre La Rochelle, Rochefort et Royan devront être gardés par des civils français. […] Le service du poste sera contrôlé par des patrouilles allemandes. L'abandon du secteur confié à la garde du poste sera immédiatement suivi d'arrestation. […] Si des actes de sabotages devaient encore se produire sur le parcours surveillé, les gardiens dans le secteur desquels le câble aura été coupé, seront traduits devant le tribunal militaire pour y être jugés. Au cas où de semblables faits se produiraient, les gardiens incarcérés et les personnalités arrêtées comme otages seront fusillés*[6] ».

Cette corvée est quasiment impossible à mettre en place, puisqu'elle nécessite deux hommes tous les deux cents mètres sur soixante-dix kilomètres, soit sept cents hommes de garde pendant huit à douze heures selon les secteurs. Toute la gendarmerie est donc mise sur pied pour recruter des hommes. Le personnel de la préfecture, de la sous-préfecture de Rochefort, ainsi que des mairies et des polices de La Rochelle, Rochefort et Royan est mis à contribution ! Cette improvisation doit se renouveler le lendemain pour d'autres points du département. Cependant, à partir du mois d'octobre, la garde fixe devient mobile, une partie du câble est attachée sur des poteaux à plusieurs mètres du sol et l'autre partie est enterrée. À la fin de l'année, la garde n'est plus assurée que par des cyclistes en rondes intermittentes.

La création de cette garde du câble, imposée par les autorités d'occupation, aurait pu demeurer un mauvais souvenir de cette triste période si elle n'avait débouché sur de fâcheux prolongements, d'autant plus regrettables qu'ils étaient, cette fois-ci, mis en place à l'initiative de Français, et minutieusement élaborés par certains d'entre eux. Afin de mettre son projet en forme, le 1er août 1940, le préfet a fait appel au général de brigade Pierre Maratuech, de retour de Poitiers. Il venait de quitter le commandement du groupe de subdivision juste démobilisé. On lui demande d'élaborer le projet d'une organisation qui puisse entrer automatiquement en fonction dès que le besoin s'en fait sentir. Le lendemain, le préfet reçoit le général Maratuech. Ce dernier a résumé, dans un document manuscrit [7], le contenu de cet entretien et les motivations qui lui inspirent la création d'un corps, dont il donne également les structures. Ce texte est édifiant :

« *Le 2 août, j'expose mes réflexions au Préfet. Ma conception est de créer un organisme qui puisse lui permettre, malgré une gendarmerie insuffisante en effectifs, malgré une police déficiente à tous égards, malgré l'absence de troupes françaises, de pouvoir maintenir l'ordre, exécuter les ordres du gouvernement français, lutter contre toute calamité, et enfin, exécuter les ordonnances des autorités d'occupation. Pour atteindre ces résultats, il faut faire de la nouvelle organisation une école de discipline, une école de solidarité, de manière à aider au redressement du pays derrière le Maréchal.*

Le Préfet approuve ma conception, mais comme elle dépasse le but immédiat qu'il avait en vue, et dont il avait entretenu le général allemand, il me demande d'avoir un entretien avec ce dernier sur mes projets.

Je vais alors voir le général Siebert, et, en vieux soldat, je lui expose ce que je veux réaliser et le but poursuivi. Entrevue émouvante où deux soldats, l'un allemand, l'autre français, se comprennent parfaitement. Mon projet est accepté et encouragé par le général Siebert qui a, jadis, fait une œuvre analogue en Bavière. Je reviens aussitôt chez le Préfet, et nous rédigeons ensemble un arrêté de base qui comporte l'organisation immédiate dans chaque commune du département d'une garde dite civile (plus tard civique) comprenant tous les hommes âgés de dix-huit à quarante ans (ultérieurement de dix-huit à cinquante-deux ans). »

Deux ans donc avant les accords Bousquet-Oberg de juillet 1942 qui marqueront un véritable pas vers la collaboration, le préfet prend ainsi l'initiative d'un corps de police destiné à servir les intérêts allemands [8] ! L'idée est plus qu'entérinée par le maire M. Godard, dans son courrier du 20 mai 1941, destiné au colonel Leroux, chef du sous-secteur de la garde civique :

« *Comme suite à votre lettre du 15 courant, j'ai l'honneur de vous faire connaître que j'approuve entièrement la création d'un fichier des hommes de 40 à 52 ans susceptibles de faire partie de la garde civique et je donne des instructions, en ce sens, au service intéressé. J'appelle d'autre part l'attention des personnes qui ne se sont pas fait inscrire sur les sanctions qu'elles encourent et je suis d'accord pour qu'à titre d'avertissement elles soient affectées pendant une nuit à différentes gardes.* [9] »

Cette garde civile, puis civique, disparaît en août 1944, précisément au moment où la Milice s'installe à La Rochelle. De sinistre mémoire, François Sidos, recrutera en effet ses miliciens, en partie, parmi les membres de la fameuse garde. Cette nouvelle formation doit remplacer la Milice de Delestre, partie en Allemagne.

L'administration rochelaise avait donc mis en place, au début de la guerre, une organisation qui allait trouver avec Sidos sa version fasciste, vers la fin du conflit. En cette affaire, on ne peut s'empêcher de faire le parallèle avec les initiatives douteuses de la préfecture parisienne qui, non contente d'élaborer un fichier des Juifs, décidera d'y rajouter les enfants.

Les autorités allemandes n'auraient certes pu aboutir à quelque résultat que ce soit si elles n'avaient eu, comme relais, des autorités françaises au niveau de la ville et de l'État qui, de gré ou de force, se trouvèrent conduites à se faire les interprètes de l'occupant auprès de la population. Pour ce qui concerne La Rochelle, il s'agissait de la mairie et de la préfecture.

Léonce Vieljeux

Deux personnages essentiels assurèrent la fonction de maire de La Rochelle, au cours des années de guerre : Léonce Vieljeux et René Godard.

Représentant la droite protestante de La Rochelle, Léonce Vieljeux, maire en 1940, ancien officier ayant bravement combattu au cours de la Première Guerre mondiale, était d'évidence anti-allemand, mais pas nécessairement l'adversaire de Pétain. Le texte de son allocution lors de la première séance du conseil municipal tenue après l'Armistice et suffisamment ambigu : « *Ce n'est, mes chers collègues, ni le lieu ni l'heure d'épiloguer sur la tragédie qui se déroule, d'autant que nous ne sommes libres ni de nos paroles ni de nos actes. Qu'il me soit permis de dire ici qu'un homme, comme un peuple, ne saurait être moralement grand, ni matériellement fort, s'il a comme objectif l'exercice de ses droits au lieu de l'accomplissement de ses devoirs*[10]. » Quels devoirs ? Édictés par qui ? La phrase peut prêter à confusion.

Face aux Allemands, cependant, son attitude sera claire et nette. À l'arrivée de l'occupant dans sa ville, Léonce Vieljeux commence par refuser de hisser le drapeau allemand au fronton de la mairie. Lieutenant-colonel de réserve, il prend pour prétexte le fait qu'il n'a pas à exécuter un ordre imposé par un officier allemand d'un grade inférieur au sien. Plus tard, profitant du ressentiment français suscité par le bombardement anglais de la flotte française à Mers El-Kébir[11] le *Feld-kommandant* von Kretschmann ordonne le 19 septembre 1940 à la municipalité de signer et d'apposer sur tous les édifices des affiches anti britanniques. Vieljeux refuse alors de s'y conformer, estimant dans une lettre, écrite deux jours plus tard au commandant, qu'« *une pareille obligation n'est pas prévue par les conditions de l'armistice; ce serait, en outre, sortir de la neutralité et ne pas se conformer à la position prise par le gouvernement du Maréchal Pétain.*[12] »

La riposte juridique des Allemands est immédiate. Le maire de La Rochelle vient de manifester un refus flagrant d'appliquer le paragraphe 6 de l'ordonnance n° 1 du Journal officiel des autorités d'occupation en date du 4 juillet 1940, aux termes duquel : « *Toutes les ordonnances des autorités militaires allemandes devront être exécutées le plus strictement* ». En conséquence, ils demandent au préfet de révoquer le maire. L'affaire aurait pu s'arranger, si l'on en croit le préfet Malick et le premier adjoint, René Godard, mais Léonce Vieljeux restera inflexible… S'agissait-il là d'une tactique de sa part, ou d'une volonté déguisée de démission ? La question demeure entière.

Vieljeux demeure cependant membre de l'équipe municipale, continuant ainsi de diffuser son autorité. Mais, le 17 juin 1941, il est contraint, par le Haut commandement allemand de Bordeaux, de quitter non seulement la ville, mais aussi le département de la Charente-Maritime. Pour quelle raison ? Elle n'est pas indiquée. Léonce Vieljeux s'exécute discrètement le 24 juin et s'installe en résidence surveillée au lieu-dit Le Brillac, commune de Foussignac à trois kilomètres de Jarnac. Sa femme, infirme, reste à La Rochelle. Le préfet, intervenant pour son retour, obtient en décembre 1941 la levée des mesures d'expulsion, sur décision du chef du *Militär Verwaltungsbezirk* de Bordeaux.

Les raisons d'un tel revirement de la part des Allemands restent obscures. Mais leur indulgence ne durera pas, puisque que le 14 mars 1944, Léonce Vieljeux est arrêté, pour avoir essayé de sauver deux ouvriers des Chantiers Delmas-Vieljeux poursuivis par la *Gestapo.* En janvier, le réseau *Alliance*, dirigé par Marie-Madeleine Fourcade, avait recruté l'ex-maire.

Le maire René Godard

À compter de la fin de 1940, le nouveau maire de La Rochelle, nommé par le préfet, est M.

René Godard. Né le 25 novembre 1884 à Versailles, issu d'un milieu bourgeois catholique, René Godard effectue de brillantes études de droit à l'École des sciences politiques de Paris. En 1910, il rachète une importante étude à La Rochelle. Mobilisé en 1914, il est blessé et fait prisonnier. De retour à La Rochelle, il remonte son étude et rencontre Léonce Vieljeux. Sans véritable ambition politique, il est choisi par ce dernier comme premier adjoint en 1930 dans un conseil municipal de droite, et, le 22 septembre 1940, devient maire par nomination, et non par élection, par accord consensuel entre le conseil municipal et le préfet.

Lors de la réunion du conseil municipal d'avril 1941, il fait publiquement allégeance à Vichy: « *Puissions-nous être ensemble les serviteurs du Maréchal, de celui qui, au moment où nous allions être détruits par notre propre incohérence, s'est élevé au-dessus de tous et nous a crié sa confiance en la France éternelle. Oui, Messieurs, faisons aujourd'hui le serment de ne vouloir que sa volonté, de réunir toutes nos énergies pour obéir à ses ordres quels qu'ils soient, de l'admirer sans réserve en dépit des erreurs toujours possibles, parce qu'une vie nationale ardente s'impose en ces heures d'angoisse et de pitié, et qu'une nation n'est grande que si elle est unie par des idées communes et par un idéal commun.*[13] » Le moins qu'on puisse dire, c'est que son discours n'a pas l'ambivalence de celui de son prédécesseur. En tout cas, cette position permet certainement à La Rochelle de conserver un conseil municipal quasi intact. En 1942, il rencontrera le Maréchal à Vichy, pour s'opposer, avec une délégation de maires au projet de démembrement de la région de Poitiers et du rattachement de La Rochelle à celle de Bordeaux.

Notons encore qu'en 1941-1942, les annuaires idoines indiquent que René Godard est, pour la Charente-Inférieure, dirigeant de la Légion française des combattants, présidée par Philippe Pétain, organisation qui donnera naissance ultérieurement à la Légion volontaire française... En définitive, Godard limitera ses prérogatives municipales à ses attributions d'administration et de gestion de la ville, sous la surveillance constante, inutile de le préciser, des autorités d'occupation.

La préfecture

Du côté des représentants de l'État, entre 1940 et 1944, au moins trois préfets vont se succéder. Le dernier, Jean Fauconnier, entré en fonction le 6 février 1944 se singularisera par un comportement surprenant. Pour des raisons toujours inconnues, et se mettant en faute vis-à-vis de la circulaire du ministère de l'Intérieur en date du 5 avril 1944 qui oblige les fonctionnaires à rester à leurs postes malgré les circonstances[14], ce préfet quitte définitivement la ville au matin du 10 juin 1944, laissant la charge de la préfecture entre les mains de son secrétaire général, Désiré Arnaud. En témoigne cette note extraite du *Journal* que Mlle Junca[15], alors professeur à La Rochelle, a tenu pendant toute la durée du siège : « *13 septembre 1944 – La Gazette d'Aunis annonce ce matin que les FFI ont fait nommer M. Arrivé, ancien chef de division à la Préfecture, sous-préfet de Saint-Jean-d'Angély, et M. Verneuil, conseiller général du canton de Cozes, préfet à Saintes. Depuis juin, La Rochelle est sans préfet. M. Fauconnier, le dernier préfet étant parti un dimanche pour Poitiers et n'étant jamais revenu… On ignore son sort.* »

Le secrétaire général de la préfecture, Désiré Arnaud, assumera les responsabilités dont il a involontairement hérité, avec courage et succès, en particulier au cours des derniers mois de l'occupation allemande.

Les qualités dont M. Arnaud fera inlassablement preuve sont bien nécessaires pour faire face à une situation qui ne cesse de se détériorer. De fait, la période située entre septembre 1944 et mai 1945, que l'on a ultérieurement désignée comme le Cinquième siège de La Rochelle, sera fertile en difficultés de tous ordres requérant, au quotidien, l'intervention des pouvoirs publics, dans la limite de la liberté que leur concède l'occupant.

Comme au cours des quatre sièges précédents de son histoire, la population de La Rochelle va se trouver confrontée à un péril vital, celui de l'approvisionnement en ravitaillement et en moyens de chauffage. À cet égard, la rigueur de l'hiver 1944-1945 ne fera qu'aggraver de la situation.

Ces angoisses permanentes ne seront pas allégées par les événements qui, de plus en plus fréquemment, rappellent à la population qu'elle est toujours en guerre, quand bien même le reste de la France se libère. Le climat psychologique s'en ressent, et l'inquiétude devient constante. Les restrictions, les bombardements, les morts tragiques, tout cela ne fait qu'aviver chez les Rochelais le sentiment d'exister dans une situation dont l'issue, toujours espérée, ne cesse de reculer.

Il leur faudra attendre huit longs mois encore pour que prenne fin ce dramatique siège de La Rochelle. Avant cela, il aura fallu la rencontre et l'action, communes ou parallèles, de deux hommes d'exception, le commandant Meyer de la Marine française et le vice-amiral Schirlitz, de la Marine allemande.

---

1 - Malgré l'avis de Churchill qui souhaitait, quant à lui, poursuivre l'offensive vers les Balkans, le « ventre mou » de l'Europe.

2 - Surnom donné au maréchal Montgomery, commandant les forces britanniques.

3 - Note du 2e bureau, du 20 mars 1945.

4 - Estimation des FFO : la garnison comporterait environ 8300 fantassins (ou marins transformés en fantassins), 2700 artilleurs, 1220 divers et 3780 non identifiés clairement.

5 - Archives départementales de la Charente-Maritime. Cote 15W32.

6 - Archives dépatrementales de la Charente-Maritime. Cote 15W24 à 15W31.
7 - Archives départementales de la Charente-Maritime. Cote 15W30.
8 - Archives départementales de la Charente-Maritime. Cote 15W32.
9 - Archives municipales de La Rochelle. Cote 1 D3/60.
10 - Le 3 juillet 1940.
11 - Archives municipales de La Rochelle. Cote 1 D3/60.
12 - Archives municipales de La Rochelle. Cote 1 D3/61.
13 - Archives départementales de la Charente-Maritime. Cote 106 W 51.
14 - Archives départementales de la Charente-Maritime.
15 - Journal manuscrit de Mlle Junca, professeur à La Rochelle : août 1944-3 septembre 1945 » Cote 4 J 3515 – Inv. n°1844.

CHAPITRE IV

Les négociations

Arrivés quasi simultanément sur le théâtre de ce qui va constituer, dans les mois à venir, le cinquième siège de La Rochelle, le vice-amiral Schirlitz et le capitaine de frégate Hubert Meyer n'ont aucune idée encore de l'importance que les huit mois à suivre vont revêtir dans leurs existences respectives.

En août 1944, les rats quittent le navire. Le 12, jour de la libération de Nantes, la *Gestapo* et une partie de l'*Abwehr* ont déserté La Rochelle, sans oublier de détruire leurs archives. Et la plus grande partie des miliciens de Delestre quitte la forteresse pour rejoindre en Allemagne la division *SS Charlemagne.* Le 15, jour du débarquement de Provence, c'est l'organisation Todt et son personnel qui prend ses cliques, pour ne pas prendre de claques. Trois jours plus tard, le Haut commandement allemand ordonne aux forces terrestres de la côte atlantique d'engager le mouvement vers le sud-est de Paris. Les Alliés leur brûlent les talons par des déferlantes de bombes sur le littoral. Entre le 9 et le 19 août, mille cent soixante-dix-huit tonnes de bombes tombent sur La Pallice, avec, malheureusement, quelques dommages collatéraux : le dimanche 19 août, deux cent vingt-trois tonnes d'obus s'abattent sur le quartier de la Genette. Mlle Junca a senti le vent du boulet : *« De 9 heures à 9 h 30 le matin : bombardements de La Pallice. Des bombes, jetées par la première vague d'avions sont tombées sur la Genette, de la rue Jourdan à la rue du Béarn et la rue Jeanne-d'Albret, en passant par l'avenue Carnot, devant la maison de Pilard, le banquier, la rue de la Pépinière et l'avenue Coligny. »* On relèvera quatre morts et un blessé.

Intra-muros, on sonne désormais le glas. Pour les Rochelais qui réagissaient mollement aux sirènes de la défense passive, préférant, à la promiscuité des abris sombres et humides, leur sous-sol domestique ou l'arche d'un pont dans les parcs, le réveil est brutal. Extra-muros, les accrochages se multiplient. Le 20 août – preuve que ce conflit est bien mondial – le maquis Foch en découd avec des Hindous à Nanteuil. Cependant, certains de ces combattants enturbannés désertent à la première occasion. Souvent enrôlés de force, comme les soldats polonais, par les forces allemandes, ces « malgré-eux » deviendront des sans-eux, de plus en plus nombreux. Assailli de part et d'autre, s'accrochant à sa base sous-marine, l'occupant va donc s'enfermer dans la poche et réviser son encadrement.

Des chemins parallèles

Nommé, le 20 août 1944, commandant en chef des installations maritimes du point d'appui de La Rochelle, plus communément désigné sous l'expression de la forteresse de La Rochelle, l'amiral Schirlitz va voir ses pouvoirs étendus, le 23 août, au commandement de la place forte dans son ensemble, soit de toutes les unités allemandes, terrestres et maritimes se trouvant sur le territoire de la place. La Rochelle passe ainsi du régime de l'armée de terre à celui de la Marine. Se trouvent, en effet, rassemblés sous son autorité, les nombreux effectifs rattachés à l'importante base sous-marine, commandée jusqu'ici par l'amiral Kober, nazi convaincu, récemment remplacé par le capitaine de vaisseau de Terra, ancien condisciple de Schirlitz à l'école des cadets de la Marine de Flensburg-Mürwick (Promotion 1912), et les quelques éléments de l'armée de terre subsistant à l'évacuation ordonnée, le 18 août, par le Haut commandement allemand. Ce dernier avait ordonné le regroupement, au sud-est de Paris de l'essentiel des forces terrestres stationnées sur la côte atlantique.

Si l'amiral dispose encore de moyens considérables (cent cinquante pièces d'artillerie et deux cent soixante-cinq ouvrages bétonnés), sa garnison, même si elle compte près de seize mille hommes, se compose d'éléments hautement disparates : grenadiers, artilleurs, pionniers, troupes de service ou marins, vétérans démotivés ou débutants inexpérimentés. Ces troupes qu'il juge insuffisamment armées et mal formées, il va devoir les instruire et les réorganiser. Dans un message intercepté par les Alliés en septembre 1944, Schirlitz sera fier d'annoncer qu'« *une réorganisation méthodique des unités, des séjours dans des camps d'instruction, spécialement pour les éléments de la marine, des opérations offensives à objectifs limités, à l'intérieur de nos lignes, ont sérieusement remonté la valeur des troupes de La Rochelle* ». Le service de renseignements et de censure dépendant de son état-major obéit à l'autorité du *Leutnant zur See* (lieutenant de vaisseau) Koethe et de l'*Oberleutnant* (lieutenant) Grupe. Les fonctionnaires de l'Éducation nationale sont autorisés à évacuer. Les locaux de la poste, centre nerveux vital, sont investis. Les Allemands coupent toutes les liaisons de La Rochelle-ville avec l'extérieur. Le 30 septembre, les plis officiels arrivent par avion. Le service des Postes ne reprendra que plus tard, poussivement.

Le problème essentiel de Schirlitz sera le ravitaillement de ses troupes. Les renseignements français sont assez précis sur le sujet. « *Un stock important de vivres de réserve, constitué tant sur les stocks déjà existants en août 1944 que sur les ressources locales, a été constitué. Il permet d'assurer le ravitaillement de la garnison pour une durée de six mois. Ces réserves auraient été entamées. [...] À l'heure actuelle, les rations journalières de la troupe sont : 400 grammes de pain ; 15 grammes de graisse ; 100 grammes de pommes de terre ; 60 à 100 grammes de viande et de charcuterie ; 15 grammes de beurre. Le vin aurait complètement disparu. Le sucre, entièrement réquisitionné pour les besoins de l'armée, donc inexistant pour la population civile, ne serait que très parcimonieusement distribué. Les sous-officiers mangent mieux que la troupe. Il est interdit aux popotes d'officiers de divulguer les menus qu'elles servent. Le principe du nombre de rations croissant avec le grade aurait été maintenu* ».

Le même jour, 23 août, par une synchronisation qui deviendra un motif récurrent dans cette histoire, le capitaine de frégate Hubert Meyer, ayant reçu à Bordeaux l'ordre du capitaine de vaisseau Le Tesson de rallier Rochefort afin d'y représenter le gouvernement provisoire de la République française le moment venu, défère à cet ordre en s'acheminant, à bicyclette, vers sa nouvelle affectation. Faisant escale à Royan, il y assiste à la destruction de navires de guerre allemands par l'aviation alliée. Il compatit d'autant plus au sort de ces marins envoyés par le fond qu'il ne peut s'empêcher de songer au sabordage de son propre vaisseau en 1942 à Toulon. Il prend aussi la mesure prophétique de ce spectacle de désolation : c'est toute l'armée allemande qui, désormais, commence à écoper.

À La Rochelle et à Royan, une affiche est placardée incitant les populations à quitter leur foyer contre une prime individuelle de sept cent cinquante francs et la garantie que leurs biens seront préservés. Mais peu d'habitants, en ces heures de grande incertitude, choisiront l'exode, prime ou pas. Dans l'ombre, la Résistance recrute, pour étoffer le régiment Jean-Guiton, déjà installé au palais de justice, mis en place par le médecin-colonel Martinaud et le colonel Jean Christiaen, et composé du juge Artiges, de l'avocat Kiener, du procureur Seguy et planton-espion Giraudeau. Le 24 août, alors que la 2e DB entre victorieuse dans Paris et que le front allemand s'effondre en Normandie, François Sidos crée à La Rochelle une seconde Milice. Le jour suivant, le maire de La Rochelle, René Godard écrit à l'amiral Schirlitz : « *J'estime, en effet, de mon devoir de faire auprès de vous cette démarche pour tenter de sauver de la mort une population innocente et de la destruction totale une cité si riche en monuments et si justement fière de son histoire.* » À cette supplique lyrique répond le strict pragmatisme allemand : établissement du couvre-feu de 21 heures 30 à 5 heures 30 – heure de l'occupant, deux heures d'avance sur le soleil. Paris est libéré, de Gaulle descendra bientôt les Champs-Élysées les bras levés en forme de V. Mais voilà notre La Rochelle à l'heure allemande !

À Tonnay-Charente, les maquisards ont à peine déminé le port, le seul restant intact sur la Charente, ils ont à peine hissé le drapeau tricolore sur la mairie, que les Allemands reprennent la ville. Burlesque s'il n'était sinistre, cet air du pris-dépris-repris se jouera dans de nombreuses villes de la région. Meyer va l'apprendre à ses dépens à Rochefort.

Des morts bien encombrants

Le 25 août, la ville de Rochefort est abandonnée, laissant l'arsenal livré aux flammes. La politique de la terre brûlée est une vieille tradition militaire, qui purge le dépit des fuyards en plus d'effacer les traces de leur séjour. Meyer est arrivé trop tard pour renouveler les accords de Bordeaux. L'émissaire français s'installe à la préfecture maritime. Le groupe *France-alerte* tente d'assurer l'ordre dans la ville, ce qui n'empêche pas deux soldats allemands en side-car d'être tués près de la gare. La ville de Saintes libérée, Schirlitz a compris qu'il allait perdre sa liaison terrestre avec Royan et fait aussitôt réinvestir Rochefort.

Le side-car abritait donc des éclaireurs. C'est la panique ! Que faire de ces cadavres encombrants ? À l'hôpital ! Il vaudrait mieux pour la ville qu'on les découvre dans un centre de soins. Mais le pavé rochefortais se met déjà à trembler sous les chenilles de l'ennemi qui revient. Plus le temps de tergiverser, Meyer fait jeter les corps dans la Charente. Mais, en quelques heures de décomposition, ils remontent à la surface. Meyer les fait éventrer, ligoter et rejeter à l'eau. Les Allemands se réinstallent, trois jours passent et le cauchemar recommence : à la première marée basse, l'occupant retrouve ses éclaireurs portés disparus, allongés sur un banc de vase, le corps supplicié… L'*Oberleutnant* Schröter exige des représailles.

Les capitaines de frégate Meyer et Seguin se présentent comme délégués de la Marine française et forcent le dialogue. Cette première négociation sera le véritable baptême de Meyer. Avec tact, diplomatie, et une bonne dose de psychologie, il parvient à apaiser l'irascible officier et à imposer l'idée d'un service d'ordre assuré par des patrouilles mixtes – forces allemandes et Résistance locale ! Cet étrange partenariat disciplinaire, seule conduite à tenir pour protéger la population, va durer jusqu'à la mi-septembre.

À La Rochelle, les Allemands menacent d'arrestation les officiers de police pour éviter la situation de la capitale, où les policiers parisiens prirent l'initiative des combats de libération. Pour échapper à cette menace et ne pas risquer le soupçon de collaboration, deux commissaires de police, un officier de la paix et une quarantaine de subalternes quittent la ville avec armes et véhicules, le 29 août. Le lendemain, Schirlitz organise une première réunion avec les autorités civiles françaises : le secrétaire général de préfecture Désiré Arnaud, le maire René Godard et le président de la chambre de commerce Édouard Mörch. D'après Arnaud, l'amiral n'est pas contre une reddition, mais à des troupes régulières. En attendant, la ville est verrouillée dans un système défensif périphérique : à Dompierre sont installés canons et poste de DCA, à Esnandes s'étire le canal antichar. Les services municipaux de l'état-civil déménagent à Saintes. Les élèves du lycée Fromentin devront faire leur rentrée scolaire à Marans.

La liberté se rapproche, elle frotte déjà ses pieds sur le seuil. À Paris, le général de Gaulle prend un bain de foule le 26 août, en l'absence de tout chef américain de premier rang. Le peuple de Paris ovationne son libérateur, et la France entière prend fait et cause pour lui. Le gouvernement provisoire d'Alger est transféré à Paris.

Le 31 août voit la libération d'Angoulême. Pourtant, la guerre continue.

Septembre 1944

En ce premier jour de septembre, la météo prend le parti de l'ennemi : une énorme tempête détruit le port artificiel d'Arromanches et contraint les Alliés à ne dépendre que des ports français. À La Rochelle, M. Arnaud délègue M. Chaigneau à Bordeaux pour presser le général Chevance-Bertin, délégué du général de Gaulle et commandant des FFI de la région sud, de venir rencontrer l'amiral Schirlitz. Dans la nuit – les Rochelais ne l'apprendront que quatre mois plus tard –, l'ancien maire Léonce Vieljeux est fusillé au camp du Struthof, avec d'autres résistants rochelais.

Alors que Lyon vient d'être libéré, Meyer est autorisé à prendre contact avec Schirlitz. Enfermés dans leur propre forteresse, les Allemands doivent aussi se méfier de l'ennemi intérieur, et la meilleure façon de le contrôler consiste à entretenir une force répressive issue de la collaboration : la Milice. Les services de police étant largement déstabilisés, Darnand demande à Arnaud de prendre auprès de lui, *« en qualité de conseiller personnel pour le contrôle de tous les services de sûreté du département, M. Sidos, inspecteur général, que la situation générale a retenu à La Rochelle et qui s'est acquis la confiance des autorités allemandes »*.

Répugnant à travailler avec ce sinistre personnage, Arnaud hésite à quitter la ville, mais il reçoit la confiance renouvelée des commissaires restants et décide de conserver son poste pour faire avec eux barrage contre le chef milicien. Quarante gendarmes sont prélevés dans les brigades d'alentour pour démontrer aux Allemands que nul renfort n'est requis.

Chaque ville française sous l'Occupation a engendré son mouton noir, souvent un ambitieux frustré qui voyait là l'opportunité de gagner du pouvoir et d'en abuser. François Sidos endosse le rôle du félon à La Rochelle. Son histoire et celle de sa famille sont exemplaires de la France ambiguë de cette époque. Ancien combattant de Verdun, il a perdu son fils aîné, officier, tué en 1940 en résistant à l'avance allemande. Son second fils s'est engagé dans les Forces navales françaises libres à Londres. Mais lui, sa femme et ses deux autres fils, Pierre et Jacques, suivent la politique de Laval. En mai 1942, il est nommé délégué régional aux sociétés secrètes. Intégré dans la Milice, il devient inspecteur général des forces de maintien de l'ordre et enfin « délégué atlantique du gouvernement français » de Siegmaringen. Il recrute pour sa milice parmi les cadres et francs-gardes permanents et bénévoles, et trouve ses militants en partie dans la garde civile. Il installe une caserne Philippe-Henriot dans le lycée de garçons Eugène-Fromentin et s'offre l'hôtel Beaussant, 30, place de Verdun, pour ses bureaux. Schirlitz devra intervenir plusieurs fois pour rappeler à l'ordre le jeune Jacques Sidos, qui profite de contrôles d'identité et d'activité illégaux pour violer des domiciles privés et dérober divers objets[1].

Le 4 septembre, Saintes est libéré. Ayant décidé de « nettoyer » la Charente-Maritime, le colonel Adeline forme trois colonnes. La *colonne* Z (commandant Moressée), renforcée par d'autres éléments de *Dordogne* sud (groupe *Alberte* du Sarladais, groupe *Sentrailles* de Bergerac et groupe *Martin* de Gardonne), se portera sur Royan, par Saint-Jean-de-Blaignac. La colonne *Roland* (Armée secrète de Dordogne centre) renforcée du groupe *Leclerc* (de Dordogne sud) se dirigera sur Rochefort. La colonne FTP (Demorny, Bousquet), rendue disponible par suite de l'évacuation de Libourne par les Allemands, aura pour objectif La Rochelle. L'attaque générale est prévue pour le 5 décembre.

Or, en arrivant à Cognac, l'après-midi du 5 septembre, Adeline y trouve le PC du groupement *Rac* (Armée secrète de Dordogne nord) et un bataillon du groupement *Bernard* (FTP de Charente nord). Tous ces éléments marchent sur Royan. En outre, il apprend que les groupements *Bir-Hakeim* (commandant Chabanne), Foch (commandant Auger) et *Ricco* (FTP Dordogne-Nord) se portent, le premier sur Rochefort, et les autres sur La Rochelle. Au total, huit colonnes comprenant au total plus de douze mille hommes et venant, les unes du Sud, les autres de l'est, se dirigent donc sur Royan, Rochefort et La Rochelle. La situation est des plus confuses et présage mal l'avenir.

Le 6 septembre au matin, Adeline est à Angoulême. Il y rencontre les commandants Chabanne et Bernard. L'après-midi, il convoque à son PC le commandant Auger. Il démontre le flou dangereux de la situation actuelle et expose ses conceptions sur l'action à conduire. En fin de journée, l'entente est réalisée et un ordre d'opérations fixe à chacun sa mission : les groupements Z, Roland et Rac bloqueront Royan ; le groupement Bir-Hakeim aura pour objectif Rochefort ; les groupements Demorny et Ricco encercleront La Rochelle, où il se confirme que l'ennemi a des forces très importantes ; le groupement Foch s'installera dans la région d'Aulnay pour empêcher tout retour de l'ennemi de Poitiers sur La Rochelle. C'est ce jour-là, et au milieu de cette poudrière, que le capitaine Meyer rencontre pour la première fois l'amiral Schirlitz.

Première entrevue

L'entrevue a lieu dans une villa à Lafont, en banlieue de La Rochelle, servant de PC allemand. Introduit dans une vaste pièce tapissée de cartes, en présence de tout l'état-major ennemi, l'émissaire français a le sentiment de passer en cour martiale. D'autant que l'accueil est glacial. Schirlitz exige des explications sur les corps retrouvés suppliciés au fond de la Charente, à Rochefort. Meyer ne se laisse pas démonter. Il dit la vérité, nette et sans fard. Ayant succombé à un combat de rue, les deux Allemands ont été éventrés pour empêcher leurs corps de remonter à la surface et éviter à la population civile de sanglantes représailles. Que ses adversaires n'aillent pas imaginer que des soldats français aient pu se livrer à des tortures : « de telles choses ne se font pas dans la Marine[2] ». Il sait que l'amiral ne peut être insensible à ce type d'argument. En plein dans le mille : Schirlitz lui offre une cigarette et l'atmosphère se détend quelque peu.

Mais la négociation ne s'engage pas pour autant. Car, pour l'heure, l'Allemand ne veut pas entendre parler de capitulation. La France, qu'il occupe depuis quatre ans, vient de connaître une invasion, certes. Mais rien n'est encore joué, quoi que Meyer en dise. Un autre débarquement a percé une seconde brèche en Provence, et alors ? Le front se déplace, rien de tragique. Schirlitz persiste et signe : sa mission est de tenir la forteresse et la base sous-marine – et il les tiendra. Cependant, il apprécie les talents diplomatiques de son interlocuteur et semble éprouver à son égard une sorte de respect. Les parties s'entendent au moins sur un point : toute destruction inutile doit être évitée. Chacun convient que La Rochelle en tant que cité historique doit être préservée des outrages qui la menacent.

Une seule fois, Schirlitz perd un peu de son sang-froid. Lorsque Meyer plaide que la destruction du port de commerce de La Pallice serait une perte majeure pour l'Europe, Schirlitz objecte que ce sont « nos » amis les Anglais qui saccagent nos ports : « *Il est bien regrettable que les Français n'aient pas mieux compris l'intérêt européen de la politique allemande.* » Meyer ne peut laisser passer l'affront : « *Monsieur l'Amiral, lorsque mon pays était sous la botte d'Hitler, il ne pouvait être question de collaboration !* » Ce sujet touche au cœur d'un drame qu'a vécu chacun des deux protagonistes. Mais, en cette première phase de leurs négociations, l'Allemand sait-il que Meyer a dû saborder son propre vaisseau en rade de Toulon deux ans plus tôt ? Et le Français sait-il que Schirlitz a passé trois ans dans les geôles londoniennes en 1915, après la destruction de son zeppelin au-dessus de la capitale britannique ? On ne le saura sans doute jamais. Mais c'est ici que la rencontre devient fascinante, par le parallélisme de leurs destins.

Meyer repart de l'entrevue avec la conviction qu'une porte s'est entrouverte. Pour autant, sous le commandement d'Adeline, les maquis ne relâchent pas la pression et enchaînent sabotages, récupération d'armes et munitions, et combats : à Mauzé le 6, près de Marans le 7, puis à Gordes d'Aunis, Surgères, Vouhé… Le 10 septembre, les Allemands contre-attaquent à Forges et en chassent les éléments avancés du groupement Demorny qui s'y étaient installés le 8.

Meyer rend compte à Bordeaux du contenu de sa rencontre avec l'amiral Schirlitz au général Chevance-Bertin, qui lui donne aussitôt pour mission de lui ménager une entrevue avec l'ennemi. Le 10 septembre, accompagné du lieutenant français Cruse (son beau-frère), Meyer rend visite à l'*Oberleutnant* Schröter et le prie de communiquer la demande à son chef. Quelques heures plus tard, l'entrevue est accordée : elle se déroulera le jour même à 16 heures, au casino de Châtelaillon. Tout cela, s'inquiète Meyer, n'est-il pas quelque peu précipité ?

Coup de poker

Dans le petit salon du casino, la délégation allemande arrive la première. Sanglé dans une vareuse bleu-marine aux parements d'or, l'amiral Schirlitz est suivi d'une cohorte d'officiers raides et hautains : *Oberst* Weyraüther, *Oberleutnant* Grupe, l'aide de camp de l'amiral, *Hauptmann* Koethe et *Oberleutnant* Claessens, servant d'interprètes. Les Français sont en retard. Le fringant général Chevance-Bertin finit par arriver, en tunique bleu d'azur de l'armée d'Afrique. Sur le capot de sa voiture de fonction trône un casque allemand. Pour Meyer, c'est une provocation inutile qui augure bien mal de la suite. Ses craintes vont se confirmer.

Le jeune général français n'a guère de temps à perdre en diplomatie. Il décrète que l'Allemagne est d'ores et déjà défaite, que la France a recouvré armée et gouvernement libres, et que le vainqueur d'aujourd'hui saura octroyer à l'ennemi d'hier d'honorables conditions, à savoir : un traitement carcéral de faveur pour la garnison de La Rochelle et un rapatriement prioritaire dès la fin de la guerre. Inutile de préciser que, dans cette attente, toute acte de destruction serait considéré comme pur sabotage... On peut imaginer à quel point ce discours a pu agacer les Allemands. Un fier coq dressé sur ses ergots et se rengorgeant face à l'aigle qui n'a pas encore perdu toutes ses plumes ! La réaction était prévisible : Schirlitz ne cède rien, se braque et chacun parvient à la conclusion d'un combat frontal et inéluctable... Sauf que Meyer intervient.

Le négociateur sait qu'il n'existe qu'une seule parade à la crise : la temporisation. Schirlitz ne pourrait-il pas prendre le temps de consulter sa hiérarchie ? « *Natürlich* », répond l'ennemi. Chevance rejette de l'huile sur le feu en n'autorisant qu'un *statu quo d*e quarante-huit heures. Vexée, la délégation allemande se lève comme un seul homme et tourne déjà les talons. Mais une seconde fois, Meyer sauve la partie : les Français ont posé leurs conditions, aux Allemands de poser les leurs et ensuite, il sera temps de trouver le meilleur compromis. Devant l'évidence de l'argument, les esprits s'apaisent. Meyer continue sur sa belle lancée : à ce propos, pourquoi l'occupant s'accrocherait-il à la ville de Rochefort, où sa position précaire est une véritable provocation face aux FFI pressés d'en découdre ? Chevance approuve. Et le miracle se produit. Parce qu'il se sent de nouveau considéré, Schirlitz accepte cette idée d'un repli partiel de ses troupes. Le général français lui garantit la paix des armes pour les deux jours à suivre. Chaque délégation repart dans son camp.

Tout reste à jouer, mais le contact n'est pas rompu. Meyer peut pousser un ouf de soulagement.

Manque de communication ou manigance, la trêve n'est pas scrupuleusement respectée. Car, le lendemain, les Allemands venant de l'île d'Oléron occupent le fort du Chapus, construit sur un îlot rocheux, sous la protection d'un tir d'artillerie qui fera plusieurs victimes parmi les FFI. Le fort sera abandonné quelques heures plus tard. Autour de La Rochelle, les forces françaises tiennent fermement une ligne qui s'étend au nord depuis la baie de l'Aiguillon, au sud au village d'Yves, à l'est Marans, Courçon, Surgères, Muron. Une brèche étroite subsiste cependant, entre Yves et Fouras.

À Saujon, les Allemands évacuent la ville, mais reviennent en force pour piller une minoterie et repartir le soir. Le major Reisinger, responsable de l'artillerie à Royan, est fait prisonnier. Il avait sur lui une grosse somme d'argent et d'importants papiers. Sans doute voulait-il se rendre.

D'autres signes augurent mal de la résistance allemande. À Issoudun, la colonne d'Elster, qui n'a pas pu franchir la Loire, souhaite se rendre. Le général, à la tête de vingt mille hommes, ne veut traiter qu'avec les Américains. Le maquis français ne pourra donc rien récupérer des vingt-neuf canons, trois cent trente-sept mitrailleuses, trois-cent soixante-quinze camions, cinq cent quatre-vingt-onze voitures et deux mille chevaux – matériel qui lui fait pourtant cruellement défaut. Schirlitz a-t-il été informé de cette exceptionnelle reddition ? Toujours est-il que le 12 septembre, Rochefort est évacué par les Allemands ! Meyer a remporté une première manche.

Mais, dans La Rochelle, Schirlitz ne baisse pas les bras. Il demande au capitaine Koethe de réorganiser les services de contre-espionnage, l'*Abwehr* ayant évacué La Rochelle. L'amiral veut aussi réduire la population encerclée. « *Une affiche dit que tous les hommes de 14 à 60 ans non originaires de La Rochelle doivent être partis avant le 14 septembre 1944, et que le 16 au soir est la limite extrême pour que puissent rentrer les possesseurs de laissez-passer actuellement à la campagne* », note une habitante de La Rochelle, Mme Lafuste[3]. Côté français, le colonel Adeline met en place un dispositif de blocage, puis d'investissement du camp retranché de La Rochelle. Ses troupes s'alignent sur un axe regroupant Marans, Courçon, Forges, Ciré et la lisière nord de Rochefort. Sur ce front de plus de cinquante kilomètres, trois mille cinq cents FFI bloquent alors plus de treize mille Allemands.

C'est donc le 12 septembre 1944, alors qu'à Châtillon-sur-Seine les armées Leclerc et de Lattre sont à la veille de se rejoindre, que commence un siège qui durera plus de sept mois pour Royan et près de huit mois pour La Rochelle.

Massacre à Ferrières

Le 13 septembre 1944, le groupement Ricco déclenche un sérieux accrochage à Ferrières, village situé à vingt-cinq kilomètres de la forteresse. Chaque matin, quinze Allemands se rendaient en poste avancé dans le petit village voisin de Chanteloup. Ce mercredi-là, à 7 heures du matin, des FFI fondent sur la patrouille, tuant sept d'entre eux et prenant les autres en otages. La riposte ne se fait pas attendre : à 11 heures, cinq ou six cents Allemands débarquent, entourent la commune et mettent le feu à Chanteloup. Les habitants ont le temps de fuir, mais pas de sauver le bétail, qui brûlera avec les bâtiments.

Au quartier général français, ignorant la tragédie qui s'annonce, Adeline et Meyer discutent de la suite de leur action. Après avoir analysé les résultats des premiers contacts avec Schirlitz, le Colonel définit trois objectifs : maintenir le contact avec l'adversaire, au moins sur le plan humanitaire ; gagner le temps nécessaire à l'organisation de l'armée FFI, pour lui permettre de tenir tête à l'ennemi et de jouer éventuellement un rôle valable auprès de forces régulières ; tenter d'aboutir à une sorte d'accord tacite, révocable à tout moment, tendant à limiter l'action militaire et à éviter des destructions inutiles.

Le samedi 16 à l'aube, l'ennemi envahit Ferrières. M. Ballanger, âgé de quarante-neuf ans, est sorti du lit, traîné hors de sa maison, et exécuté d'une balle explosive en pleine tête. Son cousin de trente ans tente de fuir, mais il reçoit une balle dans le talon. Des soldats allemands l'attrapent, l'égorgent, lui coupent le bras et lui placent les doigts dans la bouche. Plus loin, le maire est mitraillé sur place devant sa femme. Un réfugié est abattu en plein bourg. Puis, les Allemands mitraillent de droite à gauche. L'opération ne dure pas plus de trois heures.

Le jour-même, Meyer retrouve Schirlitz. Pour leur seconde entrevue, le Français est encore vêtu en civil, afin de marquer le caractère officieux de ses démarches. L'amiral et lui ne peuvent encore rien savoir du drame qui vient de se dérouler à quelques kilomètres. Alors, reprenant son ton de diplomate courtois, Meyer expose à Schirlitz leur intérêt commun de préserver La Rochelle et ses ports. La cité historique n'aimerait pas subir le sort du Havre, recevant actuellement une ration quotidienne de cinq cents tonnes de bombes américaines. Le négociateur esquisse le contenu d'un *gentlemen's agreement* permettant de délimiter les zones d'action respectives et un périmètre de combat autorisé. L'accord serait révocable et conditionné au respect d'un meilleur traitement réservé à la population civile : élargissement de tous les détenus politiques ; grâce de principe pour tous les condamnés à mort, même pour faits d'espionnage ou de Résistance ouverte ; ravitaillement éventuel des populations en produits de première nécessité, à commencer par les médicaments ; octroi de laissez-passer pour certains cas importants d'intérêt public ou privé. Schirlitz répond, avec la même urbanité, qu'il étudiera chacun de ces points avec son état-major. Aucune raison pour lui de maltraiter la population tant que celle-ci se montre paisible. Avant de prendre congé, Meyer n'omet pas une dernière requête humanitaire : le retour de déportation de l'ancien maire Léonce Vieljeux, âgé de soixante-dix-neuf ans. Sur ce point, l'amiral ne promet rien : son pouvoir aujourd'hui en Allemagne ne pèse guère face aux prérogatives de la *Gestapo*.

Le lendemain, certains membres de la population rochelaise ne se montrent pas si dociles que prévu : des employés de la SNCF sabotent sept locomotives restées en dépôt.

L'adoubement de Meyer

Le 18 septembre est un jour mémorable pour les FFI du Sud-Ouest. Le général de Gaulle, accompagné de Maurice Diethelm, ministre de la Guerre, vient à Saintes au PC du colonel Adeline. Les paroles, qu'à cette occasion, le libérateur adresse à Meyer seront scrupuleusement consignées par ce dernier : « *J'approuve, en principe, ce que vous avez fait jusqu'ici et je vous félicite des résultats obtenus, notamment pour Rochefort. Toutefois, je désire qu'en aucun cas il ne soit conclu avec l'ennemi d'armistice local à caractère définitif. Les poches allemandes doivent être réduites par la force. Pour l'instant, j'autorise qu'une action d'intimidation soit poursuivie afin d'inciter l'ennemi à s'abstenir de tous sévices et de toutes destructions dans les poches. J'insiste sur le fait que les pourparlers ne devront jamais revêtir le caractère d'une négociation. C'est par une attitude ferme, au besoin par la menace dans le sentiment que nous sommes les vainqueurs, que l'ennemi devra être amené à composition. Sous cette réserve, j'approuve ce qui pourra être fait afin de sauvegarder La Rochelle et les ports occupés, ainsi que pour réduire l'agressivité de l'ennemi.»*

L'action de Meyer est donc à la fois reconnue, approuvée, mais aussi limitée. Il doit contenir l'ennemi, par la menace ou la négociation, mais ne rien conclure de définitif, dans l'attente des blindés qui règleront le problème. En attendant, le Général fait son affaire de l'ardeur belliqueuse des alliés. Pour celui qui se revendique Chef de la France libre, il est essentiel de remporter sur le terrain des victoires strictement françaises. C'est pourquoi, aussitôt, dans une lettre datée du 21 septembre, de Gaulle réclame pour Royan et La Rochelle la 1re DB de du Vigier. Mais Eisenhower refusera, sous prétexte que ces forces sont à ce point engagées dans la bataille pour la libération de l'Alsace qu'il serait impossible de les retirer de cette tâche, vitale pour le moment. De Gaulle s'entêtera, en vain. Ironie du sort, c'est cette même 1re DB tant réclamée qui atteindra plus tard la première les rives du Rhin.

19 septembre, Brest est libéré. Dans la forteresse rochelaise, les nouvelles, surtout mauvaises, finissent toujours par filtrer. Mme Lafuste mord son crayon d'angoisse: « *Jean ne veut pas dire ce qu'il sait par la Chambre de commerce, mais Mme Huguet dit qu'elle ne peut plus se procurer les légumes; elle voudrait fermer boutique, il faut faire très attention et rester chez soi: il y a eu du très vilain et des morts samedi dernier à Ferrières. Elle dit que notre cercle va se faire de plus en plus petit parce que les FFI le resserre,*

etc. et ce soir, je sais ce qui s'est passé à Ferrières, hélas ! » De ce massacre, le colonel Adeline informe Meyer, le 20 septembre, juste avant qu'il retourne à La Rochelle. La consigne est d'user de cette tragédie pour menacer l'ennemi de lourdes représailles.

Premier bras de fer

Accrédité par de Gaulle, revêtu de son uniforme et accompagné d'un adjoint, le capitaine de corvette Gaches, le capitaine de frégate Meyer attaque son adversaire bille en tête. Pourquoi le nouveau gouvernement français se fatiguerait-il à négocier alors que l'ennemi se rend partout ailleurs ? Récemment, on a assisté à pas moins de quatre redditions de groupes allemands. La plus importante, la garnison d'Elster, forte de vingt mille hommes, s'est rendue aux Américains. Schirlitz ne se laisse pas démonter : ils tiennent toujours l'accès à Bordeaux par la poche de Royan et l'estuaire de la Gironde, et le grand port commercial de La Pallice à La Rochelle. Meyer balaie ces arguments. À quoi bon tenter d'humaniser le combat, explose-t-il, si les règles les plus élémentaires en sont bafouées, comme à Ferrières ? Sincère ou dissimulateur, l'amiral déclare tout ignorer des exactions prétendument commises par ses troupes. En tout cas, il promet une enquête interne et des sanctions. Le Français ne décolère pas et en profite pour négocier la reconnaissance de tout FFI comme soldat régulier, dans la mesure où il est muni d'un brassard officiel. Et si un tel soldat est capturé, il devra être traité comme prisonnier de guerre et pouvoir être échangé contre des prisonniers ennemis.

La requête n'est pas inédite, puisqu'Adeline avait déposé la même face à Pohlmann, commandant la poche de Royan. Mais elle est brillamment amenée par Meyer. On pourrait croire Schirlitz sonné par cette attaque en règle et l'argumentation d'une logique imparable. Mais l'amiral répond point pour point et, s'il semble au final lâcher du lest, ce n'est jamais dans un rapport d'infériorité, toujours dans la justification de son propre intérêt. Voilà qu'il est d'accord pour reconnaître les combattants français dûment identifiés, d'accord même pour échanger des prisonniers. Justement, il en détient vingt-quatre, dont douze capturés aujourd'hui même, des civils pris les armes à la main [7bis].

Il serait en droit de les fusiller, mais il consent à l'échange – seulement pour vingt-trois d'entre eux, car le dernier est un déserteur... Schirlitz réclame cependant une brève consultation avec son état-major avant d'avaliser cette avancée majeure.

Une demi-heure plus tard, l'affaire est entendue. Toujours d'après Meyer, l'amiral allemand aurait alors cette phrase mémorable : « *Nous travaillons maintenant pour nos enfants.* » Il est entendu que l'ennemi ne perd jamais de vue son objectif, mais concédons qu'en cette minute de concorde, en cet instant de victoire de l'esprit de paix sur l'instinct de guerre, Schirlitz s'élève au rang de visionnaire européen. La rencontre avec cet interlocuteur inespéré, cet adversaire respectable, le pousse à être plus grand, à voir plus loin. Alors pourquoi ne pas voir jusqu'à la paix? Jusqu'à la nécessaire réconciliation des générations à venir? Et Schirlitz de conclure par ces mots, qui donneront leur titre aux mémoires de Meyer, vingt ans plus tard: « *Entre marins, il est toujours facile de se comprendre* ».

Guerre et paix

Le résultat de l'entretien du 20 septembre est très satisfaisant pour le secteur de La Rochelle: plus de représailles, plus de prise d'otages, plus de fusillade de civils et combattants irréguliers, reconnaissance des FFI ! Et Schirlitz tient ses promesses. Le premier échange de prisonniers se déroule le 21 septembre. Mais lorsque les dix-neuf FFI descendant du camion de la Croix-Rouge, le teint frais et le baluchon sur l'épaule, croisent les vingt-trois soldats allemands traînant la jambe, maigres et en guenilles, le lieutenant Grupe s'étouffe de colère. Est-ce ainsi que les Français traitent leurs prisonniers? Meyer n'a pas le temps de se justifier, il est devancé par l'un des échangés, un officier allemand qui, malgré son état piteux, trouve des excuses à ses anciens geôliers. Ces soldats en sabots ont à peine de quoi se nourrir et se vêtir eux-mêmes, et même ce peu, ils l'ont partagé avec leurs détenus. Nul reproche ne pourrait leur être fait.

Le même jour, un télégramme de l'amiral Krancke, commandant de la Kriegsmarine à l'ouest met en garde les commandants des poches : « *Ne souscrivez aucune promesse qui puisse limiter votre liberté d'action. Seule doit être prise en considération l'amélioration de votre position défensive, mais n'oubliez pas que l'ennemi, lui aussi, peut avoir intérêt à gagner du temps. Ne prenez aucun engagement écrit.* » Krancke et de Gaulle sont donc sur la même longueur d'ondes, chacun tentant par procuration de tirer profit de la situation. Assaillants et assiégés se regardent non pas en chiens de faïence, mais en loups prêts à se déchirer au premier mouvement suspect.

Car il ne faudrait pas croire que ce début de négociation entraîne une pacification de la région. Aux abords de La Rochelle, on continue de se battre et de mourir. Au village d'Yves, une violente attaque allemande n'a laissé, au bout de plus de quatre heures de combat au milieu des maisons et des gerbiers en flammes, que trente-quatre FFI valides sur un effectif de soixante-neuf : vingt morts et quinze blessés. Soucieux d'assurer son ravitaillement pour un siège qui s'annonce long, l'ennemi opère une série de rafles alimentaires : soixante-dix tonnes de blé prélevées à Aigrefeuille, quatre-vingts tonnes de farine à La Jarne, trente tonnes de beurre au frigo Castaing, deux mille cinq cents kilos de beurre à la laiterie d'Andilly. De leur côté, les FFI récupèreront cinq cent mille litres d'alcool à la distillerie de Forges, qui leur serviront de carburant.

Chacun fourbit ses armes et révise ses troupes. Le 24 septembre, les FFI, ces soldats issus de la clandestinité, sont intégrés aux forces françaises régulières. Le colonel Adeline en profite pour réorganiser et renforcer le front de La Rochelle. Côté allemand, six camions de dix tonnes, blindés avec des tôles d'acier de douze millimètres, sont affectés aux razzias. Ces opérations de récupération de vivres lors de coups de force vont donc se systématiser. Dans La Rochelle, M. Seguin, directeur des chantiers navals Delmas-Vieljeux, et M. Briand ont l'idée de transformer des camions en automitrailleuses pour appuyer l'action de la Résistance en cas de combats, sous les ordres du colonel Jean (Christiaen), chef du régiment Jean-Guiton. La construction se réalise secrètement à partir de l'atelier de la rue Remparts-des-Voiliers et de celui du Gabut. Deux camions dérobés aux Allemands deviendront les blindés *Léonce-Vieljeux* et *Franck-Delmas*. L'assemblage final se fait dans les chais de M. Lalot, liquoriste de la rue du Prêche. En même temps, on construit deux véhicules plus légers, les *Joseph-Camaret I* et *II*. Ces noms de baptême rendent hommage aux déportés rochelais.

La troisième voie

Pendant plusieurs jours, au PC de Saintes, le colonel Adeline, son chef d'état-major, le colonel

Frey et le commandant Meyer examinent la sorte d'accord qu'il serait possible de rechercher afin de réduire l'agressivité ennemie. Suite aux précédents entretiens, il est indiqué à Meyer de rechercher une nouvelle entrevue. Elle aura lieu le 30 septembre 1944.

Le jour dit, pour leur quatrième entrevue, Meyer expose à Schirlitz la situation avec sa clarté habituelle. Les Allemands sont piégés; les Français et les Alliés les ont encerclés; fatalement, il faudra un jour en découdre. Notons que le fond du discours ne diffère en rien de celui de Bertin vingt jours plus tôt, mais la forme change tout. L'art et la manière du négociateur gagnent l'acquiescement de l'ennemi. Partant de là, deux méthodes sont proposées: l'américaine, qui consiste, en raccourci, à noyer le problème sous un tapis de bombes; et la française, à lancer les blindés et discuter après. La seconde méthode limite, sans les empêcher, les dommages collatéraux. Mais elle a l'avantage de préserver l'honneur des assiégés. Tant que le conflit ne dégénère pas, l'aviation alliée peut être tenue à distance. Quant aux blindés français, Meyer ne cache pas qu'on n'en peut disposer pour le moment. Alors, tout bien pesé, ne vaut-il pas mieux instaurer un *statu quo* ?

Selon l'exposé de Meyer, ce *statu quo* serait codifié comme suit: « *Le Commandement français fixerait une ligne dite de sécurité, légèrement en retrait sur ses positions actuelles. Le franchissement de cette ligne par vos troupes serait considéré comme un acte offensif délibéré qui aurait pour effet de rompre définitivement tout accommodement ultérieur, et de déclencher une intervention aérienne immédiate. De son côté, le Commandement allemand fixerait, quelque peu en arrière de ses avant-postes actuels, une ligne que nos troupes s'engageraient à ne pas franchir. Entre ces deux lignes, subsisterait une sorte de zone d'opérations dans laquelle se dérouleraient librement des actions sans doute nécessaires au moral de nos troupes respectives. Il serait entendu qu'au cours de telles actions, les conventions humanitaires établies lors de nos entretiens du 20 septembre seraient scrupuleusement respectées.* » Et l'accord serait révocable sous préavis de quatre jours.

Schirlitz demande à réfléchir.

Octobre 1944

D'après le comptage de la Résistance intérieure, l'ennemi de la poche de La Rochelle compte dix-huit mille sept cents hommes. Les Allemands possèdent trois cent cinquante camions, deux cent soixante-quinze voitures et deux trains blindés. Le 2 octobre, deux sous-marins allemands venant de Marseille arrivent à La Pallice. Le 3, la Croix-Rouge ne distribue plus de cartes postales, avec ses cinq lignes à rédiger au maximum. Le 4, Schirlitz donne son accord de principe pour la signature d'une convention. Le 5, l'amiral demande l'expulsion de toute la population de la ville – demande rejetée par la municipalité qui craint le pillage. Le même jour se tient la cinquième entrevue avec Meyer.

La Convention d'Octobre

L'amiral veut régler certains détails préalables. Comment matérialiser les lignes de défense sur le terrain ? Meyer a tout prévu : par des repères géographiques tels que villages, canaux, routes, voies ferrées. D'accord, mais il faudrait une certaine tolérance : dans le feu de l'action, les combattants pourraient involontairement déborder la démarcation. Bien sûr : il n'y aurait rupture de l'accord que si l'invasion se révélait volontaire et massive. Dans ces conditions, l'affaire est entendue. Schirlitz, cependant, reste sceptique quant au contrôle des FFI. Le Français se drape dans sa fierté patriotique pour corriger l'expression : il n'est plus question désormais que d'armée française et ce label devrait suffire à convoquer les notions de discipline et de loyauté. Soit ! Un ultime détail chagrine l'amiral : si le colonel Adeline, commandant local, est le signataire du futur accord, les Alliés vont-ils accepter de l'entériner ? Sur ce dernier point, Meyer botte en touche : ces turbulents frères d'armes seront tenus pour le moins de respecter le délai de dénonciation. Si Schirlitz se satisfait de ces affirmations, sa bonne volonté patente tient autant de la confiance qu'il a décidé de placer en Meyer, que de son intérêt à voir s'instaurer une sorte de paix des braves.

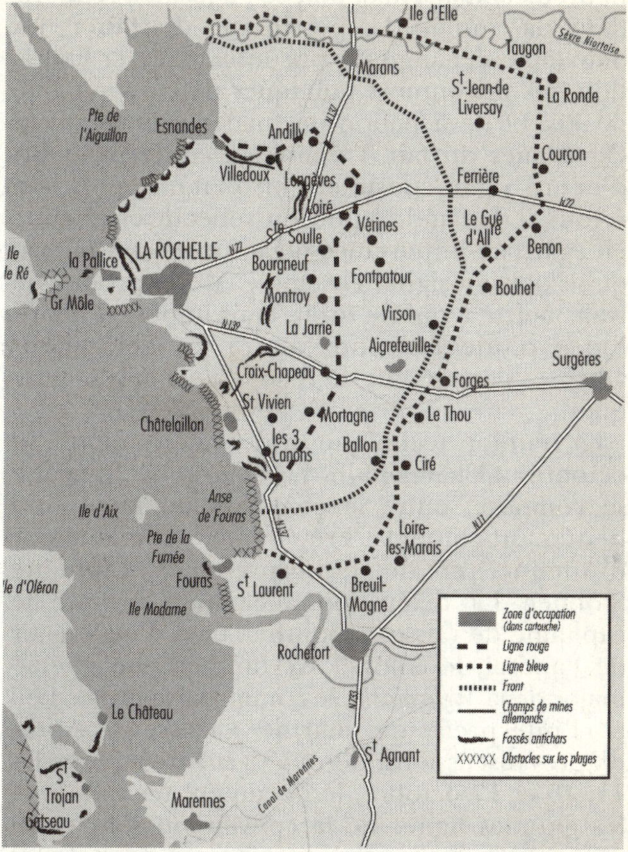

Partage de La Rochelle selon la Convention d'Octobre

Le négociateur est bien décidé à profiter de cet heureux climat. Aussi pousse-t-il jusqu'à requérir dans la foulée la possibilité d'étudier un deuxième échange de prisonniers. Et la libération des prisonniers politiques détenus sur l'île de Ré. Et l'évacuation des malades et de civils. Coutumier du fait, l'amiral s'accorde un quart d'heure pour consulter son état-major. À son retour, il demande à pouvoir rencontrer Adeline eu égard à l'importance de la future convention qu'ils doivent signer ensemble. Meyer promet de transmettre à qui de droit, mais impose d'abord l'idée d'une rencontre entre les délégations adverses dans le but de régler les détails techniques.

La réunion technique se déroule le mardi 10 octobre, à Châtelaillon. La délégation française se compose, outre le commandant Meyer, du lieutenant-colonel Frey, chef d'état-major d'Adeline, et de l'interprète, le capitaine Stöbner. La délégation allemande compte le capitaine de vaisseau Gunther, chef d'état-major de l'amiral, le colonel Weyraüther, chef d'état-major de la *Wehrmacht,* le commissaire-juriste Lell et l'interprète de marine Claessens. Après d'âpres discussions, déroulées sur trois jours, les 11, 13 et 17 octobre, le document technique et les grandes lignes de la convention sont enfin définis. Celle-ci sera signée par le colonel Adeline le 18 octobre 1944 et par l'amiral Schirlitz le 20.

PC, le 18 octobre 1944

Dans le but d'éviter la destruction des installations portuaires et urbaines du port de La Rochelle-La Pallice, destruction qui serait inévitable dans un combat, entre les commandements militaires français et allemand, il a été convenu ce qui suit :

ARTICLE PREMIER - Les zones désignées ci-après ne peuvent faire l'objet d'attaques :
– ni par terre, – ni par mer, – ni par air,
soit de la part des troupes françaises,
soit de la part des troupes allemandes.
Les zones en question sont délimitées comme suit :
a) Zone interdite à l'action des troupes françaises : l'île de Ré et une portion de terre ferme limitée, du côté de la mer, par la ligne de basse marée, du côté de la terre, par la ligne indiquée en rouge sur le plan joint en annexe.
b) Zone interdite à l'action des troupes allemandes : les régions situées à l'est de la ligne figurée en bleu telle qu'elle est indiquée sur le plan joint en annexe.
ARTICLE II – Dans la zone indiquée au paragraphe Ia, le Commandement allemand s'engage à s'abstenir de toute destruction des installations portuaires et urbaines.
ARTICLE III – Dans la zone indiquée au paragraphe Ib, le Commandement français s'engage à ne pas fomenter ou appuyer des mouvements de résistance et des actes de sabotage de la part de la population.
ARTICLE IV – Dans la zone comprise entre les lignes rouge et bleue sus-indiquées, les deux parties contractantes se réservent pleine liberté d'action.

ARTICLE V – En ce qui concerne l'île d'Oléron, les deux parties contractantes se réservent également pleine liberté d'action.

ARTICLE VI – Il est convenu que le Commandement militaire français ne demandera pas l'aide du Commandement allié autour de La Rochelle. Au cas où une telle intervention serait inévitable, il s'engage à dénoncer la présente convention.

ARTICLE VII – Le délai de préavis de dénonciation est fixé à 4 fois 24 heures à compter de minuit faisant suite au jour de la dénonciation.

ARTICLE VIII – Le présent accord entrera en vigueur le 20 octobre à zéro heure.

ADELINE

NOTA : la ligne bleue mentionnée dans la convention ci-dessus est jalonnée par : la Sèvre Niortaise – l'Île d'Elle – Taugon – La Ronde – Courçon – Benon – Bouhat – Berges – Le Thou – Ciré – Breuil-Magné – Saint-Laurent – Fouras.

La ligne rouge par : Esnandes – Villedoux – Andilly – Longève – Sainte-Soulle – Montroy – La Jarrie – Croix-Chapeau – Mortagne – Les Fontaines.

Dans ses *Mémoires,* Meyer s'abstient de noter que, malgré la demande de l'amiral, les deux signataires de la Convention d'Octobre ne se seront jamais rencontrés. Adeline a-t-il décliné l'invitation pour empêcher l'Histoire d'immortaliser la rencontre entre deux ennemis qui se serraient serré la main ? Est-il resté traumatisé comme tant de Français par l'accolade honteuse de Montoire entre Pétain et Hitler ? Ou bien voulait-il éviter d'officialiser davantage cet accord –

sinon contre-nature, du moins peu fréquent – en un temps où la moindre notion de collaboration est extrêmement périlleuse ? Il est en tout cas intéressant de noter qu'entre la première réunion technique et la signature d'Adeline, le général de Larminat a été nommé commandant des Forces françaises de l'Atlantique. Par cette nomination, de Gaulle a confirmé sa détermination à vider les poches. Placé devant le fait accompli de la convention signée par Adeline, de Larminat s'en plaindra auprès de de Gaulle, qui lui répondra : « *Je n'ai pas à la connaître, arrangez-vous.*[4] » De Larminat va donc s'en accommoder, du moins tant qu'elle n'entrave pas ses projets... En tout cas, il se gardera bien d'en faire la publicité. Le problème, c'est qu'après la guerre, il y aura des pleurs et grincements de dents chez les FFI qui, n'ayant jamais été informés par leur commandement de l'existence de la Convention, auront le sentiment d'avoir fait de la figuration dans une comédie où les balles n'étaient pas à blanc.

Hold-up secret

D'après Meyer, le 10 octobre, les ports de La Rochelle et La Pallice sont déminés, en signe de détente diplomatique. Cependant, les ennemis continuent de se jauger, à l'extérieur comme à l'intérieur de La Rochelle. À partir du 11 octobre, le front est solidement tenu par plus de huit mille FFI formant six sous-secteurs disposés du nord au sud. Et lorsque les Allemands cherchent à éprouver le dispositif français, le 15 octobre devant Ballon et la ferme Champon, et le 16 octobre de nouveau sur le canal d'Andilly, ils sont repoussés avec pertes et fracas.

L'occupant menace de retirer les fonds de la Banque de France, soit plus de deux cents millions de francs. Le directeur, M. Briens, organise leur évasion clandestine vers les Sables-d'Olonne sur un bateau de pêche, le *Jean-Madeleine.* L'embarquement se déroule en plein jour, au pied de la tour de la Chaîne, sous la surveillance discrète du groupe *Jean-Augé.* Le courageux directeur reviendra ensuite dans la forteresse, tout aussi clandestinement.

Dans son exil intra-muros, la citoyenne Lafuste se lamente : « *Le temps de ce siège nous paraît bien long ! Long et long. Nous ne manquons pas de nourriture. Mais nous n'avons d'eau qu'une heure par jour de 19 à 20 h et de l'électricité une soirée tous les trois jours. C'est ceci le plus assommant ! Dès qu'il fait sombre dans les maisons et ceci maintenant entre 6 h et 6 h30, que faire ? Je mets de bons souliers, un gros manteau, un bonichon ; et, avec Jean, nous errons dans les parcs et autour du port jusqu'à nuit noire, c'est-à-dire huit heures ; ceci pour éviter d'allumer la lampe Pigeon trop tôt, car nous ne pouvons nous permettre qu'une heure de cette clarté par soirée, alors nous l'allumons pour dîner de 8 à 9 et au lit ! Mais, quand le temps est trop mauvais même pour rester sous les porches, il faut bien rester à la maison : alors l'allumage se fait de 6 h 30 à 7 h 30. Tu penses ce supplice, se coucher à 7 h*

30 ?! Douze heures de lit. Et encore, nous ne sommes pas aux jours les plus courts et les plus mauvais. Nous arriverons à seize heures de lit, obligatoires. »

La vie quotidienne s'organise à huis clos : peu à peu, usines et magasins ferment leurs portes, la mairie monte des ateliers pour occuper les chômeurs, les cours scolaires sont maintenus tant bien que mal. Mais des jours plus sombres s'annoncent, puisque tout vient à manquer. Il faut donc apprendre à faire, c'est le cas de le dire, feu de tout bois. Le 19 octobre, le maire Godard écrit au colonel Adeline pour « *insister sur la nécessité absolue de faciliter l'entrée de ce bois, car il est impossible de le remplacer par du bois fraîchement coupé dans les parcs ou avenues de La Rochelle, avec lequel on ne peut faire du pain* », les Allemands ayant consenti à laisser sortir un convoi deux fois par mois en direction d'une forêt voisine.

Le premier convoi

Plutôt que de voir rentrer du bois, les Allemands préfèreraient faire sortir les habitants. Alors qu'il vient de signer la Convention, Schirlitz remet la pression en faveur de l'évacuation. Le fait ne peut échapper à Mme Lafuste : « *La ville semblait tout à fait morte ce matin, quand je suis allée au boucher. J'ai lu, rue de l'Hôtel-de-Ville, l'affiche invitant une fois encore la population à partir ; l'annonce des trains mis à la disposition ; les conseils d'emporter couvertures, un peu de batterie de cuisine ;*

bicyclettes, voitures d'enfant, etc. Chaque évacué doit faire faire sa fiche cours Ladauge, aura sa place numérotée dans un train et touchera 1 000 F au moment du départ dans la gare. Mais en ville, il semble qu'il y ait peu de gens qui veulent profiter de l'aubaine, chacun trouve une raison de rester accroché. »

Un premier convoi d'évacués quitte pourtant La Rochelle le 23 octobre 1944. Comme de nombreux habitants, Mme Lafuste est « *allée au départ du train, et Jean aussi. Depuis si longtemps que la gare est fermée. C'est un spectacle ça, un train qui part; aussi les curieux ne manquaient pas. Je suis arrivée à 11h, c'était trop tard pour voir les partants et les bagages. Tout le monde était déjà dans le train, et défense aux autres de passer sur le quai; il y avait des soldats avec mitrailleuses et grenades 2 par 2 à toutes les portes. Les partants rentraient dans le hall, touchaient les 750 F de provisions et allaient passer par la porte du jardin de la gare à droite, qui était le seul accès aux quais. Ces partants étaient surtout des malades de l'hôpital avec wagons spéciaux et des restes de communauté, service, etc. Il y avait surtout du monde sur le pont de Tasdon pour voir partir le train et essayer de faire signe aux partants, puisqu'on ne pouvait pas passer sur le quai. Beaucoup de personnes avaient attendu sur l'avenue de la gare les partants, pour leur confier des lettres ou de petits paquets pour les mettre à la poste de Niort ou ailleurs... Moi j'ai eu l'impression qu'il y avait beaucoup de départs, mais c'était une erreur. Huit cent et quelques, au lieu de 1 200 prévus* ».

En effet, le résultat ne semble pas à la hauteur des espérances puisque, deux jours plus tard, les autorités appuient leur campagne d'affichage d'une automobile avec haut-parleur. Les Rochelais ignorent sans doute encore que le 24 octobre, capitule la première ville allemande, Aix-la-Chapelle.

La Convention d'Octobre est tenue secrète, dans La Rochelle comme à l'extérieur. Le 25 octobre, dans une conférence de presse, de Gaulle n'y fait aucune allusion en répondant que la présence allemande dans les poches de l'Atlantique « *est une situation préoccupante, d'abord parce qu'il est odieux que les Allemands soient dans cette partie de la France, comme dans tout autre partie; ensuite, parce qu'ils nuisent aux populations, enfin parce qu'ils empêchent d'utiliser les ports français* ». Dans la forteresse, ignorant que les militaires ont pris les devants, le directeur de la Chambre de commerce, Éric Mörch intervient auprès des Allemands et écrit qu'un accord peut être trouvé pour sauver le port de La Rochelle et sa flotte de pêche. De son côté, le maire Godard obtient qu'on distingue le port (économique) de La Rochelle du port (militaire) de La Pallice.

Les périodes difficiles s'accompagnent, hélas, toujours de circonstances troubles que ne manquent pas de mettre à profit les aigrefins et trafiquants de tout poil. Le marché noir sévit outrageusement. À deux moments différents du siège, deux entrées du *Journal* de Mlle Junca en rendent compte dans une formulation laconique mais révélatrice : « *Les transactions clandestines continuent de plus belle, surtout sur le sucre et le tabac : 1 kg de sucre se paie dans les 5 à 600 francs, un paquet de tabac dans les 300 francs. Marché noir : on échange un demi-litre d'huile contre un paquet de tabac et 180 francs ; un litre d'essence contre du tabac et 100 ou 110 francs »* [5].

Novembre 1944

Le 1er novembre, M. Arnaud de la préfecture et M. le maire, suivis d'une foule nombreuse, déposent des couronnes sur le monument aux morts du Mail, le Poilu de Costa, à la mémoire des morts de 39-40, ainsi qu'à ceux du comité de résistance locale, dont une vingtaine ont été fusillés. Remontant la contre-allée, le cortège est passé devant l'ancien casino qui, trois ans plus tôt, jour pour jour, a été réquisitionné par les Allemands, entièrement rasé deux mois plus tard et reconstruit au goût de l'occupant pour devenir un *Soldatenheim,* foyer militaire dévolu au divertissement des officiers ennemis. À quelques mètres de distance donc, selon la nationalité, on se recueille ou l'on se distrait. Une telle cohabitation peut-elle encore durer longtemps ?

La question du ravitaillement

Les deux principales conditions du maintien des Allemands dans la forteresse sont la préservation des relations avec leurs forces extérieures et le renouvellement du ravitaillement. Or, bien que coupé de l'Allemagne, l'occupant des poches de l'Atlantique parvient toujours à communiquer avec son pays: par radio, par liaisons aériennes (plusieurs fois par mois) ou par voie maritime entre Royan et La Rochelle, et avec l'Espagne. Précisons en passant que la Résistance intérieure n'est pas en reste dans cette course secrète: le 2 novembre, le groupe Ludo fait entrer clandestinement un poste émetteur avec sa jeune opératrice, une certaine Henriette Martineau. L'abbé Crampette, véritable héros clérical, offrira les hauteurs de son clocher de Fétilly pour garantir la qualité des transmissions.

Concernant le ravitaillement, les Allemands ont constitué, dès le début de l'encerclement, d'énormes réserves alimentaires. En outre, d'importantes réquisitions d'argent français leur ont permis, en août, de réaliser des achats en masse, comme du beurre et de la farine espagnols. Mais le renouvellement des stocks s'effectue aussi par des coups de force locaux. À ces fins, plusieurs localités situées dans le *no man's land* vont changer de mains à différentes reprises. C'est le plus souvent à l'initiative des Allemands, puisque les Forces françaises de l'ouest n'ont aucun intérêt à ouvrir un nouveau front pour lequel il n'est, pour le moment, pas prévu d'action d'envergure. Les seules actions françaises interviendront à titre préventif dans le secteur d'Yves, car l'on redoute que les Allemands cherchent à y recréer le contact entre les poches de Royan et de La Rochelle. En réalité, ces opérations menées par l'ennemi sont encore une fois des raids alimentaires, minutieusement préparés, face à un maigre écran de combattants vulnérables, toujours aussi mal armés.

La tactique est simple : on attaque le matin en force, avec appui d'artillerie, sur un front de deux à trois kilomètres ; on occupe deux ou trois localités afin de soulager toutes les exploitations de leurs récoltes et de leurs animaux, puis on se replie le soir ou le lendemain. La première opération de razzia se déroule sur la zone de Ballon-Gravelle, du 4 au 5 novembre. Les Allemands attaquent par le nord, sous le couvert de l'artillerie. Après épuisement des munitions, la compagnie *Cyrano* doit décrocher, laissant derrière elle six morts, dix blessés et quatre-vingt-onze prisonniers. Les Allemands occupent le village, s'emparent des approvisionnements et repartent, riches d'un important stock de blé et de nombreuses têtes de bétail.

Les razzias se multipliant, elles ne vont laisser ni le temps ni l'envie aux éleveurs et agriculteurs de renouveler leurs stocks. Bientôt, la corne d'abondance va s'épuiser. L'animateur de ces opérations radicales, le colonel Weyraüther, un officier fanatique et audacieux, le sait. Il importe donc d'économiser les réserves. En clair, il n'y en aura plus pour tout le monde. Voilà pourquoi Weyraüther va s'ingérer dans les négociations franco-allemandes, apportant un ton nouveau qui n'a rien d'encourageant.

Vers le point de non-retour

Le 3 novembre, le capitaine de frégate Meyer adresse au capitaine de vaisseau Rey, nouvellement nommé au commandement de la Marine de Rochefort, une note récapitulant le résultat de ses pourparlers avec Schirlitz à ce jour. Le ton formel du rapport dénote une certaine inquiétude concernant l'éventuelle remise en cause de son action. De toute évidence, Meyer n'apprécie guère d'avoir à se justifier. Il en profite surtout pour révéler que cette nomination a semé une confusion, préjudiciable à sa réputation : « *Tous ces accords d'un intérêt considérable, sont actuellement remis en question par suite du bruit fantaisiste répandu à Rochefort que j'aurais été arrêté pour motif de "collusion avec l'ennemi". Ces bruits ont pris corps à la suite de la prise de commandement de Monsieur le Capitaine de vaisseau Rey, lequel aurait été envoyé pour mettre fin à mon activité. Le commandement allemand auquel ces bruits sont revenus a déclaré vouloir suspendre certains accords en raison de la disqualification d'un officier plénipotentiaire qui leur avait été représenté comme un officier agissant pourtant sur mandat pour messieurs les Généraux de Gaulle, de Larminat et Monsieur le Colonel Adeline.* » Meyer finit en affirmant pouvoir étouffer ces bruits, à la seule condition de recevoir une approbation de principe par écrit du Haut commandement maritime le confirmant dans ses fonctions.

À cette période se situe un épisode tragi-comique qui illustre ce climat d'hostilité à l'encontre de Meyer. Se rendant aux avant-postes afin de négocier la grâce de deux soldats, Gérant et Nommé, condamnés à mort par l'ennemi pour faits d'espionnage, à la descente de sa voiture arborant le drapeau blanc, le médiateur se fait proprement mitrailler. Meyer, le commandant Stöbner et leur chauffeur, le quartier-maître Dupuis, à l'instar de la délégation allemande, se jettent alors dans les fossés inondés pour échapper aux balles – tirées depuis le camp français ! Trempés et transis, les émissaires rampent à la suite de Grupe jusqu'à une casemate ennemie, où les mitrailleuses allemandes répondent aux agresseurs. Et c'est au milieu de ce feu croisé, à l'issue d'un dialogue surréaliste, que Meyer va cependant réaliser l'exploit d'obtenir l'échange des condamnés français contre deux prisonniers allemands.

Selon ce principe de concomitance qui jalonne les parcours parallèles de Meyer et Schirlitz, force est de constater que l'ennemi est aussi sujet à de nouvelles nominations. Du côté de la poche de Royan, au cours du mois, le commandant en chef de la zone Pointe de Grave sera remplacé à trois reprises. Pour La Rochelle, on s'interroge pour savoir si Schirlitz ne serait pas soudain tombé sous l'emprise des éléments nazis de son état-major. En effet, sous prétexte de ses difficultés de ravitaillement, l'amiral vient d'annoncer sa volonté de faire évacuer toute la population de La Rochelle, soit soixante mille personnes d'après Meyer[6]. L'idée n'est pas nouvelle de la part de l'occupant, qui a déjà multiplié les appels publics en ce sens, mais jamais jusqu'alors, il n'avait été question d'une évacuation totale sous l'administration Schirlitz[7].

Sentant que l'heure est grave, Meyer requiert une rencontre. Le 6 novembre, une réunion se tient, toujours à Châtelaillon, mais en présence, côté allemand, du commissaire de Marine Rödig et de l'inquiétant colonel Weyraüther. Schirlitz, refusant de se déplacer, a envoyé une délégation de techniciens. Si Rödig paraît plutôt accommodant, il n'en est pas de même de Weyraüther, qui fait l'effet d'un authentique nazi. L'atmosphère est glaciale. Sans perdre de temps, Meyer annonce la couleur : cette demande d'évacuation générale est inacceptable, car elle remet en cause tous les accords précédents, elle est en outre contraire à la règle de la Convention de La Haye qui stipule que l'envahisseur conserve la charge entière des populations occupées. Le négociateur, qui aurait mérité d'être avocat dans le civil, déroule comme à son habitude une rhétorique parfaitement argumentée. Mais ses efforts laissent de marbre la délégation allemande. Pire, Weyraüther ironise en lâchant une métaphore du plus mauvais goût : « *Même si vous persistez dans votre refus, la population rochelaise sera tout bonnement poussée comme un troupeau vers vos lignes.* » Des humains comme du bétail, puisque certains humains sont du bétail, voilà l'idée en substance[8].

Ulcéré, Meyer hurle à l'infamie, au crime de guerre, et brandit les seules menaces dont il dispose. Puisqu'il en est ainsi, le dossier du massacre de Ferrières sera ré-ouvert et sanctionné comme il se doit. La Convention d'Octobre sera dénoncée. Et alors, qu'on se le dise, plus rien ne pourra empêcher le pire d'advenir ! Là-dessus, les parties adverses se tournent le dos.

Il faudra quarante-huit heures pour que les esprits se calment et tentent de renouer le dialogue.

Un nécessaire compromis

Le 8 novembre, le commandant Meyer revient à Châtelaillon. Face à lui, il retrouve Rödig, mais plus Weyraüther, opportunément remplacé par le lieutenant Grupe.

Dépêché par Schirlitz, Grupe confirme la volonté de l'amiral de trouver une solution raisonnable au problème. Car, comme l'explique Rödig, un véritable casse-tête se pose aux maîtres actuels de La Rochelle : considérant l'amenuisement inéluctable des sources de ravitaillement, comment maintenir une population civile *intra-muros sa*ns la pousser à la famine ? Meyer comprend, mais refuse cette responsabilité, en vertu de la même base légale : selon la Convention de La Haye, c'est à l'occupant de nourrir la population d'une ville qu'il a décidé d'investir. La réalité reste cependant la même pour les Allemands, qui ne peuvent subvenir aux besoins de trente mille civils avec des rations réservées à leur garnison de seize mille hommes. En deux jours, Meyer a, bien sûr, eu le temps de réfléchir à ce dilemme avec sa hiérarchie. Il va sortir de sa manche une proposition de compromis.

Les Français ne peuvent accepter l'évacuation totale pour deux raisons essentielles. La première est humanitaire et logistique : comment héberger, blanchir et nourrir trente mille personnes déplacées, dans une région, certes libérée, mais toujours soumise aux rationnements ? La seconde raison est militaire et tactique : la forteresse vidée, qui empêcherait les Allemands de se livrer au pillage et les Alliés de bombarder, pour crever l'abcès une fois pour toutes ? Se gardant bien de livrer ses réflexions à l'ennemi, Meyer propose une solution en deux mouvements. D'abord, la population rochelaise à évacuer serait réduite aux enfants, femmes, infirmes et vieillards. Ensuite, le commandement français organiserait lui-même le ravitaillement de La Rochelle depuis l'extérieur. Cette organisation serait soumise à deux conditions : que les Allemands rétablissent la ligne ferroviaire pour autoriser les mouvements d'entrée des vivres et de sortie des civils, et qu'ils garantissent la distribution de ces mêmes vivres au bénéfice exclusif de la population.

Espérant sans doute une solution de cet ordre, la délégation allemande semble soulagée par la proposition. Et, pour preuve de leur bonne volonté, Rödig annonce que les Allemands pourraient continuer de fournir, au taux du rationnement français, blé, viande et matières grasses aux civils. À charge pour les Français d'importer le complément, à l'usage réservé des civils, et en particulier des denrées rares comme des médicaments. Il ne faudrait pas non plus oublier le bois de boulange, essentiel pour alimenter les fours à pain, et le maintien de l'électricité. Si cette dernière est utile aux civils, elle est essentielle aux militaires, pour le fonctionnement de la centrale de la Pallice. Grupe se réjouit d'un accord aussi équilibré et veut aussitôt le soumettre à ses chefs.

Explosion au Verdon

L'accord d'un ravitaillement extérieur de La Rochelle contre une moindre évacuation est à peine entériné qu'une série d'explosions retentissent du côté de la poche de Royan entre les 9 et 11 novembre : les Allemands ont fait sauter le môle d'escale du Verdon sur ordre de Schirlitz !

L'ennemi a dynamité la grande jetée qui s'avançait en eaux profondes pour l'affrètement des bateaux de fort tonnage. Le choc est rude pour les Français qui redoutent d'y voir le début d'une plus large destruction, de type opération *terre brûlée.* Le colonel Adeline se demande en effet pourquoi les Allemands ne feraient pas ensuite sauter le port de La Rochelle, avant de vider les lieux. Meyer refuse d'y croire, cela n'est pas dans la psychologie de Schirlitz. Il n'a pas tort puisque, bientôt, les services de renseignement de la Résistance intérieure informent leur hiérarchie que Schirlitz a effectivement reçu l'ordre de dynamiter également le môle de La Pallice, mais qu'il s'y est catégoriquement refusé au nom de la convention signée le 20 octobre. Ce refus d'obéir paraît audacieux, surtout lorsqu'on sait que le colonel Pohlmann, qui commandait Royan, sera renvoyé en Allemagne, par hydravion, à la fin du mois, pour avoir refusé de détruire le môle du Verdon qu'il préférait conserver comme monnaie d'échange. Traduit en cour martiale, son procès se soldera en avril 1945 par un non-lieu dans sa patrie.

Schirlitz a refusé d'obéir, sans être relevé de ses fonctions. A-t-il été protégé des foudres de Berlin par sa hiérarchie maritime ? Quoi qu'il en soit, Meyer peut être satisfait : leur convention a fonctionné et l'amiral se confirme être un adversaire loyal. Il n'en reste pas moins que la vie dans La Rochelle va singulièrement se compliquer. Le 13 novembre, sous les ordres du chef nazi Koethe, un service de censure est instauré : avec l'aide d'une équipe montée par le milicien Sidos, il passe au crible les lettres reçues dans la forteresse. La circulation de la population devient un casse-tête, voire un casse-pipe. Et ce n'est pas le seul fait des Allemands.

Mme Lafuste en rend compte : « *C'est de plus en plus difficile de quitter La Rochelle ; maintenant, il n'y a plus moyen de passer par Dompierre ; c'est changé ; le seul passage est par la route de Châtelaillon, le Marouillet ; à la hauteur de la cabane-café chez Georges en dessus d'Yves, tout le troupeau des évacués par route attend. Les Allemands les conduisent (entre 14 et 15 heures) un bout de chemin sur la route vers Fouras (il ne faut pas aller vers Saint-Laurent-de-la-Pré) il faut tourner vers Fouras. La troupe fait seule un autre bout de route, puis est reprise en surveillance par des soldats*

FFI et menée jusqu'à Fouras. Là, les FFI examinent soigneusement les laissez-passer, passent au crible, emprisonnent les uns, permettent aux autres de continuer leur route. Et ceux dont les lieux de refuge sont vers Marans n'ont plus qu'à faire des kilomètres invraisemblables pour aller où ils veulent. [...] Il paraît que les premières fois que le passage fut permis par le Marouillet, la route n'était pas autorisée ; il fallait couper par le marais ; si bien que beaucoup de personnes ne pouvant traîner là-dedans les poussettes trop lourdes, les grosses valises et même pour certains les bicyclettes, les ont abandonnées sur place : non sans grand mal au cœur sans doute... On nous a dit qu'un maçon de Châtelaillon, qui était parti avec sa famille, a cru qu'il connaissait suffisamment les petits chemins pour déjouer la surveillance et qu'il pourrait gagner Rochefort en évitant le détour par Fouras. Mal lui en a pris : un de ses enfants de 14 ans a été tué, sa femme blessée, un autre enfant blessé ; lui et un troisième enfant n'ont pas été blessés... »

Le 17 novembre, lors d'un nouvel échange de prisonniers, les Allemands identifient, dans leur lot, quatre déserteurs, que Schirlitz fait fusiller aussitôt. Le lendemain, à 14 heures, rue Saint-Louis, une patrouille allemande tire sur un motocycliste et son compagnon : René Schivy, interprète à la SNCF, membre de la Résistance, déjà interné et libéré en juin, est tué ; son passager est arrêté, ainsi que deux autres personnes, au café Baroin, rue Gambetta. À l'extérieur, l'ennemi lance une attaque dans le secteur de Marans, tandis que la TSF annonce l'entrée des troupes alliées dans Saint-Nazaire.

Dans le gros temps

Le 19 novembre, la 1re division blindée atteint à 19 heures les rives du Rhin, à Rosenau au nord de Bâle. L'ennemi est traqué jusque sur son sol. Mais dans La Rochelle, le lendemain débute, sur ordre de l'amiral, un recensement des hommes et des personnes qui doivent obtenir des autorisations de séjour des autorités allemandes. Mme Lafuste note un climat général d'angoisse, alimenté de craintes, réelles ou supposées, concernant les éventuelles mesures de rétorsion de l'occupant : « *Les hommes vont au recensement avec une grande méfiance : craignant d'être pris comme travailleurs obligés ou craignant de n'avoir plus leur carte d'alimentation. Guidés par l'une ou l'autre de ces craintes, les uns y vont, les autres s'abstiennent. Il paraît que cette mesure est venue du fait que 200 ou 300 cheminots qui ne font rien (la seule machine qui reste en gare étant gardée sous le hall par des occupants de crainte qu'elle ne soit sabotée par les cheminots) ont refusé de travailler pour les occupants ; alors ils ont été menacés d'expulsion. Je ne sais pas si la menace a été exécutée. En tout cas, on craint que les hommes qui ne voudront pas travailler aux défenses soient privés de leur carte d'alimentation. Mais ce n'est là que suppositions…* »

Le 21 novembre, Mulhouse est libérée. Son mari étant membre de la Chambre de commerce, Mme Lafuste reçoit davantage d'informations, mais souvent partielles : « *Beaucoup de "on-dit" : ainsi que nous aurons le gaz le matin de 7 h et demie à 8 heures. L'affaire des camions qui vont à Benon le 5 et le 20 de chaque mois pour chercher du bois pour les boulangeries, suivant une permission des FFI (six camions partent de La Rochelle, six autres de la zone libérée et l'échange se fait vers Benon – la confiance règne !) a été arrangée ; c'était seulement un malentendu ; nous aurons encore du bois de chauffage, et même mieux, nous allons recevoir des camions de ravitaillement qui nous apporteront peut-être du beurre ?! des légumes secs, peut-être du sucre ???* »

Le 22, Metz est libérée à son tour. Le 23, c'est Strasbourg. Ce jour-là, parvient à La Rochelle un premier convoi de ravitaillement, acheminé depuis Niort. Bien qu'officiellement affrétés, les camions sont visités, retardés et ponctionnés au passage des lignes françaises. Quarante tonnes finissent quand même par arriver, au grand soulagement de la population : « *Il y avait du poisson ce matin au marché ; et de la viande hors de prix ; il y en a aussi pour honorer les tickets, mais Dieu que les bouchers n'aiment pas qu'on leur parle de ça... Mais ce qui réjouit le public, c'est que chacun parle des fameux camions de ravitaillement envoyés sous certaines conditions de partage, par les FFI. Ah, ces camions ! Ils sont déjà là paraît-il, et bientôt nous serons distribuées des choses délicieuses ; ne parle-t-on pas de sucre ? beurre ? et même de chocolat !* »

Le 25 novembre, pour une attaque sur Marans, les Allemands traversent le canal en bateaux pneumatiques et prennent à revers les avant-postes français. Résultat, vingt FFI tués et trente-sept prisonniers. Côté allemand, une douzaine de blessés et deux morts dont un lieutenant qui semble avoir été abattu alors qu'il brandissait un drapeau blanc. Ce geste, on ne peut moins glorieux, aurait été exécuté par représailles contre le massacre de Ferrières.

La même offensive est répétée sur Aigrefeuille, mais, cette fois, les Allemands garderont le village jusqu'à la Libération. Le commandement français, excédé par ces attaques, et pour enlever à l'ennemi toute tentation, veut prendre une mesure draconienne : il prescrit l'évacuation des habitants jusqu'à cinq kilomètres, et des animaux et approvisionnements de toute nature jusqu'à dix kilomètres, en arrière du front. Mais les habitants concernés ne se rendent pas compte de la nécessité de telles mesures et s'opposent par tous les moyens possibles à leur exécution. De nombreux FFI paieront de leur vie cette incompréhension des nécessités militaires. Le paradoxe est que certains paysans du *no-man's land* préfèreront risquer les razzias allemandes, ponctuelles et partielles, plutôt que les pillages éhontés de certains groupes FFI, au comportement inacceptable, peut-être parce que venus d'autres régions de France. Des plaintes parviennent régulièrement au Commissaire de la République à Poitiers. Maurice Schumann à la BBC, le 2 novembre, se contentera de positiver en louant « *la vaillance et le courage de ceux qui montent la garde dans la cité aunisienne, face à l'ennemi* ».

Car, sous l'autorité du général de Larminat, les forces continuent de se masser devant

La Rochelle : le 28 novembre, c'est le 1er bataillon du 4e régiment de zouaves ; le 30 novembre, le 78e régiment d'infanterie sous les ordres du colonel Brodhurst, venu de la Creuse. Et lorsque, dans la région du Thou, de fortes patrouilles ennemies cherchent à reconnaître les positions françaises, elles sont violemment repoussées.

Décembre 1944

Tandis que les forces armées s'additionnent aux portes de La Rochelle, augmentant les risques de conflit généralisé, la vie s'écoule à l'intérieur avec son lot d'espoirs lointains et de désagréments quotidiens. Les Lafuste ont la chance de pouvoir améliorer leur ordinaire par la culture d'un jardin en périphérie, rue Quatrefages.

Or, depuis fin novembre, leur jardin est victime de pillages et de vandalisme à répétition : « *Hier il y a encore eu une visite de vol à Quatrefages : des légumes, de l'essence, des cadenas cassés… une visite en règle, même sur le dessus du bureau ! Alors, espérant avoir quelques renseignements sur le voleur, Jean et moi nous sommes allés y fureter au clair de lune : mais le voleur n'y était pas et il n'y est pas venu. Ça finit par être exaspérant, ces vols constants partout et pas de police !* » Mais après une enquête et quelques heures de surveillance, les principaux coupables finissent par être démasqués : « *Jean est allé hier à l'heure du déjeuner voir ce qui se passait à la popote soupçonnée de s'approvisionner à notre jardin. C'était bien vrai, il y avait 2 sous-officiers (allemands) auxquels Jean a parlé; et le cuistot a reconnu les faits; on nous remplacera le charbon de forge et les légumes par d'autre charbon; l'affaire est donc arrangée au mieux pour cela... Mais ce ne sont pas eux qui ont volé les choses les plus importantes.* »

Le 7 décembre, vers 15 heures, Meyer informe de Larminat que le deuxième convoi de déportés politiques de l'île de Ré, composé de cent cinquante-trois hommes, a été réceptionné par les services de la Marine et les autorités civiles. Ces anciens détenus seront rapidement rendus à leurs foyers, après avoir reçu secours et papiers nécessaires. Dans le convoi des libérés, les Allemands avaient ajouté huit prisonniers nord-africains de 1940, en mauvaise santé, et quatorze prisonniers de droit commun. Selon la comptabilité officielle, il reste encore environ cent cinquante détenus civils, dont quarante de droit commun. La prochaine libération est prévue pour la semaine suivante, le jeudi 14 décembre.

Le 8 décembre, le maire Godard doit se plaindre par courrier auprès de Schirlitz contre des réquisitions de chaussures et de textiles auprès des commerçants rochelais au profit exclusif de l'armée d'occupation.

Un premier bilan tiré par Meyer dans un rapport à son commandement fait preuve d'optimisme en attestant une sérieuse baisse de moral chez les Allemands, démotivés par l'annonce de négociations et la révélation d'une possibilité de traitement de faveur pour la garnison. Le négociateur est bien placé pour savoir que plusieurs officiers dans l'entourage direct de l'amiral sont favorables à des pourparlers. C'est même sans doute pour cette raison que Berlin a envoyé à la mi-octobre de nouveaux auxiliaires pour contrer Schirlitz. Quant à la troupe, elle ne se gêne pas pour confier à l'occasion à la population civile qu'elle n'a aucune envie de consentir les suprêmes sacrifices. L'hiver et l'approche des fêtes de fin d'année contribuent sans aucun doute à peser sur le moral des Allemands. Meyer en veut pour preuve les nombreuses activités culturelles (concerts, théâtre) promotionnées par l'occupant. En contrepartie, ce dernier mène une propagande féroce contre les défaitistes et les déserteurs, n'hésitant pas à fusiller quelques-uns des hommes qui leur sont régulièrement échangés, à titre d'exemple, pour faire croire que les Français renvoient les soldats qui se sont rendus. Enfin, les razzias ont aussi pour but d'entretenir le moral en démontrant la faiblesse des dispositifs adverses.

À l'est, du nouveau

Sur le plan international se jouent des retournements aux conséquences autrement plus périlleuses. Car le 9 décembre, Von Rundstedt lance sa contre-offensive dans les Ardennes. Ce dernier mois de 1944 sera celui de tous les dangers.

Le lendemain, le major général américain Royce, commandant la 1re Tactical Air Force, dont le siège est à Vittel, rend visite à Cognac au général de Larminat et au général d'aviation Corniglion-Molinier. Royce demande à ce que les poches de l'Atlantique soient « ramollies » par des bombardements aériens massifs. Pour La Rochelle, il n'en est pas question, puisqu'elle est couverte par la Convention d'Octobre. Pour Royan non plus, à cause des nombreux civils toujours sur place. Mais Royce insiste en disant que Royan, dépourvue de défense aérienne, peut servir de cible d'entraînement à certaines écoles de bombardiers stationnées en Grande-Bretagne. D'abord réticent, de Larminat finit par accepter pour la Pointe de Grave et celle de La Coubre, éloignées de Royan. Même des aviateurs peu expérimentés ne peuvent pas ne pas repérer ces deux saillants de la côte à l'extrémité de l'estuaire. Seulement, ce plan à peine décidé est aussitôt repoussé *sine die,* à cause du renfort exigé à l'est pour stopper la contre-offensive allemande.

Les temps sont durs aussi pour Meyer, qui doit affronter une nouvelle campagne de dénigrement. Ne pouvant révéler les tenants et aboutissants de ses missions auprès de l'ennemi, il est suspecté de collaboration active. Il est d'abord pendu en effigie sur les murs de Rochefort, avec la mention *Meyer le traître;* puis des tracts diffamatoires racontent que, originaire de l'est de la France, il a connu Schirlitz dans le passé et même servi sous ses ordres; enfin, on tente de l'enlever, et même de l'abattre en pleine rue! Ses convois de ravitaillement sont pillés sur la route comme sur la voie ferrée. Ignorant ou négligeant les enjeux, les FFI refusent « ce scandaleux ravitaillement de l'ennemi ». Sur les trois convois, le premier formé à grand-peine n'emporte qu'une cinquantaine de tonnes de vivres; le second est arrêté en gare de Surgères par de soi-disant inspecteurs qui menacent Meyer d'une mitraillette sur le ventre; le troisième est arrêté, partiellement pillé et copieusement mitraillé. Pour couronner le tout, un pont ferroviaire est dynamité, ce qui met un terme à toute tentative de ce côté. Il faudra trouver autre chose.

Heureusement, Meyer s'estime soutenu par son supérieur: plus d'une fois, de Larminat enverra la cavalerie pour tirer le négociateur d'un mauvais pas. D'autre part, la Marine conforte le capitaine de frégate dans son commandement et lui adjoint même un jeune commissaire de première classe, Friard. Enfin, le moral revient grâce à l'intervention de la Croix-Rouge suédoise, qui affrète un convoi de ravitaillement par l'entremise de ses deux délégués, Rolf Nordling[9] et Lars Almström. Cette année, le Père Noël sera en avance.

Comme ils l'ont fait précédemment à Saint-Nazaire, à Lorient et dans les îles Anglo-Normandes, les délégués suédois arrivent à point nommé pour soulager le moral des civils. Leurs trois camions aux bâches marquées de la croix vermillon, porteurs de dix tonnes de vivres, traversent les lignes françaises à la faveur d'une trêve. Le soir même, un haut-parleur prévient la population de leur arrivée. Les lendemain et surlendemain, dimanche et lundi, la distribution se déroule au lycée de garçons: chacun touche une ration composée de sucre, de pâtes alimentaires et de haricots secs; du lait concentré est réservé aux femmes enceintes et aux malades. Mme Lafuste jubile: « *Chacun muni de son petit cabas va chercher l'offrande des Suédois; cela se compose par personne: 125 g de sucre cristallisé, 1 livre de très beau vermicelle et haricots mélangés… et chacun est content, surtout du sucre!* » Mais cette manne n'est pas éternelle et les FFI imposent désormais leur blocus.

L'escalade

Sur une indiscrétion de Grupe, Meyer apprend que les Allemands entretiennent l'espoir d'un possible retournement de la guerre par l'utilisation d'une nouvelle arme allemande « fondée sur la désintégration de l'atome ». Info ou intox? En tout cas, les razzias ennemies dans le *no man's land* se transforment en violents combats, de plus en plus armés et meurtriers.

La Résistance avait déjà tiré le signal d'alarme en informant que deux hydravions allemands avaient apporté des armes antichars. Dès le 13 décembre, l'état-major FFI pense que l'ennemi se prépare à une attaque au nord d'Aigrefeuille. Et, en effet, deux jours plus tard, après un fort tir d'artillerie, deux camions blindés précédant la troupe avancent vers Bouhet. C'est le régiment Foch qui accuse le choc. Conformément aux ordres, il se replie en combattant. L'ennemi occupe, pille les deux localités et les abandonne dans la soirée. La même opération est renouvelée sur le Gué d'Alleré, mais cette fois, avec deux mille cinq cents Allemands bien entraînés, équipés d'armes lourdes, mortiers, canons de quatre-vingt-huit, et appuyés par deux véhicules blindés. L'ennemi comptera cinquante-sept tués, cent vingt blessés, deux véhicules blindés détruits. Les Français relèveront dans leurs rangs vingt-sept tués. Les blessés français parmi les quatre-vingt-dix-huit prisonniers sont soignés sur place, puis dirigés sur La Rochelle. Mais sur quinze blessés, huit vont décéder à l'hôpital allemand. Six avions français venant de Cognac lâcheront quelques bombes, ce qui accélérera le retour des Allemands sur leurs bases de départ.

À deux reprises, avant la fin de l'année, l'ennemi opérera d'autres opérations coup-de-poing, mais dans le secteur de Royan. Ces démonstrations de force sont toujours la conséquence du douloureux problème du ravitaillement, parvenu dans une nouvelle impasse. Devant la gravité de la situation, le secrétaire général de la préfecture de La Rochelle va monter au créneau, ou plutôt à la capitale. D'un sang froid et d'une détermination exemplaires, Désiré Arnaud part exposer le dilemme, le 20 décembre, auprès du ministre de l'Intérieur, M. Tixier. La dialectique n'a pas changé : le ravitaillement ou l'évacuation. Tixier juge qu'il s'agit de chantage. Mais le Gouvernement provisoire décide pourtant de ravitailler.

Le 23 décembre, une note est rédigée de l'état-major général de la Marine au chef du quartier d'inscriptions maritimes de La Rochelle, avec ordre de réquisitionner un chalutier pour le ravitaillement, après accord des Allemands. Le *Messidor* est choisi : ce glorieux bâtiment, mobilisé comme dragueur auxiliaire dans la campagne de 39-40, a vaillamment défendu ses couleurs à Boulogne et, sous le feu des canons allemands, sauvé cent soixante-sept marins du contre-torpilleur *Chacal*, incendié par les bombes des stukas le 24 mai 1940, sous le commandement du lieutenant de vaisseau Cumain. Avec de pareils états de service, il est parfaitement habilité à mener cette nouvelle mission très spéciale. Il sera bientôt secondé par un autre chalutier, le *Roland-Raymonde*.

En attendant la mise en place de cette solution inespérée, Schirlitz continue de mener une politique de chaud et froid, semblant toujours caresser d'une main pour menacer de l'autre. Ainsi le 28 décembre, alors qu'un convoi par train spécial évacue les détenus de la prison de La Rochelle et du pénitencier de Saint-Martin-de-Ré, la Résistance intérieure rapporte que, le même jour, le môle d'escale de La Pallice est miné. Ce môle que Schirlitz a sauvé au défi des ordres de Berlin, il décide de le piéger. Un fil de mise à feu va du quai au dépôt des torpilles de Vaugoin à l'usine Jeumont. Le nouveau sas est lui aussi miné à l'aide d'une centaine de têtes de torpilles de quatre cent vingt-cinq kilos d'explosifs. Le sas étant en béton armé très solide, ouvert à l'est et à l'ouest, ferait office de canon. Une explosion serait catastrophique [10] pour l'île de Ré et La Rochelle qui se trouvent situées dans l'axe de ses ouvertures.

Chez les Lafuste, on ne se laisse pas abattre pour le dîner de réveillon et on profite de quelques agréments, comme celui du cinéma Familia qui vient de rouvrir ses portes. Mme Lafuste note « *une petite fête au théâtre pour les jeunes enfants qui ont eu quelques gâteaux secs et chocolat et des jouets faits par les marins pompiers* », sans s'épancher sur le fait que ses deux petits garçons sont certes à l'abri dans le Sud-Ouest, mais loin d'elle, qui ne reçoit guère de nouvelles fraîches. Quant à leur sort d'assiégés, quand la radio officielle est imprécise sur le sujet, c'est radio-trottoir qui prend le relais : « *Chacun discute à sa façon un commentaire entendu à la TSF d'après lequel nous (Rochelais) ne devons guère nous attendre à être délivrés avant la fin des hostilités ! Et ça peut être long ! Évidemment, cela nous tranquillise sur les risques de bombardements, mais quelle patience il faudra avoir !* »

Janvier 1945

Pas de répit pour Meyer. Le lendemain du jour de l'an, il est à Royan pour une nouvelle mission. S'étant fait recommander par Schirlitz auprès de l'amiral Michahelles, commandant de la poche de Royan, il vient négocier la grâce de sept résistants condamnés à mort. Sa requête est favorablement reçue. Mieux, la réunion terminée, le commandant Seim, chef d'état-major de Michahelles, prend à part l'émissaire français et suggère que Royan bénéficie du même accord que La Rochelle. Les Allemands envisagent ici aussi une convention, offrant le libre accès de Bordeaux pour les navires qui ne porteraient ni troupe ni matériel militaire.

Enthousiasmé par la perspective, Meyer se précipite à Saintes. Mais de Larminat est absent et le général d'Anselme laisse peu d'espoir à cette offre, au titre qu'elle frustrerait d'un combat cette armée de volontaires du Sud-Ouest qui, depuis des semaines, se regroupe dans la région et attend impatiemment l'heure du feu. L'argument exaspère Meyer, qui n'en peut mais. Sans se douter que le pire est à venir.

Une incroyable bavure

À minuit 15, le 5 janvier donc, Meyer, à Rochefort, est réveillé par des lueurs fantastiques venant de Royan. À Cognac, au QG de Larminat, croyant à une attaque allemande au-dessus de la base, on éteint les lumières. Des avions ronronnent, deux entrent en collision et s'abattent sur le terrain ; on se précipite, croyant trouver des Allemands : stupeur, ce sont des Écossais ! Les survivants expliquent que sur les deux ou trois cents appareils qui participent à l'opération, une dizaine en difficulté ont reçu l'ordre de se poser à Cognac. Les aviateurs se montrent fort surpris de n'être pas attendus. Les lumières rallumées, dix avions atterrissent.

Après explication, on apprend que cette escadrille de la Royal Air Force, déroutée de ses objectifs en Allemagne à cause du mauvais temps, a reçu l'ordre de décharger ses bombes sur Royan, conformément à l'objectif (mal) défini lors d'une réunion entre Américains et Français le 10 décembre 1944 à Cognac. Si l'Air Vice-Marshall Oxland s'inquiète du sort de la population civile, il semble que le général Comiglion-Molinier, commandant des Forces Aériennes de l'Atlantique et le général de Larminat ne se soient guère préoccupés de l'évacuation requise[11]... Sept avions Mosquitos balisent la cible à l'aide de 1 242 fusées rouges et vertes. 354 avions Lancaster du 41e groupe de bombardement de la RAF se présentent en deux vagues, à une heure d'intervalle, et déversent 1 637 tonnes de bombes explosives et plus de quatorze tonnes de bombes ncendiaires en plein sur la ville ! Ce type de bombardement en deux temps – qui ne correspond évidemment pas à une simple opération de délestage – est une tactique meurtrière permettant de tuer les habitants qui, ayant échappé à la première vague, seraient revenus porter secours aux victimes. Toute la ville de Royan est rasée. Sur 2 223 civils, on compte 442 morts et de 300 à 400 blessés. Infiltré dans la population locale, le réseau de résistance du commandant Thibaudeau est décimé. Côté allemand, on dénombre 47 tués.

Bouleversé, ulcéré, Meyer se précipite dans le bureau de Larminat. Pourquoi l'avoir envoyé négocier la grâce de sept prisonniers pour faire ensuite bombarder une ville entière ? Mal à l'aise, le Général invoque « *l'une de ces rançons inévitables des actions de coalition* ». Outre un sentiment de trahison et de désaveu de la part de sa propre hiérarchie, le négociateur ressent une douleur plus personnelle : cette terre martyrisée, c'est la sienne ! Dans cette catastrophe humanitaire, il perd des amis, des proches, des biens. Par une pudeur bien caractéristique, il ne fait pas cas de ce drame intime, préférant dans ses *Mémoires* insister sur la responsabilité du haut commandement allié, le QG d'Einsenhower. Le fait est que le général américain Royce, qui n'avait fait que concrétiser une demande des Français, sera limogé et muté aux États-Unis.

Mais l'heure n'est pas aux ratiocinations. Meyer se hâte sur les lieux du drame et accepte courageusement de s'en expliquer face à l'autorité ennemie locale. À la nuit déjà tombante, accompagné d'un médecin militaire, le négociateur traverse un bras de rivière, tous les ponts étant coupés avec Royan. C'est marée basse et ils s'enfoncent dans la vase, avant de parvenir à grimper sur un frêle esquif, que les Allemands hâlent de l'autre côté à la lueur d'un fanal. Dans une maison en ruine du village de Fondebeau, en sueur et couvert de boue, Meyer retrouve l'amiral Michahelles. Cynique à souhait, le chef allemand lui confirme que la ville est entièrement détruite et la moitié de sa population décimée. En outre, la destruction de toutes les voies de circulation complique gravement les opérations de sauvetage. Les Français passent pour des fourbes cruels, prêts aux pires avanies. Meyer peine à avancer une explication valable. Malgré la tension, il parvient cependant à obtenir des accords pour l'envoi d'une équipe de secours et l'évacuation des blessés. Depuis La Rochelle, où l'on a vu passer quelques bombardiers et entendu l'écho du pilonnage, Schirlitz, sans faire de commentaire, autorise Meyer à réquisitionner le corps des marins-pompiers rochelais pour Royan sinistrée.

Le capitaine peut se féliciter de la bienveillance de l'amiral. Ce dernier acceptera aussi, le 7 janvier, sur la demande du Français, de libérer les dix-sept membres d'équipage d'un avion américain, abattu par la Flak de La Rochelle.

Le pire – ce que Meyer et Schirlitz redoutent toujours de voir à La Rochelle – vient donc de se produire à Royan, et de la manière la plus inattendue et la plus aberrante qui soit. Nous sommes maintenant bien loin de toute rhétorique artificielle, bien loin de la joute oratoire et du bluff diplomatique. La région a versé dans l'effroi, le sang et les larmes. Comment cette histoire finira-t-elle ? Combien d'autres sacrifices avant la délivrance ?

La mort d'un vieux lion

Après la tragédie royannaise, un autre deuil vient assombrir le moral des Rochelais. Ils viennent d'apprendre que leur vieux maire, élevé au rang de figure paternelle héroïque, est mort. Et depuis plus de quatre mois ! Lorsque Meyer demandait sa grâce à Schirlitz, le 16 septembre dernier, il était déjà trop tard. Déporté par la *Gestapo* en Alsace, au camp du Struthof, Léonce Vieljeux, âgé de soixante-dix-neuf ans, a été fusillé dans la nuit du 1er au 2 septembre, ainsi que son petit-fils, le pasteur Yann Roulet, son gendre Franck Delmas, et d'autres résistants rochelais arrêtés en même temps qu'eux, Joseph Camaret, Jacques Chapron, Étienne Girard, mais d'autres encore, comme Franck Gardes et Louis Gravot. Ces exécutions furent les dernières avant l'évacuation du camp par les Allemands. Il semble désormais qu'il n'y ait place que pour la violence et la destruction.

Du 15 au 23 janvier, de nouvelles forces arrivent devant La Rochelle : le 1er régiment de spahis marocains, un groupe d'artillerie de 90 du régiment de canonniers-marins ; le 20 janvier, le 3e bataillon du 4e zouaves ; le 13e régiment d'infanterie (FFI de Dordogne et de Corrèze). Elles forment, à la disposition du colonel Adeline, une réserve mobile pouvant intervenir sur l'une ou l'autre des deux poches. Les autres unités de renfort sont toutes mises en ligne sur le front de La Rochelle. Il en résulte que, fin janvier, les forces pouvant intervenir sur ce front s'élèvent à plus de quinze mille hommes. C'est un véritable tournant dans le rapport des forces en présence : l'effectif français est désormais sensiblement égal à celui des Allemands. Mais s'il dispose déjà de quelques avions, il ne possède encore que de quinze canons et toujours pas de chars. À l'intérieur de La Rochelle, le régiment Jean-Guiton a été formé avec un état-major constitué de personnalités locales. Chef: le lieutenant-colonel Jean Christiaen; chef d'état-major: le commandant Jacques Ribeyrol; adjoint: le capitaine Abrias. Fort de trois bataillons à quatre compagnies, regroupant plus de deux mille hommes, le régiment a installé son PC à l'intendance, puis au Palais de justice, où une cache d'armes est constituée, sous les pieds des juges siégeant. Font également partie de l'organisation, les forces régulières de la gendarmerie (chef d'escadron Guin), de la police (commissaire central Lagarrigue) et des marins-pompiers (lieutenant de vaisseau Hoffer). Rassemblant leur énergie, exfiltrant tout renseignement utile aux Alliés, cette armée de l'ombre rochelaise attend son heure.

La fureur et le froid

Le 15 janvier, quatre mille soldats allemands attaquent au nord de La Rochelle, visant les silos de grains et la laiterie de Marans. Surpris, le 93e RI des FFI de Vendée est gêné dans son repli par les inondations. Deux de ses compagnies sont encerclées et doivent capituler après épuisement des munitions. L'ennemi occupe alors Marans, où il trouve des stocks importants et plusieurs centaines de vaches et de moutons que la population n'a pas évacués. Le lendemain soir, il se retire avec son butin. Le 4e zouave reprendra Marans le lendemain.

L'information n'échappe pas à Mme Lafuste, qui écrit le 17 janvier: « *Hier nous avons eu alerte le matin et l'après-midi vers 3 heures très fortes explosions; probablement des bombes de gros calibres qui sont tombés vers Charon-Sérigny. Il y avait eu beaucoup de bruit de canon; c'était une razzia sur Marans: dès mardi 300 puis 100 prisonniers FFI sont arrivés ici paraît-il. L'attaque sur Marans (la razzia) se fit entre 4 et 5 heures du matin, sans causer beaucoup de malheurs humains fort heureusement; mais quantités de bétails, et autos, et bicyclettes et linge et mobilier furent, dit-on, ramenés vers la forteresse. Suppression de l'électricité (et de l'eau), les pylônes ayant été rompus dans la bagarre.* »

Le 19 janvier, s'ébranle le troisième convoi d'évacuation de La Rochelle. Il transporte cinq mille cinq cents personnes, parmi lesquelles des civils des îles de Ré et d'Oléron, plutôt expulsés que consentants. Pour ne rien arranger, un froid sibérien sévit dans toute la région. Mme Lafuste y perd quelques provisions: « *Une heure d'eau de 18 à 19 heures, il faut faire ses provisions. D'ailleurs, il est mieux de ne donner qu'une heure d'eau, car il y a tellement de canalisations éclatées par la gelée dans les maisons que ça inonderait. Et chez nous quel regret! J'ai oublié de vider les radiateurs: 4 ont éclaté!!! et les pommes de terre! gelées dans le grenier sous leurs sacs!!! et dans le cabinet de toilette, le pot de conserve des œufs a tellement gelé que c'était une pièce montée de glace fourrée d'œufs.* »

Le 21, les Allemands, enhardis par leur succès de la semaine précédente, reviennent à Marans. Ils se heurtent cette fois au régiment Foch qui, se repliant sur la rive nord de la Sèvre Niortaise, leur cause de lourdes pertes, sans avoir à déplorer un seul tué ou blessé de leur côté. Le 22, Marans est évacuée, mais les Allemands ne repartent pas bredouilles et les Rochelais verront défiler place d'Armes un incroyable butin animalier et mécanique : huit cents bovins, mille deux cents volailles, de la farine, du sucre, des pneus, des bicyclettes, des harnais, des remorques, des tracteurs.

Si de Larminat manque encore de blindés pour La Rochelle, la France reçoit, elle, cinquante *Liberty Ships,* bateaux américains de la liberté. Ce qui n'empêchera pas de Gaulle de protester le 25 janvier contre l'absence de la France à la conférence de Yalta.

Inauguré par la tragédie de Royan, le mois de janvier 1945 se termine à La Rochelle par la célébration du service funèbre à la mémoire de Léonce Vieljeux et des martyrs du camp du Struthof. Il s'agit plutôt d'une double cérémonie, tenue en la cathédrale par l'évêque Mgr Liagre et au temple par le pasteur Barraud, le 27 janvier. Les Allemands ont donné leur autorisation à la condition que ne soient pas évoquées les conditions dans lesquelles Vieljeux et ses compagnons sont morts. Après le 20e prélude de Chopin, le prédicateur salue ainsi le maire disparu : « *Il est des vies qui, par leurs qualités exceptionnelles, leur dignité et leur inspiration, sortent de l'ordinaire et constituent non pas seulement de vraies prédications mais de véritables témoignages, portant avec elles, toute la valeur de l'exemple.* » Malgré les réserves formulées par l'Occupant, la messe catholique s'achève par une vibrante *Marseillaise* jouée aux grandes orgues dans un recueillement total. Mme Lafuste y était : « *Ce matin sous la pluie a eu lieu, au temple, un office à la mémoire de M. Vieljeux. Il y a eu énormément de monde (eu égard au peu qu'il en reste à La Rochelle). Le temple était plein, le reste des gens attendait au-dehors.* »

Ce même jour, 27 janvier 1945, l'armée soviétique libère le camp de concentration d'Auschwitz et révèle au monde l'enfer absolu de la barbarie nazie.

La dernière propagande

Le 30 janvier, un avion allemand largue sur La Rochelle une arme de propagande d'un genre tout particulier : le film *Kolberg*. Ce mélodrame emphatique a nécessité huit millions et demi de Reichsmarks, le plus grand budget jamais dépensé, et un luxe de moyens jamais déployés jusqu'alors en Allemagne. Alors que Berlin est bombardée, tout près de là, à Babelsberg, dans les studios de la UFA, on reproduit fidèlement les ruines de la ville de Kolberg pour le tournage. L'armée met à disposition six mille chevaux et les scènes de combat mobilisent cent quatre-vingt-sept mille soldats de la

Wehrmacht – deux fois plus que de soldats allemands faits prisonniers par les Soviétiques à Stalingrad. Des dizaines de milliers de costumes sont rassemblés, provenant des théâtres d'Europe. Depuis Fritz Lang et son *Metropolis*, l'Allemagne n'avait pas connu de production cinématographique aussi gigantesque.

Le film raconte l'histoire de la résistance acharnée des citoyens de Kolberg contre l'écrasante suprématie de l'armée napoléonienne. Le personnage de Nettelbeck, bouillant bouilleur de cru, chef de la Milice, se lance dans un dithyrambe patriotique signé par Goebbels lui-même ! Et le comble du style pompier est atteint lors de la visite à la reine, qui apparaît, sur une musique angélique, telle la Sainte Vierge à Bernadette Soubirous, le regard extatique et la lippe tremblante.

Par ce film, il s'agit d'appeler les Allemands à mobiliser leurs dernières forces dans le combat, pour la *guerre totale*. Jeunes et vieux, tous doivent participer à l'effort national et se préparer au sacrifice suprême en rejoignant les rangs du *Volksturm*, (la charge du peuple). Car, pour reprendre des dialogues du film, *La grandeur est enfantée dans la douleur*. Les salles de cinéma – du moins celles qui ne sont pas encore détruites par les bombardements – doivent se transformer en bureaux de recrutement. Or l'opération est, comme souvent les actualités de l'époque, basée sur une manipulation. Le scénario de *Kolberg* falsifie sans vergogne la vérité historique : il montre la victoire de la population locale contre l'envahisseur français alors qu'en vérité, ce sont les troupes de Napoléon qui entrèrent triomphantes dans la ville prussienne en 1806.

Pour la première de *Kolberg*, Goebbels adresse à Schirlitz un message radio : « *Que ce film soit pour vous et vos vaillants soldats le reflet de la résistance inébranlable d'un peuple ne faisant qu'un avec le front en lutte et décidé à égaler les grands exemples de sa glorieuse histoire.* » Un jeune soldat de la forteresse se souviendra avoir vu le film au bunker des sous-marins. Ils se sont assis, ont regardé le film et sont repartis, sans aucun discours officiel. C'était une obligation d'y assister, et voilà tout [12].

L'ironie est que ce film, dont le scénario fut constamment remanié par Goebbels au gré des retournements de la situation militaire, put être interprété par les occupants de La Rochelle dans le sens strictement inverse du but recherché : les citoyens prêts « *à mourir sous les décombres de leur glorieuse cité* », seraient ici les Rochelais. Le ministre de la Propagande n'avait certainement pas prévu ce retournement subversif : Kolberg est un port, comme La Rochelle ; côté terre, les habitants sont réquisitionnés pour creuser un fossé inondable, comme les Rochelais le fossé antichar ; et il y a même un parlementaire français qui se présente et que l'on envoie paître… On a, en tout cas, du mal à croire à la sincérité de la réponse de Schirlitz à Goebbels : « *Très impressionné par l'attitude héroïque de la place forte de Kolberg et la magistrale interprétation artistique, je vous remercie de m'avoir envoyé ce film et vous fais la promesse d'égaler la patrie héroïque en lutte.* »

Février 1945

Le 2 février, Colmar est libérée. Le lendemain, mille forteresses volantes déversent deux milles tonnes de bombes sur Berlin. Le 4 s'ouvre la conférence de Yalta, en Crimée. Dans La Rochelle, l'heure semble revenir à l'optimisme : « *Je ne sais exactement quelles nouvelles filtrent du dehors, ou par quelques postes à accus, mais il y a un courant d'espoir dans le public. Les gens ont tous l'air de savoir quelque chose qu'ils ne disent pas (ils ne savent rien du tout, c'est plus exact !) mais ils vous laissent entendre qu'ils savent quelque chose qui fera que "ça ne sera plus long maintenant". Toute la population a vraiment l'air imprégné de cette idée de bon espoir. Et ma foi, pourquoi pas moi aussi ? Oh, ça fait du bien de croire cela.* » Mais, à la réflexion, ajoute Mme Lafuste : « *Pourvu que ce soit vrai, si c'est l'armistice. Pourvu que ce ne soit pas vrai, si ce doit être une tentative de délivrance de La Rochelle avec un bombardement comme celui de Royan ; c'est effrayant de penser cela.* »

Un espoir fragile

Dans les premiers jours de février, le colonel Adeline décide de masser ses troupes de renfort dans la région de Courçon-Mauzé, de façon à pouvoir contre-attaquer l'ennemi de flanc, s'il lui prend la fantaisie d'effectuer une nouvelle razzia en direction de Saint-Jean-de-Liversay ou de

Surgères. Le 11 février, des prisonniers s'évadent en masse de la caserne Renaudin. Capturés lors de l'attaque sur Marans du 15 janvier, rassemblés en quatre groupes, ils commencent par percer le plâtre qui bouche l'entrée des escaliers collatéraux de leur chambrée au deuxième étage. Puis, ayant tiré au sort l'ordre de départ de chacun des groupes, ils descendent l'escalier, guettent le passage de la sentinelle escortée de son berger allemand, foncent vers le cabanon des tinettes adossé au mur d'enceinte, calculent et attendent que le faisceau du projecteur soit à peine éteint et la sentinelle au plus loin, escaladent le mur et sautent. Les premiers se reçoivent bruyamment sur un vieux sommier métallique, mais les suivants atterrissent dans une sorte de coton, les résidus de combustion de coke. Dix prisonniers trouvent ainsi la liberté, mais les trois derniers sont abattus à bout portant par les sentinelles, contre toutes les règles de guerre : Paul Couzinet, Joseph Martin et Roland Petit [13].

Les accords secrets entre Meyer et Schirlitz continuant d'opérer, un convoi de ravitaillement atteint La Rochelle. Une partie du fret a été pillée pendant le trajet et des incidents ont éclaté à Surgères au passage du convoi, mais le train finit pourtant par parvenir à bon port : « *Hier lundi, un train de ravitaillement était venu dans l'après-midi; nous aurons du sucre, du tabac, des pâtes, des pommes, etc. Et on dit qu'une entente étant intervenue, les fils électriques de l'entre-zone vont être réparés et que nous aurons bientôt la lumière.* » Mme Lafuste ne dit pas que, pour ne pas repartir à vide, le train fait le chemin inverse chargé de mille cinq cent trente évacués, dont plusieurs refoulés. Ce sera le quatrième et dernier convoi d'évacuation.

En ces temps de crise et de pénurie, inventivité et bonne humeur ne cessent toutefois de se manifester, comme en témoigne le dithyrambe que notre diariste rédige en l'honneur d'un brave légume : « *Il faut que je signale les bienfaits que me rend la betterave sucrière. Car cette bonne betterave sucrière est, dans ce siège, devenue la ressource et l'amie de tous. Hachée et infusée 10 minutes, elle donne une eau sucrée utilisable telle et aussitôt, pour les tisanes ; plus cuite, cette eau devient sirop de sucre, vraiment bon pour les tartines, et pour sucrer le fromage blanc ; la pulpe hachée, mélangée avec de la pâte à clafoutis, fait un gâteau de guerre acceptable, et même des chaussons "aux pommes". Aussi cette après-midi, c'est ce gâteau qui fit nos délices, avec des tasses de thé…* »

Le 15, Schirlitz donne son accord à l'utilisation du chalutier *Messidor*, sous réserve qu'il soit exclusivement utilisé aux missions de ravitaillement, avec un équipage de marins de l'État fourni par la compagnie des marins-pompiers de La Rochelle.

Mars 1945

Ce mois, auquel le dieu de la Guerre a donné son nom, ne va pas démentir son ascendance belliqueuse. Les Russes pénètrent en Allemagne, en

Hongrie, en Autriche. Une offensive générale alliée est lancée sur le Rhin, qui est franchi en force. Les poches de l'Atlantique ne seront pas de reste.

Offensive sur tous les fronts

Le 1er mars, au point du jour, une violente attaque ennemie s'abat sur Saint-Jean-de-Liversay. Le colonel Granger, commandant de la réserve mobile constituée par le colonel Adeline, déclenche à 11 heures la contre-attaque prévue sur l'axe Courçon-Luché. L'ennemi est surpris par la rapidité et la puissance de la réaction française. Il se trouve soudain pilonné par notre artillerie, attaqué de flanc par les zouaves et les spahis appuyés par nos blindés. C'est, en effet, l'apparition des premiers chars français *Somua* qui renverse la situation. Les Allemands refluent en désordre sur Nuaillé, laissant mille cinq cents tués, disparus ou blessés, et de nombreux prisonniers. Du côté FFI, les pertes s'élèvent à soixante et un tués et deux cent cinquante-six prisonniers, qui sont transférés au camp de Jeumont. Le soir même, les forces françaises réoccupent leurs positions. Cet affrontement constitue un tournant majeur dans le rapport des forces, désormais équilibré.

Ce point n'échappe pas à l'amiral Schirlitz. Après cet échec, les Allemands cesseront toute action offensive sur le front de La Rochelle. En outre, leur moral est au plus bas car les nouvelles qui leur parviennent ne laissent plus aucune illusion sur l'issue du conflit. Le 4 mars, l'amiral tente de remotiver ses troupes : *« Il faut bien tenir à tout prix. Pensez que nous formons un obstacle sérieux pour l'ennemi, nous fixons des troupes françaises qui ne peuvent être employées sur le Rhin. »Mais la Résistance rapporte que certains* soldats ennemis recherchent déjà des cartes d'identité françaises et des costumes civils, en vue de disparaître à la Libération.

C'est à cette époque que Meyer rencontre les pires difficultés pour poursuivre le ravitaillement de la population de la Poche. Comme nous l'avons déjà vu, le problème ne vient pas des autorités allemandes, mais des FFI et de certains Rochelais déjà évacués. Leur raisonnement sommaire assimile, dans un même rejet, l'occupant et le Rochelais demeuré dans la ville. Ce dernier, comme Mme Lafuste, est tout à fait conscient de cet ostracisme : « *Il n'est question que de l'animosité étonnante des gens de l'extérieur contre nous, pauvres prisonniers volontaires de La Rochelle. Ceux de l'extérieur ne veulent pas que le courrier nous arrive, ni le ravitaillement, etc. etc. Ils sont follement déçus d'avoir cédé à la crainte, et d'en souffrir, et voudraient justifier leur départ par mille misères pour les restants.* »

Ne disposant plus du rail ni de la route pour ravitailler la population, le commandement français n'a donc plus que le choix de la mer. En liaison avec la Croix-Rouge suédoise, il ne tarde plus à affréter le *Messidor*, dont le premier voyage sera malheureusement marqué par de graves incidents. Ayant appareillé l'après-midi du 15 février de La Rochelle, profité d'une escale de nuit à l'île d'Aix, après avoir embarqué le commandant Meyer, le chalutier de secours remonte la Charente jusqu'à Rochefort, puis Tonnay-Charente. Là, des FFI butés, flanqués de ménagères en furie, prennent violemment à partie tant le commandant Meyer que le secrétaire général de la préfecture, M. Arnaud : « *Les FFI envahirent notre bateau et nous conduisirent prisonniers dans un hôtel. Nous étions accusés de ravitailler les troupes allemandes au détriment des Français. Le lendemain matin, changement de décor, ce sont des soldats de l'armée régulière qui nous ont reconduits au Messidor. Ils nous ont accompagnés tout au long de la Charente pour éviter tout autre embuscade. Nous avons débarqué la marchandise à La Rochelle le 9 mars.*[14] » Meyer devra se fendre d'une explication publique, levant au passage le voile sur certains secrets militaires. En dépit de ces premières péripéties, à chaque voyage, le *Messidor* apportera dans la forteresse assiégée quatre-vingt-dix tonnes de vivres et neuf cents fagots de bois de boulange.

La population civile attendra désormais le chalutier salutaire avec une grande impatience : « *Visite au Messidor, qui est à quai près de l'ancienne gare et qui a été le but de promenade de bien des Rochelais aujourd'hui. C'est notre seule liaison avec la France maintenant ! Le Messidor a été moins mal reçu à Rochefort cette fois, car des conférences furent faites à Rochefort (et Saintes aussi dit-on) par le docteur Trocmé pour expliquer que l'animosité contre les Rochelais est mal fondée et qu'il faut nous ravitailler…*

Ce Messidor repartira demain matin lundi, emmenant les nouveaux proscrits, car il y en a à chaque tournée. »

Des signes annonciateurs

Le 7 mars, la première armée américaine passe le Rhin à Remagen et jusqu'à mi-avril, ce fleuve sera franchi en une douzaine de points par les Anglo-Américains.

Des miliciens français arrivent d'Allemagne en avion, pour être parachutés en Vendée derrière les lignes FFI. Leur mission est de faire du renseignement. Schirlitz lui-même demande par radio si ce parachutage est vraiment utile, en raison de la situation. Mais cette demi-douzaine de Français refusent de rester en Allemagne. Parvenus à La Rochelle, ils sont hébergés à la villa Richelieu. Divisés en deux groupes de trois, ils sont tous très jeunes et transportent de l'or pour leurs frais. Chaque groupe possède son poste radio, qui lui permet de rester en contact avec l'état-major de la Milice replié en Allemagne et de recevoir ses ordres directement de Berlin[15].

Le 21 mars, à 20 h 15, le représentant du général de Gaulle, le commissaire régional de la République Jean Schuhler s'adresse aux Rochelais sur les ondes de Radio Bir-Hakeim : « *Si j'ai choisi pour tribune la ville de Rochefort et son poste de radio, c'est afin que les habitants du camp retranché de La Rochelle et des îles, qui subissent encore l'occupation allemande et ne savent du mot libération que son sens d'immense espérance toujours proche, mais cependant, fuyant comme un mirage, comprennent que je m'adresse particulièrement à eux, et que, pour leur rendre plus sensibles mes paroles, j'ai désiré m'approcher d'eux, à quelques kilomètres des lignes qui les enserrent et les séparent de leur patrie libérée ».* Et termine ainsi : « *À vous Rochelais, je dis confiance et courage. Bientôt précédé par notre détachement d'armée de l'Atlantique, je serai parmi vous.* »

Il est désormais évident qu'une opération d'envergure se prépare. Le 25 mars, le général de Larminat dissout le commandement des Forces françaises du sud-ouest qui a coordonné pendant plus de six mois les opérations dans le secteur des poches de Royan et de La Rochelle. Par cette manœuvre, il place sous ses ordres directs le colonel Chêne. Ce que cache ce remaniement, ce sont deux opérations ultra-secrètes : la première, baptisée *Indépendance* a pour objectif les têtes de pont allemandes de Royan et de la Pointe de Grave ; la seconde, l'opération *Mousquetaire,* vise les défenses avancées de La Rochelle. Dans un memorandum daté du 27 mars, Adeline met fermement en garde le général, rappelant les termes de la convention d'octobre :

« *L'opération Mousquetaire nécessitera la dénonciation préalable de la convention en question. Toutes les installations portuaires et urbaines importantes de l'ensemble La Pallice-La Rochelle pourront alors en un instant être complètement anéanties par la seule mise en œuvre du dispositif de destructions actuellement en place, et ceci au moment même où les opérations militaires sur les différents fronts laissent prévoir la fin des hostilités à brève échéance.*

La question se pose de savoir si l'intérêt d'une opération militaire à objectif limité telle qu'elle est prévue justifie l'éventualité d'une telle destruction.

Je réponds par la négative. J'estime superflu d'exposer dans le détail les raisons de ce point de vue. Je considère simplement que le résultat d'une opération, toute de prestige, ne pourra en aucune façon compenser la perte d'installations dont l'utilisation rapide revêt une importance capitale pour le pays lui-même... »

Le lendemain, de Larminat convoque pourtant Meyer et l'informe que l'accord avec Schirlitz ne semble plus opportun. Le négociateur comprend aussitôt que le général a des vues militaires sur La Rochelle. Mais ce dernier s'en défend vivement : « *Il n'en est pas question. Mais avouez qu'il serait déplaisant d'arriver à la victoire avec un instrument dont l'ennemi pourrait se prévaloir pour obtenir je ne sais quels avantages. Il y a là une question de dignité.* » Le général tâte le terrain : qu'adviendrait-il en cas de résiliation française de la Convention ? À l'instar d'Adeline, la réponse de Meyer est sans détour : cela ferait courir à La Rochelle un risque grave et inutile. Décidément, les deux hommes ne parlent pas le même langage : l'un envisage le prestige de l'armée française renaissante ; l'autre s'efforce, en négociant, d'éviter les derniers combats. Leurs positions sont inconciliables. Mais qui détient le vrai pouvoir ?

Avril 1945

« *Les gens s'abordent en se disant que la fin est proche. La fin de quoi ?! Chacun pense ce qu'il veut, aucun ne précise. Pour les uns, la fin c'est la fin de la guerre ; pour les autres, ça veut dire l'armistice ; pour d'autres, la libération de notre petit coin. Enfin, c'est encore une flamme ; ça fait plusieurs que je vois monter haut comme cela puis s'écrouler ; alors je ne me lance pas dans la joie de l'espoir.* » Au 1er avril, Mme Lafuste résume au plus juste la confusion régnant dans les esprits échauffés par mille rumeurs contradictoires.

Comme pour ajouter à la confusion, le lendemain, un violent bombardement aérien ébranle la région de Jonzac, pourtant libérée depuis des mois, heureusement sans faire de victime. Il s'agirait d'une escadrille aérienne revenant d'Allemagne sans avoir pu réaliser sa mission à cause du mauvais temps, et qui se serait délestée de ses bombes au retour. On croit rêver !

Mme Lafuste se désespère : « *À en croire les rumeurs, on ne vivrait plus qu'avec son sac à nourriture en bandoulière et sa couverture sur le bras, prêts à descendre dans les abris pour laisser passer l'attaque finale, car c'est toujours un chuchotement : "c'est pour demain". Que de demains sont passés !* »

La déchirure

Le 3 avril, les bombes alliées ne tombent pas par erreur sur la ville allemande de Kiel. Mais ce que nul n'avait prévu, ce sont les conséquences de cette attaque sur le sort de La Rochelle. Car, à Kiel, vit la famille de l'amiral Schirlitz : sa femme Frieda, les deux filles Charlotte et Erika qu'elle a eues de son premier mariage – chacune respectivement mère de trois enfants – et Christa, la fille d'Ernst et Frieda. Un télégramme annonce à l'amiral que suite au bombardement, sa famille est anéantie…

Une mauvaise nouvelle n'arrive jamais seule. Le lendemain, de Larminat, par lettre officielle, résilie la Convention d'Octobre.

Quartier Général, 10 avril 1945

Monsieur l'Amiral,

Conformément à la clause de dénonciation incluse à l'Article VII de la Convention conclue le 18 Octobre 1944, entre Monsieur le Colonel ADELINE et vous-même, j'ai l'honneur de vous faire connaître que je considère que ladite convention prendra fin à la date du 12 avril 1945 à 0 heure (GMT), c'est-à-dire qu'elle cessera de porter effet à la date du 16 avril 1945 à 0 heure (GMT).

En dépit de cette dénonciation, je me déclare prêt à respecter les stipulations de l'Article III de ladite convention, relatives aux actions de résistance intérieure.

En ce qui concerne l'intégrité des installations portuaires et urbaines des ports et villes de LA ROCHELLE et de LA PALLICE, je crois devoir attirer votre attention sur le point de vue du Gouvernement Français.

Les ports et villes de LA ROCHELLE et de LA PALLICE ne présentent plus aucun intérêt militaire, de sorte que si ces lieux venaient à être endommagés systématiquement maintenant que la décision de la guerre est intervenue, le Gouvernement Français estimerait se trouver en présence d'un acte de sabotage délibéré, contraire au droit des peuples, crime qui légitimerait vis-à-vis de leurs auteurs directs ou indirects l'application de la juridiction de droit commun.

Si, au contraire, ces installations étaient respectées, le Haut-Commandement Français, en considération du fait qu'au cours des sept derniers mois, le Commandement Allemand de La Rochelle s'est comporté avec honneur, et a manifesté à différentes reprises, un haut esprit de correction militaire, serait disposé, lorsque la garnison déposera les armes, à prendre, de concert avec le Commandement Allemand, toutes mesures nécessaires afin que la garnison allemande soit traitée conformément aux lois et usages de la guerre, ainsi qu'aux traditions séculaires d'honneur et de générosité de l'Armée Française.

En particulier, les lieux d'internement seraient fixés dans la région maritime locale; les conditions morales et matérielles seraient rendues aussi favorables que possible avec la garantie minimum de l'application stricte de la Convention de GENÈVE.

Enfin, dès l'intervention d'un accord de rapatriement des prisonniers allemands entre les

Gouvernements Allemand et Français, la garnison de La Rochelle serait rapatriée en premier lieu.

Veuillez agréer, Monsieur l'Amiral, l'expression de ma haute considération.

Le Général de Larminat

Le général veut prendre Royan. Certes, il est logique de considérer que cette résiliation est conçue dans le respect de la clause de préavis contenue dans la convention et selon le code de loyauté militaire qui exige que l'on ne prenne pas son ennemi par surprise et qu'on ne l'empêche pas d'épauler un camarade de combat. Mais il est légitime aussi de penser que l'intention de Larminat est en même temps de forcer le loup à sortir de sa tanière. Il espère que Schirlitz prendra le risque d'affaiblir la défense de La Rochelle pour voler au secours de Royan. C'est mal connaître l'amiral, qui place en première urgence le respect de la mission qu'on lui a confiée : la défense de sa forteresse. Meyer le sait ; de Larminat refuse de le croire.

Le 11 avril, profitant d'un voyage du *Messidor* à La Rochelle, le commissaire Friard est chargé par Meyer d'aller porter la lettre de résiliation de la Convention à l'état-major allemand, de se faire remettre un reçu en bonne en due forme, et d'inviter l'amiral Schirlitz à faire tenir à Meyer un accusé de réception, le lendemain aux avant-postes. Évidemment, l'amiral prend très mal la résiliation. Le 12 avril – jour de la mort de Roosevelt – en rase campagne, aux avant-postes, dans le froid et la grisaille, Meyer voit venir à sa rencontre l'*Oberleutnant* Grupe. Le contact est glacial. Sans un mot, le lieutenant remet à Meyer une enveloppe cachetée à l'adresse du général de Larminat. Meyer prend connaissance du très sec accusé de réception.

QG le 11 avril 1945

Très honoré Monsieur le Général,

Je confirme que j'ai reçu votre communication écrite en date du 10 avril 1945, N°111 – aux termes de laquelle la convention conclue entre les Commandements Français et Allemand et relative à la non-destruction des installations portuaires de La Pallice devient caduque à partir du 16 avril 1945 à 0h. (GMT).

Veuillez agréer, Monsieur le Général, l'expression de ma plus haute considération.

Schirlitz

Meyer s'inquiète de cette réponse lapidaire, laissant imaginer le pire, et demande à Grupe de lui ménager un entretien immédiat avec l'amiral. Après quelques tergiversations, le lieutenant part téléphoner. Au bout d'une heure, il revient vers Meyer le prévenir que son chef va les rejoindre. Peu après, Schirlitz arrive à pied, accompagné de trois officiers. L'apparence physique de l'amiral a dramatiquement changé. Meyer, qui ne l'avait plus revu depuis six mois, se souvenait d'un homme mince, mais d'aspect très énergique. Il voit arriver un homme voûté, aux traits émaciés et tirés. De près, le Français observe que sa mâchoire tremble. Il est, en outre, vêtu d'un uniforme *feldgrau* qui ne l'avantage pas.

Meyer met les formes pour expliquer qu'il tenait à recevoir certains éclaircissements sur cette réponse. Schirlitz rétorque sèchement: « *Il n'y a rien d'équivoque et je ne vois pas ce que vous pouvez avoir à me dire! Tout ce que nous avons fait ensemble est détruit. J'ai été joué! Il ne me reste plus qu'à reprendre ma liberté d'action et à prescrire les mesures qui s'imposent.* » Mal à l'aise, le Français cherche à dépersonnaliser le conflit: leur relation humaine est dépassée par les événements, cette résiliation résulte de l'évolution de la guerre, qui tourne en faveur du commandement allié, qui veut parvenir à la victoire sans être lié par un quelconque accord. Mais en aucun cas, cela n'implique le projet d'une attaque frontale. Schirlitz affirme qu'il n'est pas dupe: le ton de cette résiliation était clairement belliqueux, sans parler de l'agitation qui règne dans les rangs des soldats français qui se sont amassés depuis des mois devant la forteresse. Surtout, l'amiral n'a pas supporté d'être implicitement traité de criminel de droit commun par un général ennemi! Face à cette intransigeance, Meyer change radicalement de tactique et revient sur un plan personnel. Il rappelle à Schirlitz le code d'honneur qui les unit. Avant même la convention, ils s'étaient promis de respecter un *gentlemen's agreement*, de marin à marin, et ils s'y étaient tenus. Pourquoi ne pas revenir à cet accord oral? La réponse est cinglante: « *Comment voulez-vous que j'aie désormais confiance en un homme qui m'a traité d'une façon aussi déshonorante et qui rompt ses engagements au moment où il se sent le plus fort !* » Sur ce, l'amiral tourne les talons.

Meyer est désespéré, tout espoir est perdu. Par sa volonté de mener un dernier combat aussi risqué qu'inopportun, de Larminat a humilié Schirlitz et réduit à néant la relation de respect et de confiance que Meyer était parvenu à bâtir avec son adversaire. Cette fois, le négociateur ne répond plus de rien. Mais Grupe surgit, entraîne le Français dans un aparté : « *Cet homme a la mort dans le cœur. Il est prêt à faire une chose irréparable.* » Et d'expliquer que l'amiral vient d'apprendre le matin même que sa famille – femme, enfants, petits-enfants – tous sont morts dans le bombardement de Kiel. Alors, bien sûr, l'amiral n'a plus rien à perdre… À ces mots, Meyer se précipite vers Schirlitz.

Meyer sait ce que signifie le deuil d'un être cher. N'a-t-il pas lui-même perdu successivement son père, sa petite sœur, son grand frère chéri et, surtout, le premier de ses enfants ? Comment pourrait-il ne pas compatir sincèrement au désespoir qui accable Schirlitz ? Le dialogue qui suit est celui que Meyer consignera dans ses *Mémoires* :

« Monsieur l'Amiral, je viens d'apprendre l'épouvantable malheur qui s'est abattu sur votre personne. Bien que nous soyons ennemis, permettez-moi de vous dire toute l'horreur que je ressens et toute la sympathie que j'éprouve pour vous ! Laissez-moi vous serrer la main…

– Monsieur le Commandant, aucune des paroles de sympathie que j'ai reçues autour de moi ne m'a touché autant que celles-là… »

Et c'est sans calcul machiavélique, simplement pour convertir le désespoir en espérance, la pulsion de mort en promesse de vie, que Meyer trouve précisément en ce malheur l'argument qui sauvera leur envie de poursuivre le dialogue :

« La guerre, Monsieur l'Amiral, est une chose affreuse. Nous avons essayé tous deux de la rendre moins cruelle ici. Alors pourquoi, d'homme à homme, ne tenterions-nous pas encore quelque chose au nom de ceux qui sont morts ? Faisons qu'ils ne soient pas morts en vain…

– Que pourrions-nous faire encore ?

– Monsieur l'Amiral, la convention qui s'était établie entre nous a été rompue pour des raisons politiques. Elle me paraît cependant pouvoir survivre entre nous, soldats. Si elle a été dénoncée dans la lettre, nous pourrions la maintenir dans l'esprit…

– Je ne doute pas de votre loyauté, mais quelles garanties me donneriez-vous, maintenant que votre Général a rompu sans raison des engagements qui vous ont longtemps été favorables, et qui m'ont, à moi, coûté beaucoup ?

– Je ne puis, Monsieur l'Amiral, en garantie, vous offrir que ma parole d'honneur.

– Je l'accepte. Je sais qu'elle est valable… Je ne ferai donc rien avant que vous n'ayez repris contact avec vos chefs et que nous ne nous soyons à nouveau rencontrés. »

Faut-il que la relation entre ces deux hommes soit profonde, faut-il qu'entre eux la communication passe directement de cœur à cœur, pour qu'un désespéré accepte de relever ainsi la tête, parvienne à dépasser un tel traumatisme et à considérer comme digne d'intérêt la survie d'une ville, d'hommes et de femmes qui ne lui sont rien et dont l'existence même ne fait que souligner le manque irréparable de sa propre famille. Est-ce cela qu'un orphelin peut apporter à un autre orphelin, l'idée de la résilience, le don de l'altruisme ?

Dernier plaidoyer

Le 13 avril, le commandant Meyer a un long entretien avec le général de Larminat. Ce dernier, prévenu des sentiments de Schirlitz, décide d'écrire une nouvelle lettre expliquant les raisons pour lesquelles il a dénoncé la convention et dans laquelle il rend hommage à l'honneur de son adversaire.

Monsieur l'Amiral,

Pour des raisons de secret d'opérations, je ne vous ai pas exposé jusqu'ici les motifs pour lesquels j'ai dénoncé la convention du 18 octobre 1944. J'estime devoir les donner au loyal combattant que vous êtes, maintenant que le secret est levé.

J'attaque Royan. J'ai désiré vous laisser les mains libres, afin que vous puissiez agir en cette circonstance selon ce que vous estimerez devoir à la camaraderie de combat vis-à-vis de l'Amiral Michahelles. Je ne veux pas qu'il puisse être dit un jour que, dans un combat entre soldats, une convention d'ordre diplomatique est venue retirer une partie de ses armes à l'un des adversaires. Je veux que le jeu soit complètement franc, ouvert, au grand jour, comme je n'ai personnellement jamais cessé de combattre votre pays depuis 1940. Si la date du 16 à 0 heure vous paraissait tardive, vous pouvez vous considérer dès maintenant comme libre d'agir.

Vous admettrez certainement que je n'ai personnellement aucun intérêt à dénoncer une convention à l'abri de laquelle j'aurais pu dégarnir notre front pour me renforcer sur Royan.

C'est donc un combat loyal et honorable qui vous est offert. Vous y rencontrerez, si vous l'affrontez, les meilleures troupes de notre armée.

Je conçois que vous ayez été froissé que je vous aie parlé d'application de peines de droit commun pour un acte de destruction que vous considérez comme couvert par les règles de la discipline militaire. Personnellement, je considère plutôt qu'un tel acte ne correspondrait pas à l'idée que je me suis faite de vos sentiments chevaleresques. J'ai cependant dû exécuter les ordres de mon Gouvernement dont voici le point de vue.

Il est d'évidence que la destruction de La Pallice n'a plus aucun intérêt militaire puisque les Forces alliées ont déjà investi la moitié de l'Allemagne sans le secours de ce port, et ne changerait certainement pas leurs lignes de communications s'il venait à être libéré aujourd'hui. Sa destruction serait un coup de plus à l'économie française, déjà si cruellement éprouvée, sans aucun bénéfice d'aucune sorte pour vos forces militaires.

Le Gouvernement français considère qu'un tel acte ne serait pas couvert par les lois de la guerre. Il considère de plus que tels événements peuvent se reproduire, qui vous laisseraient entièrement libre de votre décision. Vous seriez alors seul responsable, vis-à-vis de la

France, de la conservation ou de la destruction d'un bien français, et mon Gouvernement estime que vous devez être informé de sa position sur ce point.

J'espère, Monsieur l'Amiral, que la situation tragique dans laquelle vous vous trouvez se résoudra bientôt. Je serais heureux d'être l'artisan de cette conclusion et l'estime dans laquelle je tiens votre caractère hautement militaire me porte à souhaiter que cette conclusion arrive assez à temps pour que j'aie le pouvoir d'en atténuer à votre égard le caractère pénible, dans la limite de mes devoirs.

Larminat

Meyer est chargé de transmettre cette lettre à l'amiral. Sur l'ordre de Larminat, il a demandé un entretien pour le 14 avril 1945, jour précis du début de l'opération *Vénérable* qui sonne la reconquête de Royan. L'entrevue se tient à midi, au lieu-dit Le Perré-de-la-Fraise. Meyer s'y rend accompagné de son adjoint, le commissaire Friard, et d'un lieutenant-interprète de l'état-major, le professeur Gravier, de l'université de Nancy. L'arrivée au point de rendez-vous est épique : les voitures des deux délégations sont prises sous le feu des mitrailleuses de deux avions américains, ce qui oblige les passagers des deux côtés à abandonner les voitures et à prendre contact, à quelque distance de la route, dans une ferme désertée.

Meyer salue militairement, imité de ses compagnons. Puis, il s'avance vers l'amiral Schirlitz et lui tend la lettre du général de Larminat. Schirlitz la saisit avec brusquerie et la remet à son interprète. L'amiral ne semble plus dans l'humeur de la fin de leur dernière entrevue. Une fois de plus, tout est à recommencer, la confiance à renouer. La traduction commence, coupée par des explosions et des fusillades. S'ensuit un long silence... Si de Larminat a souhaité adoucir la brutalité formelle de son premier courrier, l'amiral ne se sent pas pour autant rassuré. Et l'offense qui lui a été faite n'est nullement réparée. Le Français explique ce point de polémique : certes, Schirlitz a raison, un militaire qui obéit aux ordres de sa hiérarchie ne commet pas de crime de droit commun – sauf si cette hiérarchie n'existe plus et qu'il agit de son propre chef. Schirlitz n'en démord pas : il s'est senti personnellement menacé par de Larminat. Quelque peu agacé, Meyer plaide une mauvaise traduction des propos du général.

La négociation n'avance donc plus. Schirlitz s'en tient, encore et toujours, à ses positions premières : il respectera l'ordre reçu de défendre sa forteresse jusqu'au dernier homme et de la détruire avant de succomber, tandis que Meyer tente d'imposer l'idée qu'aucune destruction ne se justifie tant que La Rochelle n'est pas directement attaquée. C'est un élément extérieur qui intervient alors, comme un coup de semonce opportun : le souffle de formidables explosions en provenance de Royan secoue l'assistance et le ciel est déchiré d'éclairs fulgurants. Dès le calme revenu, le négociateur repart à la charge avec une nouvelle argumentation.

Ménageant ses effets, Meyer objecte qu'en matière de menace, c'est un grand chef allemand qui a créé un précédent, instaurant une sorte de jurisprudence malsaine. Schirlitz ouvre de grands yeux. Le Français abat sa dernière carte :

« Le 8 décembre 1942, le général von Arnim a adressé à l'amiral Derrien, commandant le port de Bizerte, la menace qu'au cas où les commandants de bateaux saborderaient leurs unités, ils seraient mis à mort. Or, ces commandants, que je sache, auraient agi suivant les ordres de leurs chefs et suivant les règles de l'honneur militaire. »

Il tire alors de sa poche la copie de la lettre écrite par von Arnim, dont il fait la lecture intégrale. Il en reprend même quelques phrases qu'il souhaite souligner. Von Arnim écrivait ainsi à Derrien : « *À vous, Monsieur l'Amiral, la décision. Ou bien le libre retour en France, ou bien la mort.* » Et achevait ainsi : « *Je vous prie, Monsieur l'Amiral, de me donner votre réponse dans un délai de trente minutes.* »

La conclusion va de soi : que les Allemands ne viennent pas donner des leçons de morale aux Français, puisque Von Arnim a déjà transgressé toutes les conventions d'honneur et qu'en comparaison, de Larminat se comporte en grand seigneur.

Mais Meyer ne pousse pas plus loin sa démonstration, connaissant trop bien l'hypersensibilité de Schirlitz. Il s'empresse d'en venir à une dernière proposition, qu'il affirme être de sa propre initiative, et non celle de sa hiérarchie : que Schirlitz s'engage à remettre le port intact, même si une attaque se produit, dans la mesure où l'offensive ne viole pas la ligne rouge de la convention qui vient d'être résiliée. L'amiral veut bien y réfléchir. Il fait cependant remarquer le danger que représentent les éléments incontrôlés de la Résistance intérieure à La Rochelle. De cette menace, Meyer déclare faire son affaire. Après tout, l'amiral peut-il lui-même répondre de chacun de ses subordonnés ?

Ce jour-là, 14 avril, le *Messidor*, le bateau ravitailleur, exécute sa dernière livraison. Jusqu'au 18 avril, se déroule l'opération de réduction de la poche de Royan, avec force aviation et blindés. Peu de gens savent que lors de cet ultime bombardement de la ville déjà martyrisée trois mois plus tôt, les premières bombes au napalm sont utilisées par les Américains. Autant dire que, de Royan, il ne restera plus rien.

La grande offensive

Fort de son succès sur Royan, qui ne lui offre pourtant qu'un champ de ruines, le général de Larminat informe Meyer qu'il veut prendre maintenant l'île d'Oléron, puis pousser jusqu'à La Rochelle. Jusqu'à la ligne rouge ? Non, jusqu'à l'intérieur de la forteresse ! Les Allemands seront réduits à se retrancher sur l'île de Ré et dans la zone portuaire de La Pallice. Sobrement, Meyer consignera dans ses *Mémoires* que le général « *était décidément dans l'un de ses mauvais jours !* » On a du mal à croire qu'en ces heures de tension extrême, le négociateur parvienne à conserver son calme et son sens de la diplomatie. Il doit batailler ferme pour ramener sa hiérarchie à la raison. En fait, ce n'est pas seulement le général, avec ses emportements guerriers, qui lui complique la tâche, mais l'encadrement, notamment certains officiers qui, dans l'orgueil de la reconquête, perdent le sens de la mesure. À Meyer de se débrouiller pour faire passer la pilule auprès de Schirlitz !

Le 18 avril, alors que, suite aux accords de Yalta, Eisenhower commande l'arrêt de l'avance américaine à l'est, à La Rochelle, pour leur huitième entrevue depuis septembre 44, Meyer tente une mission impossible : convaincre son adversaire d'accepter de reculer devant l'avance française, et sans coup férir… Schirlitz se gausse : sinon quoi ? Sinon, les forces nationales ne feront pas de quartier. Alors que si le port est récupéré intact, toute la garnison bénéficiera d'un rapatriement prioritaire. L'essentiel pour les Allemands n'est-il pas de conserver la main sur la base sous-marine ? Meyer a beau s'évertuer à prouver qu'il s'agit là d'une proposition généreuse, Schirlitz campe sur ses positions : il gardera et défendra la forteresse dans son ensemble, ville et ports, point final. Le Français s'emballe, l'Allemand se bute, le ton monte, jusqu'à un silence pensant.

Après ce premier round, Schirlitz fait une concession. Il accepte d'examiner concrètement l'idée d'un tel retrait. Mais alors, les Français se tiendraient-ils vraiment à cette nouvelle ligne rouge ? Soit la proposition est sincère et l'amiral craint les débordements de revanchards emportés dans leur élan, soit c'est un stratagème et de Larminat débordera quoi qu'il arrive. Et les armes lourdes que les Allemands ne pourraient retirer, il faudrait donc les détruire et perdre des positions chèrement acquises ? Non, décidément, Schirlitz trouve cette idée inepte, suspecte, voire déshonorante. Meyer concède qu'elle est « insolite », mais argumente qu'elle est plus politique que militaire, parce que la guerre est un instrument de la politique.

Ce n'était pas l'argument à utiliser face à un soldat prussien pure souche ! Il l'a déjà dit à Meyer au cours de leurs premiers entretiens, Schirlitz hait la politique. D'après lui, elle n'a rien à voir avec le métier des armes. Il considère sans doute que c'est la politique, du moins celle d'Hitler, qui a jeté son pays au sein d'une tourmente internationale de larmes et de sang, et que c'est elle, sans doute, qui le mènera à sa perte. L'amiral aurait-il pour autant participé au complot qui aboutit à l'attentat manqué du 20 juillet 1944 contre le Führer ? Certainement que non. En tout cas, il n'aurait pas hérité de ce poste stratégique dans les poches de l'Atlantique. Mais on peut imaginer qu'il n'apprécie guère la longue série de représailles qu'inaugura Hitler avec l'exécution du colonel, comte Stauffenberg, jusqu'à celle, pas plus tard que neuf jours plus tôt, de l'amiral Canaris.

L'argument qui va toucher dans le mille, c'est celui que lâche Meyer quand Schirlitz le pousse une dernière fois dans ses retranchements rhétoriques :

« *Alors,* dit l'amiral, *si la guerre est si près de finir, pourquoi ne pas laisser les choses en l'état ?*

– *Parce que,* répond le capitaine, *il est anormal qu'un chef militaire renonce à réduire une force ennemie qui se trouve à sa merci.* »

Tout est dit. Un soldat est conçu pour se battre, un bombardier pour bombarder, un explosif pour exploser. Il faudra arriver – on y sera seulement quatre mois plus tard – à la bombe atomique, l'arme monstrueusement fatale, à son usage effectif et dévastateur sur le corps et sur l'âme de l'humanité, pour parvenir à élaborer par la suite le concept d'une arme dissuasive – une arme faite pour ne pas s'en servir. Paradoxalement, Meyer ne semble pas réaliser à cet instant précis qu'il vient d'avouer ce que justement soupçonnait Schirlitz – sans doute parce qu'en tant que chef de guerre, lui-même eût été tenté d'en faire de même : de Larminat ne respectera jamais les frontières du cul-de-sac dans lequel il déclare vouloir confiner les Allemands, parce que voilà, « *il est anormal qu'un chef militaire renonce à réduire une force ennemie qui se trouve à sa merci* ». Partant de là, comment le combat pourrait-il être plus longtemps évité ?

Fin de non-recevoir

Le 20 avril, à l'occasion de l'anniversaire du Führer, l'amiral Schirlitz harangue ses troupes les invitant à aller jusqu'au bout, à ne pas faillir aux ordres d'Hitler qui exige le sacrifice suprême. Le même jour, quarante-huit heures après l'entrevue avec Meyer, il répond directement au négociateur au sujet de l'extravagante proposition que ce dernier a osé lui soumettre.

PC le 20 avril 1945

Très honoré Monsieur le Capitaine,

Le résultat de notre entretien du 18.4.1945 a été transmis à mon supérieur hiérarchique, mais jusqu'à présent je n'ai reçu aucune réponse. Par conséquent, je dois m'en tenir à l'exécution de ma mission, dont vous connaissez vous aussi la teneur. Si je devais encore recevoir une réponse, je vous tiendrais immédiatement au courant. Je vous prie de me faire savoir, dans ce but, par quelle voie je pourrais vous atteindre sûrement.

Lors de notre entretien du 18 avril, vous m'avez communiqué l'ordre donné par votre Gouvernement de ne plus faire de prisonniers, mais de tuer tous les soldats allemands à partir du moment où aurait été donné l'ordre de faire sauter les installations portuaires.

À ce sujet, j'ai à formuler les observations suivantes :

1) Cet ordre a été donné par le Haut Commandement Français bien qu'il sache que la destruction des installations portuaires m'a été donnée formellement par le Haut Commandement Allemand, dont l'autorité ne peut être mise en doute, ni en fait, ni en droit.

2) Cette menace est une violation du Droit des Gens puisqu'elle place hors la loi mes soldats dont la correction et le sens de l'honneur ont été reconnus à plusieurs reprises et expressément par le Général de Larminat ainsi que par vous-même.

3) À partir du moment que vous indiquez, je me considérerai donc moi aussi, comme dégagé de toute obligation envers le Droit des Gens. La responsabilité des conséquences qui pourraient découler de ce fait pour le camp retranché et la population civile retomberait entièrement sur le Gouvernement Français.

Je déplore cette évolution de la situation qui tend à rendre illusoires les efforts que nous avons entrepris afin d'éviter en cas d'opérations, l'inévitable destruction des installations portuaires et urbaines de La Rochelle-La Pallice.

J'insiste une fois encore sur le fait que le maintien de l'état actuel des choses équivaudrait pour la France à la garantie de retrouver après la cessation des hostilités, la ville et le port intacts, d'autant plus que vous avez déclaré à plusieurs reprises que le port ne présentait plus le moindre intérêt militaire pour le Haut Commandement Français, pendant la durée des hostilités.

Veuillez agréer, Monsieur le Capitaine, l'expression de ma considération distinguée.

Schirlirtz

Certes, ce courrier est une lettre de rupture, mais elle n'inquiète pas Meyer outre mesure, car le dernier paragraphe continue de plaider contre toute destruction. Dans les jours suivants, la Résistance signalera pourtant une remise en place des systèmes de minage de la ville et des ports. Les Français vont considérer cette menace comme un bluff. Car un élément crucial du courrier n'a pas échappé au négociateur : Schirlitz reconnaît avoir perdu le contact direct avec sa hiérarchie. L'armée ennemie commence donc à se déstructurer.

De fait, le 22 avril, les Russes entrent dans Berlin. Le 23, Goering demande par télégramme à Hitler de prendre sa succession. Le Führer refuse et fait arrêter son maréchal de l'air par les *SS*. Le 27 avril, de Larminat informe Meyer que le général d'Anselme prend le commandement des Forces françaises du front de La Rochelle, aux côtés du colonel Chêne. Le négociateur est ravi de cette nomination, car ce général jouit d'une réputation de modération. En effet, dès leur premier entretien, d'Anselme expose à Meyer son intention de circonscrire la forteresse, mais sans dépasser le fossé antichar, situé dans un périmètre de dix kilomètres autour de la ville, pour ne pas laisser l'ennemi se sentir acculé. Cette mesure de sagesse soulage le capitaine.

Après deux jours de combat, les 30 avril et 1er mai, l'île d'Oléron est libérée, au cours d'une attaque à laquelle participe Meyer en personne. Il est inquiet d'y remarquer le manque d'agressivité de l'ennemi. Les Allemands réserveraient-ils leurs ultimes forces pour un baroud d'honneur à La Rochelle ? Aux abords de la forteresse, les combats ont justement déjà commencé, avec la participation, côté français, de chars *Somua*. Au port de La Pallice accoste le paquebot *Ville-de-Noirmoutier*, transportant quatre-vingt-dix Miliciens, dont certains blessés, sans doute en provenance de Royan qui s'est libéré. Après avoir désigné le grand amiral Doenitz comme successeur, Hitler se suicide dans son bunker à Berlin. Il est grand temps pour Meyer d'aller prendre le pouls de Schirlitz.

Mai 1945

« *Premier mai 1945, la TSF dit que depuis hier, l'attaque de La Rochelle a commencé. C'est peut-être vrai, mais nous sommes bien au calme ici !* ».

Du centre-ville, Mme Lafuste ne perçoit rien des combats qui se déroulent en périphérie et qui obligent Meyer à rejoindre Schirlitz par la mer. Battant pavillon tricolore, une vedette de la Marine le débarque, accompagné du commissaire Friard et du professeur Gravier, sur le vieux port. L'entrevue se tiendra au bureau du port, sur le quai Duperré, près du phare.

Les deux Tours

Nous sommes le 2 mai 1945. Hitler est mort, Doenitz est passé aux commandes, Berlin a capitulé. Avant de rencontrer l'amiral, Meyer a-t-il eu connaissance de ce stupéfiant télégramme de la Résistance intérieure ? « *Commandant allemand ville La Rochelle a donné il y a deux jours ordre faire sauter ponts et port ville – Hafen Kommandant refuse exécution et donne ordre tuer messager s'il s'en présentait.* » Le 30 avril, début de l'attaque française vers La Rochelle, Schirlitz aurait ordonné le dynamitage tant redouté et le commandant en charge du port, Erwin de Terra, aurait décidé de lui désobéir, par les armes si nécessaire. L'information est difficile à croire.

Dans le bureau du port, Schirlitz arrive bientôt, accompagné de ses conseillers habituels, dont les visages sont fermés et tendus. Après de brefs signes de courtoisie, l'entretien commence. Meyer fait l'état des lieux, désastreux pour l'ennemi. La délégation allemande garde la tête baissée. Répondant à contre-cœur, d'un seul mot ou d'une phrase lapidaire, l'amiral reste enfermé dans l'obsession de sa mission – défendre la forteresse et ne pas laisser le port tomber intact entre les mains des Alliés – tout en disant souhaiter l'inverse. Son ton n'est ni vindicatif ni résigné ; il ne lâche rien, mais ne menace pas ouvertement non plus ; il paraît empêtré dans ses contradictions, oppressé dans un uniforme trop étroit, piégé entre le devoir du soldat et la morale de l'homme. Quand Meyer le bouscule, il lève la voix, sans pouvoir sortir de son inextricable dilemme. Si l'amiral veut se battre, qu'il s'engage au moins à respecter le port ! Non, il ne peut plus s'engager sur rien…

C'est à se taper la tête contre les murs. Meyer sent la pression monter en lui, il va exploser, au risque de prononcer des paroles impardonnables, de déclencher des actions irrécupérables. Il se tourne vers ses adjoints. Embarrassé, Gravier se penche pour rassembler ses papiers. D'un hochement de tête, Friard l'implore de tenter un dernier effort. Le négociateur regarde par la fenêtre du bureau. Les tours du vieux port lui apparaissent, séculaires et paisibles, inébranlables. Comment les imaginer détruites ? Alors il va s'appuyer sur cette vision, prendre sur lui et repartir à l'assaut.

L'amiral ne peut-il au moins définir la limite géographique qu'il souhaiterait ne pas voir franchir ? Non, il ne peut pas. Pourtant, à l'entrevue du 14, il avait accepté d'envisager une nouvelle ligne. Oui, mais les derniers ordres reçus l'empêchent désormais de transiger. Le contact avec sa hiérarchie est donc renoué. Il aurait reçu de nouveaux ordres, ceux d'aller jusqu'au bout et jusqu'à la destruction…

Soudain, inespéré, un petit miracle se produit. Schirlitz est-il touché par le désarroi de son adversaire ? A-t-il été saisi par la même vision d'une Rochelle éternelle ? En tout cas, il lâche que, s'il n'est pas autorisé à signer le moindre engagement, il peut, il veut engager sa parole. Comme Meyer l'a fait lui-même le 14 avril, quand la Convention était morte, quand la famille de Schirlitz venait de disparaître, pour que tout cela ne fût pas en vain… L'amiral donne sa parole de ne rien détruire, si les Français ne dépassent pas une certaine ligne. Celle du fossé antichar ? bondit Meyer. Un peu plus au-delà, réclame Schirlitz. Qu'à cela ne tienne, ce sont des détails techniques qu'on peut arranger.

Le Français repart en emportant la conviction que si chacun des deux camps parvient à respecter l'espace vital de l'autre et à empêcher toute tentative unilatérale et déraisonnée, alors oui, La Rochelle peut être sauvée. Même s'il n'ignore pas que toutes les cartes du jeu ne sont pas, n'ont jamais été entre ses mains. Pas plus qu'entre celles de Schirlitz.

Sur le quai où l'attend la vedette pour le retour, une foule s'est rassemblée. La mine anxieuse, les Rochelais espèrent un soulagement, l'annonce de la fin du calvaire. Les trois membres de la délégation française se contentent de serrer des mains, sans un mot, mais souriants et sereins. Tandis que leur bateau s'éloigne, encadrée par des soldats ennemis figés, la foule du quai entame une vibrante *Marseillaise*, sur fond de canonnade lointaine.

Vers la libération

Le 4 mai 1945, parvient à l'état-major la nouvelle des entretiens Montgomery-Doenitz suivie de la déclaration solennelle du grand-amiral : « *Les conflits ont perdu toute signification à l'Ouest.* » Aussitôt, le général de Larminat charge le commandant Meyer de convoquer l'amiral Schirlitz. Presque dans le même temps, Meyer est informé que Schirlitz souhaite le voir d'urgence et lui offre un rendez-vous le jour-même à Châtelaillon. Pour une fois, les requêtes des deux adversaires sont synchrones. Accompagné du même duo Friard et Gravier, le commandant franchit les lignes en pleine action en usant du drapeau blanc.

Dans une petite villa, non loin du bourg, l'amiral, visiblement plus détendu, propose, au reçu des dernières déclarations de Doenitz, de procéder à une remise de tous les prisonniers français, et renouvelle à Meyer sa promesse de lui remettre la ville et le port intacts. Le médiateur a été autorisé par de Larminat à présenter la nouvelle ligne limitant l'avance française : Nuaillé d'Aunis – Cote 39 – Bourgneuf – La Jarrie – Croix-Chapeau – Thairé – Le Marouillet. Se sentant libre de devancer l'heure officielle de la capitulation, l'amiral prend l'initiative de libérer tous les prisonniers. Meyer prend celle, de son côté, de proposer une réunion technique pour le lendemain. Une seule ombre demeure aux yeux de l'occupant, que la population civile, rendue à sa liberté d'action, soit empêchée d'éventuelles exactions contre la garnison allemande.

Aussitôt, Meyer convoque à leurs côtés le secrétaire général de la préfecture et le président de la Chambre de commerce. MM. Arnaud et Mörch accourent, anxieux d'apprendre les derniers développements. Le négociateur a le plaisir non dissimulé de leur annoncer la capitulation ennemie, effective mais officielle à un moment, proche, qui sera fixé par le Haut commandement allié. Dans cette attente, le bon déroulement des heures à venir dépendra du comportement de la population. Émues aux larmes, les deux personnalités rochelaises promettent d'être à la hauteur de cette responsabilité. Mörch s'y engage, au nom de la Résistance intérieure qu'il se targue de représenter. « *Comment, vous en étiez, vous aussi ?* », s'écrie l'interprète allemand Claessens, l'un des principaux agents de renseignement ennemi. Ce qui déclenche une hilarité qui gagne bientôt les deux délégations. La même réaction se jouera lorsque l'officier allemand responsable de la Poste principale de La Rochelle découvrira que, sous son bureau, la cave recelait un standard parallèle et clandestin qui espionnait toutes les transmissions pour le compte de la Résistance.

Sur la route qui le ramène à Rochefort, Meyer exulte. Cette victoire est la sienne et celle de Schirlitz. Cette restitution dans son intégrité de La Rochelle, la ville aux deux ports, ils peuvent la revendiquer. Ils l'ont espérée, extorquée aux forces belliqueuses les pressant de part et d'autre, à cette pulsion létale d'emprise, d'humiliation et de revanche. On voudrait que l'histoire se termine ainsi dans une accolade, hommage aux vainqueurs et respect des vaincus. Mais Meyer n'est qu'un capitaine de frégate et Schirlitz un chef ennemi défait. Ils ne sont pas encore au bout de leurs peines.

Au milieu de la nuit, Meyer est convoqué par le général d'Anselme, qui exige son compte-rendu. Le nouveau chef est vexé que l'état-major de Larminat ait osé décider à sa place la définition de la dernière ligne de front. De toute évidence, le négociateur se retrouve pris au milieu d'une guerre des chefs, lutte interne de deux hommes de pouvoir qui n'entendent pas en céder la moindre parcelle. Vanité des vanités. Résultat, Meyer doit rectifier auprès de Schirlitz une ligne plus avancée dans le territoire ennemi que prévu, et une réunion technique reculée d'une journée sur le planning qu'ils s'étaient fixé. Mais que peut faire Meyer, à part obéir ? On peut décidément le créditer d'un véritable sens du devoir et de l'abnégation pour, une fois de plus, prendre le risque de défaire ce qu'il a eu tant de mal à faire.

Dans un message général à ses troupes, le grand-amiral Doenitz demande aux *U-Boote de* se saborder plutôt que d'être récupérés par l'ennemi.

Un mystérieux passager

Dans la journée du 5 mai, a bien lieu la libération prévue des prisonniers français. Six cent soixante-quinze FFI, détenus par l'occupant depuis février, sont relâchés du petit stalag de la Saussaie. L'amiral a raison de vider les camps avant la reddition : dans le cas inverse, les prisonniers se seraient peut-être acharnés sur leurs geôliers... Mais Schirlitz proteste vigoureusement contre l'avancée des troupes françaises au-delà de la ligne définie pourtant la veille avec Meyer. Le négociateur se rend à 11 heures aux avant-postes pour ne pas laisser dégénérer ce nouvel incident diplomatique. Se gardant d'en donner la véritable explication, il s'arrange pour faire accepter par l'amiral la ligne du général Anselme.

À La Rochelle, une offre d'entretien est faite à la Résistance locale par les autorités ennemies, représentées par le Dr Prukop, par l'intermédiaire de M. Arnaud. Mais l'état-major de la Résistance décide de ne pas répondre, craignant un piège. Sans attendre, les Allemands désarment le milicien Sidos.

L'amiral Schirlitz convoque son aide de camp, le lieutenant Grupe : « *Je viens de recevoir un télégramme secret d'Allemagne indiquant qu'un gros quadrimoteur va se poser sur le terrain de Laleu. Il porte un personnage important, une arme secrète nouvelle et une grosse somme de faux dollars, destinée à la garnison pour qu'elle puisse se ravitailler auprès des marins espagnols... Vous allez le recevoir, mais donnez-moi votre parole de ne rien dire à personne* ». L'aide de camp se rend le soir sur le terrain. Au milieu de la nuit, un avion cherche à atterrir, puis soudain, le silence. L'avion est tombé dans l'anse d'Aiguillon, perdu corps et biens. « *C'est très grave,* dit Schirlitz, *il faut sans tarder repêcher l'avion.* » Après avoir travaillé toute la nuit, l'épave est repérée : le sac de courrier, la valise de faux dollars, un bazooka d'un modèle inaccoutumé et deux cadavres, celui du pilote et du navigateur, sont ramenés à la surface.

Mais deux pêcheurs locaux sont déjà passés, raflant douze millions en devises françaises. Quant à la « personnalité », elle demeure immergée et jamais on ne saura son identité. Un sous-marin de grande croisière, le *Fuchs* l'attendait à La Rochelle pour la mener en Amérique. Un ingénieur en chef témoignera avoir apporté 275 m^3 d'huile pour un submersible très surveillé – contrairement à l'ordinaire, il n'a pas pu monter à bord - et entièrement recouvert de caoutchouc

– de toute évidence pour échapper aux radars et aux mines magnétiques. Que ou qui transportait-il de si précieux et pour où[16] ? Était-ce Martin Bormann[17], le seul dignitaire nazi dont on perdra la trace ? Le sous-marin quitte La Rochelle, une heure après l'accident. Il sera intercepté par les Anglais devant Saint-Nazaire.

D'autres fuyards connaîtront le même sort, le 6 mai. Observant face à l'île de Ré le mouillage du *Ville-de-Noirmoutier*, en partance pour l'Espagne, avec à son bord des miliciens et leurs familles dont Sidos, Maurice Martineau, alias *Loup-de-Mer*, agent de l'*Office of strategic services* (OSS), en informe aussitôt son supérieur, le colonel américain Schumaker. Le bateau sera arraisonné en pleine mer par un hydravion allié et ramené aux Sables-d'Olonne. Les passagers seront transférés à La Rochelle dès la Libération pour y être jugés[18].

Décalée par d'Anselme, la réunion des états-majors adverses doit se tenir à 16 heures, à Fouras. Représentée par le colonel Franchi, la délégation française pénètre dans la salle aménagée dans une villa du littoral, avec deux heures de retard. Ce défaut de ponctualité, impolitesse des vainqueurs, est de mauvais augure pour Meyer, qui se croit revenu aux pires heures de septembre 1944, lors de la réunion au casino de Châtelaillon, avec l'orgueilleux général Bertin. Il a raison de s'inquiéter car, de nouveau, les militaires français adoptent une attitude d'intransigeance et d'agressivité qui crispe l'ennemi.

Le capitaine de vaisseau Gunther et le colonel Weyraüther étaient mandatés par Schirlitz pour discuter les conditions techniques préalables à une capitulation. Le colonel Franchi leur impose avant tout d'entériner les clauses de cette capitulation, imposées par le commandement allié. Contrarié par cette sorte de décalage horaire diplomatique, Meyer intervient pour tenter d'éviter la rupture. Mais il ne peut empêcher la rencontre de tourner court. Raccompagnant la délégation allemande, il essaiera de justifier le comportement du colonel français en expliquant que ce dernier a vécu une difficile captivité en Allemagne, qu'il y perdit un œil faute de soins, avant de parvenir à s'évader et de mener depuis une lutte sans merci contre l'ennemi.

Une journée particulière

Tandis que se tient à San Francisco la première réunion des Cinq Grands – États-Unis, Grande-Bretagne, URSS, Chine et France –, La Rochelle va vivre une folle journée.

Le 7 mai 1945, à 9 heures, on diffuse par haut-parleur dans les quartiers que l'acte de capitulation inconditionnelle de l'Allemagne a été signé à Reims. À 15 heures, Radio Bir-Hakeim annonce depuis Rochefort la capitulation de l'Allemagne. Elle ne sera effective qu'au 8 mai à minuit, mais rien ne peut dès lors empêcher la population de laisser exploser sa joie. Cocardes, oriflammes et drapeaux tricolores surgissent comme *cagouilles* [19] après la pluie. On prépare la ville aux festivités, alors même que les Allemands patrouillent toujours en armes, se retenant bien de s'opposer aux réjouissances mais restant sur leurs gardes. Place de Verdun, le drapeau nazi flotte toujours au-dessus de la *Kommandantur*, et, par-dessus, claque désormais au vent le drapeau français arboré par le particulier qui occupe les appartements au-dessus ! Vision paradoxale et qui ferait sourire, si la situation n'était pas si explosive. Furieux, les Allemands défilent en patrouilles armées en chantant des airs martiaux.

Aussitôt les chefs de la Résistance se réunisent au Palais de justice : les commandants Chobelet et Ribeyrol, les capitaines Jean Augé, Serge Garnier et Édouard Mörch du groupe *Alliance*, sous la présidence du médecin-colonel Martinaud, ainsi que M. Lapeyre du comité de Libération et le commandant Fontaine du régiment Jean-Guiton. Ils organisent la chronologie des jours suivants afin de prévenir tout débordement entre occupants et libérés. À 15 heures 30, ils se rendent au n°2 de la place de Verdun où, après consultation téléphonique avec l'amiral Schirlitz, l'*Oberleutnant* Richard Claessens confie à la délégation du conseil les pouvoirs de la police et du maintien de l'ordre, à condition que le colonel Martinaud s'engage à faire protéger les casernes, cantonnements et bureaux occupés par les soldats allemands. Joint au téléphone à Cognac, de Larminat donne sa parole qu'aucune unité FFI ne pénétrera dans la ville.

Dès sa sortie de la *Kommandantur*, la Résistance rochelaise lance son plan baptisé *Compiègne*. Aussitôt, chacun des membres de régiment Jean-Guiton sort de la clandestinité et se positionne à un point névralgique de la ville : mairie, poste, arsenal, port, abattoir, tours... Mené par l'abbé Morice en soutane, le groupe de résistants Scouts routiers se rassemble à l'église de Fétilly, vide le dépôt d'armes, caché près du chœur, au-dessus de la chaufferie, et sort, dans un ordre impeccable, rejoindre le poste qui lui a été assigné. Les marins-pompiers du lieutenant de vaisseau Hoffer reçoivent un armement fourni par les Allemands et prennent également position. Le drapeau français est hissé à la préfecture. Les cloches sonnent à toute volée.

À 16 heures 30, Meyer reçoit de Larminat un télégramme : « *Communiquez au Commandement Allemand le message suivant : Le Haut Commandement Supérieur Allié fait connaître que le Haut Commandement Allemand a accepté de capituler sans condition ; dispositions effectives le 9 mai à 0 heure 1 minute. Stop. En conséquence, à dater du 9 mai, heure Y que je fixerai, l'occupation de la forteresse commencera. Stop. Pour la bonne exécution par l'Armée Allemande des modalités d'application, il y a intérêt qu'une délégation allemande vienne prendre connaissance des dispositions arrêtées par le Commandement Français. Stop. La réunion aura lieu à Fouras, le 8 mai à 8 heures* ».

Meyer se rend aux avant-postes allemands pour y rencontrer Günther et lui remettre le télégramme du général de Larminat. L'officier allemand exprime de vives craintes quant au maintien de l'ordre en ville, où le Français le constate lui-même : une véritable et compréhensible frénésie s'est emparée de La Rochelle. C'est toute une ville qui renaît, après avoir évité les cendres… L'écriture de Mme Lafuste s'emballe : « *Eh bien la TSF de Biraken* [sic] *nous a dit dès ce matin d'attendre une émission importante pour cet après-midi. Et à 4 heures : la guerre est finie ! Quelle joie ! On entend cela à la TSF de Biraken et cela répété toute l'après-midi entremêlé de chants militaires. Les cloches sonnent, la ville est comme étourdie. Je mets mes drapeaux et vers 6 heures, je vais trouver Jean, aux ateliers de la Genette et nous partons vers la place de la Mairie. La ville s'est réveillée et se pavoise et les habitants vont vers la place de la Mairie. Beaucoup de personnes se sont trouvées tout à coup pourvues de brassards FFI… La place est bientôt bien garnie de monde et la Mairie est déjà garnie de ses pavois ; au milieu un grand écusson reste recouvert d'un drap. Bientôt la municipalité monte aux créneaux et fait une courte allocution annonçant la fin de la guerre, et la gloire des combattants et le regret des morts, surtout de M. Vieljeux. Alors la musique militaire a joué l'appel aux morts ; le drap de l'écusson est enlevé et la foule pousse des hourras à la vue d'un portrait très grand de M. Vieljeux. Une minute de silence, puis Marseillaise…* »

À 18 heures, le médecin-commandant Charles Commes, médecin-chef des FFI rochelais, accompagné du Dr Bernard, délégué de la Croix-Rouge, et d'une dizaine de secouristes, se présentent à l'hôpital allemand, installé dans les bâtiments de l'école normale de jeunes filles, et somment le personnel ennemi de se rendre. Les Allemands sont tellement sidérés qu'ils n'opposent aucune résistance. Le chef des secouristes, M. Lagarde court chez lui et rapporte un drapeau qui remplace les couleurs allemandes au sommet de l'hôpital.

Au soir, deux affiches sont placardées. L'une, du comité de Libération, annonce officiellement la libération de La Rochelle, tout en recommandant à la population calme, discipline et obéissance aux autorités civiles. La seconde, du comité militaire des FFI, rappelle que la loi de 1939 punit de mort le pillage en temps de guerre et qu'en l'occurrence, le même sort sera réservé à ceux qui s'aventureraient dans les maisons des évacués pour les dévaliser.

Meyer va chez Édouard Mörch où l'on sable déjà le champagne. À Reims, l'Allemagne a signé sa reddition inconditionnelle. Mais bientôt, le capitaine Koethe se fait annoncer, porteur d'une communication urgente de Schirlitz pour Meyer. L'amiral est d'accord pour la réunion du lendemain, mais renouvelle ses inquiétudes quant au maintien de l'ordre, sachant que des cocktails Molotov ont été jetés contre la *Kommandantur* et que des soldats de la garnison commencent à être pris à partie. Que peut-on faire ? Meyer propose *illico* de dépêcher un escadron de gendarmerie dans la ville, que l'ennemi accepte d'armer l'unité de marins-pompiers commandée par le lieutenant de vaisseau Hoffer et de charger ces deux unités du maintien de l'ordre dans la ville en évitant tout contact avec les Allemands.

Avisé mot pour mot, l'amiral donne son accord.

En fait, tard dans la nuit, le colonel Granger recevra l'ordre de constituer un détachement avec le 1er bataillon du 4e zouaves, deux escadrons de chars et un peloton de reconnaissance du 1er régiment de spahis marocains... Meyer se croit autorisé à souffler un peu. Malheureusement, la périlleuse journée n'est pas encore terminée. Vers 23 heures, le capitaine Koethe revient vers lui, hors d'haleine: un commando a débarqué sur l'île de Ré et menace de relancer les hostilités si le gouverneur allemand ne leur offre pas sa reddition !

Le « débarquement » de l'île de Ré

Depuis le 7 janvier 1945, l'*Office of Strategic Services* américain, qui dispose d'une tête de pont clandestine à Fouras, a introduit dans l'île de Ré un de ses agents, originaire de Rivedoux, Maurice Martineau, nom de code *Loup-de-mer*, avec mission de prendre contact avec la Résistance de l'île et d'organiser un service de renseignements en vue de futures opérations militaires. Débarqué par le bateau de pêche *L'horizon*, commandé par les frères Chaigne, des amis d'enfance, le jeune homme de vingt et un ans se heurte d'abord à la réticence de certains résistants locaux. Mais ce colosse au physique de séducteur, n'a pas été entraîné qu'à la manipulation d'un poste radio. Une première discussion houleuse, ponctuée d'un coup de crosse bien senti sur un crâne contestataire, lui permet d'asseoir d'entrée son autorité. Il est rapidement épaulé par le capitaine Couillaud, retraité de la Marine, dirigeant un réseau d'une centaine d'hommes, M. Mouilleron un ancien gendarme, et l'ingénieur des Ponts et Chaussées Jean Drillaud, qui lui fournira le plan détaillé des installations ennemies. *Loup-de-mer* entre aussi en contact avec le capitaine Ascani, commandant d'une compagnie italienne ennemie, décidé à rejoindre le camp français le moment venu. Installé à Saint-Martin, dans la cure du doyen résistant, Martineau doit faire un aller-retour sur le continent. Deux semaines plus tard, il revient s'installer à La Flotte, toujours chez des résistants locaux.

C'est à ce moment que le service de renseignements français installe à l'Aiguillon une antenne-nord, confiée aux lieutenants Sarlande et Gauriaud, avec pour mission de maintenir la liaison entre les agents de renseignements et la Résistance, tant à La Rochelle que sur l'île de Ré. Leur deuxième consigne, moins officielle, consiste à empêcher l'OSS de prendre des initiatives, qui pourraient, en outre, se révéler malencontreuses. Ils se retrouvent précisément devant un cas d'école lorsque, dans la nuit du 5 au 6 mai, le colonel Schumaker, chef de l'Office américain, fait irruption à 2 heures du matin, escorté de quatre officiers, dans le but de débarquer sur l'île de Ré ! Les lieutenants français s'opposent aussitôt à cette action unilatérale, qui répond davantage à une volonté de prestige qu'à une nécessité militaire.

Pour cette protestation, ils vont trouver un allié en la personne de Martineau. *Loup-de-mer* parvient, en effet, à tempérer l'impétuosité de son chef américain en arguant que ce débarquement est par trop précipité, qu'il déclencherait le feu allemand avant même qu'on ait eu le temps de rallier la compagnie italienne ct de mobiliser la résistance rétaise. De plus, il semblerait que depuis peu, des *SS* repliés de Royan et d'Oléron encadrent la garnison de l'île. Se rendant à la raison, Schumaker fait demi-tour et repart pour Cognac. Mais ce ne sera que reculer pour mieux sauter.

Dès l'annonce radio de la capitulation allemande, ce fameux 7 mai, le chef de l'OSS relance son expédition. Ne pouvant, cette fois, empêcher ce mini débarquement, Sarlande et Gauriaud décident de se joindre à l'expédition, « *à la fois pour la contrôler et pour manifester la présence des Français auprès des habitants et des autorités de l'île.*[20] » Un commando franco-américain de vingt-quatre hommes, dont six soldats FFI, quitte alors le port de l'Aiguillon sur le bateau *Vogue-mon-cœur* et débarque face aux deux mille six cents Allemands en armes sur l'île. Martineau a pris les devants en annonçant cette visite inopinée à la Résistance insulaire et en réclamant des véhicules aux autorités allemandes pour le transport de ces hôtes sans invitation. La nouvelle se répand comme traînée de poudre et à 17 h 45, quand le commando débarque au port de La Flotte, des drapeaux tricolores ont déjà surgi aux fenêtres. Sur la jetée, la population, qui n'avait pas vu d'uniforme, français depuis cinq ans, s'est réunie en masse pour accueillir l'expédition au son de *La Marseillaise.* Conduit auprès du commandant allemand, le commando reçoit l'assurance que les troupes resteront consignées dans leur casernement en attendant l'issue de la conférence prévue à Fouras le lendemain matin. En contrepartie, le commandant Marc, chef de la Résistance insulaire, garantit la bonne tenue de la population civile.

Comme on pouvait s'y attendre, cette entreprise franco-américaine exaspère le général de Larminat et, bien sûr, en première ligne, le commandant Meyer qui s'efforce au même moment de maintenir un calme fragile à La Rochelle. Sa réaction est fulgurante. Le soir même, il signe un ordre sans appel, qui ne sera remis à ses destinataires que le lendemain à 7 h 15 :

Rochefort, le 7 mai 1945 à 23 h 00

Mis au courant de la tentative de commando effectué ce soir à l'Île de Ré par des éléments français ou américains, le Général de Larminat m'a chargé de faire connaître aux-dits éléments qu'ils se trouvent en contradiction formelle avec les ordres du Commandement Militaire.

La poursuite de l'opération entreprise sera considérée comme un acte de rébellion ouverte.

Le « commando » *en question a le choix entre :*

– se réembarquer immédiatement

– se rendre à la Résistance de La Rochelle

– ou être considéré comme rebelle au Commandement allié.

Le Capitaine de Frégate Meyer

D'aucuns, tels Martineau, jugèrent la réaction disproportionnée et insultante envers ceux qui s'étaient précisément appliqués à bloquer, puis à encadrer cette initiative américaine. Il n'empêche que, diplomatiquement, Meyer n'avait sans doute que le choix de se montrer brutal dans sa condamnation de l'opération, afin de ne pas perdre la confiance de l'ennemi vacillant.

Vers 23 heures aussi, ce soir-là, des dizaines d'obus de mortier de fort calibre auraient été tirées en quelques minutes sur les positions françaises. Par chance, ils n'auraient fait que deux blessés, l'essentiel de la troupe étant à ce moment-là dispersé à l'extérieur à discuter des derniers événements.

Le jour de gloire est arrivé

À l'aube du 8 mai, Meyer est rassuré d'apprendre l'entrée dans La Rochelle du corps de gendarmerie prévu pour assurer la paix civile. Peu après, il est informé par estafette de l'arrivée imminente du colonel Chêne et de ses officiers d'état-major, escortés d'un régiment d'infanterie et d'un escadron de chars. Pour de Larminat, il n'était pas question que les troupes françaises attendent la capitulation effective, fixée le lendemain à minuit, pour entrer dans La Rochelle. Le négociateur se hâte pour se rendre à la réunion qui doit se tenir à 6 heures à Fouras. Il espère bien que, cette fois-ci, malgré la présence renouvelée du colonel Franchi, le climat de la réunion ne sera pas ruiné par des humeurs déplacées.

Les présentations faites, le Colonel lit les conditions de la capitulation en termes mesurés mais fermes, et les deux délégations se mettent au travail. Elles fonctionnent parfaitement ensemble, et, aux dires de Meyer, « *tout fut préparé comme s'il se fût agi d'une relève* ». Il est même surpris par le professionnalisme des Allemands qui ont apporté cartes, plans et inventaires, et qui vont même jusqu'à proposer des mesures pour faciliter la reddition. Les choses vont se gâter avec l'irruption, en plein entretien, du colonel Chêne. Commandant la troupe de sécurité réclamée par Schirlitz, le colonel est furieux d'être bloqué depuis l'aube devant le dispositif antichar. Le colonel Weyraüther expédie aussitôt une note à l'attention de l'amiral, qui répond d'abord que l'accès à La Rochelle sera libre dès l'après-midi. Nouvelle colère de Chêne qui ne répond plus de rien au-delà de 10 heures. L'amiral cède alors : pour 10 heures au plus tard.

À 10 heures 30, la troupe du colonel Chêne remonte les rues de La Rochelle. Mme Lafuste les a vus : « *Je suis allée avec Jean au marché pour acheter le fromage blanc chez Favreau ; et voilà qu'on a tout à coup entendu crier : les voilà ! Et en effet, nous nous sommes précipités vers la rue du Palais et nous avons vu les premiers chars et camions montés de troupes exotiques qui arrivaient et se rendaient sur la Place d'Armes. Ils étaient fleuris, et sales, et acclamés. Mais personne n'étant prévenu, il n'y avait qu'une haie bien enthousiaste mais clairsemée.* » L'état-major de Chêne fait nettoyer à la hâte les locaux du 32, place de Verdun, pour s'y installer : les anciens bureaux de Sidos et de la Milice deviennent le quartier général des Forces Françaises de l'Aunis !

Dans la foulée, Meyer rejoint Rochefort pour finaliser le plan d'investissement de la base de La Pallice et des fortifications de l'île de Ré. Grâce au travail de renseignement détaillé de la Résistance intérieure au cours du siège, ce plan a été établi de longue date et sera à peine retouché. Le capitaine de frégate commandera le bataillon de marins de Rochefort, transporté par la mer, et quatre compagnies du 1er régiment de canonniers marins, qui voyageront par voie terrestre. Mais ce qui occupe davantage son esprit, c'est sa prochaine rencontre avec Schirlitz, peut-être la dernière. Il se rend à La Rochelle avec le lieutenant Éric Dahl, et le capitaine de corvette Brine, de la marine américaine, mais, vers 23 heures, un aide de camp de l'amiral vient le prévenir que son chef souhaiterait l'entretenir en particulier.

Meyer se rend donc seul dans la villa de l'amiral, située non loin de son quartier général de Lafont. Dans le salon, debout, Schirlitz attend le commandant. Il paraît très abattu, ses traits sont creusés. C'est au colonel Chêne que l'amiral a rendu La Rochelle, mais c'est au commandant

Meyer qu'il veut faire sa reddition personnelle. Se considérant déjà comme le prisonnier du Français, le chef allemand lui expose une requête, celle de se rendre à la base de La Pallice une fois cette formalité expédiée, afin d'y passer les dernières heures au milieu de ses troupes de marine. Meyer accepte et se propose même en escorte. Il est environ 23 heures 30, il faut attendre trente minutes pour l'heure officielle de la capitulation. Les deux hommes échangent quelques phrases en allemand. Puis, Schirlitz se laisse aller à un moment d'abattement. Laissons Meyer raconter cette scène étonnante entre vaincu et vainqueur :

« *Ma patrie est perdue !*

– *Monsieur l'amiral, j'ai moi-même vécu des minutes semblables au mois de juin 1940.*

– *Ce n'était pour votre pays qu'une défaite provisoire, car le monde entier se trouvait derrière la France, tandis que l'Allemagne demeure seule, pieds et poings liés, à la merci de ses adversaires… Dans l'effondrement de ma patrie, je n'ai qu'une consolation, celle d'avoir fait mon devoir jusqu'au bout et d'avoir remis ma forteresse au loyal adversaire que vous êtes… Monsieur le Commandant, voulez-vous me permettre de vous serrer la main, en soldat ? Le combat entre la France et l'Allemagne est fini. Peut-être nous retrouverons-nous un jour comme alliés…* »

La porte s'ouvre. Un officier paraît. Il est minuit exactement. Schirlitz se lève, sort, monte dans sa voiture, que suit Meyer. Les deux véhicules traversent La Rochelle à vive allure, tous feux éteints, vers La Pallice.

La dague d'honneur

Le lendemain, 9 mai, à 6 h 45, le colonel Granger et son état-major, précédant leur colonne de blindés, rencontrent les autorités allemandes chargées de l'exécution des clauses de reddition à la sortie sud de La Rochelle.

Dès 7 heures du matin, Meyer est sur le quai de La Pallice pour accueillir le commando de marins français chargés d'occuper la base. À ses côtés – et à ses ordres – se tient le *Korvetten Kapitan* Erwin de Terra, ex-capitaine du port de La Pallice, en veste blanche. Au même moment, le régiment de zouaves débarque dans l'Île de Ré.

Avant de recevoir le commandant Meyer, l'amiral a rédigé son ultime télégramme à l'intention de ses supérieurs, retrouvé dans les archives du Haut commandement allemand de la Marine : « *L'offensive de l'adversaire a entraîné l'occupation du secteur le 9 mai à partir de 6 heures. Je rends compte de la cession des activités de ma garnison et de mes fonctions. Nous saluons nos êtres chers restés au pays. Nous pensons à l'Allemagne.* [21] »

À 8 heures, le commandant rejoint l'amiral dans le bureau du port où ce dernier a passé la nuit. Schirlitz reçoit Meyer dans une petite pièce délabrée. Il porte l'uniforme de la Marine, sans armes. Sa dague d'honneur, ses pistolets d'ordonnance sont placés sur la table. Meyer le salue. Schirlitz lui rend son salut en se raidissant au garde-à-vous. Le Français lui présente deux exemplaires de l'acte de capitulation, dont l'un est rédigé en allemand. Mais le vaincu décide de signer sans lire, faisant entièrement confiance à son adversaire. S'avançant vers ses armes, il les considère un moment et les tend à Meyer, qui promet qu'un jour il les lui rendra. Schirlitz lui garantit que ses officiers feront tout pour faciliter la passation de la base. Puis, il franchit la porte, adresse à Meyer un dernier salut. Sur le quai, il serre la main à quelques-uns de ses hommes, les salue longuement, et monte dans une voiture battant pavillon tricolore.

La voiture emmène l'amiral Schirlitz au QG du général de Larminat, qui ne le recevra pas.

---

1 - Procès-verbal de l'audition du 16 mai 1945 du capitaine Julius Koethe, chef du service de contre-espionnage allemand.

2 - Hubert Meyer, *Entre Marins,* 1966.

3 - Rochelaise, mariée à un artisan secrétaire de la chambre de commerce, Odette Lafuste tient un journal personnel pendant toute la période de l'Occupation.

4 - Extrait des *Chroniques irrévérencieuses* d'Edgar de Larminat.

5 - Journal de Mlle Junca, les 29 octobre 1944 et 2 avril 1945.

Ernst Schirlitz (premier à gauche sur la rangée supérieure)
au lycée royal d'Elbing (1909).
Source : archives privées Schirlitz-Gerberding.

Ernst Schirlitz, bachelier à 18 ans,
fumant une « Mercedes » (1911).
Source : archives privées Schirlitz-Gerberding.

Ernst Schirlitz, enseigne de vaisseau de 2e classe (1915). *Source : archives privées Schirlitz-Gerberding.*

Ernst Schirlitz, enseigne de vaisseau de 1re classe (1919). *Source : archives privées Schirlitz-Gerberding.*

Ernst et Frieda Schirlitz, 27 ans chacun,
lors de leur mariage (1920).
Source : archives privées Schirlitz-Gerberding.

Charlotte sur les genoux de son beau-père (1921).
Source : archives privées Schirlitz-Gerberding.

Le couple Schirlitz en station thermale (juin 1941).
Source : archives privées Schirlitz-Gerberding.

Le vice-amiral Schirlitz tel qu'il apparut au commandant Meyer lors de leur première entrevue à La Rochelle (septembre 1944).
Source : archives privées Schirlitz-Gerberding.

Le vice-amiral Schirlitz commandant *la Festung* La Rochelle (1944-45).
Source : archives privées Schirlitz-Gerberding.

Le vice-amiral Schirlitz et le capitaine de corvette Erwin de Terra (1944-45) – *Source : archives privées Schirlitz-Gerberding.*

Le vice-amiral Schirlitz est décoré de la *Ritterkreuz* (11 mars 1945).
Source : archives privées Schirlitz-Gerberding.

Le jeune Hubert Meyer au violoncelle (1909).
Source : archives privées Meyer.

Hubert Meyer (debout à l'extrême droite) au club minime de football de Nancy, avec (en noir) son frère Michel (1910). *Source : archives privées Meyer.*

Hubert Meyer à l'école de marine de Lorient (1918-19).
Source : archives privées Meyer.

Hubert Meyer, enseigne de vaisseau 2e classe (octobre 1920). *Source : archives privées Meyer.*

Hubert Meyer, enseigne de vaisseau 1re classe (octobre 1922).
Source : archives privées Meyer.

Hubert Meyer en jeune premier romantique (Japon, 1923). *Source : archives privées Meyer.*

En dandy européen du Japon (1923). *Source : archives privées Meyer.*

Avec les filles de l'ambassadeur de France au Japon, le poète Paul Claudel (1923). *Source : archives privées Meyer.*

Hubert Meyer avec ses collègues Auboyneau et Hourcade.
Source : archives privées Meyer.

Lieutenant de vaisseau (1927). *Source : archives privées Meyer.*

Figurant dans le documentaire de Jean Arroy « SOS Foch » à Toulon (1931).
Source : Archives privées Meyer.

Mariage d'Hélène Gros et Hubert Meyer (18 avril 1931).
Source : archives privées Meyer.

Hubert, Hélène, Hervé, Odile et Florence Meyer à Rabat (1939).
Source : archives privées Meyer.

Hubert Meyer et ses enfants à Rabat, Maroc (1939). *Source : archives privées Meyer.*

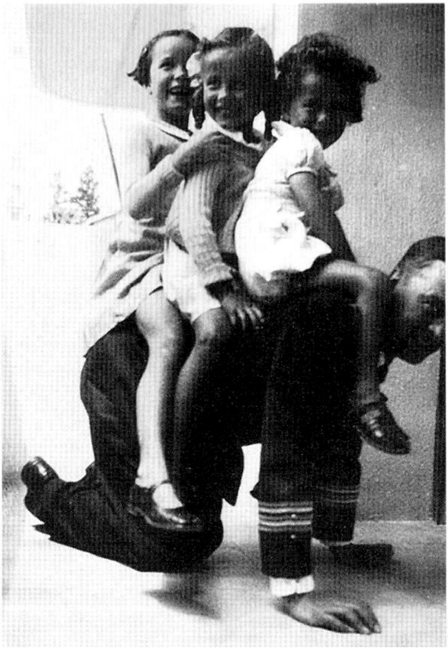

Le capitaine de frégate Meyer et son setter irlandais Paddock (1944). *Source : archives privées Meyer.*

Bombardement allié sur le port de La Rochelle-La Pallice (juillet 1944). *Source : archives privées Meyer.*

Le capitaine de frégate Meyer à Rochefort (1944). *Source : archives privées Meyer.*

Échange de prisonniers sur le route d'Yves (janvier 1945). *Source : archives privées Meyer.*

Le lieutenant Grupe (à gauche), aide de camp de Schirlitz. *Source : archives privées Meyer.*

Le capitaine de frégate Meyer (2e en partant de la gauche). *Source : archives privées Meyer.*

Le Messidor, chalutier-ravitailleur, dans le vieux port de La Rochelle (1945). *Source : Fonds Morillon.*

Dès le 7 mai 1945 sont exhibés les portraits de Léonce Vieljeux sur le fronton de la Mairie et celui du général de Gaulle sur la Préfecture, peints clandestinement par le peintre-conservateur Gaston Balande. *Source : Fonds Morillon.*

Les blindés de la Résistance sont sortis de leur cachette (10 mai 1945). *Source : Fonds Morillon.*

Sur le parvis de la Cathédrale, le général d'Anselme, le commandant Meyer et le colonel Chêne. *Source : Fonds Morillon.*

Le commandant Meyer, le général d'Anselme (10 mai 1945) et le colonel Chêne. *Source : Fonds Morillon.*

Le général de Larminat descend le perron de la Mairie de La Rochelle. *Source : Fonds Morillon.*

Hubert Meyer (à droite) dans les années 60-70.
Source : archives privées Meyer.

Ernst Schirlitz (de face au centre) en 1968.
Source : archives privées Schirlitz-Gerberding.

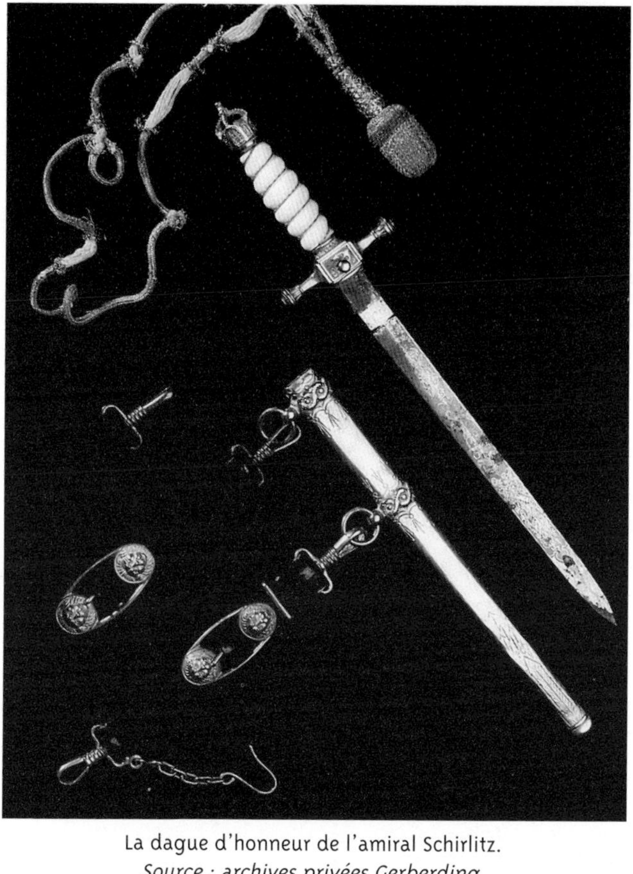

La dague d'honneur de l'amiral Schirlitz.
Source : archives privées Gerberding.

De gauche à droite : Michel Allier, Hervé Meyer, Odile Allier-Meyer, Florence Arnaud-Meyer, Tom Gerberding, son amie Katrin, Alain Arnaud (Saint-Ciers du Taillon, domaine d'Orignac, mai 2005). *Source : archives privées Lebleu.*

De gauche à droite : Tom Gerberding, Odile Allier-Meyer, Alain Arnaud, Hervé Meyer, Florence Arnaud-Meyer.
Source : archives privées Lebleu.

Dans son musée de la Poche de Royan, M. Lelaurain présente
à Tom Gerberding l'uniforme authentique
de son arrière-grand-père, l'amiral Ernst Schirlitz
(Le Gua, mai 2005). *Source : archives privées Lebleu.*

6 - Il s'agit en fait de la population de toute la poche. Elle est estimée à 58 000 fin octobre après les premiers départs, pour n'être que de 48 000 en mars 45, dont à la même époque, 14 000 environ pour la seule ville de La Rochelle.

7 - Le *Feldkommandant* Klett avait, en août 44, tenté de l'imposer à MM. Arnaud et Godard, qui s'y étaient refusé.

7 bis - Il s'agit en fait de Francs-tireurs partisans qui se sont rendus le matin même au terme d'un combat menée à Yves pendant 4 heures, à 39 contre 500, et qui laissa 21 morts et 3 blessés côté français, 26 morts et 15 blessés côté allemand. Source : rapport de l'aspirant Mirus du 108e régiment FFI).

8 - Idée que confirmera bientôt et abominablement la libération des premiers camps de concentration en Pologne.

9 - Frère de Raoul Nordling, consul de Suède à Paris dont l'action fut si efficace au cours de la Libération de Paris.

10 - Archives du réseau Alliance, chronologie Gayot.

11 - Cf. Guy Binot in *Royan Information* n° 83 de février 2005, « Bombardement de Royan du 5 janvier 1945 ».

12 - Témoignage de M. Rastätter, vétéran de la garnison allemande de La Rochelle.

13 - Témoignage de Paul Lisiack, in *Les Rochelais dans le gros temps,* ed. Rupella, 1994.

14 - Témoignage de M. Kirk, in *Les Rochelais dans le gros temps.*

15 - Procès-verbal de l'interrogatoire de Julius Koethe, du 16 mai 1945.

16 - Rapport BST du 14 mai 1945.

17 - Auteur du projet *Lebensborn* destiné à maintenir la pureté du capital génétique de *la race aryenne.*

18 - Dont François Sidos qui sera ultérieurement condamné à mort.

19 - Escargots.
20 - Extrait des rapports des lieutenants Sarlande et Gauriaud.
21 - Télégramme secret, chiffré 2055/8/LW 80= DEST : OKW/WFST, OKM/SKL.

CHAPITRE V

L'avenir à construire : 1946-1978

En captivité

Dans ses mémoires rédigés dans les années 80, à l'intention de ses petits-enfants[1], le capitaine Hans-Martin Didt décrit ainsi le départ en captivité du vice-amiral Schirlitz, juste après que ce dernier a signé et remis au commandant Meyer l'acte de capitulation de la garnison allemande de La Rochelle : « *Les officiers de l'état-major s'étaient alignés auprès d'un carrefour de petites routes de campagne. Nul ne disait mot. Après un certain temps d'attente, on vit s'approcher une colonne de voitures portant le général d'Anselme et son état-major. Sortant de leurs véhicules, ils passèrent hâtivement devant nous, l'air très affairé. On les vit inviter notre Amiral à prendre place à bord d'une Jeep, puis redémarrer sans même prendre la peine de le saluer. Ainsi que nous l'apprîmes ultérieurement, ils le conduisirent – sans aucune audition préalable – dans une geôle puante à Bordeaux, en l'accusant d'être coupable de crimes de guerre.* »

Pour ces officiers de l'état-major de l'Amiral, qui ont assisté pour la plupart aux douze entrevues entre leur chef et le commandant Meyer et qui, même s'ils y étaient hostiles, ont été témoins du développement du climat de respect mutuel qui s'était établi entre les deux hommes, cette façon d'agir est choquante et contraire à toutes les traditions militaires : « *C'était donc là toute la confiance que l'on pouvait accorder à la parole d'honneur d'un officier français.* »

Ce qu'ignorent alors le capitaine Didt et ses amis, c'est qu'une camarilla d'officiers du Haut commandement français, qui s'étaient toujours opposés aux négociations entre Meyer et Schirlitz, semble avoir décidé de se venger de leurs démarches en présentant l'amiral comme l'instigateur de faits criminels, commis, à son insu, par des soldats de sa garnison.

Pour Schirlitz, le cauchemar recommence, trente ans plus tard. Après les geôles anglaises, la prison française. Deux guerres mondiales, deux défaites. À chaque fois, le traumatisme national est vécu comme une ruine personnelle. Sauf que cette seconde défaite, il l'avait prévue, acceptée et même préparée. Par ses pressions diplomatiques, son adversaire l'a forcé à dépasser les antagonismes nationaux, à se faire visionnaire d'une réconciliation inévitable. Alors pourquoi doit-il croupir comme un renégat ?

Il s'agit là de soulever un point essentiel. À chaque étape des négociations menées entre Meyer et Schirlitz, il a toujours été question d'un rapatriement prioritaire pour l'amiral et sa troupe, en échange de la préservation des ports de La Rochelle-La Pallice intacts. Puisque les ports ont été rendus, pourquoi emprisonner Schirlitz ? Pourquoi le fameux acte de capitulation signé par l'amiral allemand, pour ainsi dire les yeux fermés, ne figure-t-il dans aucun des mémoires des témoins directs, ni chez Meyer, ni chez Adeline, ni chez de Larminat ? Pourquoi, encore aujourd'hui, est-il impossible de se procurer la copie de cet acte ? Voudrait-on nous cacher un parjure du Haut commandement français ?

Dès le lendemain, 10 mai 1945, l'amiral est conduit au camp de prisonniers de Souberac, au sud de Cognac. Mais c'est lorsque Schirlitz est transféré au fort du Hâ, à Bordeaux, que Meyer apprend sa détention. Avant de partir vers un nouveau commandement à Beyrouth, le capitaine nouvellement promu se précipite au fort. Scandalisé par les conditions de détention de son ennemi d'hier, Meyer exige qu'on lui procure matelas et couverture. L'amiral est reconnaissant, mais il ne se plaint pas de l'inconfort et des privations. Sa réelle torture, c'est de n'avoir aucune nouvelle de Kiel. Il est taraudé par l'idée que tous ne sont peut-être pas morts. À tout le moins, il voudrait connaître les détails de la catastrophe. Meyer a de l'entregent, de nombreux contacts diplomatiques, il promet d'obtenir des renseignements.

Petites misères et grandes espérances

À son arrivée au cap de Souberac, Schirlitz s'est vu contraint de remettre l'argent qu'il a sur lui, allemand ou français. On lui fait alors signer un document attestant les montants remis. Et, à chacun de ses internements successifs, le prisonnier s'efforce de faire valoir ses droits. Résumant ses efforts, lors de son cinquième séjour, au camp de prisonniers de Germignan, près de Saint-Médard-en-Jalle, il adresse la lettre suivante au capitaine Clerc, commandant du camp:

Germignan, le 22 mars 1947

Monsieur le Capitaine,

J'ai l'honneur de vous soumettre ce qui suit:

À mon arrivée au camp de Souberac près de Cognac, le 10 mai 1945, je dus remettre aux mains du Commandant Aimé, en présence du Commandant du Camp, l'aspirant Alexandre, et de mon ordonnance, le PG (prisonnier de guerre) Puetz, en plus de l'argent allemand que j'avais sur moi, la somme de 22 000 Francs. On me fit signer un papier attestant le montant en question.

Au camp suivant – Poitiers – on me fit savoir sur ma demande que je pourrais réclamer cette somme dès mon arrivée au camp de PG auquel je serais muté définitivement, ce que je fis plus tard à Dijon, le 30 septembre et le 30 novembre 1945, sans toutefois obtenir de réponse.

Je fis une nouvelle demande le 30 janvier 1946 à Andernos en faisant remarquer que, d'après les renseignements que j'avais obtenus, il était procédé, au dépôt de Rouillé, à la distribution d'une somme d'un million et demi de francs qui avait été déposée antérieurement par des PG au camp de Souberac (et dans laquelle devait donc être comprise celle de 22 000 Francs que j'y avais déposée moi-même à l'époque). Cette dernière demande resta également sans réponse sans doute parce que le Dépôt de Rouillé devait être dissout peu après.

Une autre réclamation que je fis plus tard, en mai-juin 1946, alors que je me trouvais à Germignan au dépôt 182, est restée également sans résultat.

Je vous serais d'autant plus reconnaissant s'il vous était possible de me faire récupérer la somme en question, que je vais être obligé de me faire donner des soins dentaires compliqués et coûteux (prothèses) pour le paiement desquels les 22 000 Francs en question me seraient très utile.

Schirlitz

Conformément aux coutumes de toute administration, ce courrier parfaitement clair recevait, en date du 25 mars 1947, par le capitaine Clerc une réponse d'attente, marquée au coin de l'esquive :

Saint-Médard-en-Jalle, le 25 mars 1947

À Monsieur le Vice-amiral Schirlitz

J'ai l'honneur de vous accuser réception de votre réclamation au sujet de la somme de 22 000 Francs qui vous aurait été enlevée lors de votre capture. Ne pouvant prendre une décision de ma propre autorité, j'ai transmis votre réclamation à mes supérieurs, afin de donner plus de forces aux recherches à entreprendre pour vous faire rentrer dans vos droits. Il n'en reste pas moins vrai qu'il vous appartenait de réclamer un reçu de la somme versée au moment de votre capture, en vous appuyant sur l'article 6 du Titre II de la Convention de Genève. J'ose espérer cependant que les recherches que je demande pour vous donneront des résultats positifs et qu'elles me permettront de vous donner satisfaction.

L'amiral n'obtiendra jamais la restitution de la somme confisquée. Mais cette indélicatesse des services français à son égard ne constitue, pour lui, qu'une préoccupation mineure face à l'infamante accusation de crimes de guerre, dont il ne cesse de rechercher la nature possible tout au long de ses heures de détention. Il s'efforce d'obtenir des précisions auprès des divers commandants des camps de prisonniers qu'il traverse, à Souberac, Poitiers, Dijon, Andernos, Germignan et Saint-Médard-en-Jalle. Aucun de ses interlocuteurs n'est en mesure de lui fournir quelque éclaircissement que ce soit. Le tribunal militaire permanent de la 18e Région de Bordeaux est la seule instance qui pourrait l'informer, mais il se réserve d'établir préalablement son acte d'accusation et de ne le rendre public qu'à l'audience.

À cette introspection lancinante, s'ajoute le désespoir intérieur qui mine Schirlitz depuis que, fin avril, il a eu connaissance du malheur qui a frappé sa famille, et du douloureux silence qui l'a suivi. C'est donc avec un immense soulagement et un grand bonheur qu'il reçoit de son ancien adversaire une réponse encourageante et quasi amicale à une lettre que, sans grand espoir de retour, il lui avait adressée lors de son transfert au camp de Poitiers. Depuis la reddition allemande, Meyer a pris le commandement du port de La Pallice. Dans sa correspondance, il apparaît déjà que l'épouse de l'amiral n'aurait pas succombé dans le bombardement de Kiel.

La Rochelle, le 1er octobre 1945

Monsieur l'amiral,

J'ai bien reçu aujourd'hui votre lettre du 16 septembre, et j'apprends, avec un vif regret que vous n'avez pas encore reçu des nouvelles de chez vous, en dépit de la démarche que j'avais faite dès le mois de mai.

Je conçois que, dans les épreuves de la captivité, la plus pénible pour vous, après l'affreuse catastrophe survenue à votre famille, soit l'absence de nouvelles des êtres chers qui vous restent. Je déplore qu'un sort aussi cruel s'acharne précisément sur un ancien adversaire dont j'ai, dans les circonstances dramatiques, apprécié la droiture et la loyauté.

Il me serait donc très agréable de vous témoigner à nouveau mon estime personnelle en vous facilitant le service demandé. Je vais m'y employer par tous les moyens et il se trouve que j'ai actuellement une bonne chance de réussir. Je dois en effet recevoir ici demain l'attaché naval britannique, l'amiral Shelley. Je vais lui demander de faire rechercher des nouvelles de Madame Schirlitz par la mission anglaise qui se trouve à Kiel. Connaissant sans doute votre personnalité et d'après ce que je lui dirai de vous, je suis certain que l'amiral Shelley ne me refusera pas ce service. Par ailleurs, j'ai déjà écrit ce jour à Monsieur Rolf Nordling afin de lui demander d'agir, soit par la Croix-Rouge internationale, soit par son frère qui est Consul Général de Suède à Paris.

Voici d'ailleurs, comme vous me le demandez, l'adresse de Monsieur Nordling, 11, rue de la Pépinière à Paris.

Je vais également écrire à Monsieur Almstroen dont l'adresse est 135, boulevard Saint-Michel à Paris.

Enfin, je vais tenter en votre faveur une nouvelle démarche officielle auprès du Ministre de la Marine.

La question du courrier des prisonniers de guerre préoccupe, je le sais, très vivement les Autorités Françaises. D'après ce que m'a dit récemment un représentant de la Croix-Rouge Internationale, les difficultés proviennent de l'arrêt presque total en Allemagne du service postal. Mais une organisation spéciale est en train de se former pour l'expédition et la répartition du courrier des prisonniers, et l'on peut, d'ici un mois, obtenir de bons résultats.

J'espère que les conditions matérielles de votre captivité sont aussi favorables que possible, ceci en vertu des recommandations spéciales qui ont été faites à votre sujet par le Haut commandement Militaire. Il vous sera peut-être agréable d'avoir des nouvelles du Commandant Günther qui se trouve toujours ici, avec Monsieur Prukop et le Lieutenant Grupe.

Ils sont satisfaits de leur sort. Le Lieutenant Grupe a été fait prisonnier à Saint-Nazaire où il avait été déposé par le sous-marin « Fuchs », lequel s'est ensuite rendu en Angleterre.

J'ai ici dans mon Commandement environ 1 000 prisonniers de la Marine Allemande. Je suis satisfait de leur travail et de leur discipline. Leur traitement est aussi favorable que le permettent les règlements et les ressources dont nous disposons.

Je reste à votre disposition au cas où vous auriez quelque requête à m'adresser, et je vous prie de croire, Monsieur l'amiral, à mes sentiments de parfaite estime.

H. Meyer

Outre que cette lettre lui redonne quelque espoir de recevoir à court terme des nouvelles des siens, elle lui confirme l'estime et la sympathie profondes que lui manifeste son ancien adversaire. La lettre suivante lui apporte un nouveau réconfort.

La Rochelle, le 26 Novembre 1945

Monsieur l'amiral,

Comme je vous l'avais fait connaître par ma précédente lettre, j'avais effectué auprès de l'amiral Richard Shelley, attaché naval britannique à Paris, une démarche afin d'obtenir des nouvelles de Madame Schirlitz.

J'ai la satisfaction de vous informer que je viens de recevoir ce jour de l'amiral Shelley, la réponse suivante : « Les autorités navales britanniques de Kiel ont pris contact avec Mme Schirlitz qui demeure avec sa fille 53, Esmachtstraßen. Toutes deux sont indemnes et en bonne santé. »

En raison de l'affreuse calamité qui a frappé votre famille et dans laquelle vos deux autres filles et leurs six enfants ont péri, les autorités britanniques ont communiqué votre adresse à Madame Schirlitz et ont donné à celles-ci des nouvelles de vous. Des dispositions ont été prises par le Military Government afin que Madame Schirlitz soit mise à même de communiquer avec vous.

Il m'est agréable d'avoir réussi dans ma démarche, et j'espère que ces nouvelles vous apporteront un réconfort moral dans votre terrible épreuve personnelle.

Je vous ai fait adresser, il y a trois semaines, un petit colis de vivres, et lorsque je saurai qu'il vous est parvenu, je m'efforcerai de vous en faire parvenir un second.

Je suis heureux de pouvoir ainsi par ces menus services rendre hommage à l'adversaire loyal et chevaleresque que j'ai trouvé en vous. Et je forme le vœu que, grâce à des hommes de votre noblesse de caractère, se dessine un avenir meilleur dans les relations de nos deux Pays.

Veuillez agréer, Monsieur l'amiral, l'expression de ma considération distinguée.

H. Meyer

L'intervention promise a donc porté ses fruits. L'assurance que l'amiral ne s'est pas trompé sur le caractère véritable de son interlocuteur le réconforte. Dans le premier courrier de son épouse qui suit, Mme Schirlitz, s'inquiétant du sort de son mari, lui indique qu'elle-même et leur fille Christa sont en bonne santé. En ces temps difficiles, elles se trouvent soutenues par l'amitié et l'aide de leur vieil ami Hans Balzer, commandant du port de Kiel et de son épouse, Ilse Balzer, ancienne collaboratrice et interprète de l'amiral à La Rochelle, qui avait eu la chance de faire partie des premiers convois de rapatriement vers l'Allemagne. Plus tard, Schirlitz aura l'explication du drame de Kiel. Lorsque retentit la sirène annonçant le raid aérien, toute la famille se trouvait réunie, sauf Christa qui travaillait en cabinet d'assurances dans une autre ville. La première sonnerie déclencha la ruée vers les abris. Pour des raisons mal éclaircies – conséquence d'une panique générale ou respect d'une règle imposant la séparation des réfugiés en fonction de leur âge – l'épouse de Schirlitz fut orientée vers un abri, ses deux filles et leurs six enfants vers un autre. Le sort décida que dans le deuxième abri, la porte ne résistât pas au souffle d'une bombe dévastatrice.

L'accusation

Il reste encore à Schirlitz à affronter les accusations du tribunal militaire permanent de Bordeaux. Ignorant le droit français en général, et son droit militaire en particulier, peut-être convient-il de trouver un avocat. C'est la seule façon de prendre connaissance de son dossier et des accusations qu'on lui impute. Comment faire, cependant, quand on se trouve dans un camp de prisonniers ?

De son côté, Meyer cumule les honneurs et les récompenses : le 14 mai, il est cité à l'ordre de la Brigade par le (nouvellement nommé) général Adeline, avec croix de guerre à étoile de bronze ;

le 3 octobre, il est promu capitaine de vaisseau ; le 2 novembre, citation à l'ordre de la Division par le général de Larminat avec croix de guerre à étoile d'argent ; et plus tard, citoyen d'honneur des villes de La Rochelle et de Rochefort. La paix retrouvée en France, il poursuit néanmoins sa carrière militaire. Début 1946, il part pour Beyrouth prendre le commandement de la division navale du Levant. Il n'en néglige pas pour autant de répondre au récent courrier de Schirlitz.

Beyrouth, le 2 mars 1946

Monsieur l'amiral,

Ayant quitté La Rochelle pour le Levant, au début de février, votre lettre du 2 de ce mois vient seulement de me parvenir.

Je regrette que l'on envisage de dissoudre le camp d'Andernos où vous étiez, je crois, dans des conditions satisfaisantes.

J'ai, avant mon départ, déposé par écrit des témoignages qui ne manqueront pas d'éclairer la Justice Militaire sur votre cas. Je crois avoir nettement établi que vous avez été en maintes circonstances, à ma connaissance, un adversaire loyal et d'une haute correction. Je suis persuadé que les témoignages que vous invoquez de MM. Nordling et Almström et de Madame de Tinguy du Pouët vous seront favorables également.

Il ne m'est pas possible d'intervenir pour le choix d'un avocat. Mais, quel que soit celui-ci, je suis persuadé qu'il aura en main, et utilisera à votre profit, les témoignages que j'ai déposés.

Il m'est agréable de penser que j'ai pu vous faciliter votre correspondance avec votre famille et que vous avez reçu de celle-ci des nouvelles apaisantes.

Je désire vous exprimer une fois de plus l'estime personnelle que je conserve à un adversaire qui a su loyalement concilier ses obligations militaires avec le respect des lois de la guerre.

Je suis toujours intéressé par le sort qui vous sera fait, et qui sera, je l'espère, aussi équitable que possible.

Veuillez agréer, Monsieur l'amiral, l'expression de ma considération distinguée.

H. Meyer

Ainsi, celui que Schirlitz commence à considérer comme étant bien plus qu'un loyal adversaire a donc pris soin, avant de gagner sa nouvelle affectation, de témoigner en sa faveur, et de solliciter en outre d'autres témoignages dont il sait qu'ils ne lui seront point défavorables. Cela ne fait que conforter l'amiral dans ses premiers jugements sur cet homme d'exception.

Il convient alors de ne pas décevoir, par passivité ou par inaction, un homme aussi estimable qui persiste à lui manifester cette confiance qu'on accorde seulement à ses pairs. Il doit se montrer digne d'une telle considération. Quelles que soient les accusations dont il est l'objet, il ne peut s'agir, au mieux que de méprises, au pire de mensonges et de calomnies. Il va donc se mettre en position de réfuter tout cela. La qualité des témoins que Meyer a ralliés pour sa défense et la présence d'un avocat ne peuvent que lui donner l'espoir d'une issue heureuse.

Après de fastidieuses et longues tractations avec les autorités du camp, l'amiral est enfin pourvu des services d'un jeune avocat commis d'office. Le 26 décembre 1945, il rencontre donc Me Paul Bladier, avec lequel, en compagnie de l'interprète du camp, il peut enfin prendre connaissance des faits qui, dans son dossier, lui valent l'ignominieuse imputation de s'être conduit en complice de crimes de guerre.

En vue du procès

Il faut un certain temps et beaucoup d'obstination à Me Bladier pour parvenir à se procurer le texte officiel des faits reprochés à son client par le procureur. À son grand étonnement, ceux-ci, tirés de l'acte d'accusation, se résument ainsi :

« Le 11 février 1945, le soldat allemand Haecks exécutait sommairement trois prisonniers de guerre français, MM. Petit, Martin et Couzinet, qui tentaient de s'évader de la caserne Renaudin, centre de détention des prisonniers français de la forteresse de La Rochelle.

L'enquête a démontré qu'il s'agissait, en l'occurrence, d'un meurtre pur et simple, dans la mesure où les prisonniers se trouvaient alors présents dans une pièce et ne cherchaient plus à s'enfuir.

Il n'est pas prouvé qu'ils avaient menacé Haecks, ainsi que celui-ci l'a affirmé. Par ailleurs, ce dernier, en faisant transporter les cadavres dans un couloir, s'est efforcé de dissimuler la vraie nature de son crime. Son comportement au cours de ces événements autorise donc à émettre, à sa charge, la présomption accablante de préméditation.

Sans reprocher à l'amiral Schirlitz d'avoir ordonné cette fusillade, l'accusation lui impute de n'avoir pas sanctionné son subordonné, de n'avoir pas suivi l'affaire, et au contraire d'avoir freiné l'instruction qui devait aboutir devant le tribunal allemand. »

Conscient toutefois de l'atmosphère générale ouvertement hostile aux anciens occupants, que n'améliore guère, à l'époque, le retour des prisonniers de guerre et des déportés survivants des camps de concentration et d'extermination, Me Bladier est convaincu qu'il lui faut préparer une défense qui ne se limite pas aux seuls faits reprochés. Elle doit être en mesure de contrer tous les non-dits et de présenter une image beaucoup plus complète du comportement de l'amiral pendant toute la durée de son commandement à La Rochelle.

Parallèlement aux témoignages de MM. Nordling et Mörch, et à celui du commandant Meyer que l'amiral lui a signalés, l'avocat souhaite démontrer au tribunal militaire que son client, tout en respectant ses devoirs et ses obligations militaires, s'est notamment montré humain à l'égard des prisonniers français placés sous son autorité. La première pièce qu'il va présenter à la cour sera donc une attestation bilingue[2], en date du 6 mai 1945, constatant le bon état général des prisonniers de guerre français, établi par un délégué de la Croix-Rouge française :

Il est certifié que :

– le traitement des prisonniers de guerre au camp de

La Pallice était conforme aux conventions de Genève ;

– les prisonniers de guerre sont en possession de leurs objets personnels ;

– les locaux et dortoirs ont été remis en état impeccable ;

– l'état sanitaire des prisonniers de guerre est satisfaisant.

Portefeuilles et papiers des prisonniers de guerre ont été réceptionnés par les officiers compétents à fin de remise aux intéressés, ceci intégralement et en règle. Les sommes d'argent ont été payées.

Le second document par lequel Me Bladier se propose d'éclairer le tribunal quant à la personnalité de son client est la conclusion de la lettre[3] du 16 septembre 1946, que le colonel Adeline, alors promu général de brigade, a expédiée au ministre des Armées. Celle-ci a pour but de mettre le ministre en garde contre une éventuelle accusation adressée à la France de n'avoir point respecté des accords conclus en son nom. Après avoir longuement exposé le déroulement des négociations franco-allemandes de septembre 1944 à mai 1945, et rappelé les engagements que le Haut commandement militaire avait pris au nom du gouvernement provisoire, le général Adeline conclut :

« *Cet exposé pourra surprendre de la part d'un Officier Général Français puisqu'il constitue en fait un plaidoyer en faveur d'un amiral allemand.*

J'ai estimé qu'il était de mon Devoir de vous le soumettre parce que, même si le Gouvernement ne se considère pas comme lié par les engagements pris par le Général de Larminat, il me semble qu'au moment où le rapatriement d'une partie des prisonniers Allemands est envisagé, une mesure de clémence pourrait être prise en faveur de l'ex-Commandant de la Forteresse.

Dans le cas où vous n'estimeriez pas devoir prendre cette décision, le capitaine de vaisseau Meyer et moi-même, nous demandons à être entendus devant le Tribunal assemblé pour juger l'amiral Schirlitz. »

Enfin et surtout, sans en connaître la teneur, mais pressentant leur contenu favorable en raison des entretiens qu'il a eus avec l'amiral au cours des semaines passées, l'avocat compte au nombre des pièces majeures de son dossier les témoignages de M. Mörch, délégué permanent de la Croix-Rouge suédoise à La Rochelle, ainsi que ceux recueillis, par le biais de commissions rogatoires de M. Nordling, consul de Suède, et surtout, du commandant Meyer.

Son commandement à Beyrouth ayant pris fin suite à la proclamation de l'indépendance du Liban, Meyer est rentré en France. Et il est stupéfait d'apprendre que l'affaire Schirlitz est toujours en cours d'instruction. Aussitôt, il demande à rencontrer l'avocat. Me Bladier, qui lui fait une excellente impression, lui révèle alors les chefs d'accusation retenus contre l'amiral. Scandalisé, Meyer apporte au jeune avocat tout élément qui pourrait servir sa plaidoirie. Mieux encore, il se rend au bureau d'un juge d'instruction pour plaider en faveur d'une cause dont il entend faire une affaire personnelle et qui implique le

Gouvernement français dans des engagements d'honneur non tenus.

Le procès se déroule le 2 juillet 1947, au tribunal militaire permanent de Bordeaux.

L'audience

Le procureur ayant été entendu, la cour fait appeler M. Edouard Mörch à la barre. Ce dernier, après avoir prêté serment répond alors aux questions du président :

Question : Vous avez vécu à La Rochelle pendant tout le temps du siège, et en raison de vos fonctions, vous avez été à même de vous rendre compte de la façon dont les Allemands se sont comportés envers la population civile, tout particulièrement en ce qui concerne le ravitaillement. Voulez-vous me dire ce que vous savez à ce sujet ?

Réponse : En toute conscience, j'estime que l'amiral Schirlitz, commandant la forteresse de La Rochelle depuis septembre 1944, jusqu'à la reddition du 7 mars 1945 ne peut être considéré comme criminel de guerre.

Attitude correcte des officiers et des soldats : pendant l'investissement, les troupes allemandes n'ont jamais rien prélevé sur le ravitaillement destiné à la population civile arrivé à La Rochelle soit par train, soit par bateau. Le commandement allemand a accepté d'effectuer des avances de céréales et de charbon pour l'usine à gaz du

15 janvier au 1er mars. Il a autorisé en outre des transports réguliers, par quinzaine, de bois de boulange ainsi que la rentrée de produits pharmaceutiques. Il a autorisé, en outre, l'évacuation de certains malades graves, a accepté la limitation de l'évacuation de la population civile (environ 6000 personnes) dans des conditions aussi confortables que le permettaient les circonstances (trains en gare de La Rochelle avec non-limitation des bagages). A autorisé également l'évacuation des archives publiques et de certaines institutions à caractère social. A autorisé l'entrée sans papiers du directeur du ravitaillement de la ville et a laissé franchir les lignes à M. Arnaud, secrétaire général de la préfecture, à M. Coussy, directeur de l'usine à gaz et à moi-même en tant que représentant de la Croix-Rouge suédoise.

J'ai eu connaissance d'un ordre secret de l'amiral Schirlitz en date du 21 mars 1945 aux troupes de la forteresse leur recommandant une bonne tenue et ne pouvant tolérer tout vol ou pillage afin de ne pas mettre en danger l'économie dirigée à l'intérieur du camp retranché.

À la suite des incidents graves qui ont eu lieu à l'île d'Oléron résultant de réquisitions abusives, expulsions, arrestations et menaces, l'amiral Schirlitz a autorisé M. Almström, délégué de la Croix-Rouge suédoise, à effectuer personnellement et en toute liberté une enquête à l'île d'Oléron. À la suite de cette enquête, l'amiral Schirlitz n'a pas hésité à prendre des sanctions contre le Dr Schaeffer, officier de l'*Abwehr* de l'île d'Oléron qui avait outrepassé les instructions de ses chefs. À la demande des autorités civiles, l'amiral avait accepté de reculer l'heure du couvre-feu.

En ce qui concerne les pillages chez les particuliers, ils ont été réduit au minimum, et dans les quelques cas dont j'ai eu connaissance, ces excès ont été dûment régularisés.

Question: Est-il exact qu'au moment de la capitulation, l'intendance allemande disposait encore d'un stock de vivres assez important et que ce stock a été remis aux autorités françaises?

Réponse: Oui. C'est parfaitement exact.

Question: N'avez-vous pas eu connaissance qu'à la suite d'évasions de prisonniers de guerre français, les envois de vivres de la Croix-Rouge aux camps de prisonniers aient été supprimés à titre de sanction collective?

Réponse: Je crois que oui mais ces sanctions n'ont été que de très courte durée à la suite des interventions de Mme Tinguy du Pouët et du Dr Bernard de la Croix-Rouge française.

Je désire ajouter qu'à la demande de la Résistance de La Rochelle, l'amiral Schirlitz a autorisé l'occupation de la ville par les troupes de la Résistance dès le lundi 7 mai à 17h30, et ceci, afin d'éviter tout incident. Si des faits regrettables se sont passés, je les crois imputables au colonel Weyraüther qui avait une très mauvaise influence sur l'amiral Schirlitz.

Cette audition se passe de commentaires. Me Bladier entretient cependant quelque anxiété pour ce qui concerne la suivante: il s'agit de la lecture du témoignage de Nordling, recueilli à

Paris par le commissaire Masbou. L'avocat redoute, en effet, que certaines difficultés que le témoin a connues lors du difficile ravitaillement de La Rochelle pendant le siège puissent, après coup, rendre son témoignage moins favorable que lui-même pouvait l'espérer. À la demande du président, le greffier commence alors la lecture du témoignage porté par M. Nordling.

Question : Vous avez été amené, en qualité de représentant de la Croix-Rouge, à vous occuper des prisonniers français de la poche de La Rochelle pendant le siège. Plusieurs rapports français font état de mauvais traitements infligés aux prisonniers, en particulier au cours des interrogatoires après la capture, lorsque les prisonniers se refusaient de donner des renseignements sur les Forces françaises. En outre, les conditions sanitaires, hygiéniques et alimentaires étaient très défectueuses ; à un moment donné, la distribution aux prisonniers des colis envoyés par la Croix-Rouge aurait été interdite par l'autorité allemande. Que savez-vous au sujet de ces faits ?

Réponse : J'ai, en effet, été amené, à titre de représentant de la Croix-Rouge suédoise, d'accord avec le général de Larminat et avec M. Lafont, secrétaire général du ministère de l'Intérieur, à m'occuper du ravitaillement de la population civile de la poche de La Rochelle. J'avais pour mission de veiller à ce que le ravitaillement ne tombe pas entre les mains des troupes allemandes. J'ai eu, à cette occasion, de multiples contacts avec le vice-amiral Schirlitz.

J'ai visité moi-même le camp de prisonniers de La Saussaie et j'ai pu parler librement avec les prisonniers dont aucun ne s'est plaint de mauvais traitements, ni de nourriture insuffisante. La seule remarque faite a été que le sol était détrempé et que beaucoup d'entre eux manquaient de chaussures étanches. Lors de ma venue, les prisonniers étaient du reste en train de remblayer le terrain pour éviter cet inconvénient.

Le camp des officiers était particulièrement bien tenu, composé de bungalows où il y avait lits, matelas et oreillers.

Je n'ai pas vu le camp de la caserne Renaudin.

Il est exact qu'à la suite de nombreuses évasions, les colis envoyés par la Croix-Rouge ont été retenus à titre de représailles, pendant une huitaine de jours, mais à la suite de démarches faites par la représentante de la Croix-Rouge française, Mme de Tinguy du Pouët, ces colis ont été, à ma connaissance, distribués intégralement.

Question : Quelle est, à votre avis, la part de responsabilité du vice-amiral Schirlitz dans les manquements et défectuosités constatés ?

Réponse : Si des manquements ont été commis par des subalternes, je ne pense pas que ceux-ci puissent être imputés à l'amiral Schirlitz qui semble avoir été constamment désireux d'observer scrupuleusement les conventions de La Haye. À titre d'exemple, ayant eu connaissance de ce que les délégués de la Croix-Rouge française avaient été expulsés de l'île d'Oléron par l'officier allemand commandant cette place, je m'en suis plaint au vice-amiral Schirlitz qui a immédiatement fait annuler l'ordre d'expulsion.

J'ai eu l'occasion de parler librement avec le secrétaire général de la préfecture, M. Arnaud qui remplissait les fonctions de Préfet, avec Mgr Liagre, évêque de La Rochelle, avec le pasteur Barraud et avec l'un des chefs de la Résistance de la ville, M. Edouard Mörch, sujet français, ancien consul de Norvège à La Rochelle. Les uns et les autres m'ont déclaré qu'à leur connaissance l'amiral Schirlitz respectait correctement les lois de la guerre.

Question : Avez-vous eu connaissance du meurtre de trois soldats français, prisonniers à la caserne Renaudin le 12 février 1945 ? Si oui, que savez-vous à ce sujet ?

Réponse : J'ai entendu dire que lors d'une évasion collective de la caserne Renaudin, une sentinelle avait tiré et que des prisonniers en train de s'évader avaient malheureusement été tués ou blessés. Je n'ai toutefois pas entendu de témoins oculaires de cette affaire dont je ne connais pas les détails précis.

Je dois ajouter qu'en ce qui concerne le ravitaillement de la population civile et sur ma demande, l'amiral Schirlitz m'avait remis l'engagement dont je vous donne la traduction :

« *À Monsieur le délégué du Consulat royal général de Suède à Paris, Monsieur Rolf Nording.*

Je confirme les entretiens qui ont eu lieu avec vous les 12 et 13 janvier 1945, comme suit :

Paragraphe 1 : Pour faire preuve que tous les biens du ravitaillement acheminé dans la forteresse par l'intermédiaire de la Croix-Rouge seront employés exclusivement pour la population civile, je déclare mon accord pour que ces biens soient entreposés à La Rochelle, dans un dépôt spécial de la Croix-Rouge suédoise et que ledit dépôt, ainsi que la distribution des biens de ravitaillement jusqu'aux consommateurs soient soumis au contrôle d'un mandataire suédois, à nommer à cet effet.

Paragraphe 2 : De la production de blé réquisitionnée de la forteresse, je débloque à nouveau la quantité nécessaire à la population civile pour la période d'un mois (400 tonnes environ), de sorte que l'approvisionnement en pain de la population est assuré jusqu'au 15 février 1945.

Signé : Schirlitz »

J'ai eu pleine liberté pour contrôler moi-même et faire contrôler par les autorités françaises l'avis d'exécution de cet engagement qui, à ma connaissance, a été tenu sans aucun manquement.

Le témoignage de Nordling conforte l'idée que Schirlitz, certes, ne plaisantait pas avec les lois de la guerre, mais qu'il a constamment souhaité respecter les conventions de La Haye aussi bien que de celle de Genève. Soulagé, Me Bladier demande alors permission à la Cour, afin de compléter la déposition du consul, de lire la brève attestation du bon traitement des prisonniers de guerre constaté à l'issue du conflit. Toutefois, c'est du dernier témoignage, celui du commandant Meyer[4] que va véritablement dépendre l'issue de ce procès. Aussi, c'est dans le plus grand des silences que la cour, le prétoire et le public se préparent à la lecture du greffier. Le commandant Meyer a été entendu par le général Dubois, juge d'instruction militaire près le tribunal militaire de la 18e région.

Question : Vous avez pu être à même de vous rendre compte des conditions dans lesquelles étaient traités les prisonniers français à La Rochelle. Veuillez me dire ce que vous savez à ce sujet et en particulier, si à votre connaissance, des mauvais traitements auraient été infligés à certains prisonniers lors de leur interrogatoire.

Réponse : Je suis particulièrement au courant du traitement général qui fut imposé aux différents groupes de prisonniers capturés par l'ennemi entre le 5 septembre 1944 et le 5 mai 1945 en qualité de plénipotentiaire auprès de l'ennemi, accrédité par le commandement français, je n'ai cessé d'être très exactement informé, tant par les témoins directs qu'indirects de la situation de nos prisonniers. J'avais d'ailleurs commis dans la place même, M. Bernard, médecin principal de la Marine pour s'occuper des prisonniers et me rendre constamment compte de leur situation. J'ai, en outre, fait pénétrer dans la place, à différentes reprises, une mission de la Croix-Rouge composée de deux délégués suédois et d'un représentant officiel de la Croix-Rouge française : respectivement, MM. Nordling et Almström, représentants de la Croix-Rouge suédoise et Mme de Tinguy du Pouët, représentant la Croix-Rouge française. Ces autres personnalités ont été autorisées par l'amiral Schirlitz à visiter les camps et à s'entretenir sans témoin avec les prisonniers. Il ressort des rapports que m'ont faits ces délégués que si les prisonniers se trouvaient ne pas avoir, parfois, des conditions d'habitat et même de nourriture satisfaisantes, cela était dû aux conditions particulières de leur présence en très grand nombre dans une ville assiégée, et non de la volonté formelle de l'ennemi.

En particulier, au début du siège, l'ennemi ne disposait pas de locaux adéquats au logement des prisonniers, mais, sur ma demande, ils en entreprirent la construction. En ce qui concerne la nourriture, l'ennemi autorisa tout d'abord la population rochelaise à ravitailler librement les prisonniers. Il s'ensuivit une telle affluence de vivres que l'amiral Schirlitz, invoquant des raisons morales pour sa propre troupe, mit fin à ces pratiques. Mais il me fit connaître qu'il autorisait le ravitaillement des prisonniers par les organismes locaux qualifiés (Croix-Rouge, Maison du prisonnier) et qu'en outre, il autorisait l'envoi, à travers les lignes, de colis limités en principe à deux colis de 3 kilos par mois et par homme. En fait, le nombre des colis, dont à vrai dire l'acheminement de notre part fut assez lent à s'organiser, ne fut jamais limité. Le commandement allemand m'autorisa en outre à faire parvenir des colis d'intérêt collectif tels que : objets de toilette, médicaments et tabac.

Ayant procédé à cinq échanges de prisonniers portant sur 150 hommes environ, j'ai toujours pris soin, sur les lieux mêmes de l'échange, de les interroger sur le traitement qu'ils avaient subi, et je n'ai jamais recueilli de témoignages de mauvais traitements proprement dits, d'insuffisance de nourriture ou d'hygiène. Ces interrogatoires ont été effectués en présence même d'officiers français appartenant aux unités d'où provenaient ces prisonniers.

En ce qui concerne particulièrement les blessés, j'ai, sans exception, recueilli des témoignages absolument favorables. Je citerai comme exemple le fait que l'ennemi nous rendait nos blessés avec leurs appareils orthopédiques en place sous condition de les rendre ultérieurement, et aussi les radios et « Fiches d'hôpital ». Je verse d'ailleurs au dossier trois rapports établis par le médecin principal Bernard.

Lors de la capitulation, j'ai visité personnellement le camp de prisonniers de Jeumont à La Pallice et j'ai constaté qu'il était aménagé d'une façon tout à fait satisfaisante au point de vue hygiène et sanitaire.

Je pourrais d'ailleurs fournir les listes des prisonniers qui pourraient éventuellement être interrogés.

Question : Des rapports indiquent que, dans beaucoup de communes de la poche de La Rochelle, des travailleurs civils ont été requis pour exécuter des travaux de fortification. Que savez-vous à ce sujet ?

Réponse : Il est certain qu'avant la prise de commandement de l'amiral Schirlitz, fin août 1944, d'innombrables civils français ont été requis pour travailler à des ouvrages militaires. Au cours du siège, j'ai été très exactement tenu au courant par le commandement français de tous les griefs imputables à l'ennemi afin d'y mettre un terme par des protestations et des menaces.

Les seuls faits dont j'ai eu à traiter sont les suivants :

1 – travaux imposés à des cheminots pour des travaux de leur spécialité dans des buts militaires,

2 – emploi de prisonniers nord-africains pour effectuer des razzias de bestiaux entre les lignes.

Ces faits ont cessé dès mon intervention, je n'ai pas eu connaissance de travaux d'ordre militaire imposés à nos nationaux, mais je ne puis affirmer par contre qu'il ne se soit pas produit de faits de cette nature.

Question : En janvier 1945, des habitants de l'île d'Oléron ont été évacués dans des conditions inhumaines, par un froid rigoureux, si bien qu'il y a eu plusieurs malades graves et un mort. Que savez-vous à ce sujet ?

Réponse : Il m'a été rapporté, en effet, qu'au cours d'une évacuation de civils qui s'est effectuée par mer, entre Boyardville et La Rochelle, par un temps très froid, un homme âgé a succombé à une congestion.

Mais je dois observer que cette évacuation avait lieu conformément à un accord intervenu entre les commandants français et allemand, aux termes duquel seuls des évacués volontaires quitteraient l'île et seraient dirigés sur La Rochelle à des dates précises qui devaient coïncider avec le départ des trains de La Rochelle. Ces dispositions avaient été consenties par l'amiral Schirlitz précisément dans un but humanitaire et pour mettre fin aux évacuations sporadiques et improvisées qui coûtaient généralement à leurs auteurs de grandes souffrances, et surtout des accidents au passage des lignes.

Question : Le 16 septembre[5]*, à Ferrières-d'Aunis, plusieurs civils ont été fusillés par les Allemands. Que savez-vous de cette affaire ?*

Réponse : Je suis particulièrement au courant de cette affaire, dont m'a saisi sur le champ le commandement français afin d'agir avec la plus extrême vigueur auprès du commandement allemand. De l'enquête très approfondie à laquelle j'ai fait procéder, il ressort nettement qu'au cours d'un bref combat dans le village de Ferrières entre des troupes allemandes et des troupes françaises à peu près dépourvues d'uniformes, sept habitants du village ont trouvé la mort. Je dépose d'ailleurs au dossier un rapport sur le sujet établi par M. le Dr Boutirond, témoin direct des faits. Je dois dire qu'il ne m'a pas été possible d'établir d'une façon formelle que les habitants du village n'aient pas participé directement ou indirectement au combat. En tout cas, l'amiral Schirlitz a fait connaître au commandement français les résultats d'une enquête qu'il a fait faire par le tribunal militaire allemand et, fait très important, le grave incident de Ferrières a été l'origine d'un accord d'humanisation de la guerre locale intervenu entre les deux commandements adverses, accord aux termes duquel les combattants français en civil, munis d'un brassard ou de papiers réguliers, seraient désormais traités comme des combattants et, secondement, qu'aucun civil, même coupable d'actes hostiles ou de renseignement, ne serait plus exécuté sans avoir été l'objet d'une proposition d'échange contre des prisonniers adverses. Cet accord, au cours des sept mois du siège, a été scrupuleusement observé par l'ennemi.

Question : Le 15 février 1945, trois soldats français prisonniers ont été tués à la caserne Renaudin par un sous-officier allemand. Que savez-vous de cette affaire ?

Réponse : Il m'a, en effet, été rendu compte de ce grave incident au sujet duquel j'ai élevé de véhémentes protestations auprès de l'ennemi. Cet incident s'est produit à la suite d'une série de très nombreuses évasions de prisonniers, organisées, à ma connaissance, par une admirable organisation de la Résistance française. La multiplicité de ces évasions, ainsi que le caractère vraiment extraordinaire avec lequel elles s'opéraient avaient eu pour effet de causer, dans le personnel ennemi de gardiennage, une grande nervosité. Le fait que trois prisonniers français furent abattus en cours d'évasion, dans des circonstances où l'emploi des armes n'était pas justifié, est absolument indéniable. Le sous-officier qui a commis ce crime est certainement une brute ou un homme qui a perdu la tête, mais le crime a été commis dans des circonstances qui n'ont certainement pas été le fait d'ordres précis du commandement supérieur ennemi. L'amiral Schirlitz m'a fait exprimer à cette occasion des regrets que je crois sincères, car il m'a parlé du danger que pouvait représenter un pareil accident pour le sort futur de la garnison allemande.

Question : Le capitaine de corvette de Terra, de la marine allemande, prétend que, dans la nuit du 8 au 9 mai, vers 23 heures 30, l'amiral Schirlitz lui avait demandé s'il pouvait faire sauter sans délai l'installation portuaire de La Pallice. Sur sa réponse négative, l'amiral Schirlitz serait entré dans une violente colère et l'aurait menacé de le faire fusiller. Êtes-vous au courant de cette affaire ?

Réponse : J'ignore cette affaire. Mais elle est de la plus extraordinaire invraisemblance.

En effet, le 5 mai, l'amiral Schirlitz m'a déclaré cesser le combat et m'a fait la promesse solennelle de me remettre dans leur intégrité totale « toutes les installations tant urbaines que portuaires » et toutes les installations militaires. Ceci a été scrupuleusement exécuté.

Le 8 mai, à 23 heures 30, je me trouvais seul en compagnie de l'amiral Schirlitz qui prononça les paroles suivantes : « M. le commandant, permettez-moi de vous témoigner, maintenant que le combat est fini, mon estime personnelle. Vous vous êtes toujours comporté d'une façon loyale et vous représentez, pour moi, le type de l'officier français. Dans ma douleur, je suis heureux de vous faire le cadeau personnel du port de La Rochelle, avec tout ce qu'il contient. Vous trouverez, ici même, deux de nos dragueurs de mines du dernier modèle qui, je l'espère, vous permettront d'ouvrir rapidement le port à la navigation. Et puisque nous sommes seuls, voulez-vous accepter d'oublier un instant que nous sommes ennemis et me serrer la main. »

Je me refuse à croire que l'idée soit même venue à cet officier, mais je puis expliquer la déclaration du commandant de Terra. Je savais, en effet, que le môle d'escale de La Pallice était miné par un dispositif permettant une mise à feu électrique, à distance.

Et dès le 5 mai, dans la crainte d'un accident, j'avais fait demander au commandant de Terra de couper le câble électrique, ce qu'il fit en effet, je crois, sans en avoir reçu l'ordre de son chef. Et je ne doute pas que celui-ci ne lui ait, au moins par principe, adressé de sévères admonestations, d'autant que le commandant de Terra avait, à différentes reprises, manqué de dignité vis-à-vis de nous. Le commandant de Terra m'a d'ailleurs déclaré personnellement, le 9 mai au matin, qu'il eût fallu 48 heures pour exécuter le plan de destruction du port, et qu'en particulier, pour faire sauter le môle du port, il lui aurait fallu évacuer tout le monde à plus de 3 kilomètres. En outre, le môle d'escale, pour important qu'il fut, ne constituait pas, de loin, l'objectif le plus important que l'ennemi eut pu détruire pour nous nuire. En effet, le seul sabotage de l'écluse du bassin à flot, lequel pouvait être effectué en un instant, nous aurait privé presque définitivement de l'usage du port de la Pallice et des bâtiments qu'il contenait. Par ailleurs, il est bien étonnant que, parmi les nombreux subordonnés de l'amiral, et en particulier les commandants de navires, il ne se soit pas trouvé un homme à qui l'amiral n'ait demandé une destruction parallèle à celle du môle d'escale.

Je déclare que le capitaine de corvette de Terra, dont je connais le caractère, a sciemment déformé la vérité afin de bénéficier de mesures de faveur qu'il n'a cessé de réclamer sous les prétextes les plus divers et les plus fantaisistes.

Question : Après le bombardement de Royan, du 5 janvier, des secours ont été envoyés de La Rochelle à Royan. Pouvez-vous me dire dans quelles conditions ?

Réponse : Dans les entretiens que j'ai eus avec l'amiral Michahelles le surlendemain des bombardements de Royan, afin d'organiser des secours en faveur de la population, j'ai proposé de faire venir de La Rochelle à Royan, la compagnie des marins pompiers français, spécialistes de défense passive qui se trouvaient sous le commandement de l'amiral Schirlitz. Sollicité par radio, l'amiral prescrivit l'acheminement immédiat des marins français par voie de terre, en transitant par la zone française libérée. Puis, une fois le travail accompli par ces marins, il leur accorda la liberté définitive, sous la condition unique que ces hommes ne se battraient ni contre Royan ni contre La Rochelle.

L'idée ne surprendra personne : Meyer a toujours dit qu'à travailler dans le civil, il eût aimé être avocat. Par sa clarté et son argumentation, sa déposition atteste qu'il eut excellé en ce domaine. Cette déposition met fin à toute contestation possible : l'amiral Schirlitz a été accusé à tort, soit par vengeance personnelle, ce qui est malaisé à concevoir, soit, plus vraisemblablement, en raison du climat général violemment anti-allemand de l'époque, sentiment explicable mais qui ne peut, en aucune façon, justifier une iniquité.

La délibération ne sera pas très longue. Édifiés par l'audition des témoins, la lecture des rapports des services de renseignements militaires fournis par le général Dubois, le juge et ses assesseurs allaient enfin rendre justice à un adversaire honorable, injustement accusé. C'est ce qui ressort de la lecture de l'arrêt de non-lieu[6] pris par la cour d'appel de Bordeaux le 2 juillet 1947 :

Suite à l'instruction conduite par le juge d'instruction militaire commis auprès du Tribunal Militaire Permanent à Bordeaux sont accusés, aux termes des conclusions du juge d'instruction sus-nommé, de meurtre et de complicité de meurtre, les prévenus :

1) Schirlitz, Ernst, Willhelm

2) Haecks (actuellement en fuite)

Après avoir entendu le rapport du lieutenant-colonel de Vathaire, conseiller militaire près cette Cour d'appel, et, en sa présence, procédé à l'audition de tous les dossiers de l'instruction, lus par le greffier ;

Après avoir entendu M. Robert, substitut du procureur de la République, représentant le substitut du procureur général, requérir l'arrêt de la procédure contre Schirlitz pour complicité de meurtre et nonobstant, le maintien de la plainte contre Haecks, dont le jugement par le Tribunal militaire Permanent à Bordeaux, ainsi que la requête écrite et signée de celui-ci sont à la disposition de cette Cour, le Tribunal, en l'absence du procureur de la République et du greffier, qui, aux termes de la loi, se sont retirés.

a prononcé l'arrêt suivant:

– attendu que le 11 Février 1945, le soldat allemand Haecks a exécuté trois prisonniers de guerre français qui tentaient de s'évader de la forteresse de La Rochelle;

– attendu que l'enquête a démontré qu'il s'agit, en l'occurrence d'un meurtre pur et simple, dans la mesure où les prisonniers se trouvaient placés dans une pièce et ne cherchaient plus à s'enfuir;

– attendu qu'il n'est pas démontré qu'ils avaient menacé Haecks, ainsi que celui-ci l'a affirmé;

– attendu qu'en faisant transporter les cadavres dans un couloir, ce dernier s'est efforcé de cacher son crime;

– attendu que son comportement au cours de ces événements autorise à émettre, à sa charge, la présomption accablante de préméditation;

L'accusation ne reproche pas à l'amiral Schirlitz d'avoir ordonné cette fusillade, mais de n'avoir pas suivi l'affaire, et de surcroît, d'avoir freiné l'instruction qui devait aboutir devant le tribunal allemand.

De fait, le prévenu n'a fait que signer la disposition d'arrêt de la procédure que lui avait proposée Hanemann, le conseiller juridique affecté à l'escadre. Il a, sans doute, eu connaissance des doutes que le juge Raabe avait émis quant à l'innocence de Haecks, mais on ne peut reprocher à l'amiral d'avoir suivi les propositions du seul conseiller juridique compétent qui, en outre, était d'un grade supérieur au sien.

Eu égard à ces attendus, l'amiral Schirlitz ne saurait, en cette affaire, être accusé de complicité de meurtre.

L'accusation se réfère sans doute à l'Article 4 de l'Ordonnance du 28 août 1944 qui considère comme complices les supérieurs ayant organisé ou souffert les actes criminels de leurs subordonnés. En l'occurrence, toutefois, il convient qu'un tel accord tacite ait été concomitant avec le fait reproché.

De surcroît, la Cour ne peut non plus affirmer que l'amiral Schirlitz ait accordé à Haecks un quelconque accord tacite, dans la mesure où, suite aux faits exposés, il a ordonné l'ouverture d'une enquête judiciaire. Nul ne peut rendre l'amiral Schirlitz responsable de ce que cette enquête ait été bâclée ou soumise à des influences partisanes.

Par ailleurs, les excellents témoignages qui ont été portés à son sujet, confortent la conviction de la Cour, qu'en cette affaire, la responsabilité de l'amiral Schirlitz ne saurait être retenue.

En raison des attendus ci-dessus exposés, et qu'en la présente affaire, rien ne lui est opposable, la Cour décide le non-lieu de toute procédure à son encontre. Elle ordonne, en outre, selon la loi, que les dossiers de cette affaire soient classés au greffe de la Cour d'appel.

Le journal *Sud-Ouest*, dans son édition du même jour, annoncera la nouvelle à ses lecteurs. Deux mois et demi plus tard, le 20 septembre 1947, les autorités du camp remettent enfin à l'amiral la notification de la décision si longuement attendue[7], prise en date du 15 septembre : « *Le PG amiral Schirlitz, capturé dans la poche de La Rochelle et dont l'instruction judiciaire vient de faire l'objet d'un non-lieu, sera libéré. Il fera partie du prochain convoi de rapatriables.* » Ce convoi partira pour Bretzenheim le 9 octobre 1947, soit près de deux ans et demi après sa reddition à La Rochelle.

Lavé de tout soupçon, son honneur sauf, l'amiral va enfin pouvoir retrouver les siens. Il n'ose pas imaginer dans quelles conditions s'effectueront ces retrouvailles. Le peu d'informations qu'il a pu glaner sur l'état de son pays lors de ses mois de captivité ne l'incitent guère à l'optimisme. Dès le passage de la frontière, il sait à quoi s'en tenir. La dernière partie du trajet, entre Bretzenheim et Kiel lui montre une Allemagne qui n'est plus qu'un champ de ruines.

Retour au pays

En février 1947, Meyer revient en France et s'installe à Paris pour travailler auprès du 2e bureau de l'état-major général de la Marine. Les relations qu'il a nouées pendant huit mois avec un grand amiral allemand et celles qu'il a instaurées ensuite avec son équipage à La Pallice, au cours de l'été 1945, ont fait de lui une sorte de spécialiste du fonctionnement militaire de l'ancien ennemi. Mieux que le plus talentueux des espions, simplement par la nécessité de sauver une situation périlleuse, mais aussi par son talent naturel de sympathie et d'empathie, il a su recueillir de précieuses informations.

La situation est suffisamment étonnante pour être soulignée : quand il a, pour ainsi dire, pris la suite de Schirlitz au port de La Pallice, Meyer a reçu sous ses ordres des sous-mariniers allemands, car il n'y avait pas de moyen plus facile et plus rapide d'apprendre la technologie ennemie. Dans ses mémoires, il racontera tout de même que cette collaboration inédite lui a valu quelques sueurs froides, mais au final aucun des prisonniers mis à contribution ne tenta de sabotage. Ce qui vaudra au capitaine, une note enthousiaste de son chef d'état-major général, le vice-amiral Lemonnier le 24 septembre 1947 : « *Félicitations pour la mission auprès des officiers prisonniers allemands sur les conceptions qui ont régné dans la Marine allemande concernant l'organisation de la défense des côtes de France de 1940 à 1945.* »

En janvier 1948, au cours de la cérémonie qui le fait citoyen d'honneur de La Rochelle, face au conseil municipal du nouveau maire Auguste Moinard, Meyer racontera comment son inspiration lui vint de la ville elle-même : « *Quand je suis venu pour la première fois, en septembre 1944, quand j'ai vu, sous un beau soleil, se dresser vos tours, votre port, d'où sont partis tant d'hommes vers l'incertitude de la vie maritime, j'ai été saisi par la beauté des choses qui s'offraient à moi, et j'ai eu aussitôt l'ardent désir de sauver cette ville.* »

Pour Schirlitz, en cet automne 1947, qui voit son retour au pays après cinq ans de guerre, la vision est radicalement différente. Il ne reconnaît pas, au premier abord, la gare de Kiel, défigurée par les bombardements. Et il lui faut un certain temps pour retrouver sa femme et sa fille dans la foule en haillons qui se presse à la rencontre des arrivants. Celles-ci, accompagnées de leurs fidèles amis Hans et Ilse Balzer, éclatent en sanglots à sa vue. Il est vrai que, flottant dans un uniforme défraîchi, mal rasé, le visage hâve et amaigri, Ernst Schirlitz n'est plus que l'ombre de lui-même. Mais, lui, au moins, est rentré. Et, même pénible et injuste, son sort ne pourra jamais être comparé à celui de tous les martyrs de cette guerre déclenchée par son pays. Que savait l'amiral de l'holocauste ? Pouvait-il ignorer l'existence des camps de concentration ? En connaissait-il vraiment l'abominable fonctionnement ?

Deux de ses filles et six petits-enfants n'ont pas survécu à la tourmente. Et le retour dans la famille rappelle à Schirlitz le manque des absents. Renonçant à le questionner, Frieda se contente, tout en s'efforçant de le ménager, de lui décrire sommairement ce qu'a été le quotidien à Kiel, au cours de cette longue absence. Elle évoque ainsi, évitant les épisodes douloureux, la chaleur de l'amitié que n'a cessé de lui prodiguer leur vieil ami, Hans Balzer, commandant du port de Kiel, la joie de ce dernier lorsque son épouse Ilse l'a rejoint, peu après la cessation des hostilités. C'est par Ilse qu'elle a ainsi pu retracer les derniers mois de guerre en France, dans ce port qu'on dit si beau, où Ernst s'est montré à la hauteur de l'admiration qu'elle lui porte. C'est Ilse, également, qui l'a rassurée sur son sort : Ernst n'était pas tombé, il n'était que prisonnier, ce qui laissait place à l'espoir, un espoir que couronne enfin son retour. Elle lui fait part aussi de l'angoisse que lui a procurée la visite inattendue de deux occupants, deux officiers britanniques, vers la fin novembre 1945. En ce temps-là, un tel événement ne laissait présager rien de bon. Aussi, quelle ne fut pas sa surprise et son soulagement lorsque, loin de se voir signifier quelque réquisition ou vexation, si fréquentes à l'époque, elle se vit donner par ses visiteurs, dans un allemand des plus corrects, non seulement de bonnes et récentes nouvelles de son mari, mais encore la possibilité de correspondre avec lui par le canal privilégié du service postal militaire britannique. Elle n'en croyait pas ses oreilles !

En dépit du bonheur qu'Ernst ressent à entendre de nouveau la voix de son épouse, insensiblement, l'épuisement, la fatigue accumulée, le gagnent. Il se réveille le lendemain à onze heures. Christa le pousse vers la salle de bain. Il faut se presser, ils déjeunent chez Balzer, a-t-il déjà oublié ? Schirlitz sourit de voir sa fille de vingt-cinq ans, resplendissante, débordant de l'énergie d'une jeunesse qui veut avoir sa chance. Il lui attrape une main, elle en rougit. Ce n'est pas dans ses habitudes. Il voudrait lui dire comme il l'aime, comme il tient à elle, comme il fera tout, toujours, pour la protéger. Elle a un rire gêné. Il ne dit rien et lâche sa main.

Frieda a pris soin de rechercher, dans une malle, l'un des rares costumes civils de son mari. Il date d'avant la guerre, mais Ernst l'a si peu porté qu'il paraît presque neuf. Et son mari a tant maigri qu'il ne risque pas de s'y sentir à l'étroit. Elle a également sorti de l'armoire un ancien manteau bleu marine, de coupe civile, ainsi qu'un feutre de la même couleur. En brossant le manteau, elle a peut-être eu la joie de découvrir, oubliée au fond d'une des poches, une paire de gants de cuir noir. Ernst, même sans son uniforme, sera convenablement vêtu.

Les Balzer habitant le même quartier, le chemin n'est pas long. Ils logent au troisième étage d'un vieil immeuble de résidence, jadis très élégant, mais dont la façade reste noircie par les nombreux incendies qui ont ravagé la ville. Par miracle, dans leur rue, seules les maisons d'angle ont reçu des impacts de bombes et se sont effondrées. En deux ans, les gravats ont été repoussés vers l'intérieur, et l'on a érigé des palissades de fortune autour des ruines. Ce qui confère à la rue un faux air de bonne santé, en rupture avec ces champs de ruines qui constituent désormais la ville. Remontant *la Esmarschstraße*, Schirlitz est cependant choqué du spectacle de deux fillettes de quatorze à quinze ans qui, manifestement, se livrent à la prostitution, mendiant des cigarettes aux *Tommies* de passage. Il n'en souffle pas un mot à son épouse et à sa fille.

Un spectacle encore plus affligeant l'attend plus loin, après le coin de la rue. Assis par terre et flanqués d'innommables baluchons, des groupes d'hommes et de femmes sont adossés à des pans de murs vacillants. Ils y ont, de toute évidence, passé la nuit. Certains dorment encore, allongés sur des couches misérables constituées de cartons et de vieux journaux. Leurs visages étiques et ternes disent la résignation épuisée de ceux qui ont tout perdu. La plupart des hommes portent des lambeaux d'uniformes, les moins mal lotis disposent encore des longues capotes de la *Wehrmacht* et de couvre-chefs les plus divers. Impavides et muets, ils regardent sans les voir ces trois personnes, modestement mais proprement habillées, comme des revenants d'un autre âge. Encore plus loin, agglutinés autour d'une Jeep, un essaim de garçons et de filles d'une dizaine d'années tendent leurs mains sales à quatre soldats anglais dans l'espoir de quelque chose pour apaiser leur faim. Les larmes montent aux yeux de Schirlitz. Voilà donc ce qui reste de la *Herrenrasse!* [8]

Lorsqu'elle leur ouvre la porte de son coquet appartement du troisième étage, Ilse Balzer ne peut cacher son émotion. Son amiral a tellement changé en deux ans. Elle se précipite vers lui, le nez sur son épaule pour dissimuler ses larmes. Se ressaisissant, elle invite les trois amis à passer au salon où les attend Hans Balzer, le vieux loup de mer. Du haut de son mètre quatre-vingt-dix, Hans soulève Christa, pour qu'elle puisse poser un baiser sur ses joues encadrées d'un collier de barbe poivre et sel, salue Frieda, et donne l'accolade à son vieux camarade. Ernst et Hans se sont connus à Willhemshaven, en 1925. Hans y effectuait un stage préalable à sa prise de commandement de la capitainerie du port de Kiel, Ernst y était alors l'adjoint au commandant du port de Willhelmshaven. Le temps et les épreuves n'ont pas eu prise sur leur amitié.

Les deux hommes ne parleront pas de la tragique période qu'ils viennent de traverser. Les trois femmes rivaliseront d'entrain pour tenter, même si rien ne sera plus comme avant, de recréer une atmosphère normale, en échangeant toutes sortes de recettes, d'adresses où se procurer le ravitaillement, des nouvelles de voisins récents ou anciens. Tous veulent le plus longtemps possible oublier cette anxiété permanente qui marque le quotidien dans l'Allemagne de l'immédiat après-guerre.

Nouvelle mission

Les supérieurs de Meyer ont bien l'intention d'exploiter ses talents de fin diplomate. Ils décident, en ce lendemain de guerre mondiale de l'envoyer en mission dans une nouvelle partie du monde en fusion : la Palestine.

Dès la fin janvier 1945, les Alliés ont ouvert les portes barbelées des camps de concentration sur des fantômes hagards. Le sauvetage de ces survivants de la Shoah est devenu la priorité des Juifs déjà installés en Palestine. Mais le gouvernement de Londres maintient fermées les portes de la Terre promise et n'octroie qu'un maigre quota de visas d'entrée. La *Haganah*, l'armée juive de protection, envoie des émissaires sillonner l'Europe pour organiser l'*Aliyah*, la « montée » vers Israël, le retour des communautés dispersées au temps de la Diaspora. Des réseaux secrets amènent les réfugiés à travers les frontières jusqu'aux ports, où les attendent les bateaux du Mossad. Entre 1945 et 1948, la *Haganah* transporte 84000 réfugiés sur 70 bateaux.

Bouleversant l'opinion internationale, l'épopée d'*Exodus 47* va forcer les Britanniques à changer de politique. Parti plus ou moins clandestinement du port de Sète, avec à son bord, 4 554 passagers, le vieux navire sera arraisonné dans la violence, escorté jusqu'à Haïfa et remorqué au point de départ. La France leur offre asile, mais, hormis quelques vieillards et malades, aucun émigrant n'accepte de débarquer ailleurs qu'en Palestine. Sous un soleil d'août accablant, les pourparlers durent d'interminables semaines et les conditions à bord se détériorent à vue d'œil. Finalement, ne cédant en rien à l'obstination des réfugiés et à l'indignation internationale, les Britanniques accompagnent l'*Exodus* en Allemagne, où les survivants sont répartis dans de nouveaux camps.

Le 29 novembre 1947 est votée par l'Organisation des Nations unies la création d'un État juif en Palestine. Lorsque David Ben Gourion, le 15 mai 1948, proclame à Tel-Aviv l'établissement de l'État juif d'Israël, Meyer suit depuis déjà un mois un stage au Centre des hautes études musulmanes de Paris. La proclamation du nouvel État ouvre en grand les portes de l'immigration, mais l'environnement reste hostile et, en 1948, les accords d'armistice ne règlent pas les problèmes de sécurité pour Israël. La Syrie et la Jordanie prennent prétexte du moindre problème de voisinage pour contrecarrer les projets du jeune État. Un demi-million d'Arabes palestiniens ayant fui Israël pendant la guerre d'Indépendance se retrouvent à leur tour dans des camps de réfugiés dans la bande de Gaza, en Jordanie, au Liban et en Syrie. Dans la misère et la frustration va se développer le kyste palestinien. En juin, Meyer est envoyé comme observateur en Palestine. Et, tout comme à La Rochelle, il va y travailler main dans la main avec la Croix-Rouge suédoise.

Neveu du roi de Suède Gustave V, Folke Bernadotte, en sa qualité de vice-président puis de président de la Croix-Rouge suédoise, avait organisé, pendant la guerre, l'échange de prisonniers britanniques et allemands, et la libération de trente mille prisonniers politiques norvégiens et danois, des camps de concentration allemands. Il avait également servi d'intermé-diaire entre Heinrich Himmler et les Alliés dans le cadre de la première proposition de paix de l'Allemagne en avril et mai 1945. À cinquante-trois ans, il vient d'être nommé par l'Organisation des Nations unies médiateur entre les pays arabes et le jeune État d'Israël. Après que le Conseil de sécurité a déclaré une trêve dans la première guerre arabo-israélienne, il est ainsi appelé à intercéder dans l'élaboration d'un accord entre les parties. Cela conduit à la première opération de maintien de la paix de l'ONU.

Aux côtés du comte Bernadotte et de son assistant français, le colonel André Serot, le capitaine de vaisseau Meyer visite une terre biblique déchirée et rencontre les représentants des communautés juives et arabes. Il écrit à sa femme : « *Je viens de rentrer de Chypre où j'ai escorté des bateaux d'émigrants juifs, internés depuis les dix-huit derniers mois par les British. J'ai dirigé là-bas trois jours durant la mission qui consistait à extraire des camps 4 000 non combattants pour les amener ici. Cela a été une bien pénible corvée physiquement et moralement, surtout moralement car j'ai, je crois, touché le fond de la misère humaine dans ces camps et contemplé un lamentable spectacle. Il m'a fallu trier des non-combattants, c'est-à-dire séparer des familles, prendre des arbitrages entre British et Juifs, au milieu de mères éplorées et d'enfants sanglotants. Je ne suis pas fait pour cela. Et heureusement que j'avais mes lunettes de soleil pour cacher mes yeux humides de larmes. Enfin, j'ai fait pour le mieux, n'hésitant pas à outrepasser mes instructions pour demeurer humain. Le drame a commencé à cinq heures du matin, et je suis demeuré à la porte des camps debout durant quatorze heures sous un soleil de plomb, dans la poussière, au milieu d'un enfer de désespoir, de supplication et de souffrance.*[9] »

Le 16 septembre 1948, Bernadotte remet son rapport destiné au Conseil de sécurité de l'ONU. Il y décrit *« le pillage sioniste à grande échelle et la destruction de villages sans nécessité militaire apparente »* et envisage une réduction du territoire israélien pour rééquilibrer le partage des territoires avec les Palestiniens. Le lendemain, à Jérusalem, un commando de quatre hommes du groupe sioniste Stern assassine Bernadotte et Serot. Le premier reçoit six balles dans le cœur, le second dix-sept dans la tête et la poitrine. Présent à quelques mètres, Meyer assiste à l'attentat.

La reconstruction

Quel peut être l'avenir d'un militaire vaincu, de cinquante-cinq ans, dans un pays économiquement et moralement à genoux ? Qui voudrait aider ces vétérans que les Allemands eux-mêmes accusent de les avoir conduits à leur perte ? Schirlitz ne s'aveugle pas. Il sait que le plus dur est à venir pour qu'il parvienne à subvenir aux besoins de sa famille, même dramatiquement réduite. Pour l'heure, seule Christa travaille, dans sa compagnie d'assurances. Et ce n'est pas dans l'esprit de l'amiral de vivre aux crochets de sa fille.

Ses anciens amis de la Marine, quand ils ont survécu à la guerre, ne sont pas mieux lotis que lui. Comme vétéran, il doit encore patienter onze ans avant de pouvoir prétendre à une pension, si tant est qu'il y soit habilité. À cette époque, une bonne part de la population de Kiel ne survit que par divers trafics ou par le marché noir. Certains ont ravalé leur orgueil pour aller mendier quelque occupation de dernier ordre chez les Anglais. Pour les raisons que l'on devine aisément, Schirlitz ne pourra jamais se résoudre à une telle extrémité.

Sans doute a-t-il demandé conseil à son ami Hans Balzer, qui lui aura suggéré de faire enregistrer son retour au commissariat le plus proche et de postuler pour un travail aux services sociaux de la mairie. Schirlitz devra y repasser chaque semaine pour s'enquérir d'éventuels postes à pourvoir. Christa a une idée : pourquoi ne demanderait-elle pas à son patron s'il n'a pas quelque travail à confier à son père ? Il a bien déjà recasé cinq anciens officiers de la région. L'amiral dans les assurances ? Tout est bon à prendre. Il s'agirait de proposer des contrats d'assurances en faisant du porte-à-porte. Rémunération à la commission. Cela permettrait de voir venir en attendant des jours meilleurs. Si ce geste ne risque pas d'embarrasser Christa dans la poursuite de sa carrière, alors, bien sûr, Schirlitz est d'accord.

Hans Balzer veut lui trouver d'autres perspectives d'avenir. Par ses fonctions au commandement du port, il lui arrive d'entendre des conversations entre des officiers britanniques. C'est ainsi qu'il a appris que les Occidentaux commencent à se méfier de leur prétendu allié soviétique. Les tensions diplomatiques s'accumulent, à Berlin en particulier. Dans certains cercles, on commencerait même à parler d'une modification du statut des zones occupées par les trois alliés de l'Ouest, pour les remplacer par une sorte d'administration allemande plus ou moins autonome. Si tel devait être le cas, peut-être y aurait-il là une occasion pour Schirlitz de se recaser dans un poste administratif ou un autre.

Passé la joie des retrouvailles, les difficultés économiques envahissent l'esprit de Schirlitz. Livré à une inactivité dont il n'a jamais été coutumier, il se plonge dans des abîmes de réflexion qui n'améliorent pas son moral. Est-il lui aussi coupable de l'abominable état de choses qui lui saute au visage dès qu'il met le nez dehors ? Qu'aurait-il pu, qu'aurait-il dû faire pour ne pas en arriver là ? Où s'est-il trompé ? Quand ? En quelles occasions ? À quoi lui ont servi ces valeurs prussiennes qui, jusqu'ici, avaient guidé son existence : le sens du devoir et celui de l'honneur ? Cette obéissance aveugle aux ordres n'a-t-elle pas été la cause de ces innombrables massacres insensés auxquels s'était livrée l'armée allemande ? N'est-il pas lui aussi coupable de cette dérive collective ? Il perçoit intimement le sentiment d'avoir raté quelque chose, d'avoir contribué à un immense gâchis. Tout ce qu'est parvenu à démontrer sa génération, c'est que l'horreur est humaine.

L'anxiété et la frustration empêchent Schirlitz de dormir. Fumant l'une après l'autre les cigarettes *Mercedes* dont Ilse, secrétaire à la longue mémoire, lui a offert un paquet, il ressasse les mêmes interrogations, sans relâche. Il n'y a que sa fille et l'éclat de sa jeunesse pour lui redonner quelque vivacité au sortir de ses nuits blanches. Un matin aux aurores, après une toilette méticuleuse, il sort, ses papiers d'identité et son certificat de rapatriement soigneusement pliés et rangés dans la poche intérieur de sa veste civile. Il fait des heures de queue, plusieurs jours durant, au milieu de plus ou moins démunis que lui, avant de parvenir à enregistrer son nom sur la liste des demandeurs d'emploi. Le préposé le considère-t-il avec mépris, avec dégoût, le regarde-t-il seulement ? En tout cas, il n'y a rien, pas de travail, il faudra revenir, refaire la queue, comme tout le monde.

Les pas du citoyen Schirlitz, contraint à l'oisiveté, vont inéluctablement le mener vers la mer. Rien de plus simple, il suffit d'emprunter les rues en pente, en contournant les champs de ruines, toujours plus bas.

À l'exception des entrepôts, les infrastructures du port, bien qu'ayant constitué l'un des objectifs majeurs des bombardiers anglais, ont relativement peu souffert de la guerre. Les grues abattues ont pu être assez aisément remises en service. D'autres entrepôts, de structure légère, ont été reconstruits. De plus, visant à assurer la sécurité de l'intérieur de la zone portuaire, l'occupant britannique s'est astreint à entourer la zone d'un double rang de grillage, éclairé tous les quinze mètres par de puissantes lampes à arc, accrochées à des poteaux de dix mètres de haut. Des Jeeps, chargées chacune de quatre soldats en armes, assurent une surveillance continue de l'enclave ainsi délimitée.

Il se fait tard, Frieda va s'inquiéter. Schirlitz remonte ce qui fut la rue Bismarck – du nom du chancelier qui avait fait écrire sa devise dans les classes allemandes : *« l'Homme n'a pas été mis au monde pour être heureux, mais pour faire son devoir »* –, et remarque la présence, de loin en loin, de petits groupes d'hommes, à l'allure de conspirateurs. Chargés de sacs volumineux, ils paraissent engagés dans des négociations ardues. Encore des trafiquants, pense Schirlitz. Mais déjà, l'indignation qui a été sa première réaction cède la place à une sorte de résignation ou d'indifférence. Il vieillit.

Veilleur de nuit

Entre 1948 et 1952, Meyer est nommé au Caire, comme attaché militaire, naval et de l'air près de l'ambassade de France en Egypte. M. l'ambassadeur s'appelle Maurice Couve de Murville. Le 17 avril 1952, le ministre de la Défense nationale recevra une lettre élogieuse du ministre des Affaires étrangères, ayant pour objet les « *services rendus par le Capitaine de Vaisseau Meyer pendant la durée de sa mission au Caire comme attaché de la Défense Nationale* ».

À la même période, Schirlitz accepte un poste de gardien de nuit dans un entrepôt de marchandises de la zone portuaire. Parce qu'il n'a pas le choix. Mais aussi parce que, devenu insomniaque, ce travail lui permet d'occuper ses nuits et, surtout, de rester seul. La solitude, celle de l'orphelin ou du chef militaire, ne lui a jamais fait peur. Et, dans les hautes sphères du pouvoir ou au tréfonds de l'échelle sociale, elle demeure une alliée fidèle.

L'entrepôt abrite du mobilier de cuisine, simple et bon marché, en provenance de Suède. Très demandé par une population totalement démunie, ne disposant que de maigres moyens, ce genre de marchandise suscite, bien entendu, la convoitise de tout le monde, y compris des délinquants du marché noir. Ces derniers n'hésitent pas à cambrioler pour augmenter leurs profits. La mission confiée à Ernst est simple. Équipé d'une puissante torche électrique et d'un vieux Mauser, il lui appartient de procéder à des rondes permanentes de 8 heures du soir à 8 heures du matin, dans les divers recoins de l'entrepôt, pour décourager ou déjouer toute tentative d'effraction. L'usage de son arme est réservé au cas de légitime défense. Dans la minuscule loge de veille où il doit rédiger, le matin, son rapport journalier, une ligne directe avec le poste de police le plus proche est installée. Elle lui permet de demander du secours en cas d'alerte grave.

Ernst accepte ce règlement sans sourciller. Au cours de ses marches nocturnes, dans cet entrepôt plongé dans le noir, lui revient parfois le souvenir d'autres entrepôts, à La Rochelle… Mais il chasse bien vite ces rappels d'un temps révolu, soudain attentif à tout bruit suspect. Et chaque matin, une fois rédigé son rapport qui se résume le plus souvent à la mention laconique « Rien à signaler », il reprend à pied le chemin de la maison et sommeille dans son fauteuil le reste de la matinée. L'après-midi est consacré à la correspondance.

Des nouvelles du passé

La situation politique évolue. Ainsi que le lui avait laissé entrevoir son ami Balzer, le durcissement et la tension des relations entre les Russes et les Occidentaux ont conduit ces derniers à une décision politique d'importance. On est en 1949, la crise de Berlin et l'organisation du pont aérien pour ravitailler la ville isolée dans la zone d'occupation soviétique ont déclenché une nouvelle guerre, que l'on dit *froide* et qui va durer quarante ans. Après une réforme monétaire décidée par les Occidentaux et à laquelle s'opposent violemment les Soviétiques, les alliés de l'Ouest décident de rassembler leurs trois zones sous l'autorité et la compétence de ce qui va devenir la République fédérale allemande. Certes, les pouvoirs de cette dernière demeurent, pour une bonne part, astreints au contrôle des trois Alliés. Il n'en reste pas moins qu'elle constitue désormais un État de droit, soumis à une législation démocratique, annonciateur d'une nouvelle ère pour la population allemande d'après-guerre, dont sont exclus les habitants de la zone soviétique.

Peu à peu, le service postal s'est remis à fonctionner. Schirlitz a commencé par recevoir des lettres d'anciens camarades, puis de certains de ses anciens subordonnés, encore retenus en France, qui lui demandent aide et assistance. Ils n'imaginent pas à quelle position leur ancien chef est désormais réduit. Néanmoins, ce dernier se sent un devoir moral de leur répondre, et quand il le peut, d'intervenir auprès des quelques relations qu'il a pu retrouver. C'est ainsi que, pendant plusieurs années, il ne cessera de prodiguer ses efforts pour arriver à faire commuer la condamnation à mort de l'un de ses anciens subalternes, le capitaine Grote, en une peine de vingt ans de travaux forcés. Il intervient également en faveur d'un autre de ses anciens officiers, le capitaine Hans, auprès du tribunal militaire de Bordeaux, de la Croix-Rouge internationale, du commandant Meyer, du consul de Suède, sans toutefois, dans une première phase, obtenir de résultat probant. Il n'empêche, défendre ces hommes qu'il a autrefois commandés, s'impose à lui comme une nécessité naturelle, comme l'occasion aussi de recouvrir un peu du prestige dont il jouissait autrefois.

Vers la fin de 1948, Schirlitz a eu la joie de recevoir quelques lignes de son ancien aide de camp, le lieutenant Grupe. Celui-ci, docteur en droit, de retour à Cologne, sa ville natale, a repris ses fonctions dans la compagnie d'assurances Colonia où il avait tout juste débuté avant-guerre. Dans sa réponse à Grupe, sur le ton le plus objectif qui soit, Ernst Schirlitz lui fait part, très ouvertement, des conditions exactes de sa nouvelle situation. Au reçu de ces nouvelles, Grupe, ému du sort de cet homme qu'il continue d'admirer, se met en quête de moyens susceptibles de le sortir de cette situation, à ses yeux, inadmissible. Il a, initialement, placé tous ses espoirs dans les excellentes relations qu'il entretient professionnellement avec de hauts responsables de sa firme et qui sont des familiers de l'entourage du nouveau chancelier, Konrad Adenauer. Son idée est de pouvoir faire obtenir à Schirlitz un poste administratif correspondant à ses capacités et à ses compétences.

C'était compter sans la nature profondément aléatoire de la politique. Après s'être imprudemment avancé dans une lettre à Schirlitz en juin 1949, un revirement subit incite Grupe à informer l'amiral de l'échec provisoire de ses tentatives, le 24 novembre 1950 :

« *Vous avez dû attendre un certain temps ma réponse à votre lettre du 22 octobre. Entre-temps, je n'ai pas oublié votre affaire, et me suis efforcé d'agir en votre faveur, non seulement auprès de mes relations de Cologne, mais aussi de mes amis de Bonn. Malheureusement, ces temps derniers, la situation politique est si trouble et si embrouillée que mes relations ne disposent plus d'appuis suffisants, parce que les milieux de gauche ont acquis une colossale influence. L'animosité à l'égard des anciens soldats n'a pas disparu avec l'émergence de MM. Blanck et Grasser. Si vous m'en croyez, elle a encore augmenté. Pour l'instant, il n'y a plus grand chose à faire, sinon d'attendre, l'arme au pied, le retour de la droite pour effectuer une nouvelle tentative. Je regrette infiniment de ne pouvoir, pour l'instant, vous transmettre une réponse plus positive.*

Mes camarades de Cologne, Geepke et Degg, s'étaient eux-aussi intéressés à votre sort. Ils n'ont malheureusement pu trouver aucune piste intéressante. Je ne crois pas que vous soyez intéressé à entrer dans la firme de Geepke, actuellement représentant général des machines à calculer Brungs-Vigo. Les postes disponibles se résument à ce qu'on appelle le service extérieur, en fait, à la vente des machines… Il faut toutefois, dans cette ligne être un professionnel chevronné de la vente car, qui ne vend rien ne gagne rien… »

Cette déception n'affecte pas Ernst Schirlitz outre mesure. Il a, entre temps, changé de poste et remplit maintenant les fonctions de portier de nuit dans un hôtel récemment restauré. En cette qualité, il est, une fois de plus, le témoin de la déliquescence des mœurs d'après-guerre : trafics de toutes sortes, prostitution de mineures, etc. Même si ces faits ne le poussent plus à s'indigner, ils ravivent, à chaque occurrence, ce sentiment que la cause profonde d'une telle décadence n'incombe pas essentiellement aux jeunes gens impliqués, mais bel et bien à sa génération qui n'a pas su réagir à temps et efficacement contre ce régime effroyable, niveleur et dévastateur, que lui-même a servi comme tant d'autres.

Son temps libre se partage désormais entre la rédaction d'une correspondance dont le volume ne cesse de s'accroître, les promenades avec Frieda et les fréquentes rencontres avec les amis Balzer. Lentement, sous l'effet de ce que l'on appellera le « miracle allemand », la ville portuaire de Kiel reprend forme. Les chantiers de construction se multiplient. On trouve désormais des produits de qualité à des prix abordables dans les magasins, et le souvenir néfaste de la guerre s'efface d'autant plus vite qu'on le refoule. Peu à peu, également, les trafics et la prostitution diminuent à Kiel, au profit, si l'on peut dire, de l'énorme ville hanséatique de Hambourg. Cette dernière regagne insensiblement son rang de port international, avec les lumières et les ombres qui accompagnent un tel statut. C'est dorénavant une autre Allemagne qui renaît de ses cendres.

Un élément dans la correspondance de Grupe a davantage retenu l'attention de Schirlitz et réchauffé son cœur d'une flamme particulière. Entre autres informations, Grupe lui a annoncé qu'il entretient une correspondance régulière avec le commandant Meyer et que ce dernier s'est enquis, à plusieurs reprises, de savoir ce qu'est devenu l'amiral. Mais ni lui ni même Meyer ne soupçonnent comment l'histoire de leur relation va rebondir bientôt.

Le procès de Ferrières

Au printemps 1949, Meyer apprend que deux officiers allemands, auteurs présumés du massacre de Ferrières, ont été condamnés par le tribunal militaire de Bordeaux, l'un à mort et l'autre aux travaux forcés à perpétuité. Il s'en émeut vivement, considérant qu'il manque à la justice de connaître certaines circonstances exceptionnelles et que sa conscience ne pourra être en paix s'il n'intervient pas. Il est surtout scandalisé d'apprendre que les inculpés ont précisément sollicité son témoignage, mais que le juge d'instruction leur a rétorqué que le commandant Meyer n'était qu'un personnage « imaginaire ». Aussitôt, il se manifeste auprès de la justice et obtient la cassation du jugement.

Un nouveau procès se tient à Marseille, fin décembre 1949. Meyer racontera ainsi son intervention : « *J'ai bien précisé que je ne savais pas ce qu'avaient fait les inculpés et dont j'ignorais jusqu'aux noms avant mon intervention auprès de la justice militaire. J'ai ensuite résumé brièvement au tribunal les conditions dans lesquelles se sont déroulés les faits, conversations et accords, qui ont finalement abouti à humaniser la guerre dans le secteur Royan-La Rochelle et à sauvegarder la dernière de ces villes*[10]. »

Meyer en a fait une question de principe et d'honneur. « *En mon âme et conscience, si je reconnais que la justice française était en droit de juger sur le fond l'affaire de Ferrières, elle avait le strict devoir de tenir compte dans leurs effets atténuants, du climat de la lutte, des pourparlers, ainsi que des concessions consenties de part et d'autre au cours du siège de La Rochelle. Nulle personne équitable ne saurait admettre que l'affaire de Ferrières soit jugée comme d'autres crimes de guerre perpétrés par les Allemands ailleurs*[11]. » L'ancien négociateur voulait ainsi clairement démarquer ces événements des exactions commises à Oradour ou Tulle.

Meyer le reconnaît bien volontiers – et c'était d'ailleurs l'ordre du colonel Adeline –, il a utilisé le massacre de Ferrières comme point d'appui pour ses négociations et, en quelque sorte, donné sa parole pour une sorte de compensation. « *Si je n'ai jamais promis que cette affaire serait classée, j'ai cependant laissé entendre nettement qu'elle pourrait être soit entourée de circonstances atténuantes, soit jugée sans indulgence, suivant le comportement de l'ennemi. Cette attitude de ma part a donc de nouveau servi de pivot à des négociations, qui ont eu pour effet d'épargner bien des vies et des intérêts français. Il s'agissait en l'espèce, de ma part, d'une sorte d'engagement tacite et même d'une sorte de promesse a contrario, dont l'ennemi pourrait parfaitement aujourd'hui se prévaloir pour revendiquer à l'égard des coupables des circonstances atténuantes. Je revendique pleinement les responsabilités que j'ai prises.* »

Se tournant alors vers les familles des victimes de Ferrières, Meyer déclare : « *Les victimes de Ferrières ont largement contribué, on le voit, au sauvetage de La Rochelle et de nos nombreux intérêts français. Les familles peuvent avoir cette consolation que ceux qu'elles pleurent ne sont pas morts en vain.* »

Le nouveau jugement condamne les deux inculpés aux travaux forcés à perpétuité. Mais une seconde cassation interviendra.

Le procès Michahelles

Convoqué au procès de l'amiral Michahelles, Meyer écrit à l'avocat de la défense Me Boyreau, que l'accusé « *a été certes un adversaire tenace et redoutable, mais à ma connaissance, il a en différentes circonstances, manifesté un esprit de modération et d'humanité, que l'on a rarement rencontré, non seulement chez un officier allemand, mais chez un quelconque commandant de place assiégée.* »

Trois jours plus tard, le 24 janvier 1950, il rédige à l'attention du ministre de la Défense nationale une froide mise en garde. Cité comme témoin au motif qu'il avait négocié avec l'ancien commandant de la forteresse de Royan une trêve qui permit l'apport de secours auprès des civils bombardés du 5 janvier 1945, sa déposition sous serment l'obligera à « *soulever des polémiques extrêmement vives à propos de la destruction de Royan ainsi que des opérations militaires qui se sont déroulées devant cette ville, au printemps de 1945* » Les positions de Meyer ont été depuis clairement exprimées, concernant la responsabilité meurtrière du Haut commandement allié dans le bombardement royannais de janvier 1945 et l'opportunité plus que discutable de la reprise par combats de la ville en avril.

Si dans les trois procès (Schirlitz, Ferrières et Michahelles), Meyer met tant de zèle à défendre un contexte, c'est aussi parce qu'il se sent chaque fois questionné sur la légitimité de sa propre action. Et cela lui est intolérable. Il s'en explique longuement dans un courrier au colonel Adeline[12] qui a osé lui reprocher d'avoir à la fois outrepassé ses prérogatives et adopté une attitude de complaisance envers l'ennemi. « *Si l'on venait à me dénier le droit d'avoir pris de telles responsabilités, il faudrait me condamner pour l'affaire de La Rochelle tout entière. J'ai en effet toujours, sous ma seule responsabilité, pris des engagements tacites ou d'honneur d'une autre envergure. Tout d'abord avant le 18 octobre, puis après que le général de Larminat eut dénoncé l'accord, ce qui faisait peser sur La Rochelle une très grave menace, je n'ai pas hésité alors à engager ma parole d'honneur personnelle que les accords répudiés dans la lettre seraient respectés dans leur esprit. Il s'est agi là d'un véritable gentleman's agreement, dont je n'hésite pas à affirmer qu'il a sauvé en définitive La Rochelle.* »

En tout cas, ce sentiment d'offense motivera la rédaction de ses mémoires. « *Je n'ai pas à me justifier devant vous. Cependant, j'affirme que je n'ai jamais interprété trop* « largement » *certains accords ou* « de simples conversations ». *Pour moi, mon général, les paroles comptent autant que la parole donnée. Le récit in extenso des affaires de Royan et de La Rochelle que vos allusions me décident à publier, après des années d'hésitation, vous montrera que je n'ai jamais été conduit* "peut-être un peu trop facilement" *à défendre le point de vue de l'ennemi. J'y mets bien des choses au point. Je ne vous demande en tout cas aucunement de me suivre dans une voie quelconque. Je revendique hautement mes responsabilités. Si j'avais besoin d'une caution morale quant à mon attitude de bon Français, je pourrais me borner à invoquer le fait que vous ignorez peut-être, que je me suis volontairement livré à l'ennemi à Rochefort, le 27 août, pour sauver la ville et que tout ce qui s'en est suivi, est parti de ce geste.* » Dont acte.

La Communauté Européenne de Défense

L'une des premières conséquences du développement de la guerre froide a été la remilitarisation, certes sous étroit contrôle occidental, de la République fédérale allemande. Une fois éteint les conflits et les manifestations d'hostilité qu'a suscités une telle décision des Occidentaux parmi les populations des anciens adversaires du IIIe Reich, le calme est retombé, et la vie a continué comme avant. Dans la presse, Ernst Schirlitz a noté, avec un intérêt amusé, que l'un des nouveaux patrons de la *Bundeswehr*[13] récemment reconstituée était l'un de ses anciens amis, le général Hans Speidel, chef d'état-major du maréchal Rommel au cours des derniers mois de la guerre. Ils ne se sont plus revus depuis février 1945 lorsqu'une réunion des responsables de la défense des côtes atlantiques les avait rassemblés autour de Rommel, à La Roche-Guyon. En souvenir des années passées, Schirlitz lui adresse, à Bonn, quelques lignes pour le féliciter de sa nouvelle affectation et lui communiquer ses coordonnées.

En cette année 1950, les initiatives de Robert Schuman et de Jean Monnet ont abouti à la mise en place de la Communauté Européenne du Charbon et de l'Acier. Ses objectifs sont multiples. L'un des plus importants, aux yeux des deux promoteurs de la CECA, consiste à éviter la réédition, en Allemagne, des conséquences catastrophiques qu'ont entraînées, trente ans plus tôt, les lamentables Traités de Versailles et du Trianon. Il s'agit, en mettant en commun l'exploitation et la gestion des ressources en minerai de fer et en charbon de la France, de l'Allemagne, des Pays-Bas, de l'Italie, du Luxembourg et de la Belgique, de contribuer au redressement économique accéléré des pays partenaires, tout en évitant qu'en Allemagne celui-ci ne soit affecté à un réarmement incontrôlé.

Le succès de la CECA dépasse toutes les attentes. Il a pour résultat connexe d'inciter les pays européens, sans faire totalement table rase du passé récent, à cesser de se confondre en ratiocinations et à envisager un avenir plus prometteur, en tâchant de remiser les tentations revanchardes de nationalismes dépassés. En bref, ce début des années 1950 laisse entrevoir à terme l'émergence d'une Europe enfin unie et sans frontières. De fait, la CECA se voit rapidement adjoindre la Communauté européenne atomique (CEA ou Euratom) destinée à regrouper les efforts des nations participantes, en développant la recherche atomique pure pour en recueillir, au plus tôt, le bénéfice concret sous la forme des services apportés par la recherche appliquée. L'ambition des six premiers partenaires européens, encouragée par les premiers succès, les pousse à envisager déjà d'autres formes de communautés qui vont bientôt prendre corps dans les clauses du traité de Rome de 1957.

Au cours de cette phase de préparation de ce qui deviendra la Communauté économique européenne, de nombreux projets voient le jour, tous visant à une coopération européenne élargie à toutes sortes de domaines. L'un de ces projets est la CED ou Communauté européenne de défense. Et c'est là que, par procuration, les chemins de Meyer et de Schirlitz se croisent à nouveau.

En avril 1952, Meyer est affecté au service à terre de la 3e région maritime, à Toulon. En juillet, il intègre le comité intérimaire de la CED à Paris. Cette Communauté européenne de défense n'a pas d'autre but, devant les menaces croissantes, et toujours plus précises à l'époque, d'une éventuelle agression soviétique, que de préfigurer ce qui serait, mais ultérieurement seulement, l'Eurocorps. Elle s'assigne pour objectif de rassembler, sous un commandement multinational unifié, des contingents militaires provenant des nations partenaires, rationalisant et limitant ainsi les matériels et les systèmes d'armes, et diminuant de la même façon les coûts correspondants de manière considérable.

Cette initiative se heurte, cependant, à une opposition rassemblant, de manière paradoxale, des partenaires que tout apparemment oppose. Les États-Unis, en premier lieu, lesquels, plus que satisfaits des énormes profits que leur ont procurés les accords de Bretton Woods, n'entendent pas voir menacer, par l'émergence d'une telle organisation militaire européenne, le leadership militaire et économique qu'ils exercent désormais sur l'Europe occidentale, et *de facto*, sur le reste du monde. En second lieu, l'Union soviétique, relayée par la cinquième colonne que constituent les partis communistes puissants installés dans tous les pays de l'Europe de l'Ouest, voit d'un très mauvais œil la création d'une défense européenne puissante et dissuasive capable d'enrayer sa politique de marxisation du monde.

Pour saboter ce projet de CED, et pour des raisons donc strictement opposées, tant les États-Unis que l'URSS disposent de soutiens résolus au sein des divers parlements des pays de l'Europe de l'Ouest, en particulier en France. Cette alliance contre nature d'atlantistes et de marxistes a pour résultat que l'initiative d'avant-garde que constitue la CED, à laquelle s'étaient ralliés d'enthousiasme les pères de l'Europe, et en particulier, Robert Schuman, alors ministre des Affaires étrangères de France, échoue lamentablement.

Hubert Meyer a fait partie de ceux qui, pour la France, avaient réfléchi au projet. Il avait, à ce titre, été choisi pour figurer dans la délégation devant accompagner le ministre chargé de la ratifier, à Bonn. Pourtant, au lieu de l'approbation du projet qu'on attendait de lui, c'est un refus que le parlement français décide de lui opposer. Le ministre représentant la France, personnellement favorable à la CED, se voit alors contraint de se rendre au rendez-vous de Bonn, déjà fixé depuis plusieurs semaines, non pour ratifier l'accord de son pays, mais pour signifier à ses partenaires sa reculade.

C'est le général Hans Speidel qui conduit la délégation allemande à cette entrevue. Ce n'est pas un inconnu pour Hubert Meyer qui, sans l'avoir jamais rencontré personnellement, sait parfaitement quelle fut sa carrière militaire, le rôle qu'il joua auprès du maréchal Rommel, ainsi que la distance qu'il sut préserver à l'égard du nazisme et de ses sbires.

Le lendemain de son arrivée à Bonn, les séances de travail ayant été supprimées du fait de la nouvelle position de la partie française, Meyer se trouve donc disponible. Il en profite pour se ménager une entrevue avec le chef de la délégation allemande. À l'aide de camp qui lui demande le motif de cet entretien, il indique qu'il s'agit de questions personnelles et privées. Peu après, un chauffeur de la *Bundeswehr* le conduit à la résidence du chef de la délégation allemande. Parvenu devant le général Speidel qui l'accueille en français et avec la plus parfaite courtoisie, Meyer, après les propos de circonstance en telle occasion, en vient au but de sa visite : tenir sa promesse de rendre à Schirlitz ce que l'amiral lui avait remis lors de sa capitulation à La Rochelle, presque dix ans plus tôt. Ouvrant sa serviette, Meyer sort un paquet soigneusement emballé, contenant la dague d'honneur de l'amiral... Hans Speidel est médusé, d'autant plus qu'il connaît dans quel état de frustration et d'humiliation le renoncement de la France a placé Meyer. Il est si ému par la noblesse du geste, qu'il en rapportera l'anecdote en session de travail devant les représentants des autres nations européennes.

Nul doute que Schirlitz fut encore plus sensible à cette restitution. Par cette action symbolique, Meyer venait de nouveau prouver sa grandeur d'âme et sa fidélité à un idéal chevaleresque, que l'amiral partage et auquel il a cru plusieurs fois devoir renoncer. Informé par Speidel, il compatit à la déception de Meyer face à l'échec de la CED. Fidèle à ses affections, le Français l'était aussi dans ses engagements. *« Nous travaillons pour nos enfants. »* C'est Schirlitz qui avait prononcé cette phrase au début de leurs négociations, mais c'est Meyer qui aujourd'hui porte plus haut et plus loin le flambeau de la réconciliation et du rêve européen.

Soupesant sa dague d'honneur, qui n'a désormais plus rien d'une arme à ses yeux, au contraire, l'Allemand se prend à songer au petit-fils à qui il remettra un jour ce trophée de loyauté. Saura-t-il aussi lui transmettre l'idéal qu'il représente ?

La tache

Cette idée trotte dans sa tête depuis le mariage de Christa, l'an passé. Au hasard de ses entretiens professionnels, sa fille a rencontré un pédiatre de quarante-trois ans, elle en avait alors trente et un. À peine un mois plus tard, ils se sont mariés. Malgré leur différence d'âge et cette étonnante précipitation, Schirlitz s'est, bien entendu, réjoui de voir sa fille heureuse. Et, pour la première fois, encouragé par Frieda, il s'autorise à caresser l'idée d'une postérité, comme une revanche sur le malheur, comme une promesse d'avenir. Mais alors que le Dr Schmidt, son gendre, se prépare à ouvrir son cabinet médical à Kiel, il est rattrapé par son passé.

Nazi convaincu, Walter Eugen Schmidt, docteur en médecine, spécialisé en pédiatrie, travaillait au début de la guerre dans une clinique accueillant des enfants handicapés. Chargé de mettre en œuvre les principes d'eugénisme négatif du IIIe Reich visant à préserver la pureté de la race, il n'a pas hésité à s'engager dans de véritables programmes de liquidation. Il a ainsi procédé à l'euthanasie politique, selon les normes et les directives du Reich, de centaines d'enfants, plus ou moins handicapés, coupables de ne pas répondre aux critères physiques ou psychologiques exigés. Mis en place dès 1939, ce programme, dissimulé sous le nom de *T4*, se déroulait en cinq étapes : sélection des victimes ; transfert de l'asile vers l'un des six instituts allemands spécialisés ; exécution par gazage au monoxyde de carbone ; incinération des corps ; envoi d'un avis de décès aux familles accompagné d'une lettre de condoléances.

C'est pour Ernst et Frieda un coup terrible. Leur unique enfant survivante, celle que Schirlitz chérit au point de l'avoir surprotégée de tous les accidents de l'existence, se trouve ainsi, lorsque s'ouvre le procès, exposée à la honte et au mépris général. Ce sera par amour pour elle, et non pour épargner l'ancien médecin nazi, que l'amiral introduira un recours en grâce en faveur de son gendre, plaidant faiblement que chaque exécution avait reçu l'accord préalable des parents, conformément aux témoignages recueillis par l'avocat de Schmidt. Fut-ce cette requête ou un laxisme de la cour, Schmidt n'est, au final, condamné qu'à cinq ans d'emprisonnement. Ironie du calendrier, il recouvrera la liberté en 1960, année de la signature du Traité de l'Élysée par lequel le général de Gaulle et le chancelier Adenauer expriment la volonté de leurs gouvernements respectifs de mener une politique commune de rapprochement, de coopération et d'amitié.

Juste avant l'emprisonnement de son époux, Christa annonce qu'elle est enceinte. Schirlitz, après en avoir rêvé, parvient à peine à en ressentir de la joie. Quelle sera donc la destinée de cet enfant ? Une vie hypothéquée par l'horreur des crimes de son père, par le désespoir de sa mère, par la honte ressentie par ses grands-parents ? Plus il y pense, moins il voit d'issue heureuse. Du côté de Frieda, pourtant aussi tourmentée, c'est le bonheur d'accueillir un nouveau-né qui finit par l'emporter.

Avant son congé de maternité, Christa, qui a gravi quelques échelons dans sa profession, parvient à faire recruter son père dans la compagnie, où il exercera désormais les fonctions de courtier d'assurances. Les débuts sont difficiles. Mais, avec le temps, Schirlitz réussit à obtenir des résultats satisfaisants dans son nouvel emploi de démarcheur. Un homme d'allure aussi grave ne peut qu'inspirer confiance. En outre, il ne s'agit plus que de tenir encore quatre ans. Il aura soixante-cinq ans en 1958, l'âge de la retraite. Il sait à présent que, comme tous les autres citoyens, les anciens officiers sont habilités à recevoir une pension de l'État. Un revenu calculé sur ses derniers états de service devrait les abriter, Frieda et lui, de l'incertitude des lendemains.

La naissance d'Ulrike, leur petite-fille, au début septembre 1954, est, malgré tout, une belle émotion pour les grands-parents. La vie est la plus forte, Schirlitz en est aussitôt convaincu. Devant le spectacle attendrissant de la chair de sa chair, il baisse la garde... À telle enseigne qu'il convainc sa fille de revenir loger chez eux avec l'enfant. Christa devant reprendre son travail, elle est assurée qu'Ulrike, mieux que nulle part ailleurs, sera tendrement surveillée et soignée par Frieda, pour qui la présence de cette enfant illumine la maison. Ernst, lui-même, pourtant peu expansif, se surprendra, le soir, à accepter l'enfant sur ses genoux, et, chose plus étonnante encore, à lui fredonner de vieilles chansons populaires apprises autrefois à l'école élémentaire de Christburg. Pour la première fois, depuis bien longtemps, la vie des Schirlitz renoue avec une certaine harmonie.

La retraite

Après le sabordage de novembre 1942, le vaisseau de Meyer, *le Lynx*, fut renfloué par les Italiens, restitué en 1945, puis condamné à la casse en janvier 1954. Meyer en est-il informé ? L'ironie du sort fait que cette même année verra son retrait de la carrière militaire.

Au 1er octobre 1954, Meyer est nommé contre-amiral, dans la 1re section du cadre des officiers généraux de la Marine. Il est admis, *« par anticipation et sur sa demande »*, dans la 2e section du cadre des officiers généraux de la Marine, à compter de la même date. Écœuré par l'échec de la CED, il a décidé de démissionner de la Marine. Il n'a désormais qu'une hâte, se retirer dans sa propriété d'Orignac, à Saint-Ciers-du-Taillon, près de Royan. Dans la famille depuis près d'un siècle, cette noble demeure, élégamment allongée au sommet d'un coteau entre parc et vignobles, harmonieusement associée à un corps de ferme abritant des chais, constitue le cadre parfait pour les activités d'un *gentleman-farmer.*

En 1958, Ernst Schirlitz est admis à faire valoir ses droits à la retraite. La transition entre ses démarches de courtier et la tranquillité de son nouvel état change peu ses habitudes. Il continue de consacrer ses après-midi à la volumineuse correspondance que lui vaut son engagement obstiné à intervenir en faveur de tel ou tel de ses anciens subordonnés ou à remonter le moral des vétérans de sa garnison. Lorsque le bébé a fini sa sieste, à la belle saison, Frieda et lui sortent promener l'enfant dans le parc municipal, enfin reconstitué, puis s'en reviennent goûter et jouer avec elle. Ayant décliné à maintes reprises les offres de divers organes de presse qui souhaitent tirer de lui et publier des souvenirs inédits de ses derniers mois de guerre, Ernst Schirlitz se sent enfin en paix et préfère jouir de l'oubli de ses contemporains.

Le maire Meyer

Cédant aux sollicitations de ses concitoyens, Meyer se présente au poste de maire de Royan. Le 8 mars 1959, il est élu, sur la « Liste de concorde dans l'intérêt de Royan », quatrième maire depuis la Libération. Comme toujours, cet homme de transition arrive au bon moment pour cette ville qui n'était qu'un champ de ruines au matin du 5 janvier 1945. Ainsi que le souligne un de ses concitoyens de l'époque : *« Nous sommes à une sorte de palier. La première phase de cette renaissance – c'est-à-dire la reconstruction physique – s'achève. Sans plus attendre, il faut, nous semble-t-il, aborder la seconde phase : donner une âme à la cité, assurer l'existence de ceux qui y vivent, développer toutes les ressources issues de sa véritable vocation balnéaire, touristique, climatique et thermale.*[14] »

Nul doute que Meyer se sent des attaches, affectives avec cette ville. Dans le premier *Bulletin officiel municipal,* qu'il lance en mars 1962, il appelle de ses vœux *« ce nouveau lien qui unira les habitants de cette ville et ceux qui portent les responsabilités de sa gestion et de son essor ».*

Exactement comme lorsque Meyer se battait pour la libération des Poches, son fidèle général vient lui apporter son soutien et ses encouragements, pour ce défi nouveau et civil. Le 13 juin 1963, le président de Gaulle visite Royan ressuscitée et promise à un bel avenir. L'hiver suivant, la ville est classée « ville climatique en toutes saisons », titre officiel dont le principal mérite économique est d'autoriser à Royan l'ouverture des casinos à l'année.

Un bilan tiré en 1964 fait état d'une ville avec un taux impressionnant de cinquante pour cent de croissance démographique et quelques réalisations architecturales qui marquent leur époque. Pièce maîtresse, l'église de conception moderne a attiré quatre mille visiteurs cette année-là. Une luxueuse piscine de plein air est ouverte en permanence, grâce à son bassin d'eau de mer filtrée et chauffée. Le palais de Foncillon, salle de congrès internationale, a abrité une quarantaine de manifestations et drainé vingt-cinq mille visiteurs. Le premier port spécialement conçu pour la plaisance sur la côte atlantique est en cours de construction. Un vélodrome est en projet, pour venir compléter l'ensemble du stade déjà réalisé.

Cette bataille pour la renaissance d'une ville, Meyer la remporte haut la main. Et plus haut encore qu'il n'aurait pu lui-même l'imaginer. Puisque cet été-là, grâce à la mobilisation de sa jeune population, mais aussi à la performance de son maire au bilboquet, Royan gagne la coupe Intervilles 1964 ! Le jeu télévisé de Guy Lux offre à la ville une campagne publicitaire inespérée et aux retombées touristiques non négligeables. Accessoirement, le passage de Meyer sur le petit écran déclenchera un courrier ému de la part de témoins directs de l'occupation des Poches, disséminés sur le territoire et heureux de retrouver leur héros d'il y a vingt ans.

L'œuvre de mémoire

L'année suivante, légitimement satisfait de la tâche accomplie, Meyer passe la main et se retire des affaires publiques. Il souhaite désormais se consacrer uniquement à sa famille et à Orignac.

La reconversion est convaincante. Se découvrant une passion pour l'élevage, Meyer devient un spécialiste de la sélection des vaches laitières. Il connaît chaque vache de son troupeau par le nom et sait se faire reconnaître d'elle. Redécouvrant les expérimentations de Konrad Lorenz, il s'attache les faveurs indéfectibles d'un caneton colvert sorti de l'œuf. Dès que le maître des lieux apparaît dans la cour, Gédéon le canard vole en ligne droite jusque dans ses bras. Grand-père joyeux et bondissant, infatigable conteur, Meyer fait aussi le bonheur de ses petits-enfants, que le lui rendent bien[15].

Il préfère désormais *cultiver son jardin* et se consacrer à un travail de mémoire et d'écriture, auquel il songe depuis au moins dix ans.

Ulrike grandit. Ses grands-parents l'inscrivent au *Kindergarten*[16] du quartier, puis à l'école élémentaire. Avec sa mère, Ernst et Frieda suivent avec attention tous les progrès de la fillette et se réjouissent de la voir s'épanouir avec tant d'insouciance. Mais ces temps idylliques prennent fin, lorsque Schmidt sort de prison et ramène femme et fille à la maison. Les Schirlitz ne verront plus Ulrike que de temps à autre.

Un matin, le facteur apporte chez les Schirlitz une lettre qui, après bien des années, replonge Ernst, avec une acuité bouleversante, dans un passé qu'il avait cru perdu.

Saint-Ciers, le 18 avril 1966

Monsieur l'amiral,

Vous m'aviez demandé en me quittant si j'écrirais le récit de notre commune aventure, et je vous avais affirmé que non. Or, il m'a fallu changer d'avis afin de venir en aide à nombre de mes anciens adversaires injustement traités. Mais il me fut interdit de publier ce récit en librairie, et de le diffuser avant vingt ans ! Devenu libre, j'ai remanié mon ouvrage pour en faire un livre.

J'ai tenté d'être aussi exact et aussi juste qu'un auteur peut l'être sur ses propres actions.

Je vous demande de me pardonner les erreurs ou omissions que j'aurai pu commettre. Soyez certain que je n'ai pensé qu'à rendre claire la belle histoire de deux marins ennemis qui ont défendu les intérêts de leur patrie et qui, les premiers, ont tracé entre nos deux Pays, la voie de la réconciliation et de l'amitié, et ont vu se lever l'aube de l'Europe.

Aujourd'hui, je veux, Monsieur l'amiral, vous témoigner à nouveau ma très haute et déférente estime et échanger avec vous une fraternelle poignée de main, comme nous le fîmes, jadis, dans les pires circonstances.

Hubert Meyer[17]

Cette lettre accompagne un exemplaire de l'ouvrage annoncé, doté d'une dédicace particulière[18] : « *À l'amiral Schirlitz qui fut mon ferme et loyal adversaire, je dédie ce livre au marin qui a hautement honoré son Pays dans la plus dure des épreuves. Hubert Meyer – avril 1966.* »

Schirlitz appelle aussitôt Ilse Balzer au téléphone pour la prier de venir chez lui, dès que possible, pour lui traduire des documents de la plus haute importance.

Ilse traduit d'abord à Ernst et Frieda, le texte de la lettre et de la dédicace. Puis, pendant une semaine, elle revient chaque après-midi, chapitre par chapitre, lire une traduction orale des mémoires de Meyer. Pour Schirlitz, c'est un choc émotionnel. Cette narration précise, détaillée, généreuse des derniers mois de la guerre, fait refluer, en masse, tous les sentiments contradictoires qui l'avaient envahi à l'époque. L'émotion non feinte d'Ilse Balzer, lisant et traduisant dans le même temps, elle qui fut une actrice, même secondaire, des faits relatés, ne fait qu'ajouter à l'expérience.

Le temps de se remettre du choc, Schirlitz s'empresse de répondre à son ancien adversaire. La lettre mérite d'être reproduite *in extenso*:

Kiel, le 24 avril 1966

Très honoré Monsieur l'amiral,

Vous m'avez causé une surprise et une joie extraordinaires lorsque ma femme m'a remis votre lettre en même temps que votre livre si judicieusement intitulé Entre Marins.

Il était clair, pour nous deux, que nous seuls, en tant qu'officiers de marine, pouvions mener à bien ce devoir insolite, du fait que l'expérience de la mer nous a appris à voir loin et qu'un marin est capable de comprendre un autre marin, fût-ce un adversaire. Il va de soi que j'ai médité sur ce passé, sur notre comportement et sur cet accord, fruit de nos efforts communs qui marque le point culminant et l'aboutissement de ma carrière. J'ai conclu par ce dicton, en usage dans la marine allemande : « Dieu y a mis le pouce ! » C'est-à-dire que lorsqu'il advient que deux navires sont sur le point de s'aborder et qu'il ne reste plus entre eux que l'espace d'un pouce, le choc peut encore être évité.

Sans doute usez-vous dans la marine française de quelque maxime de ce genre, et je pense que vous-même, en tant que chrétien et en tant que protestant, ce que je suis, moi aussi, vous apprécierez cette formule et que, peut-être, vous l'adopterez.

Cela ne diminue en rien la valeur non plus que la volonté tenace de l'officier d'élite et de l'homme lucide que j'ai reconnus en vous et présenté comme tel à mon entourage.

Certes, pour moi, la situation était des plus accablantes, surtout en raison des ordres que j'avais reçus et que j'ai transgressés au point d'en prendre le contre-pied. Mais je n'hésite pas à reconnaître que c'est à vous seul que revient l'honneur d'avoir, dès l'abord, pris les initiatives que commandait la situation. Elles ne pouvaient provenir que de vous, et vous les avez fait prévaloir, malgré les obstacles qu'y mettaient les vôtres, ce dont j'étais particulièrement informé. Ainsi êtes-vous parvenu à un heureux dénouement dont nous pouvons tous deux être fiers.

Et voici, maintenant, en conclusion d'une affaire qui fut pour nous deux si délicate, qu'un livre que j'espérais beaucoup voir paraître, et que j'ai lu passionnément, m'apporte la somme de vos opinions et de vos pensées, en même temps qu'une dédicace en forme d'hommage sans réticence qui semble jaillir du cœur.

Laissez-moi vous dire que j'en suis profondément ému, et qu'il en est de même de ma femme à qui j'ai lu quelques passages. Nous fûmes des adversaires. Mais aussi extraordinaire qu'il paraisse, nous savions pouvoir nous fier l'un à l'autre, parce que nos rapports étaient empreints d'une franchise totale, ce qui va de soi, entre marins de bonne trempe.

Amiral, je ne puis que vous exprimer mon cordial remerciement ni autrement ni mieux qu'en vous serrant fraternellement la main comme vous l'avez fait vous-même.

Ernst Schirlitz [19]

Dix ans s'écoulent avant que M. et Mme Meyer soient en mesure d'honorer l'invitation que leur adresse l'amiral. En effet, bien qu'il ait abandonné ses fonctions de maire suite à l'échéance de son mandat, Hubert s'est trouvé, par devoir, impliqué dans la poursuite d'une série de projets initiés lors de sa mandature qui avait requis l'essentiel de son temps disponible.

Une correspondance s'est instaurée, toujours grâce à la précieuse entremise d'Ilse Balzer. Et en juin 1976, en vacances à Malente, voici ce que celle-ci écrit aux Meyer :

« *Pour faciliter la correspondance, Monsieur l'amiral Schirlitz m'a chargée de la tâche de vous répondre : Madame et Monsieur Schirlitz étaient très heureux d'avoir de vos nouvelles (votre lettre du 18 juin leur est seulement parvenue le 23.6) et en même temps très reconnaissants de votre gentillesse de surseoir à votre visite jusqu'au mois prochain. Mme et M. Schirlitz rentreront à Kiel le 30 juin, et de ce moment-là, ils seront prêts à vous recevoir quand cela vous conviendrait. Ils regrettent de ne pas pouvoir offrir logis dans leur appartement à vous et Mme Meyer, mais ils se chargeront volontiers de vous faire réserver une chambre convenable dans un hôtel.*

C'est avec impatience que Monsieur l'amiral attend la visite de son très valeureux ancien adversaire, le souvenir duquel lui a toujours été très précieux. Aussi Mme Schirlitz sera très heureuse de faire enfin la connaissance de Mme Meyer et de vous.

Espérant que cette lettre vous parviendra à temps, et en attente de l'annonce de votre visite à Kiel – soit du Danemark, soit de la France – ils vous prient d'agréer, Monsieur l'amiral, l'expression de leurs sentiments fidèles et sincères.

Ilse Balzer

P.S. J'ai dû vous demander pardon pour l'écriture, comme mon stylo manquait d'encre, mais je devais attraper le dernier instant de la levée des lettres qui, à Malente, s'effectue une fois par jour. »

Un mois plus tard, en juillet 1976, c'est Frieda Schirlitz qui, rassemblant ses souvenirs de français, en l'absence de son amie Ilse Balzer, écrit depuis Kiel :

« *C'est avec impatience que mon mari et moi avons attendu l'annonce de votre visite, et nous sommes très heureux d'avoir de vos nouvelles. Afin de faire notre conversation – à laquelle nous avons dû attendre plus d'un quart de siècle – la plus fructueuse possible, nous avons besoin d'assistance à regard de l'ampleur des langues. Lorsque Mme Balzer, qui veut nous servir comme interprète, n'a pas pu refuser une invitation en Suède, ne rentrera pas plus tôt, mon mari et moi vous prions de venir à partir du 27 juillet, chaque jour que vous conviendra.*

Espérant de vous voir bientôt, nous vous prions d'agréer, Monsieur l'amiral et chère Madame Meyer, l'expression de nos sentiments fidèles et sincères.

Frieda Schirlitz »

L'entrevue a enfin lieu dans l'étouffante chaleur de l'été 1976 que tempère à peine le souffle de la Baltique. Près de trente ans après leur rencontre à La Rochelle, Ernst Schirlitz et Hubert Meyer se retrouvent face à face. Leur poignée de main est chaleureuse, mais sans débordement d'émotion – ce n'est pas le tempérament des deux protagonistes. Plus sensibles, leurs épouses se jettent dans les bras l'une de l'autre sans dissimuler leurs larmes. Avec l'inévitable présence d'Ilse Balzer, non seulement interprète mais témoin direct de leur passé commun, et celle de son époux Hans, lui aussi marin dans l'âme, la rencontre ressemble à celle de vieux amis se retrouvant après de trop longues années de séparation.

Pour ces anciens adversaires, c'est un vrai bonheur en effet, et un certain soulagement, de revoir l'autre sachant qu'il peut désormais être un ami. La rencontre est devenue possible parce que l'essentiel de leur histoire a été dit, écrit, expliqué par Meyer dans son livre. Les paroles s'envolent, les écrits restent. Par son travail, et son réel talent de plume, le Français a authentifié la somme de leurs efforts pour parvenir à cette œuvre humaine et humaniste : la préservation d'une ville et de sa population.

La visite des Meyer dure environ une semaine. Pendant que Frieda et Ilse montrent la ville de Kiel à leur nouvelle amie de France, les hommes font de longues promenades à pied, dans la zone portuaire. Hans Balzer les emmène à la capitainerie du port où les trois marins se retrouvent dans leur élément. Ernst et Hubert se parleront-ils de certains points de leur aventure passée demeurant mystérieux ? À quoi ou à qui était destiné cet étrange sous-marin repéré par un ingénieur français le 25 avril 1945, très surveillé et entièrement recouvert de caoutchouc, pour échapper aux radars et aux mines magnétiques ? Qui était ce passager d'importance, que Schirlitz devait accueillir le 5 mai dans le plus grand secret et dont l'avion s'est abîmé dans l'anse d'Aiguillon ? Les deux affaires n'en font-elles qu'une ?

Et surtout, Erwin de Terra a-t-il menti au procès de Schirlitz ? Ou simplement arrangé la réalité ? La veille de sa reddition, l'amiral lui a-t-il vraiment demandé de faire sauter le port de La Pallice ? Ou lui a-t-il seulement demandé si cela était possible ? Meyer n'était pas homme à se satisfaire d'hypothèses ou de semi-vérités ; il est fort probable qu'à cette question épineuse, il obtint, d'une façon ou d'une autre, à un moment ou à un autre, une réponse. Celle-ci, en tout cas, n'entacha jamais l'estime dans laquelle il tint Schirlitz jusqu'à la fin.

Ensemble

Lors du départ, Meyer et son épouse firent promettre aux deux couples qui les avaient si courtoisement reçus de ne pas tarder à leur rendre visite dans leur maison de famille, non loin de Royan. Mais deux ans plus tard, le 8 septembre 1978, le maître d'Orignac décède des suites d'un accident de voiture. Après vingt-quatre heures d'un coma dont il ne se réveillera pas, Hubert disparaît, dans les mêmes circonstances que son fils premier né en 1933.

Hélène Meyer, qui était au volant, survit avec de pénibles séquelles. Peu après le drame, elle reçoit une lettre de Kiel, dans un français approximatif et touchant.

Kiel, le 11 septembre 1978

Madame,

Ému profondément par l'ébranlante nouvelle de votre accident et du décès de l'amiral, je vous prie de croire à l'expression de ma condoléance et de la sympathie de Madame Schirlitz. Je sais bien considérer l'immense épreuve qui vous a été imposée par le sort et je suis plein de compassion avec votre douleur. Vous déplorez la perte d'un mari dévoué, la France celle d'un de ses grands hommes, et moi, je regrette la mort d'un ami.

Je commémorerai l'amiral comme adversaire loyal en

temps de guerre qui, avec moi, poursuivait le même but : celui de sauver la ville de La Rochelle, la vie de sa population et celle des soldats des deux côtés, sans négliger nos devoirs militaires envers nos patries réciproques. En laissant passer ma vie en rétrospective, vous me permettrez de dire que je suis fier d'avoir réussi à accomplir mon devoir de soldat sous l'obligation de l'humanité et grâce au secours persévérant de l'amiral, d'un homme d'honneur et de raison. Et je garderai toujours reconnaissante mémoire à tout ce qu'il avait fait pour moi pendant mon incarcération injuste après la capitulation allemande. Alors, déjà, l'adversaire de jadis s'était transformé en ami.

« Entre Marins », le souvenir de l'amiral Hubert Meyer demeurera inoubliable et hautement honoré.

Quoiqu'il n'ait pas de mots pour amoindrir votre douleur, je vous souhaite, Madame, un soulagement de vos souffrances et rapide réconvalescence.

Veuillez accepter, Madame mes hommages respectueux et l'expression de ma condoléance sincère.

Ernst Schirlitz

Schirlitz, déjà malade et amoindri par le chagrin causé par le désastreux mariage de sa fille Christa, ne survit pas longtemps à son adversaire et ami. Moins de trois mois après la mort de Meyer, dans la nuit du 27 au 28 novembre 1978, Schirlitz s'éteint dans son sommeil.

---

1 - Mémoires privés rédigés par le capitaine H.-M. Didt et confiés par lui aux auteurs.

2 - Cf. annexe 2.

3 - Cf. texte intégral de ce courrier en annexe.
4 - Cf. texte intégral de la déposition du commandant Meyer en annexe 5.
5 - En fait, le 14 septembre 1944 (note des auteurs).
6 - Cf. annexe 3.
7 - Cf. annexe 4.
8 - «La race des seigneurs», c'est ainsi que les idéologues nazis désignaient celle des Allemands.
9 - Lettre de Meyer du 5 juillet 1948.
10 - Lettre à Adeline du 19 novembre 1951.
11 - *Ibidem.*
12 - Lettre de Meyer à Adeline du 19 novembre 1951.
13 - Armée de la République fédérale allemande.
14 - Article de Robert-Jean Boulan de l'Académie de Saintonge, dans l'hebdomadaire *la Côte de Beauté* n°457 du 28 mars 1959.
15 - Hubert Meyer aura la chance de connaître tous ses petits-enfants – pas moins de neuf – nés entre 1961 et 1971.
16 - École maternelle.
17 - Cf. annexe 8.
18 - Cf. annexe 9.
19 - Cf. l'original de ce courrier en annexe 10.

ÉPILOGUE

Le second conflit mondial a coûté au monde entier 45 millions de morts, dont 20 pour l'URSS, 6 pour la Pologne et 5,5 pour l'Allemagne. Les populations civiles ont beaucoup plus souffert que lors de la Première Guerre, tant du fait des bombardements aériens que de l'occupation et des massacres auxquels se sont livrés les nazis, contre sept millions d'Israélites, de tziganes, de communistes, d'homosexuels… Le bilan matériel fut également très lourd pour l'Europe, sinistrée à 50 %.

Diplomatiquement, économiquement et politiquement, ce conflit a accéléré le déclin des nations européennes de l'Ancien Continent. Il a aussi provoqué une division du monde en deux blocs rivaux, scission qui se marqua par la Guerre Froide, menée par les USA et l'URSS et qui perdurera jusqu'au début des années 1990.

Moralement, le mépris du droit des gens, la généralisation de la torture, l'extermination systématique de millions d'êtres humains ont mis à mal tant la conscience des hommes que les valeurs sur lesquelles reposait leur civilisation.

Ce *désenchantement du monde*[1] était patent, dès le milieu de la Seconde Guerre mondiale, pour tous ceux dotés d'un minimum de lucidité. Ernst Schirlitz et Hubert Meyer comptèrent au nombre de ceux qui, en dehors du bruit et de la fureur, avaient déjà perçu, en marins qui savent voir loin, l'évolution et le développement vraisemblables des décennies à venir en Europe. Leurs comportements respectifs, en une situation aussi explosive que celle qui les rassemblait, ont démontré – au-delà des risques personnels encourus par chacun d'eux – la clairvoyance, l'indéniable courage et le caractère humaniste de leur démarche commune: « *Nous travaillons désormais pour nos enfants.* »

Douze ans après la fin du conflit, la naissance de la Communauté économique européenne justifiait amplement le bien-fondé des généreuses (bien qu'alors non orthodoxes) initiatives de nos protagonistes. Ironiquement, du point de vue de l'Histoire, le Traité de l'Elysée de 1960, paraphé par Charles de Gaulle et Konrad Adenauer, prescrivant toutes les mesures nécessaires pour encourager l'amitié et le rapprochement entre les peuples d'Allemagne et de France, ne faisait qu'entériner ce que deux ennemis en pleine tourmente étaient parvenus à réaliser.

De fait, la lente mais sûre élaboration de l'Union européenne par la suite n'a cessé, et ne cesse, de démontrer le caractère visionnaire, voire prophétique de l'action de ces deux hommes d'exception.

Une chose est sûre, c'est que les générations qui ont suivi les principaux protagonistes de la libération rochelaise ont compris la leçon de la dramatique confrontation vécue par leurs parents. Dès 1954, et pour plusieurs années à suivre, c'est dans la famille du commandant Meyer, près de Royan, que l'une des enfants de l'*Oberleutnant* Grupe (Gisella) passa l'essentiel de ses vacances d'été, dans l'atmosphère la plus amicale, voire la plus familiale qui soit.

Mais l'exemple le plus caractéristique et plus rassurant, réside dans le cas de l'arrière-petit-fils de l'amiral Schirlitz, Tom Gerberding, vingt-trois ans à l'écriture de ces lignes. À l'issue de ses études universitaires en politologie, Tom Gerberding devait rédiger un mémoire pour son diplôme de fin d'études. Ayant choisi de retracer la carrière et l'action de son arrière-grand-père, ses recherches le conduisirent, très naturellement, à se rapprocher de ceux qui s'intéressent encore à cet épisode longtemps ignoré de la Seconde Guerre mondiale. C'est ainsi qu'à La Rochelle, en mai 2004, nous eûmes le plaisir de serrer la main de M. Gerberding et l'avantage de le présenter aux descendants du commandant Meyer. Les enfants d'Hubert l'accueillirent comme un jeune parent et leur rencontre, par un superbe après-midi de printemps, sur le parc en pente douce de la propriété d'Orignac, laissera à chacun d'eux un souvenir chaleureux et impérissable.

Avons-nous résolu tous les secrets de cette splendide histoire, levé le voile sur tous ses tenants et aboutissants ? Sans doute que non, et c'est tant mieux. Il reste au moins un mystère – celui de la malle militaire de l'amiral Schirlitz.

Voici ce qu'en écrivait aux auteurs, en novembre 1994, Friedrich Schuppel, vétéran de la garnison allemande de La Rochelle :

« *J'étais alors un jeune quartier-maître de l'ancienne Marine et il m'était encore difficile de réaliser que nous avions tout perdu. Pour cette raison, j'ai enfoui cette malle, après avoir entretemps été muté aux avant-postes, à environ 5 à 6 km de La Rochelle. J'ai donc enterré cette malle dans une grange dans une petite localité dont je ne me souviens plus exactement du nom, je pense qu'elle devait s'appeler Sonchong ou bien encore Sauchong.*

En tous les cas, je me trouvais stationné dans un bunker avec mon équipe à un croisement de voies ferrées, nous étions dotés de batteries de DCA légères tirant des obus de 20 mm. Près de mon bunker se trouvait un arsenal entouré d'une barrière, on y avait placé, pour le ravitaillement des troupes, des vaches, des veaux des moutons et des bœufs. Cet endroit se situait à un kilomètre de celui où j'avais enterré cette malle.

Je n'avais rien touché ni rien enlevé du contenu de cette malle, à l'époque. Je savais seulement que cela appartenait à l'Amiral. Cela me ferait évidemment bien plaisir si on la retrouvait, mais a-t-elle été retrouvée après-guerre, ou son contenu s'est-il anéanti ? Le sol de la grange a-t-il fini par s'affaisser ?

Peut-être est-il encore possible de découvrir quelque preuve de l'existence de cette malle. »

---

1 - Le sociologue protestant allemand Max Weber le prophétisait dès 1920 dans *L'Éthique protestante et l'esprit du capitalisme.*

Chronologie de la période (20 août 1944-9 mai 1945)

Janvier 1944

19 janvier – Rommel dresse une liste des ports français devant être transformés en forteresses et défendus à tout prix en cas de débarquement allié : c'est le cas de La Rochelle et de La Pallice.

Septembre 1944

1er septembre – L'ancien maire de La Rochelle, Léonce Vieljeux est fusillé, à l'âge de 79 ans, au camp du Struthof, avec ses compagnons de Résistance, son petit-fils le pasteur Yann Roulet, son neveu Franck Delmas, Joseph Camaret, Jacques Chapron, Étienne Girard et d'autres comme Franck Gardes et Louis Gravot.

6 au 10 septembre – Sous le commandement du colonel Adeline, les maquis maintiennent la pression : sabotages, récupération d'armes et munitions, combats à Mauzé, Marans, Gordes-d'Aunis, Surgères, Vouhé, etc.

6 septembre – Première entrevue entre le commandant Meyer et l'amiral Schirlitz au QG allemand, à Lafond.

10 septembre – Rencontre à Châtelaillon de l'amiral Schirlitz et du général Chevance-Bertin, accompagné du commandant Meyer. Bien que précipitée, la négociation aboutit à la conclusion d'une trêve de quarante-huit heures.

11 septembre – Les Allemands, venant de l'île d'Oléron, occupent le fort du Chapus, construit sur un îlot rocheux, sous la protection d'un tir d'artillerie. Le fort du Chapus est abandonné quelques heures plus tard.

Autour de La Rochelle, les FFI tiennent une ligne qui s'étend au nord depuis la baie de l'Aiguillon, au sud au village d'Yves, à l'est Marans, Courçon, Surgères, Muron. Une brève coupure subsiste, cependant, entre Yves et Fouras.

Venant de La Rochelle, la colonne Elster se rend aux Américains à Issoudun.

12 septembre – Les Allemands évacuent Rochefort.

13 septembre – Deuxième entrevue Schirlitz/Meyer : amélioration du régime d'occupation de La Rochelle.

14 septembre – Le groupement Ricco provoque un sérieux accrochage à Ferrières au cours duquel six FFI sont blessés et sept civils sont massacrés par les Allemands.

17 septembre – Des employés de la SNCF sabotent 7 locomotives en dépôt.

18 septembre – À Cognac, le général de Gaulle cadre l'action de Meyer.

20 septembre – Troisième entrevue Schirlitz/Meyer : première proposition d'une convention.

Violente attaque allemande à Yves.

Des razzias allemandes sont menées à Aigrefeuille, La Jarne et Andilly.

21 septembre – Premier échange de prisonniers.

Le milicien François Sidos forme la délégation atlantique du gouvernement français.

Télégramme de l'amiral Krancke, commandant de la *Kriegsmarine* à l'ouest : l'OKW rappelle aux commandants de forteresse de ne pas céder aux Français.

22-23 septembre – Combats à Aigrefeuille.

24 septembre – Les FFI sont intégrés aux Forces françaises. Le colonel Adeline réorganise et renforce le front de La Rochelle.

30 septembre – Quatrième entrevue Schirlitz/Meyer : définition d'une convention de non-agression selon deux lignes de sécurité et création d'un *no man's land* pour les opérations armées.

Octobre 1944

5 octobre – Cinquième entrevue Schirlitz/Meyer : discussions préalables à l'établissement de la convention.

11, 13, et 17 octobre – Rencontre à Châtelaillon des délégations française et allemande pour le tracé des lignes adverses.

14 octobre – Le général de Larminat devient commandant des Forces françaises de l'Atlantique.

17 octobre – Le colonel Adeline signe la convention.

18 octobre - Sixième entrevue Schirlitz/Meyer. Remise de la convention à l'amiral Schirlitz.

20 octobre – Signature de la convention par l'amiral Schirlitz.

Premier convoi d'évacués.

22 octobre - Le général de Larminat prend la tête du détachement armé de l'Atlantique.

25 octobre – Dans une conférence de presse, de Gaulle répond concernant la présence allemande dans les poches de l'Atlantique : « *C'est une situation préoccupante, d'abord parce qu'il est odieux que les Allemands soient dans cette partie de la France, comme dans tout autre partie; ensuite, parce qu'ils nuisent aux populations, enfin parce qu'ils empêchent d'utiliser les ports français.* »

26 octobre – Un avion américain est abattu devant La Pallice. Dix-sept survivants sont faits prisonniers.

27 octobre – Non averti de la Convention, le président de la Chambre de commerce M. Mörch intervient auprès des Allemands. De son côté, le maire Godard obtient qu'on distingue le port (économique) de La Rochelle du port (militaire) de La Pallice.

Novembre 1944

2 novembre – Le groupe de résistance *Ludo* fait entrer clandestinement un poste émetteur avec son opératrice, Henriette Martineau.

4 et 5 novembre – Combats sur le front de La Rochelle : à Ballon-Gravelle, les Allemands font une centaine de prisonniers.

9 et 11 novembre – Les Allemands font sauter le grand môle du Verdon, à Royan.

13 novembre – Un service de censure est instauré, sous les ordres du chef nazi Koethe : avec l'aide d'une équipe montée par Sidos, il passe au crible les lettres reçues dans la forteresse.

17 novembre – Les renseignements intérieurs indiquent que Schirlitz a refusé l'ordre de dynamiter le port de La Pallice au nom de la Convention d'Octobre.

18 novembre – Après un tir d'artillerie, les Allemands attaquent dans le secteur de Marans.

23 novembre – Le premier convoi de ravitaillement pour La Rochelle est acheminé depuis Niort. Les camions sont visités, retardés et ponctionnés au passage des lignes françaises.

25 novembre – À Marans, les Allemands traversent le canal en bateaux pneumatiques et prennent à revers les avant-postes FFI pour une nouvelle opération de raid alimentaire.

27 novembre – Coup de main du groupe Bir-Hakeim au Grand Agère.

Maurice Schumann à la BBC exalte « *la vaillance et le courage de ceux qui montent la garde dans la cité aunisienne, face à l'ennemi.* »

28 au 30 novembre – De nouvelles unités FFI et même des régiments d'Afrique du Nord arrivent devant La Rochelle.

Décembre 1944

1er décembre – Au sud de Marans, de fortes patrouilles ennemies, cherchant à reconnaître nos positions, sont repoussées.

2 décembre – Échange de 80 prisonniers. Deux soldats polonais reconnus comme déserteurs par les Allemands sont fusillés.

Deux hydravions allemands apportent des armes antichars.

3 et 4 décembre – Combats dans le secteur de Royan.

9 décembre – Contre-offensive de von Rundstedt dans les Ardennes.

Traité franco-soviétique.

10 décembre – Le major géneral US Royce, commandant la première *Tactical Air Force*, rend visite à Cognac au général de Larminat et au général d'aviation Corniglion-Molinier, et leur demande que les poches de l'Atlantique soient « ramollies » par des bombardements aériens massifs.

Convoi de ravitaillement par la Croix-Rouge suédoise.

15 décembre – Violents combats vers Aigrefeuille.

16 décembre – Deuxième convoi de ravitaillement, apporté par Rolf Nordling, consul de Suède à Paris et Lars Almström, conseil de l'Église suédoise.

19 décembre – Coups de main allemands dans le secteur de Royan.

20 décembre – Désiré Arnaud, secrétaire général de la préfecture de La Rochelle, va exposer le dilemme de La Rochelle auprès du ministre de l'Intérieur.

23 décembre – Coups de main allemands et français dans le secteur de Royan.

28 décembre – Le môle d'escale de La Rochelle est miné.

Second convoi d'évacuation par train spécial, emportant les détenus de la prison de La Rochelle et du pénitencier de Saint-Martin-de-Ré

Janvier 1945

5 janvier – Un bombardement allié ravage la ville de Royan.

11 et 19 janvier – Troisième convoi d'évacuation de La Rochelle : 5 500 personnes, parmi elles des civils de Ré et d'Oléron, plutôt expulsés que consentants.

15 et 16 janvier – 4 000 Allemands attaquent au nord de La Rochelle.

20 janvier – Le régiment Foch est transféré de La Rochelle sur Royan.

22 janvier – Razzia allemande à la foire agricole de Marans.

27 janvier – Service funèbre, à la mémoire de Léonce Vieljeux et des martyrs du camp du Struthof en Alsace, à la cathédrale par l'évêque Liagre et au temple par le pasteur Barraud.

Février 1945

4 au 12 février – Conférence de Yalta entre Roosevelt, Churchill et Staline.

13 février – Incidents à Surgères au passage du convoi de vivres destiné à La Rochelle.

13-14 février – 4e et dernier convoi d'évacuation, en retour d'un train de ravitaillement.

Mars 1945

1er mars – Violente attaque allemande sur Saint-Jean-de-Liversay. Pour la première fois, l'ennemi se heurte à des chars français.

6 mars – Lors du premier voyage du *Messidor*, des incidents éclatent au port fluvial de Tonnay-Charente.

7 mars – La première armée américaine passe le Rhin à Remagen.

25 mars – Le général de Larminat dissout le commandement des Forces françaises du Sud-Ouest et nomme le colonel Chêne commandant du secteur de La Rochelle.

Avril 1945

3 avril – Lors d'un bombardement à Kiel, la famille de Schirlitz est touchée.

8 avril – Nouvel échange de prisonniers.

9 avril – Hitler fait exécuter l'amiral Canaris.

10 avril – Le général de Larminat résilie la convention.

12 avril – Septième entretien Schirlitz/Meyer : ils concluent un accord moral.

Mort du président des États-Unis, Roosevelt, remplacé par Truman.

14 avril – Huitième entretien Schirlitz/Meyer.

Dernier voyage du *Messidor*.

14 du 18 avril – Après 5 jours de combats, les Allemands de la forteresse de Royan et de la presqu'île d'Arvert capitulent.

18 avril – Neuvième entretien Schirlitz/Meyer.

22 avril – Les Russes entrent dans Berlin.

24 avril – Un avion allemand venant d'Allemagne s'écrase dans la baie de l'Aiguillon. Des pêcheurs ramassent 12 millions d'argent français.

27 avril – Le général d'Anselme prend le commandement des forces françaises du front de La Rochelle, aux côtés du colonel Chêne.

30 avril et 1er mai – Après deux jours de combats, les Allemands de l'île d'Oléron capitulent.

Les troupes FFI occupent la côte 303 au sud de Thairé, La Gravelle et la Cigogne. Les chars français *Somua* participent à l'attaque

Le *Ville-de-Noirmoutier* arrive à La Pallice, transportant 90 Miliciens, dont certains blessés.

Suicide d'Hitler à Berlin.

Mai 1945

1er mai – Les troupes FFI investissent Le Marouillet, Voutron et le Petit- Passage.

2 mai – Dixième entretien Schirlitz/Meyer.

Les troupes FFI investissent Aigrefeuille, Virson, le canal de Nuaillé et le lieu-dit le Petit Lapin.

Capitulation de Berlin.

4 mai – Le grand zmiral Dönitz, remplaçant Hitler, déclare : « *Les combats ont perdu toute signification à l'ouest* ».

Onzième entretien Schirlitz/Meyer : l'amiral assure Meyer de ses intentions de rendre le port intact et annonce la libération de tous les prisonniers.

5 mai – Le sous-marin *Fuchs* quitte La Pallice pour Saint-Nazaire et l'Angleterre.

Libération de 675 prisonniers FFI.

Le général de Larminat fait à nouveau progresser ses troupes.

Entrevue à Châtelaillon.

6 mai – Réunion au PC de la Résistance intérieure à La Rochelle.

Nouvelle réunion avec les autorités militaires allemandes.

Les troupes FFI pénètrent à Châtelaillon sans combat. Les Allemands se sont retirés à Angoulins.

Le *Ville-de-Noirmoutier*, en route pour l'Espagne avec à son bord des miliciens et leurs familles (dont Sidos) est arraisonné en mer par un hydravion et ramené aux Sables-d'Olonne.

7 mai – À 2 h 45, dans une modeste école où avait été établi le quartier général du général Eisenhower, est signée à Reims la reddition inconditionnelle de l'Allemagne.

Première réunion des Cinq Grands : USA – GB – URSS – Chine – France, à San Francisco.

À 15 heures, depuis Rochefort, Radio Bir-Hakeim annonce la capitulation de l'Allemagne. Celle-ci ne sera effective qu'au 8 mai à minuit, mais cela ne peut empêcher la population de sortir faire la fête. La Rochelle vit une folle journée.

8 mai – Douzième entrevue Schirlitz/Meyer.

Ratification à Berlin de la capitulation signée à Reims.

9 mai – Entrée des troupes françaises dans La Rochelle.

15 mai – La France devient membre permanent du Conseil de sécurité.

23 juillet – Visite du général de Gaulle à La Rochelle.

Après le conflit

Juillet-août 1945 – La conférence de Potsdam réunissant Truman, Churchill et Staline fixe le montant des réparations allemandes, décide de la dénazification et du démantèlement de l'industrie lourde allemande. Les discussions échouent sur les problèmes balkaniques.

Décembre 1945 – Meyer visite Schirlitz en prison à Bordeaux et exige pour lui de meilleures conditions de détention.

Janvier 1946 – Nommé à Alger, Meyer intervient pour obtenir des nouvelles de la famille de Schirlitz et dépose un témoignage en sa faveur pour le procès. Schirlitz est jugé pour le débordement criminel d'un soldat allemand, déjà jugé par les Allemands et qui s'est enfui à la Libération. Un jeune avocat, Me Paul Bladier de Bordeaux, est commis d'office.

28 mars 1946 – Le chef milicien Sidos est condamné à mort et fusillé à La Rochelle.

2 juillet 1947 – Le tribunal militaire de Bordeaux prononce un non-lieu en faveur de Schirlitz.

Octobre 1947 – Libéré, Schirlitz rentre en Allemagne, comme la majorité de la garnison de La Rochelle.

1954 – Devenu contre-amiral, Meyer est nommé pour représenter la France à la conférence pour la Commission européenne de défense. La CED est un échec, mais Meyer en profite pour remettre la dague de Schirlitz à son homologue allemand, le général Speidel, ancien chef d'état-major du maréchal Rommel, qui la restituera à Schirlitz à Kiel.

1966 – Meyer publie ses *Mémoires* et les envoie à Schirlitz, avec dédicace.

1976 – Ultime rencontre de Meyer et Schirlitz à Kiel.

1978 – Décès de Meyer et Schirlitz, à trois mois d'intervalle.

Vie et carrière
de l'amiral Ernst Schirlitz

Sept. 1893/sept. 1905 – À Christburg, où il est élevé par son père, pasteur, veuf depuis la naissance d'Ernst, et par une marâtre. Il suit les cours de M. l'instituteur Kölnisch, ancien officier.

Sept. 1905/juillet 1911 – Études secondaires au lycée royal d'Elbing. Baccalauréat.

Août 1911/mars 1912 – Préparation de l'examen d'entrée à l'école des Cadets de la marine de Flensburg-Mürwick

Avril 1912 – Examen réussi, Ernst Schirlitz fait son entrée dans la Marine. Promotion 1912. Parmi les cadets de sa promotion se trouve un certain de Terra. Il effectue six semaines d'exercices intences permettant d'acquérir un comportement et une formation militaires.

8 août 1912/2 mars 1913 – Il est embarqué à bord de SMS *Hertha* comme cadet pour une formation de 207 jours, pour y acquérir la pratique de base d'un matelot.

12 avril 1913 – Nommé *Fähnrich zur See* (aspirant). Affecté à l'école des élèves-officiers de la marine de Mürwick, près de Flensburg au nord du Schleswig-Holstein, Schirlitz suit une année

d'études théoriques sur la navigation, les règlements, la manœuvre.

12 avril 1914 – Il réussit l'examen sanctionnant cette année de cours.

1er août 1914 – Affecté à bord du croiseur *Freya* dans le service des transmissions. Il servira, par la suite, sur le *Friedrich-Carl*, puis sur le *Fürst-Bismarck* jusqu'en janvier 1915.

Janvier 1915 – Commence une formation pour intégrer le corps des ballons dirigeables de la Marine. Est affecté sur le *L-7*, puis sur le *L-20.*

22 mars 1915 – Il est promu *Leutnant zur See* (enseigne de vaisseau de 2e classe).

24 septembre 1916 – Il est fait prisonnier en Angleterre suite à un raid de bombardements sur Londres et la destruction de son dirigeable *L-33.*

25 décembre 1917 – Promu *Oberleutnant zur See* (enseigne de vaisseau de 1re classe).

24 nov. 1916/nov. 1919 – Captivité en Angleterre. Libéré le 3 décembre 1919, il rallie à Cuxhaven le régiment de défense côtière de la mer du Nord.

1920 – Nommé commandant de compagnie, section des défenses côtières à Cuxhaven.

Épouse une veuve de guerre, Frieda (Gertrude) Klempnauer, née Broeske, le 5 août 1893 et déjà mère de Charlotte et Erika Klempnauer. Ils auront une fille, Christa Schirlitz.

1921 – Affecté à l'amirauté, section de développement de l'arme des dirigeables de la Marine.

29 octobre 1922 – Naissance de Christa Schirlitz.

1er avril 1923 – Promu *Kapitän-Leutnant* (lieutenant de vaisseau).

27 septembre 1924 – Muté sur le bâtiment de ligne.

Mars 1925 – Prend, à terre, le poste de 1er adjoint du *Hafen-Kommandant Willhelmshaven*, comme lieutenant de vaisseau.

1er novembre 1925 – Nommé à la *Kommandantur* de Willhelms-haven.

1928 / 1930 – Adjoint au chef de la IIe section de la Marine de l'amirauté.

Sept.1928/oct.1930 – Affecté sur les bâtiments de ligne *Schleswig-Holstein* et *Hannover*.

28 septembre 1930 – Promu *Korvetten Kapitän* (capitaine de corvette).

1931 / 1934 – Chef de service au ministère de la Guerre.

Sept. 1934/Oct.1936 – Muté sur le *Deutschland* comme commandant en second, avec lequel il effectue une croisière en Amérique du Sud.

1er avril 1936 – Promu *Fregatten Kapitän* (capitaine de corvette).

1er octobre 1937 – Promu *Kapitän zur See* (capitaine de corvette).

1937-1939 – Chef d'état-major au ministère à Berlin.

Octobre 1939/1942 – Passe à l'inspection des écoles comme chef d'état-major.

À la déclaration de guerre, Schirlitz sert comme chef d'état-major du commandant des défenses de la mer du Nord.

1er mars 1942 – Promu *Konter-Admiral*. Il est commandant du secteur Bretagne (Seeko).

Février 1943 – Nommé commandant de la côte atlantique (*Admiral Atlantikküste*).

1er avril 1943 – Promu *Vize-Admiral*.

20 août 1944 – Affecté au commandement de la forteresse de La Rochelle.

1er Décembre 1944 – Décoré de la croix allemande.

11 mars 1945 – Décoré de la Ritterkreuz.

9 mai 1945 – Signe la reddition des forces allemandes de la forteresse de La Rochelle.

Après le conflit

9 mai 1945/30 juin 1947 – En captivité dans divers camps de prisonniers.

2 juillet 1947 – Accusé de crimes de guerre, il obtient un non-lieu du tribunal militaire permanent de Bordeaux.

Octobre 1947 – Retour à Kiel (Allemagne).

1954 – Récupère sa dague d'honneur, qu'il avait remise à Meyer le 9 mai 1945, des mains du général Speidel qui a rencontré Meyer à Bonn, lors de la signature ratée de la CED.

1947/1958 – Survit grâce à des petits boulots : vigile, gardien de nuit, courtier d'assurances, avant de prendre sa retraite.

Avril 1966 – Reçoit une lettre du contre-amiral Meyer, accompagnant son livre *Entre Marins*, dédicacé.

Août 1976 – Les époux Meyer sont reçus à Kiel chez l'amiral Schirlitz et son épouse.

Septembre 1978 – Reçoit l'annonce du décès accidentel de l'amiral Meyer.

27 novembre 1978 – Décède dans son sommeil.

Vie et carrière de l'amiral Hubert Meyer

12 janvier 1899 – Mort de Michel Meyer, de la fièvre typhoïde.

10 septembre 1899 – Naissance de (Jules) Hubert Meyer à Flavigny-sur-Moselle, dernier né d'une fratrie de sept enfants, fils du défunt Michel (Marie Rupert) Meyer et de Mathilde (Marie Adèle Amélie) Meyer née Grillon.

19 février 1903 – Catherine Meyer, sœur aînée d'Hubert, meurt de la fièvre typhoïde, à l'âge de 12 ans.

17 janvier 1907 – Mathilde, veuve Meyer, se remarie avec Fernand Pollain, musicien.

31 août 1914 – Michel Meyer (junior), frère aîné d'Hubert, est tué à l'ennemi à Fontenoy, sur le front des Ardennes, à l'âge de 26 ans.

11 janvier 1917 – Hubert Meyer est reçu bachelier au lycée de Nancy dans les matières latines, langues vivantes et mathématiques.

Mars 1918 – Sans attendre la fin du conflit mondial, Hubert Meyer s'engage dans la Marine.

Mars 1919 – Il entre à l'École navale de Brest, directement au grade de second-maître eu égard à son premier état de service.

Octobre 1920 – L'enseigne de vaisseau 2e classe Meyer s'embarque pour deux ans sur le bateau-école la *Jeanne d'Arc*.

Octobre 1922 – L'enseigne de vaisseau 1re classe Meyer s'embarque sur le croiseur *Colmar* en route vers l'Extrême-Orient. Au cours des sept années à suivre, il fait quasiment le tour du monde, en changeant de bâtiments et en s'élevant jusqu'au grade de lieutenant de vaisseau.

19 mai 1927 – Il reçoit la médaille commémorative de Syrie-Cilicie pour opérations effectuées là-bas.

Avril 1930 – Aide de camp de François Pietri, député et ministre des Colonies, qui représente, avec d'autres membres du gouvernement, la France pour la signature du traité pour la limitation et la réduction des armements navals, entre les États-Unis, la France, la Grande-Bretagne (Irlande et colonies), l'Italie et le Japon. Hubert Meyer appose sa signature au bas du traité en date du 22 avril.

1er mai 1930 – Il prend la direction du port de Brest. Cet été, il participe au tournage du documentaire réalisé par Jean Arroy sur le nouveau croiseur de la Marine. « SOS Foch »

20 janvier 1931 – Chevalier de la Légion d'honneur.

18 avril 1931 – Mariage avec Hélène Gros, issue de la grande bourgeoisie royannaise.

20 mars 1932 – Naissance de son premier fils, Jean-Paul.

16 juillet 1932 – À 33 ans, il prend son 1er commandement du groupe des Garde-pêche d'Algérie.

Août 1933 – Âgé de dix-huit mois, son fils Jean-Paul meurt des suites d'un accident de voiture.

5 janvier 1934 – Naissance de sa première fille, Florence.

8 avril 1935 – Naissance de sa deuxième fille, Odile.

Mai 1935 – Il est en poste au cabinet militaire du ministre de la Marine.

Juillet 1936 – Il prend la direction du port de Lorient.

5 août 1936 – Chevalier de l'ordre du Mérite maritime.

7 janvier 1937 – Promu capitaine de corvette, il prend le commandement de l'escorteur *La Bayonnaise.*

25 septembre 1937 – Naissance de son deuxième fils, Hervé.

Mai 1939 – Il est nommé à l'état-major du général inspecteur général des forces en Afrique du Nord, basé au Maroc, et promu l'année suivante au grade de capitaine de frégate.

1er mai 1941 – Il est commandant en second sur le croiseur *Jean-de- Vienne*, des forces de haute mer.

27 novembre 1942 – Lors du sabordage de la flotte à Toulon, il doit couler son contre-torpilleur *Le Lynx*, dont il venait de prendre le commandement.

Août 1943 – Chef du service local des œuvres de la Marine.

20 août 1944 – Commandant la marine à Rochefort.

Octobre 1945 – Commandant la marine à La Rochelle.

Après le conflit

9 mai 1945 – Après la capitulation, il prend le commandement provisoire de la flottille de La Rochelle.

14 mai 1945 – Cité à l'ordre de la brigade par le général Adeline.

3 octobre 1945 – Promu capitaine de vaisseau.

2 novembre 1945 – Cité à l'ordre de la division par le général de Larminat.

Mars 1946 – Prend le commandement de la division navale du Levant.

Été 1948 – Observateur en Palestine auprès du comte Bernadotte, médiateur des Nations unies (assassiné sous les yeux de Meyer, le 17 septembre 1948).

Octobre 1948 – Attaché militaire, naval et de l'air au Caire, près de l'ambassadeur de France en Égypte, Maurice Couve de Murville.

11 novembre 1953 – Commandeur de la Légion d'honneur.

Août 1954 – Représentant de la Marine à la communauté européenne de défense (CED), dont la France refuse finalement de ratifier le traité.

1er octobre 1954 – Nommé contre-amiral, dans la 1re section du cadre des officiers généraux de la Marine et admis, par anticipation et sur sa demande, dans la 2e section du cadre des officiers généraux de la Marine à compter de la même date, Meyer se retire. Il aura cumulé les décorations, françaises (croix de guerre 1939-1945, chevalier du Mérite maritime, citoyen d'Honneur de La Rochelle, citoyen d'Honneur de Rochefort, médaille d'argent de l'Éducation physique, chevalier de l'Étoile noire) ou étrangères (commandeur du Ouissam Alaouite, chevalier du Dragon d'Annam, officier du Nichan Iftikhar, ordre du Nil, Mérite naval espagnol, commandeur de Georges 1er de Grèce, Silver Star américaine).

1959-1965 – Maire de Royan.

21 décembre 1966 – Son livre de mémoires *Entre Marins* reçoit le prix André Vovard de l'académie des sciences, belles-lettres et arts de Bordeaux.

8 septembre 1978 – Décède à l'hôpital de Saintes, des suites d'un accident de voiture, sans jamais avoir repris conscience.

LISTE DES ANNEXES DOCUMENTAIRES

Annexe 8 – Fac-similé de la lettre du contre-amiral Meyer au vice-amiral Schirlitz lui annonçant la publication de son ouvrage, datée du 18 avril 1966.

Annexe 9 – Fac-similé de la dédicace de son livre au vice-amiral Schirlitz par le contre-amiral Meyer (avril 1966).

Annexe 10 – Original manuscrit de la lettre de remerciements de Schirlitz à Meyer.

Annexe 11 – Note sur François Sidos.

168

Marinenachrichtendienst

Eingegangen 9/5 0055	Weiter an	Tag	Uhrzeit	Rolle	durch
von MKMK durch	1.				
	2.				
	3.				
Verzögerungsvermerk	4.				
	5.				

Füstg v. D.

Fernschreiben von

161

+ KR MKMK 547 8/5 2235=
KR 1 SKL=

--GEHEIM== GESCHL FT 2055/8/ LW 80=
OKW/ WFST, OKM/ SKL: .-
BESETZUNG DES BEREICHS ERFOLGT AUF
DRAENGEN DES GEGNERS BEREITS 9/5 AB 0600
UHR. ICH MELDE MIT MEINER BESATZUNG AB.
WIR GRUESZEN UNSERE LIEBEN IN DER HEIMAT,
WIR DENKEN AN DEUTSCHLAND . =
SCHIRLITZ, VIZ ADM KDT VERT BEREICH LA
ROCHELLE/ MNA SKL

SECRET - CHIFFRE FT 2055/8/ LW 80= DEST : OKW / WFST, OKM/SKL
L'OFFENSIVE DE L'ADVERSAIRE A ENTRAÎNE L'OCCUPATION DU SECTEUR LE 9 / 5 A PARTIR DE 0600 HEURES. JE RENDS COMPTE DE LA CESSATION DES ACTIVITES DE MA GARNISON ET DE MES FONCTIONS. NOUS SALUONS NOS ETRES CHERS RESTES AU PAYS. NOUS PENSONS A L'ALLEMAGNE.
SCHIRLITZ - VICE-AMIRAL COMMANDANT LE SECTEUR DE DEFENSE DE LA ROCHELLE / MNA SKL.

Fac-similé du dernier télégramme de l'amiral Schirlitz annonçant à sa hiérarchie la reddition de La Rochelle.

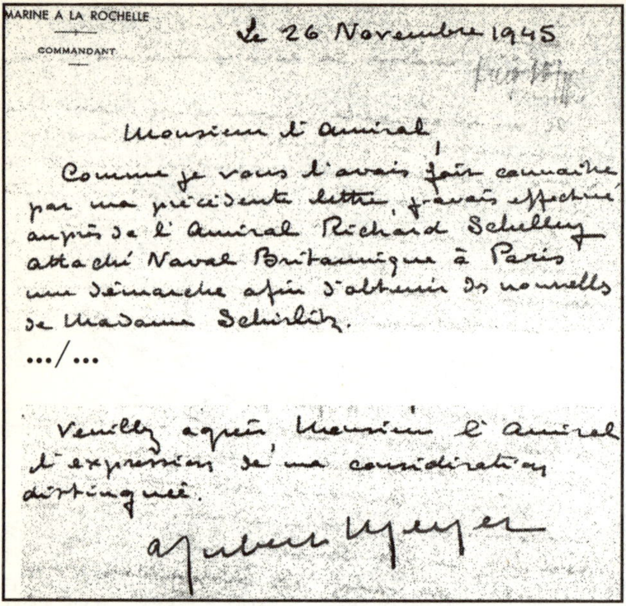

MARINE A LA ROCHELLE

COMMANDANT

Le 26 Novembre 1945

Monsieur l'Amiral

Comme je vous l'avais fait connaître par ma précédente lettre, j'avais effectué auprès de l'Amiral Richard Schelley attaché Naval Britannique à Paris une démarche afin d'obtenir des nouvelles de Madame Schirlitz.

.../...

Veuillez agréer, Monsieur l'Amiral l'expression de ma considération distinguée.

Meyer

Annexe 1 - **Lettre manuscrite du commandant Meyer à l'amiral Schirlitz (26 novembre 1945)**

Monsieur l'Amiral,

Comme je vous l'avais fait connaître par ma précédente lettre, j'avais effectué auprès de l'amiral Richard Shelley, attaché naval britannique à Paris, une démarche afin d'obtenir des nouvelles de Madame Schirlitz.

J'ai la satisfaction de vous informer que je viens de recevoir ce jour de l'Amiral Shelley, la réponse suivante:

En raison de l'affreuse calamité qui a frappé votre famille et dans laquelle vos deux autres filles et leurs six enfants ont péri, les autorités britanniques ont communiqué votre adresse à Madame Schirlitz et ont donné à celle-ci des nouvelles de vous. Des dispositions ont été prises par le Military Government afin que Madame Schirlitz soit mise à même de communiquer avec vous.

Il m'est agréable d'avoir réussi dans ma démarche, et j'espère que ces nouvelles vous apporteront un réconfort moral dans votre terrible épreuve personnelle.

Je vous ai fait adresser, il y a trois semaines, un petit colis de vivres, et lorsque je saurai qu'il vous est parvenu, je m'efforcerai de vous en faire parvenir un second.

Je suis heureux de pouvoir ainsi par ces menus services rendre hommage à l'adversaire loyal et chevaleresque que j'ai trouvé en vous. Et je forme le vœu que, grâce à des hommes de votre noblesse de caractère, se dessine un avenir meilleur dans les relations de nos deux Pays.

Veuillez agréer, Monsieur l'Amiral, l'expression de ma considération distinguée.

Annexe 2 La Rochelle, den 6. mai 1945

Hierdurch wird bestätigt, daß

1) die Behandlung der Kriegsgefangenen im Lager La Pallice den Bestimmungen der Genfer Konvention entsprach,

2) die Gefangenen im Besitz ihres gesamten Eigentums sind,

3) die Unterkünfte in einwandfreien Zustand übergeben wurden,

4) der Gesundheutszustand der entlassenen Gefangenen gut ist.

Brieftaschen und Papiere der Gefangenen wurden durch deren Offizierer zur Aushändigung an die Gefangenen ordnungsgemäß und vollständig übernommen. Abgenommene Geldbeträge wurden ausgezahlt.

La Rochelle, le 6 mai 1945

Il est certifié que :

1) le traitement des prisonniers de guerre au camp de La Pallice était conforme aux conventions de Genève,

2) les prisonniers de guerre sont en possession de leurs objets personnels,

3) les locaux et les dortoirs ont été remis en état impeccable,

4) l'état sanitaire des prisonniers de guerre est satisfaisant.

Portefeuilles et papiers des prisonniers de guerre ont été réceptionnés par les officiers compétents aux fins de remise aux intéressés, ceci intégralement et en règle. Les sommes d'argent ont été payées.

Nom : Illisible
114e – RI – 6e Cie

à titre d'interprète :
Signé : Illisible

Copie certifiée conforme
Andernos le 4-1-1946
Pour le Chef de Bataillon Monsarrat commandant le dépôt 181

Nom : Illisible
Délégué de la Croix-Rouge française

L'officier interprète

Annexe 3 - **Extrait du dossier du Greffe du tribunal de la cour d'appel de Bordeaux. Prononciation du non-lieu concernant l'amiral Schirlitz. Libération du P.G. Admiral SCHIRLITZ**

ABSCHRIFT – 02.07.1947
AUSZUG AUS DEN GERICHTSAKTEN
DER GERICHTSSCHREIBEREI
DES COUR D'APPEL
DE BORDEAUX.

1. SCHIRLITZ Ernst
2. HAECKS

Das Appelationsgericht von Bordeaux Beschlukammer) hat folgenden Beschlußerlassen.

In den durch den militärischen Untersuchungsrichter beim Ständigen Militärgericht in Bordeaux geführten Voruntersuchung sind:

1) Schirlitz, Ernst, Wilhelm
2) Haecks (auf der Flucht)

Gemäß der Verführung des genannten Untersuchungsrichters des Mordes an der Behilfe beschuldigt.

Nachdem der Bericht des Herrn Oberstleutnants de Vathaire, militärischer Berater, in der Beschlußkammer angehört und in seinem Beisein die Verlesung aller Untersuchungsakten durch den

EXTRAIT DES DOSSIERS – 02.07.1947 JUDICIAIRES DU GREFFE DE LA COUR D'APPEL DE BORDEAUX.

1. SCHIRLITZ Ernst
2. HAECKS

Le Tribunal de la Cour d'appel de Bordeaux a rendu l'arrêt suivant.

Suite à l'instruction conduite par le juge d'instruction militaire commis auprès du Tribunal Militaire Permanent à Bordeaux sont accusés – aux termes des conclusions du juge d'instruction sus-nommé – de meurtre et de complicité de meurtre, les prévenus :

1) Schirlitz, Ernst, Wilhelm
2) Haecks (actuellement en fuite)

Après avoir entendu le rapport du Lt-Colonel de Vathaire, conseiller militaire près de cette Cour d'appel, et, en sa présence, procédé à l'audition de tous les dossiers de l'instruction, lus par le greffier.

Gerichtsschreiber erfolgt war.
Nachdem Her ROBERT, Substitut des Herrn Staatsanwalts der Republique in Vertretung des Substituts des Herrn Generalsstaatsanwalts gehört war, der die Einstellung des Verfahrens gegen SCHIRLITZ wegen Beihilfe um Mord beantragte,
aber unter Aufrechterhaltung der Anklage gegen HAECKS, dessen Aburteilung vor dem ständigen Militärgericht in Bordeaux und der auf seinem Schreibtisch den schriftlichen und unterzeichneten Antrag zurückgelassen hat,

wird im Abwesenheit des Staatsanwalts und des Gerichtsschreibers, die sich gemäß dem Gesetz zurückgezogen haben, beschlossen:

Mit Rücksicht darauf, daß am 11. Februar 1945, der deutsche Gefreite HAECKS drei Französische Kriegsgefangene umbrachte, die der Festung La Rochelle entfliehen versuchten.

Mit Rücksicht darauf, daß die Untersuchung ergeben hat, daß es sich um einen echten Mord
handelte, denn die Gefangenen waren in einem Zimmer versteckt und versuchten nicht mehr zu fliehen.

Après avoir entendu M. ROBERT, substitut du procureur de la République, représentant le substitut général, requérir l'arrêt de la procédure contre SCHIRLITZ pour complicité de meurtre

et nonobstant, le maintien de la plainte contre HAECKS, dont le jugement contre HAECKS, par le Tribunal militaire Permanent à Bordeaux, ainsi que la requête écrite et signée de celui-ci, sont à la disposition de cette Cour,

la Cour a décidé, en l'absence du procureur de la République et du greffier, qui – aux termes de la loi – se sont retirés, que:

considérant que le 11 février 1945, le soldat allemand HAECKS a exécuté trois prisonniers de guerre français qui tentaient de s'évader de la forteresse de La Rochelle.

Considérant que l'enquête a démontré qu'il s'agit, en l'occurence d'un meurtre pur et simple, dans la mesure où les prisonniers se trouvaient placés dans une pièce et ne cherchaient plus à s'enfuir;

qu'il n'est pas démontré qu'ils avaient menacé HAECKS, ainsi que celui-ci l'a affirmé;

que ce dernier, en faisant

Es ist auch nicht erwiesen, daß sie HAECKS bedroht hatten, wie dieser gleichfalls behauptet hatte. Letzterer hat, indem er die Leichen seiner Opfer in einem Gang hat verbringen lassen, versucht, sein Verbrechen zu verbergen.

Seine Haltung während der Ermittelungen erlaubt zu seinem Nachteil die erschwerende Feststellung der Überlegung.

Die Anklage wirft dem Admiral SCHIRLITZ nicht vor, diese Erschiessung angeordnet zu, haben, aber die Tat nicht verfolgt zu haben, im Gegenteil die Ermittelungen angehalten zu haben, die vor dem deutschen Gericht schwebten.

Tatsächlich hat er nur die ihm vom zuständigen Geschwaderrichter HANEMANN vorgeschlagen Einstellungsverfügung unterzeichnet. Zweifellos hat er die Auffassung des Richters RAABE gekannt, der Zweifel an der Unschuld des HAECKS geaüssert hatte, aber man kann dem Admiral kein Vorwurf daraus machen, daß er dem Vorschlage des allein zuständigen Richters gefolgt ist, der zudem einen höheren Dienstgrad bekleidete.

Mit Rücksicht darauf kann der Admiral Schirlitz in dieser

transporter les cadavres dans un couloir, s'est efforcé de cacher son crime,

que son comportement au cours de ces événements autorise à émettre, à sa charge, la présomption accablante de préméditation.

L'accusation ne reproche pas à l'amiral Schirlitz d'avoir ordonné cette fusillade, mais de n'avoir pas suivi l'affaire, et au contraire d'avoir freiné l'instruction qui devait aboutir devant le tribunal allemand.

En réalité, il n'a fait que signer la disposition d'arrêt de la procédure que lui avait proposée HANEMANN, le conseiller juridique affecté à l'escadre. Il a, sans doute, eu connaissance des doutes que le le juge RAABE avait émis quant à l'innocence de HAECKS, mais on ne peut reprocher à l'Amiral d'avoir suivi les propositions du seul conseiller juridique compétent qui, en outre, était d'un grade supérieur au sien.

Sur ces considérants, l'amiral Schirlitz ne saurait, en cette affaire, être accusé de complicité de meurtre. L'accusation a sans doute en tête l'Article 4 de l'Ordonnance du 28 août 1944 qui considère comme complices les supérieurs qui ont organisé ou souffert les actes

Angelegenheit nicht de Beihilfe zum Mord beschuldigt werden. Ohne Zweifel hat die Anschuldigung den Artikel 4 der Verordnung vom 28. August 1944 im Auge, welche als Mittäter die Vorgesetzten ansieht, welche die verbrecherischen Taten ihrer Untergegebenen organisiert oder geduldet haben; aber dazu ist nötig, daß diese Duldung gleichzeitig mit der Tat ist.

Darüber hinaus, kann man auch nicht feststellen daß der Admiral Schirlitz nach der Tat die handlungen von HAECKS geduldet hat, da er dieser Taten eine gerichtliche Untersuchung angeordnet hat. Man kann den Admiral Schirlitz nicht dafür verantwortlich machen, daß die Untersuchung vielleicht unvollständig oder parteiisch gewesen ist. Die Verantwortlichkeit von Admiral Schirlitz, neben den ausgezeichneten Auskünfte die eingegangen sind, muss daher entfallen.

criminels de leurs subordonnés. En l'occurence, toutefois, il faut qu'un tel accord tacite ait été concommitant avec le fait reproché.

En outre, on ne peut non plus affirmer que l'amiral Schirlitz ait accordé à HAECKS un quelconque accord tacite, dans la mesure où – suite à ceux-ci – il a ordonné l'ouverture d'une enquête judiciaire.
On ne peut rendre l'amiral Schirlitz responsable de ce que cette enquête ait été bâclée ou influencée par le parti nazi.
À côté des excellents témoignages qui nous sont parvenus à son sujet, l'idée de la responsabilité de l'Amiral Schirlitz en cette affaire, ne peut être retenue.

Mit Rücksicht hierauf, daß in diesem Punkt gegen ihn nicht einzuschreiten ist, setzt die Kammer den Admiral Schirlitz außer Verfolgung und ordnet weiter die Niederlegung der Akten bei der Gerichtsschreiberei des Appelationsgerichtes gemäß dem Gesetz an.

En raison des attendus ci-dessus exposés, et qu'en l'affaire, rien ne lui est opposable, la Cour décide le non-lieu de toute procédure à son encontre. Elle ordonne, en outre, selon la loi, que les dossiers de cette affaire soient déposés au greffe de la Cour d'appel.

Annexe 4 - **Extrait du dossier du Greffe du tribunal de la cour d'appel de Bordeaux. Prononciation du non-lieu concernant l'amiral Schirlitz.**

Libération du P.G. Admiral SCHIRLITZ

Ministre de la Guerre
Direction Générale des
P.G.A. de l'Axe
51 bis Boulevard de la Tour-Maubourg – Paris

REPUBLIQUE FRANCAISE

Paris, le 15 septembre 1947

NOTE DE SERVICE

N° 045941/DGPG/I
OBJET : Libération du P.G. Admiral Schirlitz
REFERENCES : N° 33.920/EFF/C du 4.9.47

Le P.G. Admiral SCHIRLITZ, capturé dans la poche de LA ROCHELLE et dont l'instruction judiciaire vient de faire un non-lieu, sera libéré.
Il fera partie du prochain convoi de rapatriables.

Pour le ministre de la Guerre et par son ordre
Le Général de Division BUISSON
signé : BUISSON

DIRECTION REGIONALE
DES P.G. DE L'AXE
CASERNE NANSOUTY -
BORDEAUX – Dépôt 183
– Cabinet
N° 34.096/EFF/I

conforme pour exécution :

Le P.G. Admiral SCHIRLITZ fera partie des Convois d'Octobre
Un compte-rendu de la mise en route sera adressé à la D.R.P.G. des exécutions.

Bordeaux, le 17 septembre 1947
Le Colonel Dancre, Directeur Régional
Signé : Dancre

DEPOT 183 DES P.G.A.
ST-MEDARD EN JALLES
N° 3.915/EFF
COPIE CONFORME NOTIFIEE
à

– Hôpital de SOUGES
– Camp des ANNAMI-

TES

Le P.G. Admiral SCHIRLITZ, actuellement à l'hôpital de Souges, sera réintégré au Dépôt 183 pour faire partie du convoi de rapatriables sur BRETZENHEIM du 9.10.1947.

St-Médard-en-Jalles, le 20 septembre 1947
Le chef de service des Effectifs

Signé : BOULLIN
Copie certifiée conforme : Lieutenant Martineau,
Commandant le camp des Annamites.

Annexe 5 - **Déposition du commandant Meyer devant le tribunal militaire permanent de la 18° Région séant à Bordeaux concernant le vice-amiral Ernst Schirlitz**

PROCÈS VERBAL D'INFORMATION
REPUBLIQUE FRANCAISE
Article 52 du Code de Justice Militaire

TRIBUNAL MILITAIRE PERMANENT DE LA 18e Région
Séant à BORDEAUX

L'an mil neuf cent quarante-six, le onze Janvier à heures.

Devant nous, Général Dubois, Juge d'instruction militaire près le tribunal militaire de la 18e Région, assisté de l'Adjudant Lees Cantel, commis greffier dudit Tribunal Militaire en notre Cabinet, sis à Bordeaux,

Est comparu, en vertu de notre cédule du 4 Janvier 1946 le témoin ci-après nommé, lequel hors de la présence du prévenu et des autres témoins, après avoir représenté la citation à lui donnée, avoir prêté serment de dire toute la vérité, rien que la vérité, et, interrogé par nous sur ses nom, prénoms, âge, état, profession et demeure, s'il est domestique, parent ou allié des parties, à quel degré,

A répondu se nommer Meyer Jules, Hubert
âgé de 46 ans, Capitaine de Vaisseau demeurant à La Rochelle et a déclaré n'être ni parent, ni domestique, ni allié de l'inculpé.

DUBOIS – Vous avez pu être à même de vous rendre compte des conditions dans lesquelles étaient traités les prisonniers français à La Rochelle. Veuillez me dire ce que vous savez à ce sujet et en particulier, si à votre connaissance, des mauvais traitements auraient été infligés à certains prisonniers lors de leur interrogatoire.

MEYER – Je suis particulièrement au courant du traitement général qui fut imposé aux différents groupes de prisonniers capturés par l'ennemi entre le 5 septembre 1944 et le

5 mai 1945. En qualité de plénipotentiaire auprès de l'ennemi, accrédité par le commandement français, je n'ai cessé d'être très exactement informé, tant par les témoins directs qu'indirects, de la situation de nos prisonniers. J'avais d'ailleurs commis dans la place même, M. Bernard, médecin principal de la Marine pour s'occuper des prisonniers et me rendre constamment compte de leur situation. J'ai, en outre, fait pénétrer dans la place, à différentes reprises, une mission de la Croix-Rouge composée de deux délégués suédois et d'un représentant officiel de la Croix-Rouge française : respectivement, MM. Nordling et Almström, représentants de la Croix-Rouge suédoise et Madame de Tinguy du Pouët, représentant la Croix-Rouge française. Ces autres personnalités ont été autorisées par l'Amiral Schirlitz à visiter les camps et à s'entretenir sans témoin avec les prisonniers. Il ressort des rapports que m'ont fait ces délégués que si les prisonniers se trouvaient ne pas avoir, parfois, des conditions d'habitat et même de nourriture satisfaisantes, cela était dû aux conditions particulières de leur présence en très grand nombre dans une ville assiégée, et non de la volonté formelle de l'ennemi.

En particulier, au début du siège, l'ennemi ne disposait pas de locaux adéquats au logement des prisonniers, mais sur ma demande, ils en entreprirent la construction. En ce qui concerne la nourriture, l'ennemi autorisa tout d'abord la population rochelaise à ravitailler librement les prisonniers. Il s'ensuivit une telle affluence de vivres que l'Amiral Schirlitz – invoquant des raisons morales pour sa propre troupe – mit fin à ces pratiques. Mais il me fit connaître qu'il autorisait le ravitaillement des prisonniers par les organismes locaux qualifiés (Croix-Rouge, Maison du prisonnier) et qu'en outre, il autorisait l'envoi, à travers les lignes, de colis limités en principe à deux colis de 3 kilos par mois et par homme. En fait, le nombre des colis, dont à vrai dire l'acheminement de notre part fut assez lent à s'organiser, ne fut jamais limité. Le commandement allemand m'autorisa en outre à faire parvenir des colis d'intérêt collectif tels que : objets de toilette, médicaments et tabac.

Ayant procédé à cinq échanges de prisonniers portant sur 150 hommes environ, j'ai toujours pris soin, sur les lieux mêmes de l'échange, de les interroger sur le traitement qu'ils avaient subi, et je n'ai jamais recueilli de témoignages de mauvais traitements proprement dits d'insuffisance de nourriture ou d'hygiène. Ces interrogatoires ont été effectués en présence même d'officiers français appartenant aux unités d'où provenaient ces prisonniers.
En ce qui concerne particulièrement les blessés, j'ai, sans exception, recueilli des témoignages absolument favorables. Je citerai comme exemple le fait que l'ennemi nous rendait nos blessés avec leurs appareils orthopédiques en place sous condition de les rendre ultérieurement, et aussi les radios et fiches d'hôpital. Je verse d'ailleurs au dossier trois rapports établis par le médecin principal Bernard.
Lors de la capitulation, j'ai visité personnellement le camp de prisonniers de Jeumont à La Pallice et j'ai constaté qu'il était aménagé d'une façon tout à fait satisfaisante au point de vue hygiène et sanitaire.
Je pourrais d'ailleurs fournir les listes des prisonniers lesquels pourraient éventuellement être interrogés.

DUBOIS – Des rapports indiquent que dans beaucoup de communes de la poche de La Rochelle, des travailleurs civils ont été requis pour exécuter des travaux de fortification. Que savez-vous à ce sujet ?

MEYER – Il est certain qu'avant la prise de commandement de l'amiral Schitlitz, fin août 1944, d'innombrables civils français ont été requis pour travailler à des ouvrages militaires. Au cours du siège, j'ai été très exactement tenu au courant par le commandement français de tous les griefs imputables à l'ennemi afin d'y mettre un terme par des protestations et des menaces.
Les seuls faits dont j'ai eu à traiter sont les suivants :
1) travaux imposés à des cheminots pour des travaux de leur spécialité dans des buts militaires,
2) emploi de prisonniers nord-africains pour effectuer des razzias de bestiaux entre les lignes.

Ces faits ont cessé dès mon intervention, je n'ai pas eu connaissance de travaux d'ordre militaire imposés à nos nationaux, mais je puis affirmer par contre qu'il ne se soit pas produit de faits de cette nature.

DUBOIS – En janvier 1945, des habitants de l'île d'Oléron ont été évacués dans des conditions inhumaines, par un froid rigoureux, si bien qu'il y a eu plusieurs malades graves et un mort. Que savez-vous à ce sujet ?

MEYER – Il m'a été rapporté, en effet, qu'au cours d'une évacuation de civils qui s'est effectuée par mer, entre Boyardville et La Rochelle, par un temps très froid, un homme âgé a succombé à une congestion.
Mais je dois observer que cette évacuation avait lieu conformément à un accord intervenu entre les commandants français et allemands, aux termes duquel seuls des évacués volontaires quitteraient l'île et seraient dirigés sur La Rochelle à des dates précises qui devaient coïncider avec le départ des trains de La Rochelle. Ces dispositions avaient été consenties par l'amiral Schirlitz précisément dans un but humanitaire et pour mettre fin aux évacuations sporadiques et improvisées qui coûtaient généralement à leurs auteurs de grandes souffrances, et surtout des accidents au passage des lignes.

DUBOIS – Le 16 (en fait 14) septembre, à Ferrière-d'Aunis, plusieurs civils ont été fusillés par les Allemands. Que savez-vous de cette affaire ?

MEYER – Je suis particulièrement au courant de cette affaire, dont m'a saisi sur le champ le commandement français afin d'agir avec la plus extrême vigueur auprès du commandement allemand. De l'enquête très approfondie à laquelle j'ai fait procéder, il ressort nettement qu'au cours d'un bref combat dans le village de Ferrières entre des troupes allemandes et des troupes françaises à peu près dépourvues

d'uniformes, sept habitants du village ont trouvé la mort. Je dépose d'ailleurs au dossier un rapport sur le sujet établi par M. le docteur Boutirond, témoin direct des faits. Je dois dire qu'il ne m'a pas été possible d'établir d'une façon formelle que les habitants du village n'aient pas participé directement ou indirectement au combat. En tout cas, l'amiral Schirlitz a fait connaître au commandant français les résultats d'une enquête qu'il a fait faire par le tribunal militaire allemand et, fait très important, le grave incident de Ferrières a été l'origine d'un accord d'humanisation de la guerre locale intervenu entre les deux commandements adverses, accord aux termes duquel les combattants français en civil, munis d'un brassard ou de papiers réguliers, seraient désormais traités comme des combattants et, secondement, qu'aucun civil, même coupable d'acte hostile ou de renseignement, ne serait plus exécuté sans avoir été l'objet d'une proposition d'échange contre des prisonniers adverses.
Cet accord, au cours des sept mois du siège, a été scrupuleusement observé par l'ennemi.

DUBOIS – Le 15 février 1945, trois soldats français prisonniers ont été tués à la caserne Renaudin par un sous-officier allemand. Que savez-vous de cette affaire ?

MEYER – Il m'a, en effet, été rendu compte de ce grave incident au sujet duquel j'ai élevé de véhémentes protestations auprès de l'ennemi. Cet incident s'est produit à la suite d'une série de très nombreuses évasions de prisonniers organisées, à ma connaissance, par une admirable organisation de la Résistance française. La multiplicité de ces évasions, ainsi que le caractère vraiment extraordinaire avec lequel elles s'opéraient, avaient eu pour effet de causer, dans le personnel ennemi de gardiennage, une grande nervosité. Le fait que trois prisonniers français furent abattus en cours d'évasion, dans des circonstances où l'emploi des armes n'était pas justifié, est absolument indéniable. Le sous-officier qui a commis ce crime est certainement une brute ou un homme qui a perdu la tête, mais le crime a été commis dans des circonstances qui n'ont certainement pas été le fait d'ordre précis du commandement supérieur ennemi. L'amiral Schirlitz m'a fait exprimer à cette occasion des regrets que je crois sincères, car s'il m'a parlé du danger que pouvait représenter un pareil accident pour le sort futur de la garnison allemande.

DUBOIS – Le capitaine de corvette de Terra, de la marine allemande, prétend que, dans la nuit du 8 au 9 mai, vers 23 h 30, l'amiral Schirlitz lui avait demandé s'il pourrait faire sauter sans délai l'installation portuaire de La Pallice. Sur sa réponse négative, l'Amiral Schirlitz serait entré dans une violente colère et l'aurait menacé de le faire fusiller. Êtes-vous au courant de cette affaire ?

MEYER – J'ignore cette affaire. Mais elle est de la plus extraordinaire invraisemblance.
En effet, le 5 mai, l'amiral Schirlitz m'a déclaré cesser le combat et m'a fait la promesse solennelle de me remettre dans leur intégrité totale « toutes les installations tant urbaines que portuaires » et toutes les installations militaires. Ceci a été scrupuleusement exécuté.
Le 8 mai, à 23 heures 30, je me trouvais seul en compagnie de l'amiral Schirlitz qui prononça les paroles suivantes : « *Monsieur le Commandant, permettez-moi de vous témoigner, maintenant que le combat est fini, mon estime personnelle. Vous vous êtes toujours comporté d'une façon loyale et vous représentez pour moi le type de l'officier français. Dans ma douleur, je suis heureux de vous faire le cadeau personnel du port de La Rochelle, avec tout ce qu'il contient. Vous trouverez même ici deux de nos dragueurs de mines du dernier modèle qui, je l'espère, vous permettront d'ouvrir rapidement le port à la navigation. Et, puisque nous sommes seuls, voulez-vous accepter d'oublier un instant que nous sommes ennemis et me serrer la main.* »
Je me refuse à croire que l'idée soit même venue à cet officier, mais je puis expliquer la déclaration du Commandant

de Terra. Je savais, en effet, que le môle d'escale de La Pallice était miné par un dispositif permettant une mise à feu électrique, à distance.

Et, dès le 5 mai, dans la crainte d'un accident, j'avais fait demander au commandant de Terra de couper le câble électrique, ce qu'il fit en effet, je crois, sans en avoir reçu l'ordre de son chef. Et je ne doute pas que celui-ci ne lui ait, au moins par principe, adressé de sévères admonestations, d'autant que le commandant de Terra avait, à différentes reprises, manqué de dignité vis-à-vis de nous. Le commandant de Terra m'a d'ailleurs déclaré personnellement, le 9 mai au matin, qu'il eût fallu 48 heures pour exécuter le plan de destruction du port, et qu'en particulier, pour faire sauter le môle du port, il lui aurait fallu évacuer tout le monde à plus de 3 kilomètres. En outre, le môle d'escale, pour important qu'il fut, ne constituait pas, de loin, l'objectif le plus important que l'ennemi eut pu détruire pour nous nuire. En effet, le seul sabotage de l'écluse du bassin à flot, lequel pouvait être effectué en un instant, nous aurait privé presque définitivement de l'usage du port de La Pallice et des bâtiments qu'il contenait. Par ailleurs, il est bien étonnant que, parmi les nombreux subordonnés de l'amiral, et en particulier les commandants de navires, il ne se soit pas trouvé un homme à qui l'amiral n'ait demandé une destruction parallèle à celle du môle d'escale.

Je déclare que le capitaine de corvette de Terra, dont je connais le caractère, a sciemment déformé la vérité afin de bénéficier de mesures de faveur qu'il n'a cessé de réclamer sous les prétextes les plus divers et les plus fantaisistes.

DUBOIS – Après le bombardement de Royan, du 5 janvier, des secours ont été envoyés de La Rochelle à Royan. Pouvez-vous me dire dans quelles conditions ?

MEYER – Dans les entretiens que j'ai eus avec l'amiral Michaelles le surlendemain des bombardements de Royan, afin d'organiser des secours en faveur de la population, j'ai proposé de faire venir, de La Rochelle à Royan, la compagnie des marins pompiers français, spécialistes de défense passive, qui se trouvaient au pouvoir de l'amiral Schirlitz sollicité par radio. L'amiral Schirlitz prescrivit l'acheminement immédiat des marins français par voie de terre, en transitant par la zone française libérée. Puis, une fois le travail accompli par ces marins, il en accorda la liberté définitive, sous la condition unique que ces hommes ne se battraient ni contre Royan ni contre La Rochelle.

Et, après lecture de la présente, a signé avec nous et notre greffier.

Le Juge d'instruction	Le témoin	Le greffier
DUBOIS	MEYER	LEES CANTEL

Copie certifiée conforme
Le lieutenant Martineau, commandant le camp des Annamites.

Annexe 6 - **Lettre du général Adeline au ministre de la Guerre, datée du 16 septembre 1946 à ALGER, à propos de l'amiral Schirlitz**

10e RÉGION MILITAIRE Alger, le 16 septembre 1946
COMMANDEMENT DU GENIE EN ALGERIE
ET DIRECTION REGIONALE DU GENIE

Le Général de Brigade ADELINE
N° 942/C
Commandant le Génie en Algérie,
Ex-commandant des Forces Françaises du Sud-Ouest
à
Monsieur le MINISTRE DES ARMÉES
Cabinet du Ministre

Le 18 janvier 1946, j'ai été convoqué au tribunal militaire de Bordeaux par le général Dubois chargé d'instruire le procès des amiraux Michaelles et Schirlitz, ex-commandant des forteresses de Royan et de La Rochelle, poursuivis pour « crimes de guerre ».

Or, au cours de ma déposition, il m'a semblé que le général Dubois ne considérait pas comme d'une importance capitale les engagements pris au nom du Gouvernement et du Haut commandement français par les généraux Chevance et de Larminat envers l'amiral Schirlitz si ce dernier rendait intactes toutes les installations portuaires de La Rochelle et de La Pallice. Par suite, je crains que l'Allemagne puisse démontrer un jour, document à l'appui, que la France a manqué à sa parole.

Par ailleurs, j'estime qu'au cours du procès intenté contre l'amiral Schirlitz, il faut en toute justice tenir compte du fait que l'ex-commandant de la Forteresse de La Rochelle, alors qu'il était délié de tout engagement, n'a détruit aucune de ces installations portuaires.

C'est pourquoi j'ai l'honneur de vous exposer ci-après, d'une part, les conditions dans lesquelles ont été pris ces engagements et les obligations qui en résultent pour le gouvernement français, d'autre part, les conditions dans lesquelles a été conclue, puis dénoncée la Convention que j'ai signée avec cet amiral Allemand le 18 octobre 1944.

Le 10 septembre 1944, le général FFI Chevance (Bertin) eut à 16 heures une entrevue au casino de Châtelaillon avec l'amiral Schirlitz.

Au cours de cette entrevue qui avait pour but d'essayer d'obtenir la capitulation de la garnison allemande de La Rochelle, le général Bertin s'engagea à demander au Gouvernement Français un traitement privilégié pour les troupes de cette garnison et, en particulier, une priorité de rapatriement si ces troupes étaient neutralisées, et si les installations portuaires étaient laissées intactes.

Cet engagement peut être considéré comme sans valeur puisque l'amiral Schirlitz n'a pas voulu capituler.

Par contre, l'engagement pris par le général de Larminat, le 10 Avril 1945, dans la lettre qu'il a adressée à l'amiral allemand pour dénoncer la Convention que j'avais conclue avec ce dernier le 18 octobre pour éviter la destruction des installations portuaires de La Rochelle et de La Pallice, revêt à mon avis une importance capitale. Dans cette lettre, le commandant du détachement d'armée de l'Atlantique déclare en effet ce qui suit :

Les ports et villes de La Rochelle et de La Pallice ne présentent plus aucun intérêt militaire, de sorte que si ces lieux venaient à être endommagés systématiquement maintenant que la décision de la guerre est intervenue, le Gouvernement Français estimerait se trouver en présence d'un acte de sabotage délibéré, contraire au droit des peuples, crime qui légitimerait, vis-à-vis de leurs auteurs directs ou indirects, l'application de la juridiction de droit commun.

Si, au contraire, ces installations étaient respectées, le haut Commandement français, en considération du fait qu'au cours des sept derniers mois, le commandement allemand s'est comporté avec honneur et a manifesté, à maintes reprises, un haut esprit de correction militaire, serait disposé, lorsque la garnison déposera les armes, à prendre – de concert avec le Commandement Allemand – toutes mesures nécessaires afin que la garnison allemande soit traitée conformément aux lois et usages de la guerre, ainsi qu'aux traditions séculaires d'honneur et de générosité de l'Armée Française.

En particulier, les lieux d'internement seraient fixés dans la région maritime locale, les conditions morales et matérielles seraient rendues aussi favorables que possible avec la garantie minimum de l'application stricte de la Convention de Genève.

Enfin, dès l'intervention d'un accord de rapatriement des prisonniers allemands, entre les gouvernements allemand et français, la garnison de La Rochelle serait rapatriée en priorité ».

La promesse est formelle. Elle engage nettement la responsabilité du Haut Commandement Français.

Par ailleurs, j'ai l'honneur de vous rendre compte de ce que, d'après les directives que m'avait données le général de Gaulle, lors de son passage à mon PC de Saintes, le 18 septembre, j'ai signé le 18 octobre 1944, avec l'amiral Schirlitz une convention dans laquelle ce dernier s'engageait à s'abstenir de toute destruction des installations portuaires et urbaines de La Rochelle et de La Pallice si les opérations sur le front de La Rochelle étaient limitées à une certaine zone englobant les positions avancées des deux adversaires et si la Forteresse n'était l'objet d'aucune attaque aérienne ou maritime.

Le 22 octobre 1944, dès sa prise de Commandement des forces françaises de l'Ouest, le général de Larminat fut mis au courant de l'existence de cette Convention. Il en rendit compte au Chef du Gouvernement et au général d'armée, chef d'état-major général de la Défense Nationale et il me déclara verbalement qu'elle resterait en vigueur.

Or, début novembre 1944, l'amiral Schirlitz recevait l'ordre du Gouvernement Allemand de détruire les installations portuaires restées intactes dans les poches de l'Atlantique. Il fit sauter le grand môle d'escale du Verdon, mais il se retrancha derrière la signature qu'il avait donnée pour ne détruire aucune des installations de La Rochelle et de La Pallice.

Mais, le 10 avril 1945, le général de Larminat, estimant qu'il devait reprendre sa liberté d'action pour attaquer Royan, la pointe de Grave et Oléron écrit à l'amiral Schirlitz :

« *Conformément à la clause incluse à l'article VII de la Convention conclue entre le Colonel Adeline et vous-même, j'ai l'honneur de vous faire connaître que je considère que ladite Convention prendra fin à la date du 12 avril, à 00 h 00 (GMT), c'est à dire qu'elle cessera de porter effet à la date du 16 avril 1945, à 00 heure 00 (GMT).*

J'ai exposé plus haut que dans la deuxième partie de cette lettre, le Général de Larminat avait attiré l'attention de l'Amiral sur les conséquences qui pourraient résulter de la destruction des installations portuaires si ce dernier, se considérant comme délié de tout engagement, en prescrivait l'exécution.

L'amiral Schirlitz fit cependant préparer ostensiblement la mise en œuvre du plan de destruction. C'est ainsi que le seul môle d'escale de La Pallice fut chargé à plus de 60 tonnes d'explosifs.

Il ne donna jamais l'ordre d'exécution.

Si ce résultat fut atteint, c'est avant tout grâce au capitaine de Frégate Français Meyer. Dès le début du siège, cet officier de Marine avait décidé de mettre tout en œuvre pour sauver La Rochelle et La Pallice. C'est lui qui servit d'intermédiaire, d'abord entre moi-même et l'amiral Schirlitz, puis entre le général de Larminat et cet amiral au cours des négociations qu'il fallut engager :

– pour l'élaboration de la Convention précitée ;

– pour faire reconnaître la qualité de combattants aux FFI ;

– pour évacuer et ravitailler les populations civiles.

Diplomate remarquable, il parvient par son habileté et sa volonté, d'abord à manœuvrer et à démoraliser son adversaire, puis à prendre sur lui un ascendant indiscutable.

C'est d'ailleurs le 5 mai 1945, c'est-à-dire avant toute négociation relative à la capitulation de la Forteresse, que l'amiral Schirlitz donna au commandant Meyer l'assurance favorable qu'il lui remettrait intactes La Rochelle et La Pallice.

Les clauses de la capitulation furent d'ailleurs respectées scrupuleusement par les Allemands. Non seulement ils n'effectuèrent aucune destruction, mais toutes les armes, toutes les munitions et tous les approvisionnements de toutes sortes furent livrés intacts.

Dès le 8 juillet 1945, le premier Liberty-Ship pouvait entrer dans le port de La Pallice.

Je crois utile de signaler également que l'Amiral SCHIRLITZ laissa absolument intacte la base sous-marine extrêmement puissante construite par les Allemands à La Pallice à partir de 1941.

Cet ouvrage, long et large de 800 mètres, haut de 19 m, représente un volume de béton de plus de 400 000 mètres cubes.

Il comprend dix grands « boxes » pour sous-marins protégés par une épaisseur de béton atteignant par endroits jusqu'à sept mètres d'épaisseur.

Ainsi, en ne détruisant aucune installation portuaire de La Rochelle et de La Pallice, non seulement l'amiral Schirlitz a économisé à la France les nombreux milliards qu'aurait nécessité leur reconstruction, non seulement il a permis de disposer sur l'océan dès les premiers mois de l'Armistice d'un port absolument intact pour le ravitaillement du pays, mais il a laissé à la disposition de notre Marine une base sous-marine de tout premier ordre.

Cet exposé pourra surprendre de la part d'un officier général français puisqu'il constitue un plaidoyer en faveur d'un amiral allemand.

J'ai estimé qu'il était de mon Devoir de vous le soumettre parce que, même si le gouvernement ne se considère pas comme lié par les engagements pris par le Général de Larminat, il me semble qu'au moment où le rapatriement d'une partie des prisonniers allemands est envisagé, une mesure de clémence pourrait être prise en faveur de l'ex-garnison allemande de La Rochelle, et, en particulier de l'ex-commandant de la forteresse.

Dans le cas où vous n'estimeriez pas devoir prendre cette décision, le capitaine de Vaisseau Meyer et moi-même, nous demandons à être entendu devant le Tribunal rassemblé pour juger l'amiral Schirlitz.

signé : ADELINE

Copie certifiée conforme
Le Lieutenant Martineau, Commandant le Camp des Annamites.

Annexe 7 - **Garde civile (plus tard civique)**

Source: Archives départementales de la Charente-Maritime – Carton 15 W 24 – cote 1 (document indiqué comme « incommunicable). Il s'agit d'un feuillet double de 30 cm x 21 cm, dont les versos et rectos sont remplis par le contenu de la note manuscrite. Cette note n'est pas signée, certes mais, s'appuyant sur un arrêté préfectoral en date du 18 août 1940, on l'attribue au général de brigade Jean-Pierre Maratuech, qui est nommé inspecteur général par le préfet, M. Pierre Alype.

01. Analyse sommaire du document

Sur convocation du préfet de la Charente-Maritime, l'auteur du document se rend chez ce dernier, M. Pierre Malype, lequel lui demande son conseil quant à la mise en place d'une organisation destinée à maintenir l'ordre. L'auteur expose un certain nombre de propositions au préfet qui lui demande d'aller les présenter également au général Siebert, commandant des forces allemandes d'occupation. Ayant reçu l'aval du préfet et du général allemand, l'auteur décrit et détaille ses propositions.

02. Contenu (reproduit *in extenso)*

I. Rappels du contexte

À la suite d'un sabotage commis fin juillet 1940, le général Siebert, *Militärbefehlshaber* de La Rochelle ordonne un jour, à 12 heures, au Préfet de faire garder, en plaçant un homme tous les 100 mètres, le câble téléphonique qui s'étend sur 75 km entre La Rochelle et Royan. Le dispositif doit être mis en place à 20 heures, le soir du même jour.

Toute la gendarmerie est mise sur pied pour racoler des hommes ainsi que le personnel de la Préfecture, de la sous-préfecture de Rochefort, des Maires et des polices de La Rochelle, Rochefort et Royan.

Cette improvisation doit se renouveler le lendemain pour d'autres points du département. Le préfet, M. Pierre Alype songe à faire créer une organisation qui puisse automatiquement entrer en action quand le besoin s'en fera sentir.

II. Circonstances de mon implication

Je venais de rentrer de Poitiers où j'avais commandé le groupe de subdivision, même après l'occupation allemande, démobilisé et arrivé à La Rochelle le 17 juillet, lorsque le 1er août, le préfet m'envoie deux représentants qui me demandent si je consentirais à essayer de mettre sur pied une organisation répondant aux besoins du moment.

Je réponds que j'accepte le principe de servir encore et que j'irai m'entretenir, le lendemain, avec le Préfet, que je ne connaissais pas, dans son cabinet, après avoir réfléchi au cours de la nuit.

III. Contenu de mes propositions

Le 2 août, j'expose mes réflexions au préfet. Ma conception est de créer un organisme qui puisse permettre au préfet, malgré une gendarmerie insuffisante en effectifs, malgré une police déficiente à tous égards, malgré l'absence de troupes françaises, de pouvoir maintenir l'ordre, exécuter les ordres du gouvernement français, lutter contre toutes calamités, et enfin exécuter les ordonnances des autorités d'occupation. Pour atteindre ces résultats : faire de la nouvelle organisation une école de discipline, une école de solidarité, de manière à aider au redressement du pays derrière le maréchal.

Le préfet approuve ma conception, mais comme elle dépasse le but immédiat qu'il avait en vue et dont il avait entretenu le général allemand, il me demande d'avoir un entretien avec ce dernier sur mes projets.

IV. Recherche de la bénédiction allemande

Je vais alors voir le général Siebert, et, en vieux soldat, je lui expose ce que je veux réaliser et le but poursuivi. Entrevue émouvante où deux soldats, l'un allemand, l'autre français, se comprennent parfaitement. Mon projet est accepté et encouragé par le général Siebert qui a, jadis, fait une œuvre analogue en Bavière.

Je reviens aussitôt chez le Préfet et nous rédigeons ensemble un arrêté de base qui comporte l'organisation immédiate dans chaque commune du département d'une garde dite civile (plus tard, civique) comprenant tous les hommes âgés de 18 à 40 ans (ultérieurement de 18 à 52 ans).

V. Organisation

La garde civile (plus tard civique) comprend deux éléments entièrement différents : – les cadres supérieurs – les cadres subalternes et la troupe.

1. Les cadres supérieurs

Ils comprennent :

– un inspecteur général, chef de la formation ;

– des chefs de secteur ;
– des chefs de sous-secteurs ;
– des chefs cantonnaux ;
– des chefs communaux.

Ils sont :
– bénévoles ;
– volontaires ;
– liés par serment au chef de l'état et à la Révolution Nationale ;
– choisis par l'inspecteur général ;
– nommés par arrêtés préfectoraux.

1) L'inspecteur général, choisi et nommé par le préfet :
– est l'adjoint du Préfet peut tout ce qui a trait au maintien de l'ordre,
– donne des ordres en son nom et par délégation, répartit les tâches entre garde civile (civique), gendarmerie, police, maires,
– renseigne le préfet sur l'état d'esprit des populations et sur les individus.

2) Les chefs de secteur : remplissent auprès des sous-préfets un rôle analogue à celui de l'inspecteur général auprès du préfet, et répartissent les tâches entre sous-secteurs et cantons.

3) Les chefs de sous-secteurs commandent, sous l'autorité du chef de secteur, soit un groupe de canton, soit une ville importante.

4) Les chefs cantonaux commandent les gardes de leur commune, sont les adjoints des maires, règlent les tours de service entre les hommes.

5) Les chefs communaux commandent les gardes de leur commune, sont les adjoints des Maires, règlent les tours de service entre les hommes.

N.B. : Dans les villes constituant des sous-secteurs, les quartiers sont assimilés aux cantons, et les sous-quartiers aux communes. Les cantons ne sont pas toujours des cantons administratifs. ex: Châtelaillon, Fouras, Lagord.

Les cadres subalternes et la troupe

Dans chaque commune, les hommes de la *garde civile (civique)* sont formés par « groupes » de 40 hommes. Chaque « groupe » formant deux « équipes » de 20 hommes chacune. Les chefs de groupe et les chefs d'équipe sont désignés sur la liste des requis, par entente entre le maire et le chef communal.

Ils sont rémunérés pour leur service comme les hommes. Les cadres subalternes et la troupe ne sont liés par aucun serment.

Les volontaires

A. Afin de gêner le moins possible la vie normale des citoyens, l'inspecteur général a admis, pour le service normal, des gardes qui nous sont imposées, le recrutement et l'enrôlement de volontaires, soit comme hommes de garde, soit comme chefs de poste.

Ce procédé a l'avantage de permettre une meilleure exécution du service, les hommes en faisant un véritable métier; il permet, en outre, à ces braves gens, d'améliorer par un service supplémentaire leurs moyens d'existence. Les volontaires ne sont admis que s'ils présentent les qualités physiques et morales nécessaires à l'accomplissement de leur mission.

B. Une seconde catégorie de volontaires est recherchée dans un but plus élevé.

Les cadres supérieurs, dont la situation ne permet pas toujours qu'ils se consacrent exclusivement à la garde Civile (Civique), ont le droit de se faire aider par des adjoints, présentant les mêmes garanties qu'eux-mêmes du point de vue moral et du point de vue politique. Ces adjoints sont nommés par l'Inspecteur général sur la proposition des chefs de secteur.

En outre, les cadres supérieurs doivent s'efforcer de constituer dans leurs unités, parmi les chefs de groupe, d'équipe, et parmi les hommes, un noyau d'hommes sûrs, susceptibles de signer le serment qu'eux-mêmes ont signé. Les noyaux permanents forment des groupes d'effectifs variables sur lesquels on peut compter en cas d'émeutes.

VI. Fonctionnement de la garde civile (civique)

Seul le préfet, et par son ordre, l'inspecteur général ont le droit de prononcer les réquisitions de la garde civile (civique) d'une ou de plusieurs communes du département.

Pour des cas graves et imprévus, les maires, d'accord avec les chefs communaux, peuvent demander l'entrée en action de la garde civile (civique) par la voie hiérarchique.

Dans tous les cas, le préfet indique le but à atteindre, l'inspecteur général fixe les moyens à mettre en œuvre, le Préfet prononce la réquisition des gardes civiques communales nécessaires.

L'inspecteur général indique à chacun des cadres de la hiérarchie la mission qui lui incombe pour l'accomplissement de la tâche fixée par le préfet.

Comme indiqué plus haut, ce document manuscrit n'est pas signé. Toutefois, un arrêté préfectoral, signé P. Alype, préfet de la Charente-Maritime, en date du 18 août 1940, nomme au poste d'inspecteur général de la garde civile (plus tard garde civique) le général de brigade Pierre Maratuech, commandeur de la Légion d'honneur.

Annexe 8 - **Fac-similé de la lettre du contre-amiral Meyer au vice-amiral Schirlitz lui annonçant la publication de son ouvrage, datée du 18 avril 1966.**

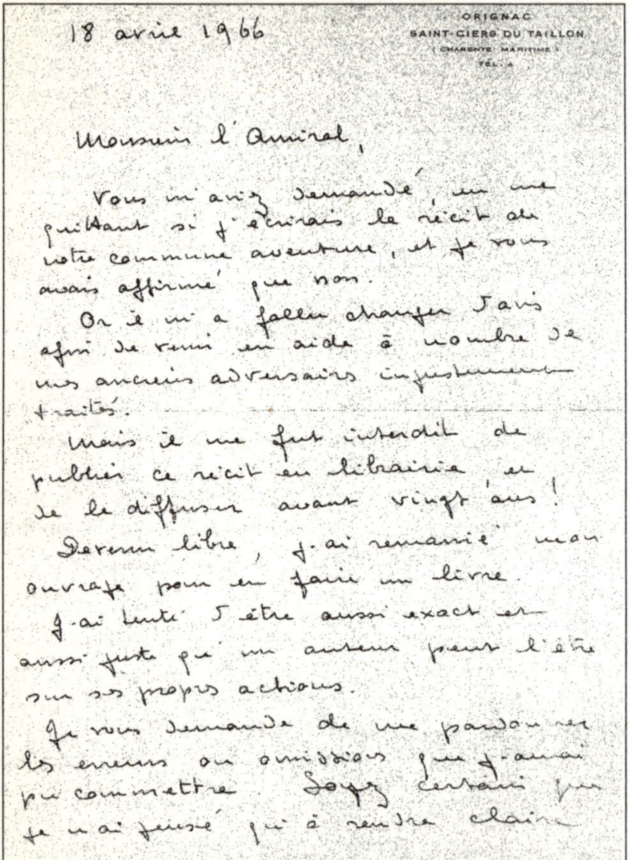

18 avril 1966

ORIGNAC
SAINT-CIERS DU TAILLON
(CHARENTE MARITIME)
TÉL. 4

Monsieur l'Amiral,

Vous m'avez demandé, en me quittant si j'écrirais le récit de notre commune aventure, et je vous avais affirmé que non.

Or il m'a fallu changer d'avis afin de venir en aide à nombre de nos anciens adversaires injustement traités.

Mais il me fut interdit de publier ce récit en librairie, et de le diffuser avant vingt ans !

Devenu libre, j'ai remanié mon ouvrage pour en faire un livre.

J'ai tenté d'être aussi exact et aussi juste qu'un auteur peut l'être sur ses propres actions.

Je vous demande de me pardonner les erreurs ou omissions que j'aurai pu commettre. Soyez certain que je n'ai pensé qu'à rendre clair

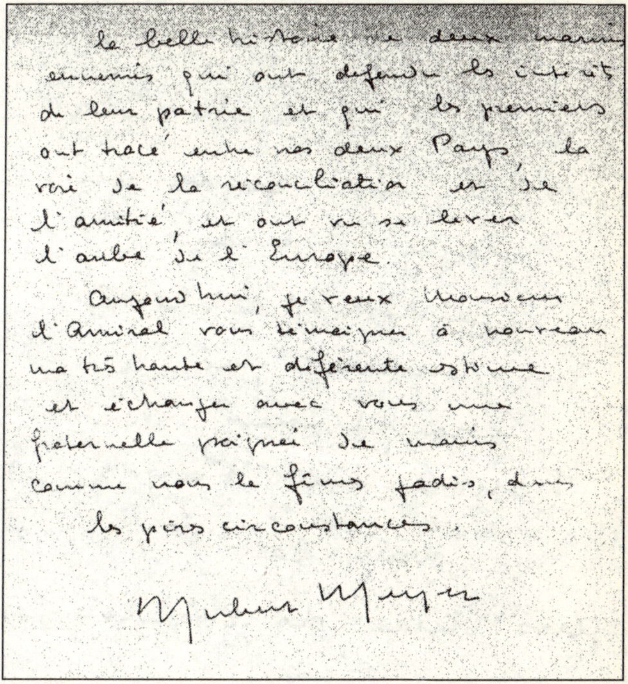

la belle histoire de deux marins ennemis qui ont défendu les intérêts de leur patrie et qui les premiers ont tracé entre nos deux Pays, la voie de la réconciliation et de l'amitié, et ont vu se lever l'aube de l'Europe.

Aujourd'hui, je veux Monsieur l'Amiral vous témoigner à nouveau ma très haute et déférente estime et échanger avec vous une fraternelle poignée de mains comme nous le fîmes jadis, dans les pires circonstances.

Hubert Meyer

Annexe 9 -

Dédicace de Hubert Meyer à Ernst Schirlitz

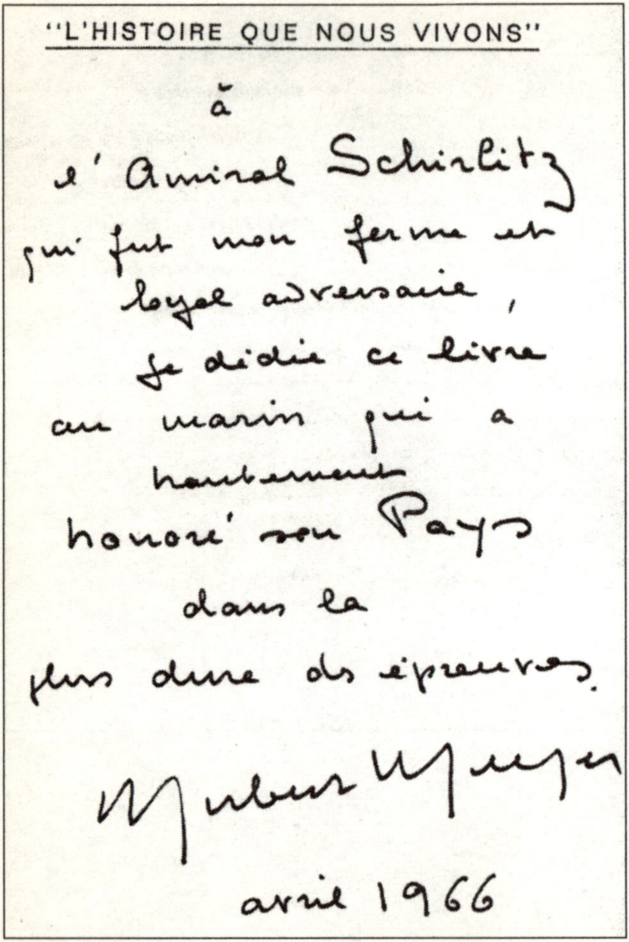

"L'HISTOIRE QUE NOUS VIVONS"

à

l'Amiral Schirlitz

qui fut mon ferme et

loyal adversaire,

je dédie ce livre

au marin qui a

~~hautement~~

honoré son Pays

dans la

plus dure des épreuves.

Hubert Meyer

avril 1966

Annexe 10 - **Original manuscrit de la lettre de remerciements de Schirlitz à Meyer.**

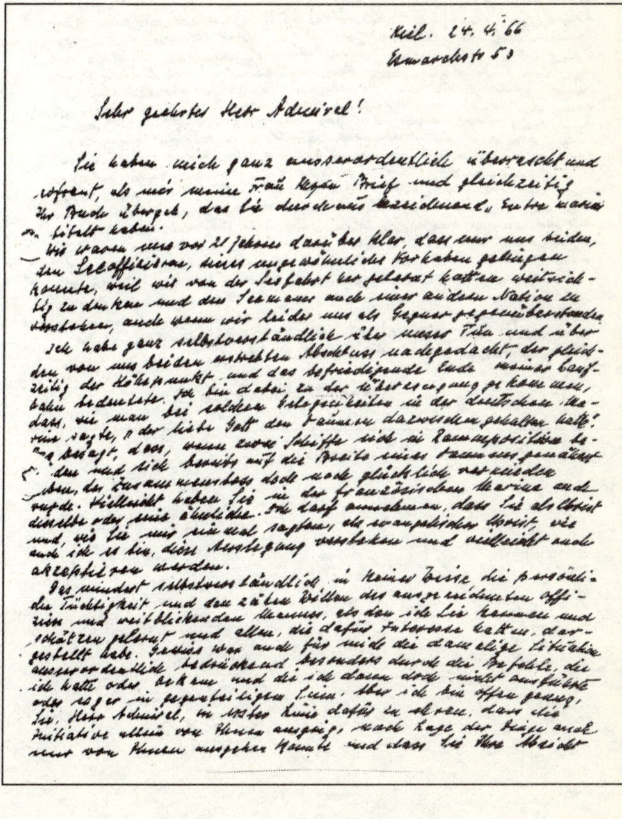

Kiel, 24.4.66
Esmarchstr 5[illegible]

Sehr geehrter Herr Admiral!

Sie haben mich ganz ausserordentlich überrascht und erfreut, als mir meine Frau Ihren Brief und gleichzeitig Ihr Buch übergab, das Sie durch [illegible] erhalten haben.

Wir waren uns vor 21 Jahren darüber klar, dass nur uns beiden, den Seeoffizieren, dieses ungewöhnliche Vorhaben gelingen konnte, weil wir von der Seefahrt her gelernt hatten weitsichtig zu denken und den Seemann auch einer anderen Nation zu verstehen, auch wenn wir leider uns als Gegner gegenüberstanden.

Ich habe ganz selbstverständlich über unser Tun und über den von uns beiden erstrebten Abschluss nachgedacht, der gleichzeitig der Höhepunkt und das befriedigende Ende meiner Laufbahn bedeutete. Ich bin dabei zu der Überzeugung gekommen, dass, wie man bei solchen Gelegenheiten in der deutschen Marine sagte, „der liebe Gott den Daumen dazwischen gehalten hatte". Man sagt, dass, wenn zwei Schiffe sich in Rammposition befinden und sich bereits auf die Breite eines Daumens genähert haben, der Zusammenstoss doch noch glücklich vermieden wurde. Vielleicht haben Sie in der französischen Marine auch dieselbe oder eine ähnliche. Ich darf annehmen, dass Sie als Christ und, wie Sie mir einmal sagten, als evangelischer Christ, wie auch ich es bin, diese Auslegung verstehen und vielleicht auch akzeptieren werden.

Das mindert selbstverständlich in keiner Weise die persönliche Tüchtigkeit und den zähen Willen des ausgezeichneten Offiziers und weitblickenden Mannes, als den ich Sie kennen und schätzen gelernt und allen, die dafür Interesse hatten, dargestellt habe. Gewiss war auch für mich die damalige Situation ausserordentlich bedrückend besonders durch die Befehle, die ich hatte oder bekam und die ich dann doch nicht ausführte oder sogar in gegenteiligem Sinne. Aber ich bin offen genug, Sie, Herr Admiral, in erster Linie dafür zu ehren, dass die Initiative allein von Ihnen ausging, nach Lage der Dinge auch nur von Ihnen ausgehen konnte und dass Sie Ihre Absicht

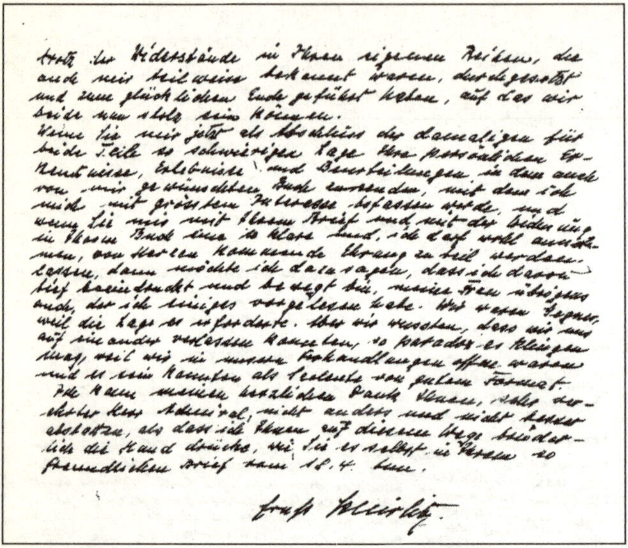

trotz der Widerstände in Ihren eigenen Reihen, die auch mir teilweise bekannt waren, durchgesetzt und zum glücklichen Ende geführt haben, auf das wir beide nun stolz sein können.
Wenn Sie mir jetzt als Abschluss der damaligen für beide Teile so schwierigen Lage Ihre persönlichen Erkenntnisse, Erlebnisse und Beurteilungen in dem auch von mir gewünschten Buch zusenden, mit dem ich mich mit grösstem Interesse befassen werde, und wenn Sie mir mit Ihrem Brief und mit der Widmung in Ihrem Buch eine so klare und, ich darf wohl annehmen, von Herzen kommende Ehrung zu teil werden lassen, dann möchte ich dazu sagen, dass ich davon tief beeindruckt und bewegt bin, meine Frau übrigens auch, der ich einiges vorgelesen habe. Wir waren Gegner, weil die Lage es erforderte. Aber wir wussten, dass wir uns auf einander verlassen konnten, so paradox es klingen mag, weil wir in unseren Verhandlungen offen waren und es sein konnten als Seeleute von gutem Format.
Ich kann meinen herzlichen Dank Ihnen, sehr verehrter Herr Admiral, nicht anders und nicht besser abstatten, als dass ich Ihnen auf diesem Wege brüderlich die Hand drücke, wie Sie es selbst in Ihrem so freundlichen Brief vom 18.4. tun.

Ernst Schirlitz

Annexe 11 - **François SIDOS**

Du 7 mai 1942 jusqu'à la Libération, le *SS Gruppenführer* Karl Oberg exerça en France les fonctions de *Höhere SS und **Polizeiführer***. Avant de mourir dans son lit, de l'autre côté du Rhin, le 3 juin 1965, il avait été deux fois condamné à mort, grâcié en 1958, libéré en 1962. Et souvent interrogé. C'est lors de l'interrogatoire du 26 février 1946 qu'il fut question du SSS... « *Ce service,* déclara Oberg, *travaillait sous les ordres des Allemands et d'après leurs directives. il avait été créé avant mon arrivée, mais pendant tout le temps où j'ai été en France [...] il a continué à être en relations constantes avec la section III du SD. Tous les renseignements recueillis par les services antimaçonniques français étaient en principe donnés au SD. Les documents, quels qu'ils soient, étaient à notre disposition* ».

Des renseignements recueillis sur qui ? Pas seulement sur les francs-maçons bien sûr. Mais aussi sur les Juifs. Mais aussi sur les Résistants... Et contre les Juifs, contre les résistants, contre les francs-maçons. L'action était souvent inséparable du renseignement. Polyvalence et multiples apparences. Le CGQJ, la Milice, le PPF, le RN etc. sans oublier certaines branches de la police, comptaient ainsi des gens du SSS dans leurs effectifs. Prenons un exemple en province pour illustrer notre propos.

Nous avons évoqué plus haut, dans le chapitre, La trahison des deux frères Sidos, ainsi que leur père, « *proche de Joseph Darnand* » et « *exécuté par la résistance à La Rochelle* ». Nous ajoutions qu'à l'un de ces frères, Jacques, « *son papa avait délivré une sorte d'ordre de mission* ». Le papier que nous avons sous les yeux s'appelle exactement: *Accréditif.* L'en-tête en est assez copieux: « *Ministère de la Justice; Service des Sociétés Secrètes; Département des recherches; Délégation régionale de la 10e Région (Charente, Vienne, Vendée, Deux-Sèvres, Charente-Maritime); Délégué régional; 6, rue Bazoges, Tel.32-04, La Rochelle.* »

Et voici maintenant ce texte, qui est dactylographié, avec surabondance de majuscules :

« Le Délégué Régional du Ministère de la Justice au Service des Sociétés Secrètes accrédite Monsieur JACQUES SIDOS, demeurant 6, rue Bazoges, La Rochelle, Fils de Monsieur François SIDOS, Inspecteur Général Adjoint des Forces du maintien de l'Ordre, comme INSPECTEUR-CHEF du Service de Renseignements, au Service des Sociétés Secrètes. Son Service Spécial sera chargé de déceler les Groupes de Résistance du Maquis dans la région de POITIERS-CHARENTES. Les Autorités Civiles et Militaires sont priées de lui faciliter sa mission. La Rochelle le 1er Juillet 1944.

Et c'est signé : « *Le Délégué Régional du Ministère de la Justice Service des Sociétés Secrètes ; Georges LHUERRE* »

Un cachet noir et rond « État Français ; ministère de la Justice » oblitère cette signature, et en bas et à gauche du papier (format 21 x 27) a été ajoutée au tampon encreur, sur deux lignes, la mention « Ministre de la Justice ». Ce document devient plus clair quand on lit le livre de Lucien Sabah où le nom de François Sidos apparaît à plusieurs reprises sur sept pages et dans un intertitre, tandis que celui de Georges Lhuerre est cité deux fois. « En zone occupée, lit-on ainsi dans *Une police politique de Vichy*, c'est Marquès-Rivière qui installe les délégués régionaux, comme celui de la région de Poitiers qui est particulièrement intéressant, il s'agit de Sidos François, né en Algérie, qui fixe son service à La Rochelle [...] Voici ce que le policier chargé de l'enquête écrivait à propos de l'action de Sidos dans la région de Poitiers :

« En dehors de leur activité au sein du SSS, Sidos, Lhuerre et Priou se sont livrés à des actes antinationaux où ils ont donné toute leur mesure et qui ont motivé l'ouverture d'informations devant la Cour de Justice de La Rochelle. Les principaux faits relevés à l'encontre de Sidos par M. Coquelin, juge d'instruction près la Cour de Justice de La Rochelle, sont les suivants.

Il est tout d'abord accusé d'avoir participé à une opération armée contre le Maquis, à Château-Gaillard, le 6.08.1944, et d'avoir arrêté à Saintes plusieurs personnes ensuite livrées aux Allemands. Il est, en outre, convaincu d'avoir, en juin 1944, alors qu'il venait d'être nommé Inspecteur Général au Maintien de l'Ordre, fait arrêter le commissaire Pontal, à Nantes, et, en juillet 1944, d'avoir arrêté et livré aux Allemands, un patriote de la région de Brest. À partir de la constitution de la poche de La Rochelle, il forma une nouvelle Milice et coopéra activement avec les Allemands dans la chasse aux résistants. Une secrétaire de la délégation régionale apprend à la police que « Sidos recevait tous les mois de Paris, un mandat de 10 000 à 20 000 francs, que Sidos justifiait en disant être un remboursement d'assurances ».

En se référant cette fois à un dirigeant du SSS en zone sud, adjoint du capitaine de frégate Robert Labat et qualifié par Pierre Péan d'« *ancien patron de la Cagoule de la Loire* », interrogé par la police, le 12 janvier 1945, le nommé Charles Boudet, Lucien Sabah mentionne ailleurs que *« en dehors de son service, Sidos manifestait une grande activité politique au sein du Parti franciste dont il était membre du comité directeur. Il avait, en plus, des relations avec la Milice. Sidos est venu à Vichy courant juin 1944, convoqué par Clémoz, directeur du cabinet de Darnand, en vue de sa nomination en tant qu'inspecteur général du maintien de l'ordre. »*

Enfin, Sabah produit un rapport du SRPJ de Poitiers, au ministère de l'Intérieur à Paris, en date du 18 janvier 1946. « *À son audience du samedi 5.1.1946,* dit ce rapport, *la Section de la Cour de Justice de La Rochelle a condamné à la peine de mort le nommé Sidos François, ancien Délégué régional, Région de Poitiers, au Service des Sociétés Secrètes et ancien milicien.* »

Toujours à propos de Sidos, deux précisions... Si nous disions plus haut « *exécuté par la Résistance à La Rochelle* », c'est parce qu'il nous a été dit que l'ex-Délégué régional, après sa condamnation à mort, n'aurait pas été fusillé mais enlevé par des résistants, emmené en barque et noyé en mer. D'autre part, François Sidos père, avait donné son prénom à un de ses fils, lequel ne devint pas comme son frère Jacques un jeune collabo (seize ans en 1944), mais rejoignit la France Libre et combattit dans les FNFL (Forces navales françaises libres) ; c'est en entretenant la confusion entre François père et François fils que la famille Sidos a envoyé au Monde, le 5 juillet 1995, un « *rectificatif* » très curieux.

Tiré de *Chronique de la Résistance*, pages 1151 à 1 153 d'Alain GUÉRIN, Ed. Omnibus, 2000.

Rappel des noms cités

ABRIAS. Capitaine, adjoint au chef d'état-major du régiment Jean-Guiton, de la Résistance intérieure rochelaise.

ADELINE Henri. Colonel, puis général, né le 8 mai 1898 à Verdun, décédé le 30 avril 1971, dans un accident de voiture à Châlons-sur-Marne. Inhumé à Sivry-sur-Meuse, dans la Meuse. Après le baccalauréat, il entreprend des études d'ingénieur en électricité. Officier du génie, il est blessé lors de la guerre de 1914-1918, il est deux fois cité à l'ordre de la Division. Deux citations lui sont également décernées lors de la campagne de France de 1939-1940. Entré dans la Résistance en 1943, à la tête des Maquis de Dordogne qu'il a organisés, il libère, en août 1944, Bergerac, Bordeaux et Libourne, puis début septembre Rochefort et Marennes. Il prend le commandement de l'ensemble des formations FFI du Sud-Ouest et réussit à enfermer l'ennemi dans les poches de La Rochelle, Royan et la Pointe de Grave. Il assure seul cette mission très difficile, devant un ennemi supérieur en nombre et en moyens, avec des forces improvisées, sans habillement ni équipement, pauvrement armées, jusqu'au début de novembre 1944 où il passe sous le commandement du général de Larminat commandant le détachement d'armée de l'Atlantique. Henri Adeline commande les fronts de La Rochelle et de Royan jusqu'en avril 1945, continuant à faire preuve des mêmes qualités de combattant, de chef et d'organisateur. Lors de l'attaque de Royan, du 14 au 18 avril, il commande un groupement comprenant six bataillons d'infanterie, un régiment de chars et quatre groupes d'artillerie. Il atteint tous ses objectifs avant les délais prévus, enlève des ouvrages puissamment fortifiés et couverts par d'importants champs de mines, libère trois villages, la partie ouest de Royan et capture un important matériel. Après la guerre, Henri Adeline est promu général de brigade et commande notamment le génie. À la retraite, il dirige un bureau d'études et de construction. Commandeur de la Légion d'Honneur, Henri Adeline était compagnon de la Libération (décret du 28 mai 1945). Il détenait la croix de guerre 1914-1918, avec deux citations, la croix de guerre 1939-1945, avec deux citations ainsi que la Croix de Guerre des TOE avec une citation. Il avait publié deux ouvrages : *La Libération du Sud-Ouest : Bordeaux, Royan, La Rochelle (août 1944-mai 1945)* » – *Alger,* et *Considérations sur le génie au combat,* Paris.

AIME. Commandant, chef du premier camp de prisonniers de Souberac où fut incarcéré l'amiral Schirlitz, après la Libération.

ALMSTRÖM Lars. Délégué du conseil de l'Église suédoise à Paris. Il reçoit, comme Rolf Nördling, délégué du consul général de Suède, le titre de citoyen d'honneur de la ville de La Rochelle le 19 février 1945.

ARNAUD Désiré. Secrétaire général de la préfecture. Remplit les fonctions de préfet à partir de la disparition, sans ordre, du préfet Fauconnier, le 10 juin 1944. Il assumera cette promotion imprévue avec un dévouement et un courage exemplaire.

ARNIM Von. Général. Auteur de l'ultimatum adressé à l'amiral Derrien, devant Bizerte, le 8 décembre 1942.

ARTIGES. Juge au palais de justice de La Rochelle, membre de la Résistance intérieure rochelaise. Membre du comité rochelais de Libération de La Rochelle.

ASCANI. Capitaine, commandant d'une compagnie ennemie dans l'île de Ré, décidé à rejoindre le camp français le moment venu.

AUGÉ Jean. Capitaine, membre de la commission militaire de la Résistance à La Rochelle.

AUGER. Commandant, chef du groupement Foch, aux ordres du colonel Adeline.

AUNEAU. Adjoint au maire de La Rochelle, M. Godard. Il est présent le 19 février 1945 lors de la séance du conseil au cours de laquelle MM. Nordling et Almström reçoivent le titre de citoyen d'honneur de La Rochelle.

BALANDE Gaston. Conservateur du Musée des Beaux-arts, peintre auteur des portraits géants de Léonce Vieljeux et du général de Gaulle hissés devant la mairie et la préfecture lors de la libération de La Rochelle.

BALLANGER. Première victime exécutée par les Allemands, lors du massacre de Ferrières, le 23 septembre 1944.

BALZER Ilse. Secrétaire-interprète de l'amiral en 1944 et 1945. Épouse de Hans Balzer, ami de l'amiral, commandant du port de Kiel. Marraine (*Patentante* en allemand, c'est-à-dire *tante de baptême* de Tom Gerberding, arrière-arrière-petit-fils de l'amiral). « *Travaillant pour un amiral Italien, elle a ainsi rencontré l'amiral Lothar von Arnaud de la Perrière, commandant allemand d'U-boot qui fut célèbre pour son tableau de chasse au cours de la Première Guerre mondiale. Ce dernier l'a recrutée et l'a fait muter à Royan d'abord, puis à La Rochelle.* »

BALZER Hans. Commandant du port de Kiel. Époux de la précédente.

BARRAUD. Pasteur de La Rochelle en 1944-1945.

BATH-BRANDON, Alfred de. Sous-lieutenant, pilote de chasse britannique. Le 24 septembre 1916, il attaque le dirigeable *L-33,* à bord duquel servait l'enseigne Schirlitz, et le contraint à atterrir à Little Wigborough (Essex).

BEAUCHAMP. Nommé membre du comité municipal provisoire, par le préfet de la Libération, M. Verneuil, le 11 mai 1945.

BERNARD. Docteur. Délégué de la Croix-Rouge, accompagne le Dr Commes Charles, commandant et médecin-chef des FFI avec une dizaine de secouristes, pour se présenter le 7 mai 1945, à 18 heures, à l'hôpital allemand de La Rochelle (bâtiments de l'école normale d'institutrices) et sommer le personnel de se rendre. Nommé membre du comité municipal provisoire, par le préfet de la Libération, M. Verneuil, le 11 mai 1945.

BERNIER. Adjoint au maire dans le conseil présidé par M. Godard. Présent lors de la séance du 19 février 1945 au cours de laquelle le maire, M. Godard, remet le titre de citoyen d'honneur de la ville de La Rochelle au délégué du consul général de Suède, M. Ralf Nordling et à M. Lars Almström, délégué du conseil de l'Église suédoise à Paris.

BILLAUD Charles. Membre du groupe *Ludo.* (Cf. Dufour Louis).

BLADIER Paul. Avocat commis d'office de l'amiral Schirlitz devant le tribunal permanent militaire de Bordeaux en 1947.

BLOIN. Membre du groupe *Ludo.* (Cf. Dufour Louis)

BÖCKER Alois, lieutenant de vaisseau. Commande le dirigeable où sert l'enseigne de vaisseau Schirlitz. Le *L-33* sera abattu et contraint à l'atterrissage le 24 septembre 1916. L'équipage sera fait prisonnier.

BONNEAU. Nommé membre du comité municipal provisoire, par le préfet de la Libération, M. Verneuil, le 11 mai 1945.

BOUSQUET. L'un des deux chefs de la colonne FTP, aux ordres du colonel Adeline.

BRIAND. Colonel. Avec M. Seguin, directeur des chantiers navals Delmas-Vieljeux, il transforme des camions en automitrailleuses pour appuyer la Résistance au combat.

BRIENS. Directeur de la succursale de la Banque de France à La Rochelle, il évacue clandestinement les fonds confiés à son établissement afin d'en éviter la réquisition prévue par l'occupant, le 16 octobre 1944.

BRODHURST, Colonel. Commande le 78e régiment d'infanterie qui arrive, le 30 novembre 1944, devant La Rochelle.

CAMARET Joseph. Résistant rochelais. Fusillé en compagnie de Léonce Vieljeux, son gendre et son petit-fils, dans la nuit du 1er au 2 septembre 1944, au camp du Struthof.

CHABANNE. Chef du groupement Bir-Hakeim, aux ordres du colonel Adeline.

CHAGNEAU. Nommé membre du comité municipal provisoire, par le préfet de la Libération, M. Verneuil, le 11 mai 1945.

CHAIGNAUD Francis. Sans doute la dernière victime de la guerre à La Rochelle. Dans la nuit du 10 mai, rue Jean Godefroy, un *Feldwebel* allemand se cachait dans une maison. Une patrouille du régiment Jean-Guiton reçoit l'ordre de l'arrêter. Quatre hommes du lieutenant Arpizon entrent dans l'immeuble. Au moment où l'un d'eux, Francis Chaignaud, pénétrait dans une pièce du deuxième étage, on entend une brutale injonction en allemand, suivie d'un coup de feu. Il tombe, frappé au front par une balle. Ses obsèques auront lieu le lundi 14 mai, en la cathédrale, en présence d'une foule considérable.

CHAPRON Jacques. Résistant rochelais, fusillé en compagnie de Léonce Vieljeux, son neveu et son petit-fils, dans la nuit du 1er au 2 septembre 1944, au camp du Struthof.

CHAUVIN. Nommé membre du comité municipal provisoire, par le préfet de la Libération, M. Verneuil, le 11 mai 1945.

CHÊNE. Colonel, ancien commandant des Forces françaises du Sud-Ouest, puis rattaché l'état-major du général de Larminat. Reçoit la capitulation et les pouvoirs sur la garnison allemande de l'amiral Schirlitz le 9 mai 1945 à 00 h 01 mn.

CHEVANCE-BERTIN Maurice, général. (alias: *Barrioz – Herbain – Nef bis – Bertin*), Maurice Chevance est né le 6 mars 1910 à Nanteuil-le-Hauduin dans l'Oise. Il est décédé le 17 juin 1996, à l'hôpital militaire du Val-de-Grâce à Paris.

Le 15 octobre 1929, devançant l'appel, il s'engage dans l'armée. Servant dans l'infanterie voloniale, il est sous-lieutenant de réserve le 1er octobre 1930, puis sous-lieutenant d'active et lieutenant le 1er octobre 1933. Il est affecté successivement en Algérie, en Tunisie, et au Tchad où le surprend la déclaration de guerre de septembre 1939. Commandant d'une compagnie de tirailleurs sénégalais du 8e RTS pendant la campagne de France, le lieutenant Chevance effectue au moment de l'armistice une longue retraite qui le conduit à Rivesaltes dans les Pyrénées Orientales. Dès le mois d'août 1940, Maurice Chevance, en congé d'armistice, est recruté par Henri Frenay qui organise les premiers noyaux de la Résistance dans la région de

Marseille. Dès septembre, avec son épouse Jeanine, il prend une part active au développement du mouvement de Frenay les Petites Ailes, dans la région du sud-est, puis à celui de Vérités. Il a monté, entre-temps à Marseille une agence militaire et coloniale, entreprise destinée à prendre en charge les bagages des militaires et des civils en transit à Marseille. Cette petite société lui permet de rester en contact avec les milieux militaires et coloniaux et de faire de la propagande anti-allemande. Elle devient rapidement une officine de la Résistance. En juillet 1941, Maurice Chevance assiste à la première rencontre entre Frenay et Jean Moulin à Marseille. Il participe ensuite à la création du mouvement *Combat* sous la direction de Frenay. Membre du comité directeur du mouvement dès sa fondation en décembre 1941, Maurice Chevance nommé ensuite directeur général du mouvement pour la zone sud.

En janvier 1942, il est arrêté par la police de Vichy et incarcéré à Lyon, puis à Clermont-Ferrand où il rencontre notamment Emmanuel Mounier. Au mois de mars, il obtient, grâce à un médecin favorable à la Résistance, sa mise en liberté provisoire pour raison de santé. Recherché à nouveau pour internement administratif, il échappe à une nouvelle arrestation le 30 avril 1942. Il est alors condamné par contumace à 10 ans de prison et 120 000 francs d'amende. Malgré les poursuites, Chevance, alias *Bertin*, continue ses activités de résistant: il lance le service de renseignements qui devient ensuite le SR des Mouvements unis de Résistance (MUR) après la fusion de *Combat*, de *Franc-Tireur* et de *Libération*. Il est nommé chef régional des MUR pour le sud-est. Le 27 avril 1943, Bertin est arrêté par la *Gestapo* à son domicile à Marseille. Sautant du premier étage, il parvient à s'évader, malgré deux jambes brisées, grâce à l'aide d'un agent de police. Pendant plusieurs mois, il est recherché activement et prend le maquis dans les Alpes de Haute-Provence. Arrivé à Paris en octobre 1943, en l'absence de Frenay resté à Alger, il s'occupe de la direction de *Combat* avec Claude Bourdet et Pierre de Bénouville, se chargeant plus particulièrement de la branche militaire du mouvement ; il est membre du comité directeur des MUR puis du Mouvement de libération nationale (MLN) qui lui succède et du Comité antidéportation (CAD). En 1944, Bertin est chargé de l'action militaire des MUR et il est membre du comité d'action (COMIDAC) pour la zone sud. À Paris, il s'attache particulièrement à faire entrer l'Organisation de la résistance armée (ORA), dirigée par le général Revers, dans les Forces françaises de l'intérieur (FFI). Au mois d'avril, en passant par l'Espagne, il part en mission à Alger où il expose ses vues concernant les FFI au général de Gaulle. Rentré en France en août 1944, Bertin dirige, avec Pierre de Bénouville, le bureau FFI du commissariat à la Guerre et est promu au grade de général de brigade. Il organise un commandement provisoire des FFI pour les régions Sud-Ouest et Centre. Il assure l'envoi de quatre colonnes issues de ces régions sur Autun et la Bourgogne. Il participe à l'établissement du commandement de la région de Royan, pointe de Grave et La Rochelle. Jusqu'en novembre 1944, il assure le commandement de ces diverses troupes FFI après avoir accompagné le général de Gaulle dans son inspection du Sud-Ouest en octobre 1944. En 1945, toujours passionné par l'outre-mer, il crée l'hebdomadaire *Climats* et est élu député à la première Assemblée nationale constituante puis comme représentant de la Guinée à l'Assemblée de l'union française au titre de lUDSR, Commandeur de la Légion d'honneur, Maurice Chevance était Compagnon de la Libération (décret du 17 novembre 1945) il avait reçu la croix de guerre 1939-45 ainsi que la médaille de la Résistance avec rosette. Il avait publié ses mémoires chez Robert Laffont à Paris.

CHOBELET. Commandant, membre de la commission militaire de la Résistance à La Rochelle.

CHRISTIAEN Jean. Chef du régiment Jean-Guiton de la Résistance intérieure de La Rochelle.

CLAESSENS Richard. Lieutenant, responsable du contre-espionnage. Le 7 mai 1945, à 15 h 30, reçoit à la *Kommandantur*, 2, place de Verdun, en compagnie de son chef, le capitaine Koethe, le colonel Martinaud, président de la commission militaire de la Résistance à La Rochelle, accompagné des commandants Chobelet, et Ribeyrol, des capitaines Jean Augé, Serge Garnier et Édouard Mörch, d'*Alliance*, et du commandant Fontaine. Koethe demande des instructions à Schirlitz par téléphone. L'amiral est formel : les pouvoirs de police et de maintien de l'ordre doivent être immédiatement remis au médecin-colonel Martinaud à condition que celui-ci s'engage à protéger les casernes, cantonnements et bureaux occupés par les soldats allemands, par des FFI armés et dûment encadrés dans l'attente de l'arrivée des troupes indigènes conformément à l'accord donné à ce sujet.

CLERC. Capitaine. Commandant du dépôt de prisonniers de guerre de Germignan.

COMMES Charles. Commandant, médecin-chef des FFI rochelais, en compagnie du Dr Bernard, délégué de la Croix-Rouge et de secouristes, se présente le 7 mai 1945, à 18 heures, à l'hôpital allemand de La Rochelle (bâtiments de l'école normale d'institutrices) et somme le personnel de se rendre.

CONDAMY, Mademoiselle. Nommée membre du comité municipal provisoire, par le préfet de la Libération, M. Verneuil, le 11 mai 1945.

CORNIGLION-MOLINIER. Général d'aviation appartenant à l'état-major du général de Larminat.

COTTEZ. Adjoint au maire de La Rochelle, M. Godard. Présent le 19 février 1945, lors de la séance du conseil au cours de laquelle MM. Nordling et Almström reçoivent le titre de citoyen d'honneur de La Rochelle.

COUILLAUD. Capitaine. Retraité de la marine, dirigeait un réseau d'une centaine d'hommes dans l'Île de Ré qu'il mettra à la disposition de Maurice Martineau.

COUZINET Paul. Prisonnier de guerre français abattu par les sentinelles lors d'une tentative d'évasion de la caserne Renaudin, le 11 février 1945.

CRAMPETTE. Abbé. Curé de Fétilly. Remarquable résistant.

CRESPIN. Président du comité d'épuration de La Rochelle. Nommé membre du comité municipal provisoire, par le préfet de la Libération, M. Verneuil, le 11 mai 1945.

CRUSE. Lieutenant. Beau-frère d'Hubert Meyer. Chargé, avec le commandant Meyer, de préparer l'entrevue du vice-amiral Schirlitz et du général Chevance-Bertin.

CUMAIN R. Lieutenant de vaisseau. Premier commandant du *Messidor*.

DALICHAN. Mademoiselle. Nommée membre du comité municipal provisoire, par le préfet de la Libération, M. Verneuil, le 11 mai 1945.

DARDE. Nommé membre du comité municipal provisoire, par le préfet de la Libération, M. Verneuil, le 11 mai 1945.

DELESTRE. Chef de la Milice.

DELMAS Franck. Gendre de Léonce Vieljeux. Fusillé avec lui dans la nuit du 1er au 2 septembre 1944 au camp du Struthof.

DEMORNY. L'un des deux chefs de la colonne FTP, aux ordres du colonel Adeline.

DERRIEN Edmond. Amiral. Destinataire de l'ultimatum du général von Arnim, devant Bizerte, le 8 décembre 1942.

DIDT Hans-Martin. Capitaine. Officier de l'état-major de l'amiral Schirlitz à La Rochelle.

DIETHELM. Ministre de la Guerre dans le Gouvernement provisoire du général de Gaulle.

DOENITZ Karl. Grand amiral, nommé chef du gouvernement du III° Reich après la mort de Hitler, le 30 avril 1945. « *Doenitz était au courant de la convention, il la tolérait. Ernst Schirlitz avait agi dans le respect de sa hiérarchie, qui lui avait donné son accord. Plus exactement, leur position était qu'en tant que commandant de la forteresse, Schirlitz savait ce qu'il faisait, mais que si ça tournait mal, il en supporterait l'entière responsabilité. Le 17 novembre 1944, quand le môle du Verdon explose, l'ordre n'est pas venu de Doenitz, mais d'Hitler. À cette époque, la main gauche ignorait ce que faisait la main droite… »* (Interview de Tom Gerberding, 15 avril 2003.)

DRILLAUD Jean. Ingénieur des Ponts et Chaussées, fournira à Maurice Martineau, chef de la Résistance dans l'Île de Ré, le plan détaillé des installations ennemies.

DROUIN. Nommé membre du comité municipal provisoire, par le préfet de la Libération, M. Verneuil, le 11 mai 1945.

DUFOUR Louis – alias *Ludo* – chef du groupe de Résistance de la rue Ampère, devenu le groupe 182 Bir-Hakeim, puis, en avril 1945, le groupe *Vieljeux*, avait mis sur pied, en accord avec le commandant Ricatte, chef du service de renseignements du détachement de l'Atlantique, et grâce à Charles Billaud, ingénieur des PTT, dans une cave de la poste centrale, un matériel permettant d'intercepter toutes les lignes téléphoniques allemandes. Cette centrale d'écoute fonctionnait déjà depuis décembre 1944. Jean Hamburger, alsacien comprenant l'allemand, enregistrait les communications, sans quitter la cave, ravitaillé clandestinement par un soupirail. Pour la transmission immédiate de celles-ci, Dufour, Gabelin et Bloin construiront une ligne à travers la ville jusqu'à la maison de Dufour, 20, rue Saint-François où un répartiteur téléphonique est installé avec une ligne au PC de la mission, reliée au poste émetteur installé dans le clocher de l'église de Fétilly au PC de l'état-major de la Résistance rochelaise ; aux points de repli prévus pour l'émetteur rue Ampère et rue Pernelle. La même équipe installera une ligne téléphonique La Rochelle/Châtelaillon où se trouvait la mission *Caesar*. Le 7 mai 1945, le groupe *Dufour* ou *Ludo* mettait un terme à son activité dans la Résistance en s'emparant de la poste centrale, en faisant 17 prisonniers et en protégeant les installations jusqu'à l'arrivée des troupes françaises le lendemain et le surlendemain.

ÉTIÉ. Nommé membre du comité municipal provisoire, par le préfet de la Libération, M. Verneuil, le 11 mai 1945.

EUGÈNE. Nommé membre du comité municipal provisoire, par le préfet de la Libération, M. Verneuil, le 11 mai 1945.

FARAUD. Président du comité départemental de Libération.

FILLOL Pierre-Georges, commandant. Il créé son propre réseau d'évasion à La Rochelle, munissant les fugitifs de faux papiers et certificats militaires et les envoyant en zone libre.

FONTAINE. Avocat, commandant au régiment Jean-Guiton. Membre de la commission militaire de la Résistance à La Rochelle.

FRANCHI. Colonel. Chef de la délégation française lors de la réunion du 6 mai 1945, préalable à la reddition allemande.

FREY. Lieutenant-colonel, chef d'état-major du colonel Adeline.

GABELIN Membre du groupe *Ludo.* (Cf. Dufour Louis)

GACHES. Capitaine de corvette, adjoint et confident du commandant Meyer.

GARDES Franck. Jeune membre du groupe *Alliance.* Arrêté début juillet 1944, il fut fusillé au camp du Struthof, dans la nuit du 1er septembre 1944, en même temps que Léonce Vieljeux et ses compatriotes.

GAILLARD Gaston. Agent local pour le réseau de résistance CND *Castille* du colonel Rémy.

GARNIER Jean. Capitaine, membre de la commission militaire de la Résistance à La Rochelle. Nommé membre du comité municipal provisoire, par le préfet de la Libération, M. Verneuil, le 11 mai 1945.

GARRIGUES. Conseiller municipal dans le conseil présidé par M. Godard. Présent lors de la séance du 19 février 1945 au cours de laquelle le maire, M. Godard, remet le titre de *citoyen d'honneur* de la ville de La Rochelle au délégué du consul général de Suède, M. Rolf Nordling et à M. Lars Almström, délégué du conseil de l'Église suédoise à Paris.

GAURIAUD. Lieutenant du service de renseignement français installé à l'Aiguillon en février 1945 avec mission de maintenir la liaison entre le renseignement français et les agents de la Résistance de La Rochelle et de l'Île de Ré.

GAUTIER René. Professeur, ancien adjoint au maire de La Rochelle, directeur de l'institut d'études françaises.

GELEZEAU Alfred. Adjoint au maire de La Rochelle, M. Godard. Présent le 19 février 1945 lors de la séance du conseil au cours de laquelle MM. Nordling et Almström reçoivent le titre de citoyen d'honneur de La Rochelle.

GERBERDING Tom. Arrière-petit-fils de l'amiral Schirlitz.

GIRARD Étienne. Résistant rochelais. Fusillé en compagnie de Léonce Vieljeux, son gendre et son petit-fils, dans la nuit du 1er au 2 septembre 1944, au camp du Struthof.

GIRAUDEAU. Planton au palais de justice de La Rochelle, membre de la résistance intérieure rochelaise.

GOURMEL. Nommé membre du comité municipal provisoire, par le préfet de la Libération, M. Verneuil, le 11 mai 1945.

GRANGER. Colonel. Commande la colonne mobile dont certaines unités (1er bataillon du 4e zouaves, deux escadrons de chars et un peloton de reconnaissance du 1er régiment de spahis marocains) font mouvement sur La Rochelle, le 8 mai 1945, pour aider au maintien de l'ordre et à la police dans la ville.

GRASSET, Madame. Nommée membre du comité municipal provisoire, par le préfet de la Libération, M. Verneuil, le 11 mai 1945.

GRASSET Edmond. Journaliste, secrétaire fédéral du parti socialiste, secrétaire de la Ligue des droits de l'homme, conseiller général délégué régional de *Libé-nord*, membre du comité central du parti socialiste clandestin et délégué permanent, il est assassiné à Paris par la milice le 8 mai 1944.

GRAVIER. Professeur d'allemand à l'université de Nancy, il a souvent servi d'interprète au commandant Meyer lors de ses négociations avec Schirlitz.

GRUPE. *Oberleutnant.* Aide de camp de l'amiral Schirlitz. C'est lui qui sera le premier contact du commandant Meyer pour la première prise de contact de ce dernier avec l'amiral.

GUILLET Louis. Secrétaire général de la mairie.

GUIN. Chef d'escadron de gendarmerie. Membre de la Résistance intérieure rochelaise.

GÜNTHER. Capitaine de vaisseau, membre de l'état-major de l'amiral Schirlitz.

HAECKS. Soldat allemand, coupable d'avoir accusé sommairement trois prisonniers français à la caserne Renaudin de La Rochelle. Coaccusé de l'amiral Schirlitz au procès de ce dernier.

HAMBURGER Jean. Avec Dufour Louis – alias *Ludo* – chef du groupe de Résistance de la rue Ampère, devenu le groupe 182 Bir-Hakeim, puis, en avril 1945, le groupe *Vieljeux*, avait mis sur pied, en accord avec le commandant Ricatte, chef du service de renseignements du détachement de l'Atlantique, et grâce à Charles Billaud, Ingénieur des PTT, dans une cave de la poste centrale, un matériel permettant d'intercepter toutes les lignes téléphoniques allemandes. Cette centrale d'écoute fonctionnait déjà depuis décembre 1944. Jean Hamburger, alsacien comprenant l'allemand, enregistrait les communications, sans quitter la cave, ravitaillé clandestinement par un soupirail. Pour la transmission immédiate de celles-ci, Dufour, Gabelin et Bloin construiront une ligne à travers la ville jusqu'à la maison de Dufour, 20, rue Saint-François, où un répartiteur téléphonique est installé avec une ligne au PC de la mission reliée au poste émetteur installé dans le clocher de l'église de Fétilly au PC de l'état-major de la Résistance rochelaise ; aux points de repli prévus pour l'émetteur rue Ampère et rue Pernelle.

La même équipe installera une ligne téléphonique La Rochelle/Châtelaillon où se trouvait la mission *Caesar.* Le 7 mai 1945, le groupe *Dufour* ou *Ludo* mettait un terme à son activité dans la Résistance en s'emparant de la poste centrale, en faisant 17 prisonniers et en protégeant les installations jusqu'à l'arrivée des troupes françaises, le lendemain et le surlendemain.

HERTEL Walter. Époux de Charlotte, gendre de Schirlitz. Il sera tué en Russie le 31 décembre 1941.

HOFFER. Lieutenant de vaisseau, commandant du corps français des marins-pompiers de La Rochelle. Membre de la Résistance intérieure rochelaise.

HURTAUD – Nommé membre du comité municipal provisoire, par le préfet de la Libération, M. Verneuil, le 11 mai 1945.

JEAN. Colonel, commandant le régiment Jean-Guiton.

JUCHEREAU. Président du comité rochelais de libération.

JUNCA, Mademoiselle. Professeur à La Rochelle, a tenu un journal pendant tout le dernier siège de La Rochelle.

KIENER. Avocat à La Rochelle, membre de la Résistance intérieure rochelaise. Nommé membre du comité municipal provisoire, par le préfet de la Libération, M. Verneuil, le 11 mai 1945.

KLEMPNAUER Erich. Premier mari de Frieda Broeske, future épouse de l'amiral Schirlitz. Tué au cours de la Première Guerre mondiale.

KOBER. Amiral. Prédécesseur de Schirlitz au commandement de la place-forte de La Rochelle. Nazi convaincu.

KOETHE Julius, *Hauptmann*. Chef de l'*Abwehr* à La Rochelle, sera poursuivi comme criminel de guerre. Le 7 mai 1945, à 15 h 30, reçoit à la *Kommandantur*, 2, place de Verdun, le colonel Martinaud, président de la Commission militaire de la Résistance à La Rochelle, accompagné des commandants Chobelet, et Ribeyrol, des capitaines Jean Augé, Serge, Garnier et Édouard Mörch, d'*Alliance*, et du commandant Fontaine. Koethe demande des instructions à Schirlitz par téléphone. L'amiral est formel: les pouvoirs de police et de maintien de l'ordre doivent être immédiatement remis au médecin-colonel Martinaud à condition que celui-ci s'engage à protéger les casernes, cantonnements et bureaux occupés par les soldats allemands, par des FFI armés et dûment encadrés dans l'attente de l'arrivée des troupes indigènes conformément à l'accord donné à ce sujet.

KRANCKE. Amiral, commandant de la *Kriegsmarine* à l'ouest.

LACOSTE. Conseiller municipal dans le conseil présidé par M. Godard. Présent lors de la séance du 19 février 1945 au cours de laquelle le maire, M. Godard, remet le titre de *citoyen d'honneur* de la ville de La Rochelle au délégué du consul général de Suède, M. Rolf Nordling et à M. Lars Almström, délégué du conseil de l'Église suédoise à Paris.

LAFUSTE Odette. Habitante de La Rochelle, épouse d'un artisan secrétaire de la chambre de commerce, elle a tenu un journal détaillé pendant toute la durée du siège de La Rochelle.

LAGARDE. Chef des secouristes accompagnant les Dr Commes et Bernard qui, tous ensemble, somment le personnel de l'hôpital militaire allemand de se rendre. C'est lui qui ira à son domicle quérir un drapeau français pour remplacer les couleurs allemandes sur l'hôpital.

LAGARRIGUE. Commissaire central de police, membre de la Résistance intérieure rochelaise.

LALANDE. Conseiller municipal dans le conseil présidé par M. Godard. Présent lors de la séance du 19 février 1945 au cours de laquelle le maire, M. Godard, remet le titre de *citoyen d'honneur* de la ville de La Rochelle au délégué du consul général de Suède, M. Rolf Nordling et à M. Lars Almström, délégué du conseil de l'Église suédoise à Paris.

LAPEYRE Franck. Membre du comité de Libération de La Rochelle. Nommé membre du comité municipal provisoire, par le préfet de la Libération, M. Verneuil, le 11 mai 1945.

LARMINAT Edgar (de). Général. Né à Alès, dans le Gard, le 29 novembre 1895. Décédé le 1er juillet 1962 à Paris. Son père était officier des Eaux et Forêts. Il fait ses études à Alès, Gap, Troyes et Dijon. Bachelier en 1912, il prépare Saint-Cyr, mais n'ayant pas l'âge requis, il ne peut se présenter en 1913. Admissible à Sant-Cyr l'année suivante, il passe les oraux qui sont interrompus par la déclaration de la Première Guerre mondiale. Il s'engage comme simple soldat à Dijon et est incorporé au 27e RI. Détaché au 134e RI, il suit les cours spéciaux des élèves de Saint-Cyr. En janvier 1915, il est affecté au 321e RI et est promu aspirant en août 1915. Sous-lieutenant en décembre 1915, Edgar de Larminat est blessé par éclat d'obus au fort de Vaux à Verdun en juin 1916 alors qu'il tient sa position depuis trois jours avec sa compagnie. Malgré sa blessure, il refuse de se faire évacuer avant la fin des opérations. Lieutenant en décembre 1916, capitaine en septembre 1917, il est intoxiqué par les gaz en mars 1918 et une troisième fois blessé par éclat d'obus en juin. Il termine la Grande Guerre avec quatre citations et la croix de chevalier de la Légion d'honneur. À sa sortie de Saint-Cyr, en octobre 1919, il choisit l'infanterie coloniale et sert pendant deux ans et demi au Maroc. Lors des combats contre les djebalas en avril-mai 1921, il fait de nouveau la preuve de ses qualités militaires. Il sert ensuite en AOF, comme attaché à l'état-major du gouverneur général, puis en Mauritanie comme commandant du cercle de Kiffa. Il sert successivement, de janvier 1925 à mai 1928, au bataillon de tirailleurs sénégalais n°1, au 1er régiment d'infanterie coloniale et au 22e RIC. Affecté en mai 1928 en Indochine, au cabinet militaire du gouverneur général, il est promu, en septembre 1929, au grade de chef de bataillon. De retour en France en février 1931, il prend le commandement d'un bataillon du 4e régiment de tirailleurs sénégalais à Fréjus avant d'être admis à l'École de guerre (1933-1935). Lieutenant-colonel en 1935, il est dirigé sur le Levant où le surprend la déclaration de guerre de 1939. Chef d'état-major du général commandant les troupes du Levant, il est promu colonel en mars 1940. En mai, il est nommé chef d'EM du général commandant le théâtre d'opérations du Moyen-Orient. En juin 1940, refusant la défaite, il tente de maintenir, avec l'aide de ses chefs, les troupes du Levant dans la lutte ; désavoué, il est condamné aux arrêts de forteresse et emprisonné à Damas le 27 juin. Trois jours plus tard, il parvient à s'échapper et à rejoindre les Forces françaises libres en Palestine. Chargé de mission FFL au Moyen-Orient en juillet 1940, il rencontre le général Legentilhomme en Côte des Somalis, mais le territoire n'est pas prêt à rejoindre la France libre. En août 1940, il joue un rôle prépondérant dans le ralliement du Moyen-Congo à la France libre, avant d'être nommé par le général de Gaulle, gouverneur général et commandant supérieur des troupes d'AEF. Membre du conseil de défense de l'empire, haut-commissaire et commandant des troupes de l'Afrique française libre, il est promu général de brigade en juillet 1941 au moment même où il est condamné à mort par contumace par la cour martiale de Gannat. Il organise alors les bataillons africains qui constitueront le noyau des troupes FFL au sein de la 1re Division française libre (DFL) et de la colonne Leclerc (future 2e DB). Adjoint du général Catroux, commandant en chef au Levant, il assume, à partir de décembre 1941, le commandement de la 1re brigade FFL pendant la campagne de Lybie. Il fait notamment organiser les défenses de la position de Bir-Hakeim avant l'offensive des troupes italo-allemandes du général Rommel en mai 1942. Le 27 juillet 1942, de retour d'une inspection de la 2e brigade FFL, il est victime d'un grave accident de voiture sur la route du Caire à Alexandrie. Rétabli, il reçoit, en septembre 1942 sa troisième étoile (reportée au 1er juillet 1941 pour titres exceptionnels) et le commandement des FFL du Western-Desert. En janvier 1943, le général de Larminat prend le commandement de la 1re DFL. Il rejoint la Tunisie avec sa division et conduit brillamment les opérations qui aboutissent à l'enlèvement des objectifs du djebel Garci et devant Takrouna du 8 au 13 mai 1943. Général de corps d'armée, il est nommé, en juin, chef d'état-major général des FFL. Edgar de Larminat part pour la campagne d'Italie avec le corps expéditionnaire français du général Juin où il commande le 2e corps d'armée. Il sera cité une nouvelle fois pour son remarquable sens tactique et pour son esprit de décision lors de la poursuite des troupes allemandes dans la région de Viterbo, en Toscane, en juin 1944. Il participe, avec la 1re armée au débarquement de Provence d'août 1944 comme commandant d'un corps d'armée avant d'être nommé, en octobre 1944, au commandement des Forces françaises de l'ouest (devenu détachement d'armée de l'Atlantique) et, à ce titre, chargé de réduire les poches allemandes de Lorient, La Rochelle, Rochefort et Royan pointe de Grave. Dans le courant de l'hiver 1944-1945, il procède à la transformation en unités régulières des unités des FFI issues du maquis. Il met sur pied cinq divisions d'infanterie et, entre le 14 et le 20 avril 1945, à la tête d'importantes forces terrestres et navales, il s'empare de l'ensemble des positions allemandes sur les deux rives de la Gironde, faisant 10 000 prisonniers et capturant un matériel considérable. Il obtient la libération du port de Bordeaux puis l'occupation de l'Île d'Oléron (2 mai) et, après la capitulation de l'Allemagne, la livraison, sans destructions supplémentaires des places fortes de La Rochelle, Saint-Nazaire et Lorient. En novembre 1945, Edgar de Larminat est nommé inspecteur général des troupes d'outre-mer. Premier président de l'Association des français libres, il est membre titulaire du conseil supérieur de la Guerre à partir de 1950, il est nommé général d'armée en 1953 et inspecteur des troupes Coloniales en décembre 1955. Atteint par la limite d'âge en 1956, Edgar de Larminat est placé dans la 2e section (cadre de réserve). Rappelé à l'activité en juin 1962, il se voit confier la présidence de la cour militaire de justice en charge de juger les acteurs de la rébellion d'Alger d'avril 1961. Il est décédé le 1er juillet 1962.

LE TESSON. Capitaine de vaisseau, représentant le gouvernement provisoire à Bordeaux pour toutes affaires maritimes.

LEFLAIVE. Madame. Conseillère municipale du conseil présidé par M. Godard. Elle est présente lors de la séance du 19 février 1945 au cours de laquelle le maire, M. Godard, remet le titre de citoyen d'honneur de la ville de La Rochelle au délégué du consul général de Suède, M. Rolf Nordling et à M. Lars Almström, délégué du conseil de l'Église suédoise à Paris.

LIAGRE Louis, Monseigneur. Évêque de La Rochelle en 1944-1945.

LISIACK. Lieutenant-colonel. Animateur du réseau *Centurie*. Nommé adjoint du général Brunker dans l'état-major départemental de la Résistance, il est en charge du secteur La Rochelle-Rochefort. Arrêté, condamné à mort et fusillé au camp de Souge le 11 janvier 1944.

MAINGRAUD. Nommé membre du comité municipal provisoire, par le préfet de la Libération, M. Verneuil, le 11 mai 1945.

MARIE. Nommé membre du comité municipal provisoire, par le préfet de la Libération, M. Verneuil, le 11 mai 1945.

MARTIN Joseph. Prisonnier de guerre français abattu par les sentinelles lors d'une tentative d'évasion de la caserne Renaudin, le 11 février 1945.

MARTINAUD. Médecin-colonel est président du comité de la Résistance et de la commission militaire de la Résistance à La Rochelle. Le 7 mai 1945, il rencontre, à la *Kommandantur*, 2, place de Verdun, le capitaine Koethe, chef de l'*Abwehr* et son assistant, le lieutenant Claessens, chargé du contre-espionnage. Interrogé au téléphone par Koethe, l'amiral Schirlitz est formel: les pouvoirs de police et de maintien de l'ordre doivent être immédiatement remis au médecin-colonel Martinaud.

MARTINEAU Henriette. Jeune opératrice radio que le réseau de résistance *Ludo* introduit clandestinement à La Rochelle, avec son poste émetteur, le 2 novembre 1944. Elle émettra à partir du clocher de l'église de Fétilly mis à sa disposition par l'abbé Crampette. Elle se serait suicidée dix jours après la libération de La Rochelle, pour des raisons restant inconnues.

MARTINEAU Maurice. Alias *Loup-de-Mer*, agent de l'OSS (*Office of strategic services*) dans l'île de Ré.

MATHE. Nommé membre du comité municipal provisoire, par le préfet de la Libération, M. Verneuil, le 11 mai 1945.

MÉCHADIER. Adjoint au maire dans le conseil présidé par M. Godard. Présent lors de la séance du 19 février 1945 au cours de laquelle le maire, M. Godard, remet le titre de *citoyen d'honneur* de la ville de La Rochelle au délégué du consul général de Suède, M. Rolf Nordling et à M. Lars Almström, délégué du conseil de l'Église suédoise à Paris.

MEYER. Conseiller municipal du conseil présidé par M. Godard. Il est présent lors de la séance du 19 février 1945 au cours de laquelle le maire, M. Godard, remet le titre de *citoyen d'honneur* de la ville de La Rochelle au délégué du consul général de Suède, M. Rolf Nordling et à M. Lars Alström, délégué du conseil de l'Église suédoise à Paris.

MICHAHELLES Hans. Amiral. Commandant allemand de la poche de Royan.

MOINARD. Nommé membre du comité municipal provisoire, par le préfet de la Libération, M. Verneuil, le 11 mai 1945.

MÖRCH Édouard. Capitaine, consul de Suède. Membre du réseau *Alliance* à La Rochelle.

MÖRCH Érick. Adjoint au maire dans le conseil présidé par M. Godard. Présent lors de la séance du 19 février 1945 au cours de laquelle le maire, M. Godard, remet le titre de *citoyen d'honneur* de la ville de La Rochelle au délégué du consul général de Suède, M. Rolf Nordling et à M. Lars Almström, délégué du conseil de l'Église suédoise à Paris.

MORESSE. Commandant, chef de la colonne *Z*, aux ordres du colonel Adeline.

MORICE. Abbé. Chef du groupe de *Scouts routiers* de l'église de Fétilly, qui a constitué un dépôt d'armes, dans l'église, près du chœur, audessus de la chaufferie. Commandant ses scouts, en soutane, il va participer à la police et au maintien de l'ordre, au poste qui leur a été assigné.

MORISSET. Adjoint au maire dans le conseil présidé par M. Godard. Il est présent lors de la séance du 19 février 1945 au cours de laquelle le maire, M. Godard, remet le titre de *citoyen d'honneur* de la ville de La Rochelle au délégué du consul général de Suède, M. Rolf Nordling et à M. Lars Almström, délégué du conseil de l'Église suédoise à Paris.

NAULLEAU. Adjoint au maire dans le Conseil présidé par M. Godard. Il est présent lors de la séance du 19 février 1945 au cours de laquelle le maire, M. Godard, remet le titre de *citoyen d'honneur* de la ville de La Rochelle au délégué du consul général de Suède, Rolf Nordling et à M. Lars Almström, délégué du conseil de l'Église suédoise à Paris.

NORDLING Rolf. Délégué du consul général de Suède à Paris. Dans une émission de Radio-Paris à l'adresse des pays scandinaves, le 16 février 1945, M. Nordling expose les raisons qui avaient déterminé le gouvernement suédois à s'intéresser au ravitaillement des populations assiégées à La Rochelle, des îles et communes de la forteresse. Son rôle, ainsi que celui de M. Lars Almström (voir sous ce nom), ne se borne pas à améliorer le ravitaillement des populations, ainsi qu'en témoigne le compte-rendu d'une séance du conseil municipal de La Rochelle, du 19 février 1945.

PABOUL. Nommé membre du comité municipal provisoire, par le préfet de la Libération, M. Verneuil, le 11 mai 1945.

PAPONNET. Médecin de marine. Devient le chef des médecins français qui, avec le personnel sanitaire allemand, vont continuer à soigner les 350 blessés ou malades allemands, après la reddition de l'hôpital militaire allemand, situé dans les locaux de l'école normale d'institutrices.

PESCHE Roger. Nommé membre du comité municipal provisoire, par le préfet de la Libération, M. Verneuil, le 11 mai 1945.

PESCHE Jean. Nommé membre du comité municipal provisoire, par le préfet de la Libération, M. Verneuil, le 11 mai 1945.

PETIT Roland. Prisonnier de guerre français abattu par les sentinelles lors d'une tentative d'évasion de la caserne Renaudin, le 11 février 1945.

POHLMAN Hartwig. Jusqu'en 1944, il était commandant de la forteresse de La Rochelle, puis on l'a envoyé à Royan, parce que le général était renvoyé en Allemagne... Quand il a parlé à l'amiral Schirlitz, c'était la première fois qu'il entendait parler de la convention.

POZZI. Docteur. Conseiller municipal dans le conseil présidé par M. Godard. Il est présent lors de la séance du 19 février 1945 au cours de laquelle le maire, M. Godard, remet le titre de *citoyen d'honneur* de la ville de La Rochelle au délégué du consul général de Suède, M. Rolf Nordling et à M. Lars Almström, délégué du conseil de l'Église suédoise à Paris.

PRUKOP, Docteur. Chef des services administratifs allemands de la forteresse de La Rochelle.

PUETZ. Soldat. Ordonnance personnelle de l'amiral Schirlitz.

RENAUD. Conseiller municipal dans le conseil présidé par M. Godard. Il est présent lors de la séance du 19 février 1945 au cours de laquelle le maire, M. Godard, remet le titre de *citoyen d'honneur* de la ville de La Rochelle au délégué du consul général de Suède, M. Rolf Nordling et à M. Lars Almström, délégué du conseil de l'Église suédoise à Paris.

RIBEYROL. Membre du comité de la Résistance de La Rochelle. Chef d'état-major du régiment Jean-Guiton, de la Résistance intérieure rochelaise.

RICATTE. Commandant, chef du service de renseignements du détachement de l'Atlantique. Avec Dufour Louis – alias *Ludo*, chef du groupe de Résistance de la rue Ampère, devenu le groupe

182 Bir-Hakeim, puis, en avril 1945, le groupe *Vieljeux*, avait mis sur pied, et grâce à Charles Billaud, ingénieur des PTT, dans une cave de la poste centrale, un matériel permettant d'intercepter toutes les lignes téléphoniques allemandes. Cette centrale d'écoute fonctionnait déjà depuis décembre 1944. Jean Hamburger, alsacien comprenant l'allemand, enregistrait les communications, sans quitter la cave, ravitaillé clandestinement par un soupirail. Pour la transmission immédiate de celles-ci, Dufour, Gabelin et Bloin construiront une ligne à travers la ville jusqu'à la maison de Dufour, 20, rue Saint-François, où un répartiteur téléphonique est installé avec une ligne au PC de la mission, reliée au poste émetteur installé dans le clocher de l'église de Fétilly, au PC de l'état-major de la Résistance Rochelaise, aux points de repli prévus pour l'émetteur rue Ampère et rue Pernelle. La même équipe installera une ligne téléphonique La Rochelle/Châtelaillon où se trouvait la mission *Caesar*. Le 7 mai 1945, le groupe *Dufour* ou *Ludo* mettait un terme à son activité dans la Résistance en s'emparant de la Poste centrale, en faisant 17 prisonniers et en protégeant les installations jusqu'à l'arrivée des troupes françaises, le lendemain et le surlendemain.

ROBINET Léopold. Homme d'affaires, militant socialiste. Fonde le groupe *Honneur et patrie*. Arrêté début septembre 1943, condamné à mort et exécuté en janvier 1944.

ROCHE Pierre. Premier martyr de la résistance rochelaise. En septembre 1940, à l'âge de dix-neuf ans, il est fusillé pour avoir coupé le câble militaire entre La Rochelle et Royan.

ROUGIER. Nommé membre du comité municipal provisoire, par le préfet de la Libération, M. Verneuil, le 11 mai 1945.

ROULET Yann. Pasteur. Petit-fils de Léonce Vieljeux, fusillé avec lui dans la nuit du 1er au 2 septembre 1944, au camp du Struthof.

ROUX. Nommé membre du comité municipal provisoire, par le préfet de la Libération, M. Verneuil, le 11 mai 1945.

ROYCE Ralph. Major général, américain. Commandant la *1st Tactical Air Force*, basée à Vittel. C'est lui qui demande aux généraux de Larminat et Corniglion-Molinier que les poches de l'Atlantique soient « ramollies » par des bombardements massifs. Il sera rapatrié aux États-Unis, après le tragique bombardement de Royan « par erreur ».

SARLANDE. Lieutenant du service de renseignements français installé à l'Aiguillon en février 1945 avec mission de maintenir la liaison entre le renseignement français et les agents de la Résistance de La Rochelle et de l'Île de Ré.

SCHIRLITZ Ulrike, épouse GERBERDING. « *Elle est née en 1954, l'année de la CED [...] Ma mère a subi une dépression suite au suicide de sa mère. Elle avait alors 26 ans. Avec mon père, elle a eu deux enfants : moi et mon frère Finn. Je suis né trois ans après la mort de mon arrière-grand-père, un an après le suicide de ma grand-mère, six mois avant la mort de mon arrière-grand-mère. Mes parents ont divorcé en 1981* ». (Interview de Tom Gerberding 14 mai 2004).

SCHIVY René. Interprète à la SNCF, membre de la Résistance. Il fut tué par une patrouille allemande, rue Saint-Louis, le 18 novembre 1944.

SCHMIDT Walter, Eugen. Docteur. Gendre de Schirlitz, époux de sa fille Christa. Schmidt est entré au Parti nazi en 1930. Il est nommé médecin en chef du département de pédiatrie. En 1942, il devient directeur-adjoint de l'hôpital pyschiatrique d'Eichberg. Sous son autorité, au moins 430 enfants, considérés incurables, sont assassinés dans le cadre du programme d'euthanasie lancé par Hitler dès 1939. Leurs cerveaux étaient ensuite expédiés pour étude au laboratoire de l'université d'Heidelberg. Au cours du procès Eichberg, qui se tient en novembre 1946, on raconte que Schmidt, malgré l'approche des troupes américaines, persista dans l'accomplissement de sa tâche, enfermant les patients toujours en vie et les laissant mourir de faim. À charge, on produisit l'album photo de son assistant en dissection, un certain Ballast, contenant dans sa première partie des clichés d'enfants vivants et dans la seconde partie ceux de leurs cerveaux. À l'issue du procès, il fut condamné à la prison à vie. En 1951, sa peine fut réduite à 9 ans.

SCHUHLER Jean. Commissaire régional de la République à la Libération.

SCHUMAKER. Colonel, chef du réseau américain de l'OSS pour le Sud-Ouest.

SCHUMAN Robert. Ministre des Affaires étrangères de la France en 1954.

SEGUIN. Directeur des chantiers navals Delmas-Vieljeux. Avec le colonel Briand, il transformera des camions en automitrailleuses pour appuyer la Résistance au combat.

SEIM. Commandant alllemand, chef d'état-major de l'amiral Michahelles, commandant la poche de Royan.

SEGUY. Procureur de la République à La Rochelle. Membre de la Résistance intérieure rochelaise.

SIDOS François. Cf. annexe 11.

SHELLEY. Amiral. Attaché naval près l'ambassade de Grande-Bretagne à Paris en 1945.

SOUMAGNAC. Nommé membre du comité municipal provisoire, par le préfet de la Libération, M. Verneuil, le 11 mai 1945.

SPEIDEL Hans. Général. Ancien chef d'état-major du maréchal Rommel lors de la Seconde Guerre mondiale. Premier chef de la nouvelle *Bundeswehr* et négociateur de la partie allemande pour la CED. Ami de l'amiral Schirlitz.

STAUFFENBERG Claus Schenk (Von). Colonel, comte von. Cerveau et exécuteur de la conspiration et de l'attentat contre Hitler le 20 juillet 1944.

STÖBNER. Capitaine. Interprète de l'état-major français lors de la réunion technique du 10 octobre 1944.

TERRA, Erwin de. Né le 4 juin 1892 à Francfort sur le Main. Bachelier. Cadet de la Marine à Flensburg-Mürwick. Promotion 1912, comme l'amiral Schirlitz. Au cours de la Première Guerre mondiale, est embarqué sur le *HMS Niobé*, puis sur le contre-torpilleur *12*. Reçoit une formation de sous-marinier. Est embarqué sur le *UB-24*, puis sur le *UB-35* et enfin, sur le croiseur sous-marin *U-139*. Détaché à l'état-major de la Marine à Berlin, jusqu'en 1920. Commande ensuite en second le régiment Löwenfeld. Puis est affecté comme chef de la section d'instruction des sous-officiers à Kiel. Démissionne de la Marine en septembre 1920.

De 1923 à 1926, travaille à Barcelone comme employé commercial. De 1927 à 1930, devient chef du département exportations aux usines de construction de camions de Berlin-Spandau. En 1931, il est concessionnaire de la General Motors à Berlin-Borsigwalde. Mobilisé en 1939 comme chef de compagnie à la section d'instruction de sous-mariniers à Plön, démobilisé pour mauvais état de santé en juillet 1941, il est rappelé au service et devient officier de liaison auprès de la Marine bulgare à Varna, puis commandant en second du groupe des forces armées allemandes à Sofia. Il est muté, en janvier 1943, à l'état-major des constructions navales de Bordeaux, puis comme commandant du port de La Rochelle, à compter d'octobre 1943. Prisonnier de guerre à partir du 8 mai 1945. En 1945, il crée sa propre entreprise de ventes de camions et d'accessoires automobiles à Francfort.

TINGUY du POUET, Madame. Déléguée de la Croix-Rouge française à La Rochelle.

TIXIER Adrien. Ministre de l'Intérieur du gouvernement provisoire du général de Gaulle.

TROUSSAUD. Nommé membre du comité municipal provisoire, par le préfet de la Libération, M. Verneuil, le 11 mai 1945.

VERNEUIL Pierre. Nommé préfet de la Libération à l'issue de la guerre.

VIELJEUX Léonce (1865-1944). Officier d'infanterie territoriale pendant la guerre de 1914-1918, son avancement rapide, ses citations, montrent ce qu'étaient sa valeur militaire et son courage. Chef d'entreprise, maire de La Rochelle, commence sa résistance le 23 juin 1940, à l'hôtel de Ville, refusant calmement de remplacer le drapeau français par celui du Reich. Malgré les menaces, oppose son rang de colonel dans l'armée française à l'exécution des ordres d'un officier subalterne. Révoqué comme maire le 29 septembre 1940, puis expulsé de Charente-Maritime sur exigence des Allemands. Il devient membre du réseau *Alliance*. Arrêté le 14 mars 1944 avec son petit-fils et ses neveux, Léonce Vieljeux fut exécuté au camp de Struthof dans la nuit du 1er au 2 septembre 1944 avec les siens et 114 autres agents du réseau *Alliance*.

VILETORTE. Adjoint au maire de La Rochelle, M. Godard. Il est présent le 19 février 1945 lors de la séance du conseil au cours de laquelle MM. Nordling et Almström reçoivent le titre de citoyen d'honneur de La Rochelle.

WEYRAÜTHER. Colonel. Chef de l'infanterie à La Rochelle. Nazi. Vraisemblablement muté à La Rochelle pour s'assurer de l'orthodoxie nationale-socialiste de ses chefs.

WIESAND. Capitaine. Époux d'Erika, gendre de Schirlitz. Il sera tué en Norvège le 8 avril 1940.

REMERCIEMENTS

La rédaction de cet ouvrage a nécessité de nombreuses recherches auprès de bibliothèques, de services d'archives, de collectionneurs privés et publics, auprès desquels nous avons toujours trouvé une écoute courtoise et une aide précieuse. Que toutes ces personnes, publiques ou privées, trouvent ici l'expression de notre reconnaissance.

Certains, cependant, que nous énumérons ci-dessous, méritent plus particulièrement nos remerciements pour avoir, suite à nos demandes répétées, accepté de se lancer dans une recherche approfondie dans leurs archives familiales ou privées.

Diane et Hervé Meyer (fils de l'amiral) et leurs enfants,

Odile (fille de l'amiral) et Michel Allier et leurs enfants,

Florence (fille de l'amiral) et Alain Arnaud et leurs enfants,

La famille Schirlitz en la personne de Mme Ulrike Gerberding et de son fils M. Tom Gerberding, arrière petit-fils de l'amiral Schirlitz,

Claude Aubineau, collectionneur de photographies et de cartes postales,

Jacques Chavier, pour son témoignage de combattant FFI sur le front de Royan en 1944-45,

Mme Yvette Bouyer et M. François Chateil pour leur témoignage de Rochelais sous l'Occupation,

Christian Esquines, bibliophile et collectionneur privé,

Mme M.-J. Denis, directrice des archives municipales de La Rochelle,

Jean-Luc Gireaud, conseiller militaire,

La Mairie de Rochefort,

Jean-Luc Labour, ancien directeur de l'office du tourisme de La Rochelle, propriétaire et conservateur du musée de la Seconde Guerre mondiale à La Rochelle,

Mme et M. G. Lafuste, fils d'Odette Lafuste,

M. Lelaurain, propriétaire et conservateur du musée de la Seconde Guerre mondiale à Royan,

M. Maurice Martineau, pour son témoignage,

Mme Monique Doubovy pour son aide précieuse,

M. Stéphane Emond pour ses précieux conseils,

Tous les employés des archives départementales de la Charente-Maritime,

La direction et le personnel de la bibliothèque municipale de Royan,

M. Petit, du service historique de la Marine à Brest,

M. Didier Quentin, neveu de l'amiral Meyer.

Enfin, il nous faut témoigner de notre gratitude à Christiane Gachignard, Marie-Thérèse Kalbach, Claude Sapkas, Jean-Luc Labour et Yves Tricaud qui ont accepté de jouer le rôle ingrat de relecteur et de correcteur des épreuves de ce livre.

BIBLIOGRAPHIE

ADELINE (Général) 1948. *La libération du Sud-Ouest, Bordeaux, Royan, La Rochelle (août 1944-mai 1945.* Alger, Imprimerie Baconnier, 127 p.

AMOUROUX (Henri) 1961. *La vie des Français sous l'Occupation.* Paris, Fayard, 571 p.

AMOUROUX (Henri) 1964. *Le 18 juin 1940.* Paris, Fayard, 460 p.

AMOUROUX (Henri) 1976-1981. *La grande histoire des Français sous l'Occupation.* Dix tomes. Paris, Robert Laffont.

ARON (Robert) 1959. *Histoire de la libération de la France.* Paris, Fayard, 779 p.

ARON (Robert) 1959. *Histoire de Vichy.* Paris, Fayard.

ARON (Robert) 1959. *Histoire de la Libération de la France.* Paris, Fayard.

AUGER (Jean) 1984. *J'étais un réfractaire 1940-1944.* 9, rue des Trois-Clés, La Chapelle-Saint-Mesmin (Loiret) 45380.

AZEMA (Jean-Pierre) et BEDARIDA (direction) 1992. *Vichy et les Français.* Paris, Fayard, 788 p.

BARRE de NANTEUIL (Général de la) 1973. *Historique des unités combattantes de la Résistance (1940-1944 Charente, Charente-Maritime.* Paris, publié par le service historique de l'armée de terre. 213 p. dactylographiées et cartes.

BEAUCHAMP (M) 1945. *Libération de La Rochelle, Vie et utilisation de ses ports.* La Rochelle, Pijollet.

BLANCHON (Pierre) et DAVID (Philippe). 1948. *Léonce Vieljeux, maire de La Rochelle.* La Rochelle, librairie Pijollet.

BONUCCI (C) 1992. *De Munich à la guerre. La Rochelle au quotidien.* La Rochelle, Rumeur des Âges.

BOUCHET (Dr D.) 1990. *Si je meurs, venge-moi, 1939-1944.* Vouillé UPCP.

BOTTON (Ulysse). *Royan, ville martyre.* Royan. Imprimerie nouvelle.

BROTHE (Éric) 1995. *La Pallice, point d'appui de la flotte sous-marine allemande, avril 1941-août 1944.* Ed. Patrimoines médias.

BROTHE (Éric), CHAZETTE (Alain) et REBERAC (Fabien) 1997. - *Charente-Maritime, Vendée 1939-1945.* Éditions Patrimoines médias - 247 p.

BUFFETAUT (Y.) 1995. *Les Ports français de l'Atlantique 1939-1945.* Marines Édition.

CALMETTE (Arthur) 1961. *L'OCM l'organisation civile et militaire.* Paris, PUF.

Capitaine FRED 1975. *Bataillon Violette.* Imprimerie Fabrègue.

Capitaine FRED 1977. *La Brigade RAC.* Imprimerie Fabrègue.

CARTIER (Raymond) 1965. *La Seconde Guerre mondiale* (2 vol.). Paris, Larousse.

CHAZETTE (A.) 1995. *Atlantikwall.* Éditions Heimdal.

CHAZETTE (A.), REBERAC (F.) 1995. *La forteresse de Royan-Pointe de Grave.* Édition Heimdal.

CHAZETTE (A.), PAICH (B.), DESTOUCHES (A.) 1995. *Le Mur de l'Atlantique.* Éditions Heimdal.

COMITÉ D'HISTOIRE DE LA SECONDE GUERRE MONDIALE 1976. *La Libération de la France.* Paris, Ed. du CNRS 1 054 p.

COMITÉ D'HISTOIRE LOCALE du Centre d'animation lyrique et culturelle de Rochefort. 1983. *Rochefort, trois siècles en images.* Tome II. 415 p.

COUTURIER (Lucien) et FAUGERAT (Jacques) 1977. *Bataillon Foch.* Angoulême, Sajic.

DELPERRIE DE BAYAC (Jacques) 1969. *Histoire de la Milice (1918-1945).* Paris, Fayard, 698 p.

DENIS (S.), BEZIAUD (N.). *L'Escale atlantique, La Rochelle-Pallice.*

DUMONT (Jean) 1971. *Dictionnaire de la Seconde Guerre mondiale et de ses origines.* Paris. Historama.

Encyclopaedia Britannica. Édition de 1980.

Encyclopaedia Britannica. Édition de 1976.

FAVRE (Pierre) 1992. *Histoire d'un militaire peu ordinaire : fragments du siècle.* Paris, l'Harmattan, 265 p.

GACHIGNARD (Christiane) 1947. Mémoire de maîtrise. *La Rochelle 6 juin 1944 au 8 mai 1945*. Archives départementales de la Charente-Maritime.

GACHIGNARD (Christiane) 1987. *La Rochelle, poche de l'Atlantique.* La Rochelle, Rumeur des Âges.

GACHIGNARD (Christiane) 1994. *La Rochelle, poche de l'Atlantique.* Éditions Gotac Presse.

GAMELIN (Paul) 1974. *Le Mur de l'Atlantique, les blockhaus de l'illusoire.* Daniel et Cie.

GAULLE (général de). *Mémoires de guerre.* Paris, Plon.

Tome I. *L'Appel, 1940-1942,* 1954, 439 p.

Tome II. *L'Unité 1942-1944,* 1956, 507 p.

Tome III. *Le Salut, 1944-1946,* 1959, 496 p.

GAYOT (Henri) 1974. *La Charente-Maritime sous l'Occupation - Déportations Exécutions Internements.* La Rochelle, Imprimerie Rochelaise, 195 p.

GAYOT (Henri) 1973. *Charente-Maritime, 1940/1945, Occupation, Résistance, Libération.* La Rochelle, Imprimerie Rochelaise, 196 p.

GAYOT (Henri) 1975. *Les Mouvements de Résistance.* La Rochelle, Imprimerie Rochelaise, 185 p.

GAYOT (Henri) et BRISSAUD (André). *Les Trafics de la Gestapo française.* Paris, Historama n° 243, page 12.

GELEZEAU (A.) 1952.- *Le Cinquième Siège de La Rochelle.* La Rochelle, Imprimerie Rochelaise

GENÊT (Christian) et MOREAU (Louis) 1983. *Les Deux Charentes sous l'Occupation et la Résistance.* Gémozac, Ed. La Caillerie.

GENÊT (Christian) 1985. *La Libération des deux Charentes, soldats en sabots.* Gémozac, Ed. La Caillerie.

GENÊT (Christian) et BALLANGER 1994. *La libération de La Rochelle et de l'île de Ré.* Gémozac, Ed. La Caillerie.

GIOLITTO (Pierre) 1997. *Histoire de la Milice.* Paris, Perrin, 574 p.

GUILLAUMIN (Claude) 1965. *Les poches de l'Atlantique. Genève,* Ed. de Creuille.

GUÉRIN (Alain) 2000. *Chroniques de la Résistance.* Éditions Omnibus, 1 806 p.

HARNIER (W. von) - *Artillerie in Küsten Kampf.*

HENRI (Michel). *La Seconde Guerre mondiale.* Paris, PUF. Tome I. 1968 - *Les Succès de l'Axe.* Tome II, 1969. *La Victoire des Alliés (janvier 1943-septembre* 1945, 540 p.

HILDEBRAND (Hans H.) et HENRIOT (Ernest). *Deutschlands Admirale 1849-1945, die militärische Werdegänge der See, Ingenieur-, Sanitäts-, Waffen-und Verwaltungsoffiziere im Admiralsrang. 3 Bände; Osnabrück (Biblio) 1988-1990 (Deutschlands Generale und Admirale, I)* Signatur MGFA: 30402 Mb.

JÜNGER (Ernst) 1964. *Journal de guerre et d'occupation 1939-1948.* Paris, Julliard, 501 p.

LARMINAT (général Edgard de) 1962. - *Chroniques irrévérencieuses.* Paris, Ed. Plon.

LARMINAT (général Edgard de) 1945. *L'Armée dans la Nation.* Paris, Ed. Plon.

LARMINAT (général Edgard de) 1947. *Bertie Albrecht, Pierre Arrighi, général Brosset, D. Corticchiato, Jean Prévost, cinq parmi d'autres.* Paris, Ed. Plon.

LARMINAT (général Edgard de). *Que sera la France de demain ?*

LARMINAT (général Edgard de) 1952. *L'Armée européenne.* Paris.

LEPROUX (Jacques) 1947. *Nous les Terroristes: journal de la section spéciale de sabotage.* Monte-Carlo, Raoul Solar Éditeur. Tome I: *De la débâcle au débarquement,* 1947, 300 p. Tome II: *Du débarquement à la victoire,* 1948, 345 p.

LOHMANN (Walter) et HILDEBRAND (Hans H.). *Die deutsche Kriegsmarine 1939-1945. Gliederung, Einsatz, Stellenbesetzung.* Bad Nauheim (Podzun).

LORMIER (Pierre) 2003. *La libération du Sud-Ouest et des Charentes.* Saintes, Les Chemins de la mémoire Éditeur. 108 p.

LORMIER (Dominique) 1991. *Le Livre d'or de la Résistance dans le Sud-Ouest.* Bordeaux, Ed. Sud-Ouest.

MEMOIRE COLLECTIVE. *1er septembre 1939-8 mai 1945. Les Rochelais dans le gros temps.* La Rochelle, Rupella, 173 p.

MEYER (Hubert) (amiral). *Au secours de La Rochelle, Rochefort, Royan.*

MEYER (Hubert) (amiral) 1966. *Entre Marins, 1944/1945.* Paris, Ed. R. Laffont. 258 p.

MEYER (Hubert) (amiral) 1998. *Entre Marins.* Compiègne, Imprimerie FINET, 258 p.

MIAUX (Albert) 1946. *1940-1945 Occupation - Siège de La Rochelle.* Poèmes, illustrations G. Ballande, Pijollet, La Rochelle.

MORDAL (J.) 1965. *Les Poches de l'Atlantique.* Paris, Presses de la cité.

MUEL (Florence) 1984. *La Rochelle à la Libération 8 mai 1945-mai 1946.* Mémoire de maîtrise, université de Poitiers, ADCM.

NOGUERES (Henri) 1967-1969. *Histoire de la Résistance en France.* Paris, Laffont, 5 tomes.

PAXTON (Robert, O.) 1973. *La France de Vichy, 1940-1944.* Paris, Seuil, 375 p.

PAYS D'OUEST (Le) 1946. *Siège de La Rochelle, libération de Rochefort.*

ROLLOT (Général). *Résistance et libération de l'île d'Oléron.* Société nationale des entreprises de presse, imprimerie du Bugey à Belley.

RUGE (Friedrich). Écrit en 1946-47. *Küstenverteidigung und Invasion. MGFA.*

SANTON (Noël) 1950. *Charente-maritime-Zone est-Saint-Jean-d'Angély sous la botte.* Saint-Jean-d'Angély, imprimerie Brisson.

SAUVY (Alfred) 1978. *La vie économique des Français de 1939 à 1945.* Paris, Flammarion.

SCHWEYER (P.) 1994. *La Libération de Rochefort.* Rochefort.

TEWES (Ludger) 1998. *Frankreich in der Besatzungszeit, 1940-1943. Die Sicht deutscher Augenzeugen.* Bonn, Bouvier Verlag.

TOLAND (John) 1967. *Les Cent derniers jours, 27 janvier-8 mai 1945.* Paris, Calmann-Lévy, 661 p.

TROUSSARD (Raymond) 1981. *L'Armée de l'ombre, le maquis charentais Bir- Hakeim, 1943-1945.* Angoulême.

TROUSSARD (Raymond) 1991. *Charentais dans la tourmente.* Édité par l'auteur.

ZIMMERMANN (Heinz) 1989. *Der Atlantikwall von Cherbourg bis Brest mit den Kanalinseln Jersy, Guersey, und Alderney. Gescgichte und Gegenwart mit Reisebeschreibung*. München Schild Verlag. Signatur MGFA: 32259.

Archives

Archives nationales

Service historique de l'armée de terre (SHAT) (Vincennes).

Cartons 31N134 - 31N 135 (18° région) (SHAT).

Sur le thème « Poches de l'Atlantique 1944-1945 » : cartons 7P152 -7P 153 (SHAT).

Série P - Deuxième Guerre mondiale (juin 1940-février 1946).

« Inventaire des archives de la guerre » Série P (1940-1946) par Marie-Anne Corvisier de Villèle, Vincennes 1998 (tomes III et IV parus au 1er semestre 2000).

Service historique de la Marine, Vincennes.

Sur le thème « Marine Rochefort » : cartons TTD 175 - TTD 176 - TTD 177 et TTD 179.

Sur le thème « Unités 1944-1945 » : cartons TTF3 (1e RCM)-TTF4 (RBFM)-TTF7 (bataillon de Rochefort) – TTF8 (GAN 2)-TTY244 (croiseur Duquesne).

Sur le thème régions maritimes et commandements de la Marine : Rochefort, La Rochelle, La Pallice, Bordeaux : cartons TT D 166-192.

Archives départementales de la Vienne

• *Préfecture régionale*

106 W 50 – Pouvoir législatif et politique: renseignements sur les parlementaires de la région, liste des conseillers nouveaux de la région, honneur et présence, parrainage du chef de l'Etat (mars 1942-août 1944).

106 W 59 – Rapports mensuels puis bimensuels du préfet de la Charente-Maritime (octobre 1941-juin 1944).

106 W 93 - Instructions, bombardements, mitraillages, guerre sur mer, mines, parachutages d'armes et de munitions, correspondance (novembre 1941-septembre 1944).

• *Arrestations*

106 W 126 – Fichier des arrestations faites par les autorités d'occupation ou par les autorités françaises en Charente-Maritime (août 1942-août 1944).

106 W 133 – Arrestations et exécutions par l'autorité occupante de la Charente-Maritime (correspondance), (août 1942-août 1944).

• *Affaires militaires*

106 W 223 – Liquidation des poches de l'Atlantique: organisation militaire, opérations ennemies et alliées, règlementation de la circulation, actes de pillage, organisation des poches libérées, récupération des stocks allemands, évacuations des populations et du bétail, rapatriement des réfugiés, approvisionnement, application de la convention d'armistice dans le camp

retranché de La Rochelle (septembre 1944-mars 1946).

Archives départementales de la Charente-Maritime, La Rochelle

• *Fonds du cabinet du préfet*

1 Série 7 W

7 W 357 – Rapports semi-mensuels du cabinet du préfet, service de l'occupation (19401944).

• *Papiers de famille, acquisitions extraordinaires*

Série 4 J

4 J 3418 – JANCY Édouard, Mémoire, École royale militaire de Bruxelles, 1982-1983.

4 J 3515 – Guerre 1939-1945, *Journal de Mademoiselle Junca,* professeur à La Rochelle, août 1944-3 septembre 1945.

• *Autres documents de la préfecture*

Carton 1-84 - Préfecture - s/dossier 15 W 3.

Carton 1-84 - Préfecture - s/dossier 15 W 37 - « Milice française ».

Carton 1-84 - Préfecture - s/dossier 15 W 53 - « Résistance ».

Carton 1-84 - Préfecture - s/dossier 15 W 72 - « Libération ».

Carton 1-84 - Préfecture - s/dossier 15 W 73 - « Crimes de guerre ».

Carton 1-84 - Préfecture - s/dossier 15 W 443 « Opérations de police 1943/1944 ».

Carton 1-84 - Préfecture - s/dossier 15 W 549 - 12° pièce « Avis à la population rochelaise » ; « évacuation de La Rochelle » -19.10.1944.

• *Portraits*

Carton 2 P H : - 2 Ph 464, Christian Mörch – 2 Ph 546 Léonce Vieljeux.

Archives municipales de La Rochelle

Carton 19 W 26-27 – Demandes allemandes de matériels (1940-1945.)

Carton 19 W 33 – Compte-rendus de bombardements : dégâts matériels, état des blessés.

Carton 19 W 50 – Aide aux forces alliées – Note de service.

Carton 19 W 53 – Dossiers personnels – 194 Personnes employées par les autorités allemandes.

Carton 19 W 62 – Procès-verbaux des réunions de la *Kreiskommandantur.*

Carton 19 W 65 – Correspondance et pièces diverses en allemand, 1940-1943.

Liste des tableaux du musée réquisitionnés pour l'aménagement de logements d'officiers allemands,1942.

Carton 19 W 68 – Rapports du commissariat central de police sur les affichages et la propagande politique-1941.

Bundesarchiv-Militärarchiv, Freiburg in Brisgau (à présent, Berlin-Potsdam).

Archives WASt (Heer, *Kriegsmarine* und *Luftwaffe*) Berlin-Potsdam – Journal de guerre (KTB) de la *Seekriegsleitung* 1939-1945, partie A.

Militärgeschichtliches Forschungsamt-Abteilung Ausbildung,

Informationen und Fachstudien III 79095 Freiburg im Breisgau (désormais transférées à Potsdam).

Archives privées

Archives familiales privées des familles Meyer et Schirlitz.

Revues régionales

Le Pays d'Ouest - n°2 - 1945 - Le siège de La Rochelle.

Journaux

Réveil d'Aunis. Juillet à novembre 1945, janvier à août 1946, La Rochelle.

Presse quotidienne (La Rochelle et sa région ayant paru de 1940 à 1945).

JO 36 : *La Boutonne* (1942-1944.).

JO 138 : *L'Écho Rochelais* (1851-1944).

JO 22 : *L'Atlantique* (1941-1944).

JO 258 : *Les Tablettes des deux Charentes* (1832-1944).

JO 263 : *La Nouvelle République* en particulier le numéro du 30 mai 1945 « Les Blindés de La Rochelle ».

JO 162 : *L'Indépendant de la Charente Inférieure* (1848-1944).

JO 18 : *L'Appel du vieux clocher* (1928-1942).

JO 95 : *Le Courrier de La Rochelle* (1856-1941).

JO 247 : *La Petite Gironde* (1923-1944).

JO 107 : *Le Démocrate de Jonzac* (1900-1944).

JO 338 : *La Charente Maritime* (1943-1944).

JO 205: *Le lien rochelais* (1908-1959).
JO 106: *La défense républicaine* (1922-1941).
JO 155: *La Gazette d'Aunis* (1916-1945), en particulier les numéros de la période: vendredi 11 août 1944-samedi 5 mai 1945.
JO 186: *Journal de Saintes et de la Charente-Inférieure* (1919-1944).

Presse quotidienne
(La Rochelle et sa région ayant paru de septembre 1944 à avril 1945).
Charente Libre, 14 mai 1945 et suivants, La Rochelle.
Réveil d'Aunis, juillet à novembre 1945.
JO 114: *Der Festungsbote, La Rochelle,* 7 septembre 1944-5 mai 1945 (en français: Journal allemand destiné à maintenir le moral des troupes.).
JO 198: *La Libération d'Aunis et de la Saintonge,* Saintes, à/c du 15 septembre 1944 jusqu'en 1948.
JO 263: *La Nouvelle République,* Bordeaux, en particulier, le numéro du 23/11/1944.
JO 209: *La Voix des Charentes,* Saintes, en particulier, numéro du 15 octobre 1944.
JO 111: *La Dépêche des Charentes, la dépêche d'Aunis et Saintonge,* 1945.
JO 455 : *La France libre* 1944-1945.
JO 260: *Les Nouvelles charentaises,* 1945-1946.

Presse quotidienne

(La Rochelle et sa région ayant paru ou continué de paraître après-guerre.)

JO 195 : *Réveil de l'Aunis*, 1945-1948, La Rochelle.

JO 198 : *La Libération d'Aunis et de la Saintonge*, Saintes, à/c du 15 septembre 1944 jusqu'en 1948.

JO 198 : *La Libération d'Aunis et de la Saintonge*, Saintes à/c du 15 septembre 1944 jusqu'en 1948.

JO 263 : *La Nouvelle République*, Bordeaux, en particulier, le numéro du 23.11.1944.

JO 209 : *La Voix des Charentes*, Saintes, en particulier, numéro du 15 octobre 1944.

JO 111 : *La dépêche des Charentes, la dépêche d'Aunis et Saintonge*, 1945.

Bibliothèque municipale de La Rochelle - Presse locale - Guerre 1939-1945

L'Atlantique, Gazette des pays d'ouest, Aunis et Saintonge, Angoumois, Poitou, Vendée. Paraît le dimanche. N° 1 du 16 février 1941 au n° 30, du 30 juillet 1944). Cote : Pér. 5002.

La Charente Inférieure – (1835-1841). Cote : Pér. 6005.

La Charente-Maritime, n°129,1941, 131, 1944. Cote : Pér. 6005.

La Charente Libre. Organe quotidien du comité départemental. de Libération. Siège : Angoulême, n° 211 du 8 mai 1945-1969.

Le Courrier de La Rochelle. n° 9, 1857 n° 92, 1941. Cote : Pér. 6001.

M : 2

Le Cri du peuple. Journal ouvrier de Libération, n° 1, 20 avril 1945 ; n° 2, 5 mai 1945. Cote : Pér. 6091.

Réserve

La Défense Républicaine. N° 1, 1922-1941, Lacune. Cote : Pér. 6012.

La Digue. Organe officiel des forces françaises de l'Aunis. Cote : Pér. 6095 6 décembre 1944 (1)-8 mars 1945.

Réserve

*Dominique : organe du lycée E. Fromentin.*1945, n° 1 ; 1946, n° 6. Cote : Pér. 6094.

L'Écho rochelais 1829 (16)-1940. Cote : Pér. 6002.

M : 1

L'Écho saintongeais, 3 janv. 1875-30 nov. 1941. Cote : 6062.

Mi 22

De l'est à l'ouest. Bulletin de renseignements pour les évacués. Cote : Pér. 6090.

Préfecture de la Charente-Inférieure. Hebdo. 3 octobre 1939-22 mai 1940 (1-34), Lacunes. Réserve.

Forces françaises. Hebdo militaire régional des Forces françaises de l'intérieur. Siège : Périgueux. 1944 (15). Cote : Pér. 6078.

La Gazette d'Aunis. 1917 - 39 et 5 mai 1945. Cote : Pér. 6014

Les Nouvelles Charentaises - I : 1945 (N° 1, 2, 3,

13) - II: 1946 (N° 14, 15 et 17-32). Cote: Pér. 6092.

La Résistance de l'ouest. Siège: Nantes. 1945-46, Lacunes. Cote: Pér. 6088.

Le Réveil de l'Aunis. I: 1945 (n° 1-6 et 8-11). Cote: Pér. 6093 - Réserve.

La Solidarité républicaine. Organe d'union des groupements de gauche. 1945, n°1 et 3 (12 et 26 mai). Cote: Pér. 6089 - Réserve.

Les tablettes des deux Charentes. 12 janvier 1848-23 août 1944. Cote: Pér. 6019 - Mi 21.

TABLE DES MATIÈRES

Geste éditions
Centre routier – 79260 LA CRÈCHE
Tél. : 05 49 05 83 50 (commercial)
05 49 05 37 22 (éditions)
www.gesteditions.com

Fondée en 1968, l'UPCP (Union pour la Culture Populaire en Poitou-Charentes-Vendée) a pour but de défendre et promouvoir la culture poitevine-saintongeaise entre Loire et Gironde. L'action de l'UPCP et de ses associations adhérentes prend en compte les diverses composantes de cette culture, comme la langue régionale, les savoirs et savoir-faire populaires, les coutumes, l'histoire, la vie sociale et économique.
L'UPCP organise la recherche et la formation, favorise l'expression et la création. Elle revendique auprès des pouvoirs publics une meilleure reconnaissance de l'identité culturelle régionale, comme facteur de dynamisme social et économique.
Afin de développer ses propres moyens d'actions, l'UPCP a créé **Geste** éditions (société anonyme).

Composition : Marianne Guillemet

Achevé d'imprimer en Catalogne
sur les presses de Novoprint

Dépôt légal : 1er semestre 2007